ドイツ，2007年春。ホロコーストを生き残り，アメリカで大統領顧問をつとめた著名なユダヤ人の老人が射殺された。凶器は第二次世界大戦期の拳銃で，現場には「16145」という数字が残されていた。しかし司法解剖の結果，遺体の刺青《いれずみ》から，被害者がナチスの武装親衛隊員だったという驚愕の事実が判明する。そして第二，第三の殺人が発生。被害者らの隠された過去を探り，犯行に及んだのは何者なのか。刑事オリヴァーとピアは幾多の難局に直面しつつも，凄絶な連続殺人の真相を追い続ける。本国で累計200万部を突破した警察小説シリーズ開幕！

登場人物

オリヴァー・
　フォン・ボーデンシュタイン……ホーフハイム刑事警察署首席警部
ピア・キルヒホフ……同、警部
ハインリヒ・ニーアホフ……同、署長、警視長
カイ・オスターマン……同、上級警部
フランク・ベーンケ……同、上級警部
アンドレアス・ハッセ……同、警部
カトリーン・ファヒンガー……同、刑事助手
ニコラ・エンゲル……アシャッフェンブルク警察本部副部長、
　警視、ニーアホフの後任
ヘニング・キルヒホフ……監察医務院副院長、ピアの元夫
ミリアム・ホロヴィッツ……ピアの旧友
ヴェーラ・カルテンゼー……女性実業家
オイゲン・カルテンゼー……ヴェーラの夫、故人

エラルド・カルテンゼー……ヴェーラの息子、美術史家
ジークベルト・カルテンゼー……同、カルテンゼー機械製作所《KMF》社長
ユッタ・カルテンゼー……ヴェーラの娘、州議会議員
ローベルト・ヴァトコヴィアク……オイゲンの隠し子
モーアマン……カルテンゼー家の運転手
アーニャ・モーアマン……その妻、カルテンゼー家の家政婦
ダーヴィト・
　ヨーズア・ゴルトベルク……元アメリカ大統領顧問
ヘルマン・シュナイダー……ヴェーラの旧友、KMFスイス支社顧問
アニタ・フリングス……ヴェーラの旧友
トーマス・リッター……ヴェーラの元秘書
マルレーン・リッター……トーマスの妻、ジークベルトの娘
マルクス・ノヴァク……建築修復士
クリスティーナ・ノヴァク……マルクスの妻
アウグステ・ノヴァク……マルクスの祖母
モニカ・クレーマー……売春婦
カタリーナ・エーアマン……出版社社長

深い疵《きず》

ネレ・ノイハウス
酒寄進一訳

創元推理文庫

TIEFE WUNDEN

by

Nele Neuhaus

Published in 2009 by List Taschenbuch Verlag
This book is published in Japan by TOKYO SOGENSHA Co., Ltd.
Published by arrangement through Meike Marx Literary Agency, Japan

深い疵《きず》

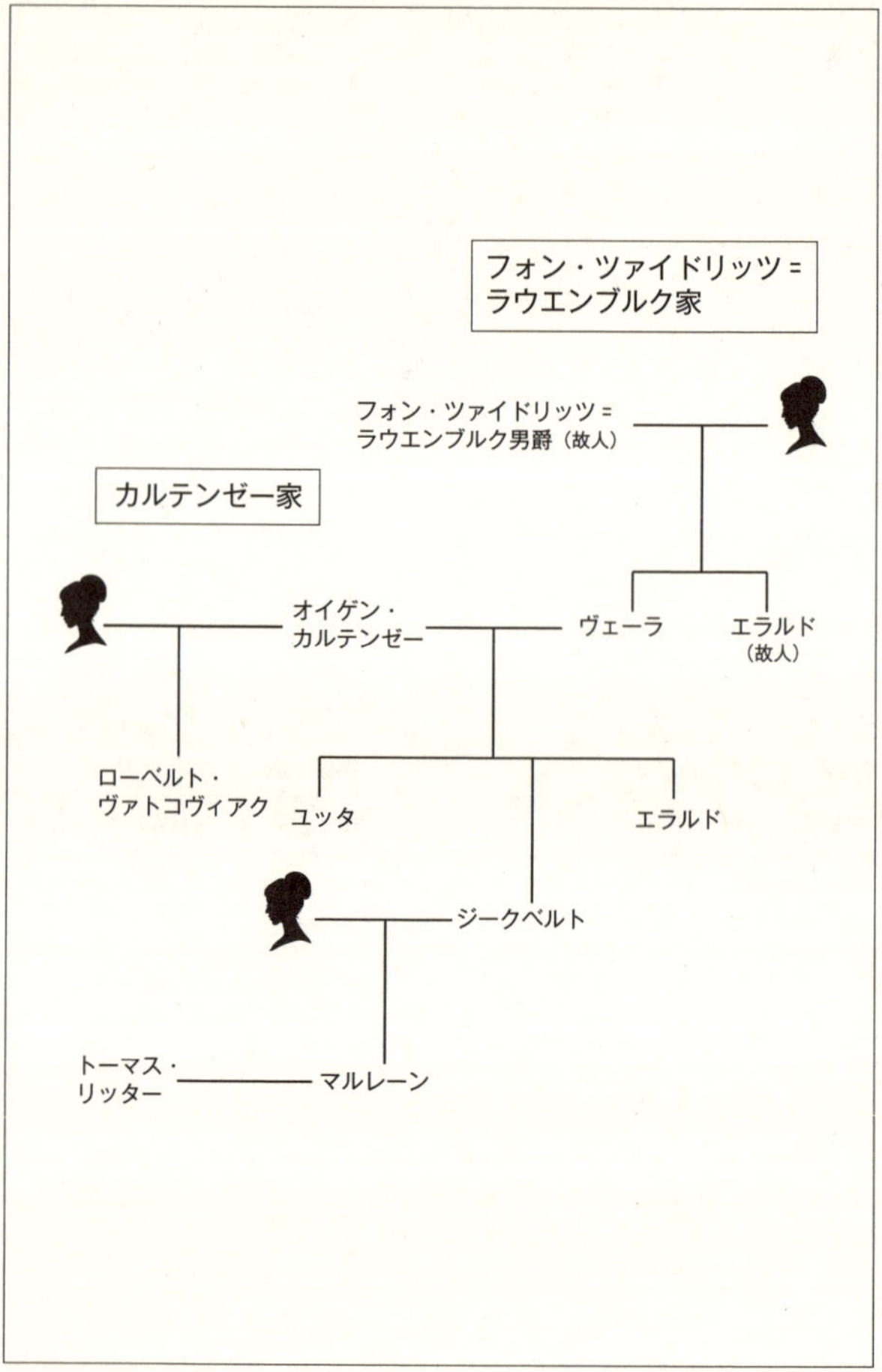
フォン・ツァイドリッツ＝
ラウエンブルク家
フォン・ツァイドリッツ＝
ラウエンブルク男爵（故人）
カルテンゼー家
オイゲン・
カルテンゼー
ヴェーラ
エラルド
（故人）
ローベルト・
ヴァトコヴィアク
ユッタ
エラルド
ジークベルト
トーマス・
リッター
マルレーン

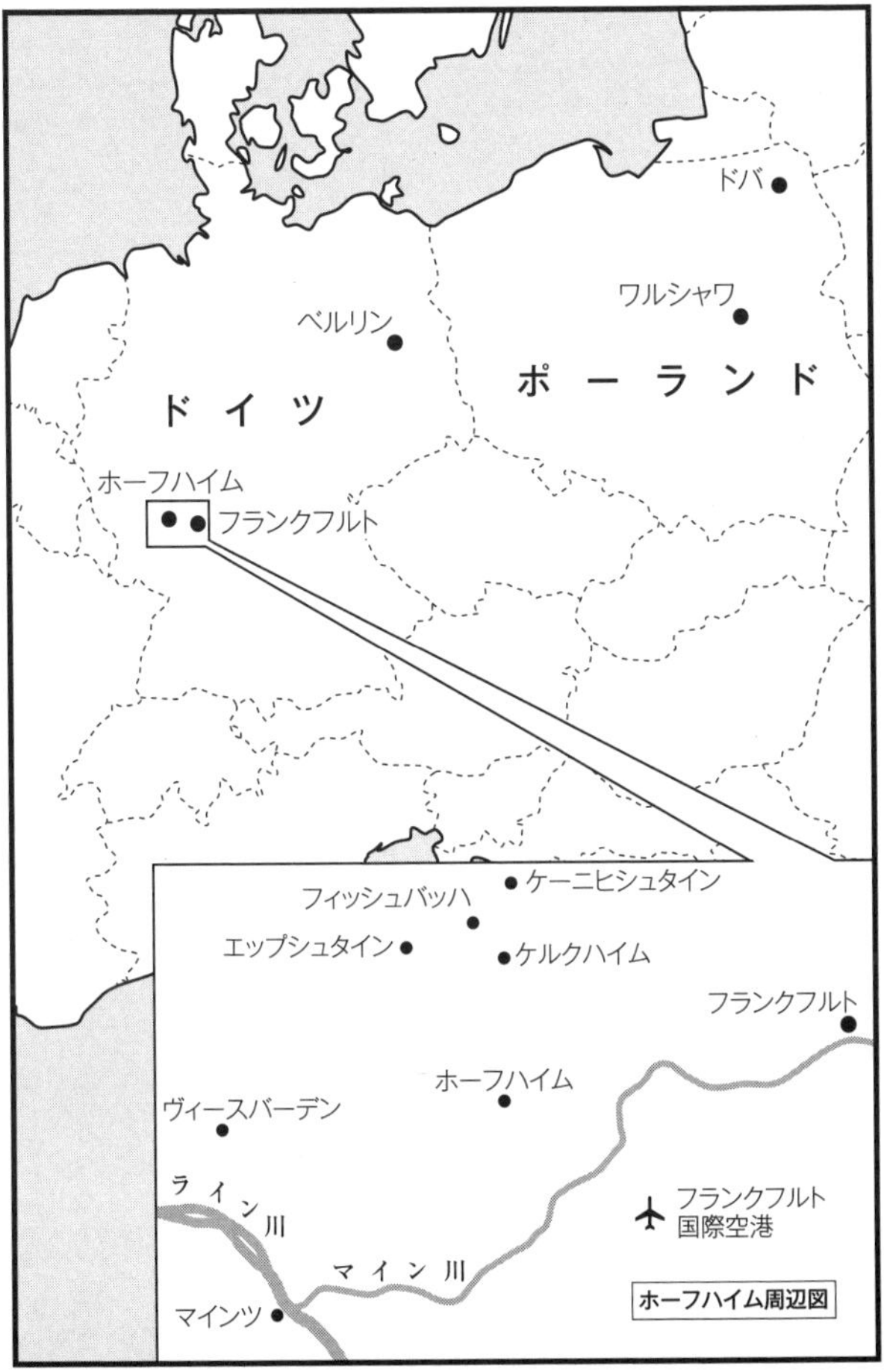
ドバ
ワルシャワ
ベルリン
ポーランド
ドイツ
ホーフハイム
フランクフルト
ケーニヒシュタイン
フィッシュバッハ
エップシュタイン
ケルクハイム
フランクフルト
ホーフハイム
ヴィースバーデン
ライン川
フランクフルト
国際空港
マイン川
マインツ
ホーフハイム周辺図

アンネに捧げる。

本書は小説である。ここで描かれる人物と出来事はすべて創作である。

プロローグ

晩年をドイツで過ごす。どうしてそう思い立ったのか、家の者はだれひとり理解できなかった。いや、一番理解に苦しんだのは本人だ。六十年以上にわたって自分によくしてくれた国、そこでは死にきれないと突然実感した。ドイツの新聞を読み、ドイツ語を聞く。無性にそうしたくなった。ダーヴィト・ゴルトベルクは自分の意志でドイツを去ったわけではなかった。一九四五年、あのときは命あっての物種だった。故郷を失った身には、それが最善の策だった。だが、もはやアメリカにとどまる理由はない。フランクフルト近郊に家を購入したのは二十年ほど前、妻のサラが死んだ直後のことだ。仕事仲間や友だちとの付き合いでドイツを訪れるとき、味気ないホテル住まいをしたくなかったからだ。

ゴルトベルクは深い吐息をつき、大きな窓にひろがるタウヌスの山並みを眺めた。折しも沈みゆく太陽に照らされて、山々は金色に染まっている。彼はサラの顔をほとんど思いだせなかった。そもそもアメリカで過ごした六十年間がふいに記憶から飛ぶことがある。孫の名前もろくに思いだせない。逆にアメリカへ亡命する以前の時代、長いあいだ思い返すこともなかった若き日の記憶が鮮明に蘇るようになった。うたた寝して、はっと目を覚ましたときなど、今どこにいるのか思いだすのに数分かかることもあった。ゴルトベルクは震える骨張った両手と、ひび割れて、しみの浮きでた皮膚をけがらわしいものででもあるかのように見つめた。春秋長じても、なんの救いにもなりはしない。まったくナンセンスだ。友の多くや妻のように、心臓発作であっけなくあの世に行けなかった者たちはやがて耄碌《もうろく》し、救いのない介護を受ける。だが、そういう運命を免《まぬが》れているだけでも、ゴルトベルクは救われている。彼は医者が舌を巻くほど強靭な体と精神を併せ持ち、長年、老いとは無縁だった。人生のどんな危機も、鉄の規律ではねかえしてきた。いまだかつて身だしなみを疎《おろそ》かにしたことはない。ついこのあいだ不快な老人ホームを訪ねたが、それを思いだすと身震いがする。ガウンを羽織り、スリッパばきで、髪をボサボサにした、惚《ほう》けた眼差しの老いさらばえた者ども。別世界から来た亡霊かと見紛《みまが》う彼らが廊下を徘徊し、ぼんやり椅子にすわり込んでいるのを目にして、ゴルトベルクはぞっとした。そこにいた者のほとんどは彼よりも年が若かった。その連中と十把《じっぱ》一絡《ひとから》げに年寄り扱いされるのはごめんだと思った。

「ゴルトベルクさん?」

ゴルトベルクははっとして、声のしたほうを向いた。女の介護士がドアのところに立っていた。彼は介護士がいたことを忘れていた。それどころか名前も思いだせない。はて、なんという名前だったか。エルヴィラ、エーディト……ああ、どうでもいい。彼の家族は、一人暮らしは心配だといって、この女を雇った。その前に五人、候補者がいたが、そのすべてを彼は断った。ポーランド人やアジア人とひとつ屋根の下で暮らしたくない。それに外見を重視していた。今いる介護士はひと目で気に入った。背が高く、金髪で元気はつらつとしている。ドイツ人で、国家試験に合格した介護士であり、看護師でもある。念のためだ、と長男のサロモンはいった。サロモンは目が飛びでるほどの報酬を支払っているはずだ。だからこの介護士は、ゴルトベルクの変な癖も意に介さず、彼が気のあるそぶりを見せても、眉ひとつ動かさず受け流していた。彼女が安楽椅子のそばへやってきて、ゴルトベルクの様子を見た。ゴルトベルクは彼女の目をまっすぐ見た。彼女は化粧を直していた。ブラウスの襟元から胸のふくらみが少し見える。ゴルトベルクはその胸のふくらみをよく夢に見た。これからどこへ行くつもりだろう。夕方の自由時間に恋人とデートだろうか。彼女の年齢は四十歳。とても色っぽい。だが、恋人がいるかたずねるつもりはなかった。そこまで親密になろうとは思わなかった。

「これから出かけますけど、大丈夫ですか?」介護士の声にはどこかそわそわした響きがあった。「なにか足りないものはありませんか? 夕食もお薬も用意しておきましたけど……」

ゴルトベルクは手を上げて、彼女の言葉をさえぎった。彼女にはゴルトベルクを、留守番させられる子どものように扱うところがある。

「行ってきたまえ」ゴルトベルクは簡潔にいった。「大丈夫だ」

「明日の朝七時半にはもどります」ゴルトベルクは、その心配はしていなかった。時間厳守はドイツの伝統だ。「明日お召しになる黒いスーツにアイロンをかけておきました。ワイシャツもです」

「ああ、ありがとう」

「警報装置のスイッチを入れておきましょうか？」

「いいや、自分でするからいい。行きたまえ。楽しんでくるのだ」

「ありがとうございます」介護士は驚いた。楽しんでくるのだ、などといわれたためしがなかったからだ。


玄関ホールに向かって大理石張りの床を歩く靴音がして、玄関の重たいドアがガチャッと閉まった。太陽がタウヌス山地の彼方に消え、宵闇が迫ってきた。ゴルトベルクは暗い面持ちで外を見やった。多くの若者がデートや遊びに出かける時刻だ。昔は彼もそんな若者のひとりだった。ハンサムで、金に困らず、カリスマ性があり、みんなから誉めそやされていた。エルヴィラと同じ年の頃は、自分が老いさらばえるなどと夢にも思わなかった。まさか骨の痛みに耐え、体を震わせながら安楽椅子にすわり、関節炎になった膝に毛布をかけて、「死」という人生最後の大事業を目前に控えることになるとは。まったく信じがたいことだ。今のゴルトベルクは、友や知り合いや伴侶に先立たれた生きた化石、煤《すす》けた色に染まる前時代の残滓《ざんし》だ。青春を謳歌していた当時をともに懐かしむことのできる仲間はもはや三人しか残っていない。

玄関のチャイムが鳴って、ゴルトベルクははっと我に返った。もう八時半なのか？　そうらしい。彼女はエーディトと同じようにいつも時間を厳守する。ゴルトベルクは息《いき》んで椅子から腰を上げた。彼女は明日の誕生パーティの前にふたりだけでどうしても話がしたいといってきた。小娘だったあいつが今では八十五歳。まったく信じがたい。ゴルトベルクはおぼつかない足取りで居間から玄関へ歩いていき、ドアの横の鏡でいまだにふさふさしている銀髪をなでた。彼女とは口論になるかもしれないと思っていたが、それでも会うのが楽しみだった。ゴルトベルクがドイツにもどってきた最大の理由は彼女だ。微笑みながら、彼はドアを開けた。

二〇〇七年四月二十八日（土曜日）

オリヴァー・フォン・ボーデンシュタインはホットミルクの鍋をコンロから下ろすと、ココアパウダーを二さじ入れてかきまわし、湯気を立てているココアをポットに移した。授乳をしなければならないうちは、妻のコージマは大好きなコーヒーを飲むのをやめていた。オリヴァーも気が向くとそれに付き合った。ホットココアもたまには悪くない。そのとき、娘のロザリーと目が合った。とがめるような娘の視線を受けて、オリヴァーは苦笑いした。

「それ、少なくとも二千カロリーにはなるわよ」ロザリーは眉根を寄せた。「よくそんなものを飲むわね！」

「これも子どものためさ」オリヴァーは答えた。

「でも、あたしはコーヒーを飲むのをやめたりしないわ」ロザリーはこれみよがしにコーヒーをぐいっと飲んだ。

「そのときになったらわかるさ」オリヴァーは食器戸棚から陶器のコップをふたつ取り、ポットといっしょに盆に載せた。コージマは朝の五時、赤ん坊に授乳するため一度起きたので、今はまたベッドに入っている。去年の十二月にゾフィア・ガブリエラが生まれてから、彼女の生活は一変した。コージマとオリヴァーは、ふたたび赤ん坊ができたと知ってはじめはびっくりしたが、すぐにそれを楽しみにするようになった。ただし一抹の不安はあった。息子のローレンツは二十三歳、ロザリーは十九歳、ふたりとも成人して、学校も終えている。これからもう一度子育てを繰り返すのはどうだろう。ふたりにそれだけの気力が残っているだろうか。それに赤ん坊は無事に生まれてくるだろうか。オリヴァーの人知れぬ心配は杞憂に終わった。羊水検査でゾフィアが健康であることがわかり、コージマは出産間近までばりばり働き、出産してから五ヶ月後の今、毎日赤ん坊をマキシコシのベビーキャリーに入れて事務所に出かけている。ローレンツとロザリーを育てたときよりもずっと楽だ、とオリヴァーは思った。もちろん当時の方が若かったし、元気だった。だが金があまりなかったし、住まいも狭かった。それにコージマがテレビレポーターの仕事をやめざるをえなくなり、落ち込んでいるのを見るのもつらかった。

「そういえば、どうしてこんなに早起きしたんだい？」オリヴァーは娘にたずねた。「今日は土曜日じゃないか」

「九時までにお城に行かなくちゃいけないの。今日、大きな宴会があるのよ。オープニングにシャンパン、コース料理は六品。お客は五十三人。おばあちゃんのお友だちの八十五歳の誕生パーティなの」

「ほう」

ロザリーは昨年の夏、高校を卒業すると、大学進学をやめてオリヴァーの弟クヴェンティンとその妻マリー＝ルイーゼが経営する古城ホテルの高級レストランでコック見習いになった。

驚いたことに熱心に働いている。超過勤務にも、口うるさく怒りっぽい料理長にも文句をいったためしがない。この有名な料理長ジャン＝イヴ・サン＝クレアがロザリーの本当の狙いではないかと、コージマは勘ぐっている。

「もう十回はメニューの順番やワインや客の数を変更してるのよ」ロザリーは食器洗い機にコーヒーカップを入れた。「またぎりぎりになにか変更したいといってくるんじゃないかしら」

電話が鳴った。土曜日の朝八時半だ。オリヴァーはいやな予感がした。ロザリーが電話に出て、少ししてから子機を持ってキッチンにもどってきた。「パパに電話よ」ロザリーは子機を差しだし、軽く手を振って家を出た。オリヴァーはため息をついた。タウヌス山地を散歩して、コージマとゾフィアといっしょにのんびり昼食をとろうと思っていたが、それはもう無理そうだ。思ったとおり、ピア・キルヒホフ警部の緊張した声が聞こえた。

「遺体が発見されました。今日が非番なのはわかっているんですけど、ちょっと見にきてもらったほうがいいと思いまして。被害者は大物ですよ。しかもアメリカ人」

これで週末は吹っ飛んでしまった。

「場所は？」オリヴァーはたずねた。

「遠くないです。ケルクハイムです。つぐみ通り三九番地a。ダーヴィト・ゴルトベルク。発見者はゴルトベルクの介護士、発見時刻は今朝七時半」

オリヴァーはすぐに行くといってから、コージマにココアを運んでいき、悪い知らせを伝えた。

「週末の殺人は禁止すべきよ」コージマはそうぼやいて欠伸《あくび》をした。オリヴァーは口元を綻《ほころ》ばせた。結婚して二十四年になるが、夫が急に出かけることになったり、一日の計画を台無しにしたりしても、コージマは一度も文句をいわず、機嫌を損ねたことがない。上体を起こすと、彼女はカップを手に取った。「ありがとう。それで、どこへ行くの？」

オリヴァーはワードローブからワイシャツをだした。「つぐみ通り。歩いても行ける距離だ。被害者の名前はゴルトベルク、アメリカ人だ。キルヒホフは、ややこしいことになるのではないかと心配している」

「ゴルトベルク」コージマは首をかしげ、眉間にしわを寄せた。「最近どこかで聞いたことがあるわね。どこだったかしら」

「大物らしい」オリヴァーは青い柄のネクタイを結ぶと、上着の袖に腕を通した。

「思いだしたわ。花屋のシェーネマルクさんよ。御主人がゴルトベルク邸に生花を届けているといっていたわ！　こっちに完全に移り住んだのは半年前で、それまではドイツに来たときにたまに立ち寄るくらいだったそうよ。シェーネマルクさんの話では、レーガン大統領の顧問だったらしいけど」

「それじゃ、かなりの年齢ということになるね」オリヴァーはかがんで、コージマの頬にキスをした。だが気持ちはすでに仕事の方に向いていた。遺体発見現場に呼ばれるとき、オリヴァーはいつも動悸がして、重苦しい気持ちになる。だが遺体を見るとすぐそんな気持ちは消えてしまう。

「ええ、かなり高齢よ」コージマは生温くなったココアをすすった。「他にも面白い話があるの……」

ふたりの寝ぼけた待者を従えた司祭と彼以外には、数人の老婆がいるだけだった。老婆たちは、人生の終わりが近いことや、孤独でわびしい一日を送ることを恐れているのだろう。さもなければこんな朝早くから聖レオンハルト教会のミサへなどやってくるはずがない。老婆たちは教会の前方三分の一に散らばってすわっている。欠伸を嚙み殺しながら祈りを捧げる司祭の言葉に耳を傾けつつ、硬い木のベンチに腰かけている。マルクス・ノヴァクは一番後ろのベンチにすわり、ぼんやり前を見ていた。フランクフルトの中心に建つこの教会に足を踏み入れたのは、ただの偶然だ。ここなら彼を知る者はいない。ミサに出れば、少しは気が安まると思ったが、そうはならなかった。というより、逆効果だった。もう何年も教会から遠ざかっていた彼であれば、それも無理からぬことだ。昨晩したことを、みんなに見られていたような気がしてならない。告解をして主の祈りを十回唱えるくらいで赦される罪ではない！ 自分にはここにすわって、神の赦しを乞う資格などないと思っていた。本気で後悔していたわけではなかったからだ。顔が紅潮した。まぶたを閉じると、あのときどれほどの快感に酔いしれたか思いだす。彼が自分を見つめ、目の前でひざまずいた光景が今でもくっきりとまぶたに浮かぶ。とんでもないことだ。どうしてあんなことができたのだろう？ 合わせた両手に額をうずめ、無精髭の生えている頰を涙が伝うのを感じた。涙の意味はわかっている。だがもう後戻りはできない。唇を嚙みしめ、目を開けると、ぞっとするものを見るかのように己の両手に視線を落とした。千年かけてもこの罪を贖《あがな》うことはできないだろう。だが最悪なのは、また機会がめぐってきたら、もう一度この罪を犯してしまいそうな気がすることだ。妻や子どもたちや両親が知ったら、けっして許してくれないだろう。彼が深いため息を漏らすと、前のベンチにすわっていたふたりの老婆がけげんそうに振り返った。彼はあわてて顔を両手にうずめ、自分にモラルを植えつけた信仰を呪った。しかしいくら考えをこねくりまわしても、本気で後悔しないかぎり、弁解はきかない。悔い改めぬかぎり、改悛はない。そして赦しもない。

老人は玄関から三メートルと離れていない玄関ホールにひざまずいていた。ピカピカに磨き上げられた大理石の床で上体を前に倒し、頭はあふれだした血溜まりに沈んでいた。オリヴァーには、残った顔の一部から老人の顔全体を想像することができなかった。致命傷となった銃弾は後頭部から撃ち込まれていた。うっかりすると見逃してしまいそうなくらい小さな黒い穴がひとつ。だが銃弾の貫通箇所はひどいありさまだった。鮮血と脳髄《のうずい》がホールじゅうに飛び散り、地味な柄の壁紙やドアの枠や絵や大きなヴェネチア風の鏡にまでこびりついていた。

「いらっしゃい、ボス」ピア・キルヒホフが廊下の奥のドアから顔をだした。ピアはホーフハイム刑事警察署捜査十一課に配属されて、もうすぐ二年になる。自他ともに認める早起きのはずなのに、今日はやけに眠そうな顔をしている。オリヴァー・フォン・ボーデンシュタインには、どうして寝不足なのか察しがついたが、そのことには触れずにうなずいた。「発見者は？」

「介護士です。昨晩は休みをもらって外泊し、帰宅したのは午前七時半だそうです」

鑑識が到着して、玄関から遺体に一瞥《いちべつ》をくれた。それから外でつなぎの作業服と作業靴に着替えた。

「首席警部！」鑑識官のひとりに声をかけられ、オリヴァーは玄関の方を振り返った。

「携帯電話がありました」その鑑識官は手袋をはめた右手で玄関の横の花壇から携帯電話をつまみあげた。

「押収してくれ」オリヴァーは答えた。「もしかしたらホシのものかもしれない」

オリヴァーは向きを変えた。玄関から差し込む日の光が大きな鏡にあたり、ちらっとなにかが照らしだされた。オリヴァーははっとした。

「これを見たかい？」オリヴァーはピアにたずねた。

「なんのことですか？」ピアがそばにやってきた。金髪を三つ編みにし、目のまわりに化粧も施していない。今朝、あわてて家を出てきた証拠だ。オリヴァーは鏡を指した。こびりついた血の中に数字が書かれていた。ピアはその五つの数字をじっと見つめた。

「16145。どういう意味でしょう？」

「さあね」オリヴァーはそういうと、遺体に触れないよう遠回りした。キッチンにはすぐ入らず、廊下に面した部屋を順にのぞいた。邸《やしき》は平屋だが、見た目よりもはるかに広かった。調度品は古風で、十九世紀末に作られたとおぼしき、どっしりしたクルミやオークの彫刻入り家具が並んでいる。リビングルームにはベージュの絨毯《じゅうたん》の上に色褪せたペルシャ絨毯が敷かれていた。

「来客があったようです」ピアは応接用のテーブルを指した。大理石の天板にワイングラスが二客と赤ワインのボトルがひと瓶置いてあり、その横の白い陶器の小皿に、オリーブの種が載っていた。「玄関には無理矢理こじ開けた跡がありません。ざっと見渡したところ、家宅侵入の形跡はありませんね。おそらく犯人と酒を飲んだのではないでしょうか」

オリヴァーはその低いテーブルへ行き、前かがみになってワインの銘柄を読んだ。

「これは驚きだ」オリヴァーはボトルに手を伸ばそうとして、手袋をはめていないことに気づいた。

「どうしたのです？」ピアがたずねた。オリヴァーは体を起こした。

「一九三三年のシャトー・ペトリュス」質素なラベルに、ワイン通の憧れの的である赤い文字が見える。「これ一本で、小型車一台分の値段だ」

「とんでもないですね」

とんでもないというのは、ワインにそんな大金を払ったことに対してだろうか、それとも殺人犯の可能性があるだれかと死の直前にそんな高価なワインを飲んだことに対してだろうか。オリヴァーにはよくわからなかった。

「被害者はどういう人物だ？」ボトルが半分しか空いていないのを確かめてから、オリヴァーはたずねた。ボトルは科学捜査研究所に持っていかなくてはならない。それを考えると、オリヴァーはじつにもったいないと思った。

「ゴルトベルクは去年の十月からここで暮らしています」ピアはいった。「出身はドイツですが、六十年以上アメリカ合衆国にいました。あっちではかなりの大物だったようです。介護士の話では、裕福な一族らしいです」

「一人暮らしだったのか？　かなりの高齢みたいだが」

「九十二歳です。しかしかくしゃくとしていました。介護士は半地下に部屋をもらって住み込んでいます。一週間に二回、夜に休みを取っているそうです。一日は安息日《サバト》に、もう一日は自由に選べたそうです」

「ゴルトベルクはユダヤ人？」オリヴァーは居間を見回し、ワゴンの上にあるブロンズの七枝の燭台《メノラ》に目をとめた。燭台の蠟燭《ろうそく》は未使用だった。ふたりはキッチンに入った。他の部屋に較べて明るく、モダンだ。

「こちらはエーファ・シュテーベルさん」ピアは、キッチンの椅子からちょうど立ち上がった女性をオリヴァーに紹介した。「ゴルトベルクさんの介護士です」

介護士は背が高く、かかとの低い靴をはいているのに、オリヴァーは目を合わせるのに顔を上げなければならないほどだった。手を差しだすと、オリヴァーは血の気の失せた介護士の顔を見つめた。相当にショックを受けている。介護士によると、七ヶ月前被害者の息子であるサロモン・ゴルトベルクに雇われたという。以来、半地下の部屋に住み込み、老人の身の回りの世話や家事を一手に引き受けていた。ゴルトベルクはなにごとも自分でやらないと気のすまない質《たち》で、頭脳は明晰だったし、かくしゃくとしていたという。日々規則正しく暮らし、三度の食事も欠かさなかった。家から出ることもほとんどなかった。互いの生活に深入りすることはなかったが、ふたりの関係はうまくいっていたようだ。

「客はよく来ましたか?」ピアは質問した。

「よくとはいえませんが、たまに来客がありました」介護士は答えた。「月に一度、アメリカからご子息が訪ねてきて、二、三日泊まっていきましたし、知り合いの方もときどき訪ねてきました。たいてい夕方です。名前は知りません。紹介されたことがないので」

「昨日の晩も客が来る予定があったのですか? リビングのテーブルにグラスが二客と赤ワインのボトルがありましたが」

「では、だれかがワインを持ってみえたのだと思います。わたしはワインを買っていませんし、家には一本も置いてありません」

「なにかなくなっているものはありませんか?」

「まだ部屋を見てまわっていませんので。帰宅したら……ゴルトベルクさんがあそこに。すぐに警察に電話をかけて、玄関の前で待っていました」介護士はよくわからない身振りをした。「その、血が、いたるところに。わたしにはなにもできないとわかったものですから」

「それでいいのです」オリヴァーは優しく微笑んだ。「なにも気にすることはありません。昨日の晩は何時頃、家を出ましたか?」

「夜八時頃です。夕食とお薬の用意をして出かけました」

「帰宅したのは何時ですか?」ピアはたずねた。

「今朝七時少し前です。ゴルトベルクさんは時間にうるさかったので」

オリヴァーはうなずいた。そして鏡に書かれた数字のことを思いだした。

「16145という数字でなにか思いつくことはありますか？」

介護士はびっくりしてオリヴァーを見てから、かぶりを振った。

玄関から大きな声が聞こえた。フランクフルト監察医務院副院長のドクター・ヘニング・キルヒホフ、ピアの元夫だ。フランクフルト刑事警察署捜査十一課にいたとき、オリヴァーはよくキルヒホフ監察医と仕事をした。彼は司法解剖の第一人者だ。仕事の鬼ともいえる優れた学者であり、ドイツ法医学の数少ないスペシャリスト。ゴルトベルクが要人だったことが判明すれば、刑事警察署はメディアや政界からプレッシャーを受けることになるだろう。キルヒホフのようなスペシャリストが司法解剖をしてくれるなら大助かりだ。死因がなんであれ、オリヴァーは司法解剖をするつもりだった。

「おはよう、ヘニング」オリヴァーの背後でピアの声がした。「すぐに来てくれてありがとう」

「きみの頼みじゃ断れないさ」ヘニングは遺体のそばにしゃがんで検分した。「戦争とアウシュヴィッツを生き延びたのに、自宅で殺されるとはな。信じられない」

「被害者を知っているの？」ピアはびっくりした。

「直接は知らないさ」ヘニングは顔を上げた。「しかしフランクフルトのユダヤ人協会では有名人だった。たしかワシントンで政府の要職につき、何十年もホワイトハウスの顧問だったはずだ。国家安全保障会議のメンバーだったこともある。彼は軍需産業にも関わっていた。ドイツとイスラエルの和解にも尽力したらしいよ」

「どうしてそんなに詳しいの？」ピアがけげんそうにたずねた。「知ったかぶりをしたくて、グーグルで検索してきたわけ？」

ヘニングは立ち上がると、ピアを見た。

「いいや。なにかで読んで覚えていたんだ」

ピアはそれ以上問い詰めなかった。ヘニングは写真のような記憶力と人並みはずれた頭脳の持ち主だったからだ。だが人間関係に弱点があった。皮肉屋で人間嫌いなのだ。

鑑識官が事件現場の写真を撮ろうとしたので、ヘニングはわきにどいた。ピアが鏡に書かれた数字のことを話題にした。

「ふうむ」ヘニングは五桁の数字に顔を近づけた。

「どういう意味だと思う？」ピアはたずねた。「殺人犯が書いたんじゃないかと思うのよね」

「そのようだね。まだ血が新鮮なうちに書いたものだ。しかしなにを意味しているかは、わからないな。鏡は持ち帰って分析したほうがいいだろう」

ヘニングはふたたび遺体の方を見た。「やあ、ボーデンシュタイン。死亡推定時刻をどうして訊かないんだ？」

「いつも十分くらいしてからたずねることにしている」オリヴァーは淡々と答えた。「きみには一目置いているが、千里眼だとは思っていないのでね」

「だが死亡推定時刻は十一時二十分以降だと即答できる」

オリヴァーとピアは唖然としてヘニングを見た。

「腕時計のガラスが割れている」ヘニングは遺体の左手首を指した。「時計が止まっている。ゴルトベルクが撃たれたとき、壊れたんだろう」

「撃たれた」とはずいぶん控え目な言い方をするな、とオリヴァーは思った。ユダヤ人問題が絡む捜査はメディアの注目を浴びる。あまりいい気がしなかった。


トーマス・リッターは自分が豚に成り下がったと思った。だがそれもほんの一時のことだった。目的を果たすためなら手段は選ばない。マルレーンとは、いつも昼に食事をするゲーテ・ショッピングモールのビストロで十一月に会った。彼女はそれを今でも「偶然」だと信じ切っている。その後エッシャースハイム街道の物理療法科クリニックの前で会ったのも「偶然」だと。だが毎週木曜日の夜七時半からそこでリハビリしていることは事前に突き止めていた。プロポーズするまで時間がかかるだろうと思っていたが、それも意外とすんなりいった。トーマスはマルレーンを高級レストラン〈エルノズ・ビストロ〉での夕食に招待した。料理代は今の収入ではとても足りず、出版社の前金を使い込むことも覚悟の上だった。まずは自分の今の状況を彼女がどのくらい知っているか探りを入れた。幸い、彼女はなにも知らなかった。昔の知り合いに会えることを単純に喜んでいた。彼女は昔から寂しい思いをしていた。片方の足の足首から下を失い、義足をつけていたからだ。シャンパンを飲んだあと、トーマスはポムロールのシャトー・レグリーズ・クリネ一九九四年を注文した。値段は彼の一ヶ月の家賃に相当する。

そして彼女に一方的にしゃべらせた。女はおしゃべりだ。ひとりぼっちで寂しいマルレーンであればなおさらだ。彼女がドイツの大きな銀行の文書係として働いていることがわかった。そして夫が愛人とのあいだにふたりの子を儲けていたことを知り、ひどいショックを受け、それが離婚の原因になったことも知った。赤ワインを二杯飲み干すと、マルレーンは節操をなくした。トーマスが身振り手振りからいろいろなことを読み取っていると知ったら、恥ずかしくていたたまれなかっただろう。彼女は愛に飢えていて、人から注目され、優しくされたかったのだ。デザートが来て、彼女がそれに手をつける前から、トーマスは今晩、ベッドをともにするだろうと思った。そして彼女がその気になるのをじっと待った。一時間後にそのときが来た。彼女は消え入りそうな声で、ずっと前からトーマスのことが好きだったと告白した。トーマスは驚かなかった。カルテンゼー家に出入りしていたあの頃、祖母にかわいがられていた彼女によく会っていたし、歯の浮くようなほめ言葉でうぶな彼女を喜ばせたものだ。その頃から彼女が自分に思いを寄せていることに気づいていた。いずれ彼女が必要になる日が来るとわかっていたかのように。高級住宅が建ち並ぶフランクフルトのヴェストエント地区、そこに彼女の住まいはあった。天井がスタッコ装飾で飾られ、床は寄せ木張りの瀟洒《しょうしゃ》な古い住宅だ。広さは百五十平米。調度品は趣味がよかった。それを見た瞬間、トーマスはカルテンゼー家から追放されたことの大きさを今さらながらに思い知らされた。トーマスは、彼らから奪い取られたものをすべて取り返す決心をしていた。いや、倍にして返してもらわねば。

あれから半年が経っていた。

トーマスは用意周到に復讐の計画を立てた。いよいよその種が芽をだす。トーマスは仰向けになって、手足を投げだした。隣のバスルームから水を流す音が聞こえる。今朝はこれで三度目だ。マルレーンは毎朝、ひどいつわりに苦しむ。だが日中は体調がいいので、まだだれも彼女の妊娠に気づいていなかった。

「大丈夫かい？」トーマスは笑みがこぼれるのをこらえながら声をかけた。頭のいい女にしては、ちょろいものだった。最初の夜、彼女はピルを偽薬にすり替えられたことに気づかなかった。三ヶ月前の晩、彼が帰宅すると、マルレーンがキッチンで椅子にすわり込み、ひどい顔で泣きじゃくっていた。テーブルには妊娠検査薬が載っていた。結果は陽性。宝くじで大当たりをだしたようなものだ。かわいがっている孫がトーマスの子を宿したと知ったら、あの女は大騒ぎするだろう。そう考えただけで、胸のすく思いがした。トーマスはマルレーンを抱きしめた。はじめは少しびっくりしてみせ、それから感激したふりをして、そのままキッチンテーブルの上で彼女と交わった。

トーマスが思い出に耽《ふけ》っていると、マルレーンがバスルームからもどってきた。青白い顔だったが、微笑んでいる。毛布をかぶると、トーマスにすり寄ってきた。吐瀉物のにおいが鼻についたが、そのまま彼女を抱き寄せた。「本当にいいのかい？」

「ええ、もちろんよ」マルレーンはきまじめに答えた。「カルテンゼー家の人間と結婚するのがいやでなければね」

どうやらマルレーンはまだ、家族のだれにもトーマスと同棲していることや妊娠のことを打ち明けていないようだ。じつにいい子だ！　明後日の月曜日午前九時四十五分にフランクフルトの市役所に結婚届をだすことになっている。遅くとも十時には、彼は心底憎んでいるあの一族の一員になっているだろう。マルレーンの夫としてあの女の前に出られるなんて、うれしくて涙が出る！　トーマスは興奮して勃起した。マルレーンが気づいて、クスクス笑った。

「急いでね」マルレーンはささやいた。「一時間後におばあさんのところへ行かなくちゃならないの……」

トーマスはマルレーンの口を唇でふさいだ。あの女なんかくそ食らえだ！　もうすぐ、本当にもうすぐだ。復讐の日はもうすぐそこまでやってきている！　だが結婚の報告をするのは、マルレーンの腹がまるまると大きくなってからだ。

「愛しているよ」トーマスはぬけぬけといった。「好きで好きでたまらない」


ヴェーラ・カルテンゼーは息子のエラルドとジークベルトにはさまれて、ボーデンシュタイン城の大広間の上座にすわっていた。豪華に飾り付けた大宴会の真っ最中だった。そして早く誕生日が終わってほしいと思っていた。もちろん一族の者はこぞって彼女の招待に応えた。だがこの日をいっしょに祝いたいと思っていたふたりの男の顔が見えない。責任は自分にある。ひとりとは昨日ささいなことで口論になってしまった。そんなことで、今日、顔をださないとは、まったく大人げない。もうひとりは一年前に追放処分にした。トーマス・リッター、あの男には十八年ものあいだ目をかけてきたというのに、まったくがっかりさせられた。そのことを思いだすと古傷がうずくように胸が痛む。ヴェーラはけっして認めはしないが、その痛みがじつは愛の苦しみという一面を持っていることに内心気づいていた。年甲斐もないことだが、これればかりはどうしようもない。トーマスは十八年間、彼女の秘書であり、頭痛の種であり、友人だった。だが、残念ながら愛人にはならなかった。ヴェーラは長い人生でいろいろな男に出会ったが、あの小賢しい裏切り者のことだけはどうしても脳裏から離れなかった。トーマスはまさに裏切り者だった。しかしまさかこの年になって、「替えはどこにでもいる」という格言が間違っていることを思い知らされるとは。かけがえのない者はいるのだ。トーマスはまさしくそういう男だった。ヴェーラはめったに過去を振り返らないが、八十五歳の誕生日を迎えた今日だけは、これまでに見放してきた者たちのことが思いだされてならなかった。何人かとはなんの負い目も感じずに別れることができたが、中にはつらい別れをした者もいる。ヴェーラは深いため息をついた。

「どうかした、母さん?」左側にすわっている次男のジークベルトが気にして声をかけた。

「ろくに食べていないじゃないか!」

「大丈夫よ」ヴェーラは微笑んでみせた。「心配しないで」

ジークベルトは母の身を気遣い、認められようと一生懸命だ。うっとうしいくらいに。ヴェーラは長男の方をちらりと見た。長男のエラルドは心ここにあらずという風情だ。最近、そういうことがよくある。昨晩もまた帰宅しなかった。財団が助成している才能のある日本人女性アーティストと付き合っているという噂を最近耳にした。そのアーティストは二十代半ばだから、エラルドより四十歳近く若いことになる。だが二十五歳で禿頭《はげあたま》になった、小太りのジークベルトとは対照的に、エラルドはいまだに年齢を感じさせない。六十三歳になるというのに、以前より若やいで見える。女性が世代を超えて彼に首ったけになるのも無理はない！　エラルドは話がじょうずで、教養のあるジェントルマンだ。たとえば海水パンツ姿で浜辺にいるところなど想像することもできない！　どんな酷暑の夏でも、暗色のスーツを好んで着る。無頓着さと憂愁のないまぜになった彼は全女性の憧れの的だ。二年前に死んだ妻のヘルタも、エラルドのような男を独り占めにすることはできないと早々にあきらめていた。だがその美しい外見とは裏腹に、エラルドに別の一面があることを、ヴェーラは知っていた。といってもその変化に気づいたのはごく最近のことだ。なにかに怯えている。今までにないことだ。

ヴェーラは真珠の首飾りを指でいじりながら、視線を泳がせた。エラルドの左に娘のユッタがすわっている。ジークベルトより十五歳若い。遅くに生まれた子だ。計画して生んだわけではない。ユッタは野心家で、猪突猛進型だ。彼女を見ていると、ヴェーラは昔の自分を思いだす。銀行での研修をすませたあと、ユッタは大学で経済学と法学を修め、十二年前、政界入りした。八年前、州議会議員に当選し、その後、党の議員団長をつとめ、来年一月の州議会選挙では党の比例代表第一候補になることが有力視されている。ユッタの野望は、いずれヘッセン州首相になり、それを足がかりに国政に打ってでることだった。ユッタならやってのけるだろう、とヴェーラは確信していた。そのときは、カルテンゼー家の名が大いにものをいうはずだ。

ヴェーラの人生はおおむね幸福だといえる。家族に恵まれ、三人の子どもたちはそれぞれの道を進んでいる。トーマス・リッターの一件さえなければ。ヴェーラはこれまでなにごとにも用意周到だった。感情に流されることなく、重要な決断は絶えず冷静に下してきた。あの一件をのぞいて。怒りに駆られ、自尊心を傷つけられ、パニックに陥った彼女はそのとき、どんな結果を招くか考えもせず、軽はずみな判断をしてしまった。ヴェーラはグラスを取って、水をひと口飲んだ。あれから恐れおののく日々がつづいている。トーマスと決別したあの日から、払いのけることのできない影のように恐怖が彼女につきまとっていた。

人生の船旅で危険な岩礁に遭遇するたび、ヴェーラは将来を見通し、勇気を持って切り抜けてきた。他人の攻撃を退け、数々の危機を乗り越え、活路を切りひらいてきた彼女も、今回ばかりは気弱になり、心許《こころもと》なく感じていた。自分の人生や会社や家族に大きな責任を感じていたが、それが突如として息をつくのもつらい重荷になったのだ。年のせいだろうか。気力を失い、自分で心の制御ができなくなるまで、あと何年、時間が残されているだろう。

ヴェーラは客を見回した。屈託なく微笑む顔。話し声や、ナイフやフォークが皿とこすれる音が遠く聞こえる。ヴェーラはアニタを見つめた。若い頃からの友人だが、今では車椅子なしには外出できなくなっていた。なりふりかまわず生に固執していたあのアニタがこんなに老いさらばえるとは、夢にも思わなかったことだ！　ふたりはそろってダンス教室に通い、その後、他の女の子たち同様にナチ党のドイツ女子同盟に入った。そのときのことが、ヴェーラにはまるで昨日のことのように思われた。そのアニタが今にも消え入りそうな亡霊と化し、かつてつややかだった褐色の髪もすっかり真っ白になっている。アニタはヴェーラの若い頃を知る数少ない友人であり、人生の道連れのひとりだった。ほとんどの仲間が土に還った。年を取り、衰弱し、次々と仲間が死んでいくのを見させられるのはうれしいことではない。

柔らかな木漏れ日、鳩の鳴き声。黒い森をおおう大空のような青い湖面。夏の解放的なにおい。目を輝かせながらボートレースを見つめる若人の顔。白いセーターを着たチームが一着になり、誇らしげに手を振る。わたしは彼を見た。舵を手にしたキャプテンの彼。さっそうと桟橋に飛び移る彼。それを見て、胸が高鳴った。わたしはここよ。そういうつもりで両手を振った。わたしはあなたの勝利を祈っていたわ。わたしを見て！　彼が自分に微笑みかけたように見え、わたしはおめでとうといって、両手を彼の方に差しだした。胸が高鳴った。彼がまっすぐわたしの方へやってきたからだ。顔を綻ばせながら。だがその微笑みは自分に向けたものではなかった。相手はヴィッキー。わたしは胸を鋭いナイフで突き刺されたような痛みを感じた。嫉妬で息が詰まった。彼が別の娘を抱きしめ、肩に腕をまわして、優勝チームに喝采を送る人々の中へと消えていく。わたしは目に涙が浮かぶのを感じた。心の中にぽっかりあいた果てしない空虚。みんなの前で無視されたことがなにより耐えがたい。その場できびすを返し、足早に立ち去った。失望は怒り、憎しみへと変わった。両の拳を固くにぎりしめ、湖畔の砂まじりの道を走った。ここにはいたくない、もういたくない！

ヴェーラははっと我に返った。どうして思いだしたのだろう。忘れてしまいたい記憶なのに。

ヴェーラは腕時計をちらっと見た。いつまでも黙っているのはまずいだろう。しかしこの大勢の人、人いきれ、飛び交う声。ヴェーラはめまいがした。それでもこの六十年間ずっとそうしてきたように、今ここで人の注目に応えなくては。彼女の人生は前進あるのみだった。過去を美化して、懐かしさに酔ったことは一度たりともない。彼女が避難民の団体や同郷会に顔をださないのも同じ理由からだ。フォン・ツァイドリッツ＝ラウエンブルク男爵令嬢はオイゲン・カルテンゼーと結婚した日に永遠に消えたのだ。ヴェーラは旧東プロイセンに二度と足を踏み入れなかった。なぜか？　それが永遠に終わった人生のひとコマだからだ。

ジークベルトがナイフでグラスを叩いた。話し声がぴたりとやみ、子どもたちも席にすわらされた。

「なに？」ヴェーラは面食らって次男にたずねた。

「メイン料理をだす前に簡単なあいさつをするといっていたじゃないか、母さん」ジークベルトがいった。

「ああ、そうだったわね」ヴェーラは申し訳ないとでもいうように微笑んだ。「ちょっと考えごとをしていたものだから」

ヴェーラは咳払いすると立ち上がった。あいさつの言葉を決めるのに二、三時間かかった。しかしそのメモを見るのはやめた。

「みなさん、今日という日をわたくしとともに祝うために集まってくださって本当にありがとう」ヴェーラはしっかりした口調でそういうと、みんなを見回した。「今日のような日には、たいていの人が人生を振り返るものでしょう。しかしわたくしは思い出話をするのをやめようと思います。どちらにせよ、みなさんはわたくしのことをなにもかもご存じですからね」

軽い笑いが湧き起こった。だがヴェーラが先をつづけようとしたとき、大広間のドアが開き、男がひとり入ってきて、後ろの壁際に立った。ヴェーラはメガネをかけていなかったので、だれだかよくわからない。困ったことに汗が吹きだし、膝がガクガクした。まさかトーマス？だとしたら厚顔無恥もいいところだ。

「どうしたの、母さん？」ジークベルトが小声でたずねた。

ヴェーラは、なんでもないというように大きく首を振り、あわててグラスを取った。「みなさん、今日は来てくれてありがとう！」そういいながら、さっきの男がトーマスだったらどうしようと頭の中で必死に考えた。「乾杯！」

「万歳、母さん！」ユッタがそういってグラスを上げた。「お誕生日おめでとう！」

みんながグラスを上げ、ヴェーラの健康を祈った。ちょうどそのとき、さっきの男がジークベルトの隣に来て、なにか耳打ちした。ヴェーラは高鳴る胸を抑えながらそっちに顔を向けた。男はボーデンシュタイン城のオーナーだ。トーマスではなかった！　ヴェーラはほっとすると同時にがっかりし、気を高ぶらせた自分に腹を立てた。大広間の二枚扉が大きく開け放たれて、ウェイターたちがいっせいに主菜を運んできた。

「こんなときに申し訳ないです」オーナーが小声でいうのがヴェーラにも聞こえた。「これをあなたに渡すようにいわれまして」

「ありがとう」ジークベルトはメモを受け取って開いた。そのとたんジークベルトの顔から血の気が引いた。

「どうしたの？」ヴェーラはたずねた。「なにかあったの？」

ジークベルトが顔を上げた。

「ゴルトベルクおじさんのところの介護士からだ」ジークベルトは小さな声でいった。「母さん、気をしっかり持ってほしい。よりによってこんな。おじさんが死んだ」

いつもなら、署長のハインリヒ・ニーアホフ警視長は自分の権威を誇り、上下関係を明確にするため、オリヴァー・フォン・ボーデンシュタイン首席警部を部屋に呼びつける。ところが、今回は捜査十一課の会議室にじきじきに足を運んだ。カイ・オスターマン上級警部とカトリーン・ファヒンガー刑事助手が捜査会議の準備をしていた。ふたりとも、今朝早くピア・キルヒホフ警部から電話をもらい、週末の予定をあきらめ、会議室に集まったのだ。まだなにも書かれていない黒板に、カトリーンはていねいな字でゴルトベルクと板書し、その横に16145という例の謎の数字を書き足したところだった。

「ボーデンシュタイン、これはなんだね？」署長がたずねた。署長は人が好《よ》さそうな五十代半ばのずんぐりした体格の人物で、頭髪の左右に白髪がまじり、うっすら口髭を生やした顔はしもぶくれだった。だがその第一印象は間違いだ。自分の出世が第一の男で、政治的嗅覚だけが異常に発達していた。この数ヶ月、彼がもうすぐダルムシュタット行政管区長官に栄転するという噂が流れていた。オリヴァーは署長を自分の部屋に招き入れ、ダーヴィト・ゴルトベルク殺人事件について簡単に報告した。署長はおとなしく聞いていた。オリヴァーが話し終えてもなにもいわない。署長が脚光を浴びるのを好み、大々的に記者会見を開くのが好きなことは、署内のだれもが知っていた。この二年間、マイン＝タウヌス地方では著名人の殺人事件が起こっていなかった。だから、署長が張りきるとばかり思っていたオリヴァーは、反応が意外なほど控え目なので拍子抜けした。

「なかなか微妙な問題になりそうだな」署長のいつものにこやかな表情が影をひそめ、狡猾な策略家の顔があらわになった。「アメリカ国籍のユダヤ人で、ホロコーストの生存者だった人物が処刑されるみたいに後頭部を撃ち抜かれたとあっては、ひとまずメディアには黙っていたほうがよさそうだ」

オリヴァーもうなずいた。

「捜査は慎重を期すように。うかつなことをするなよ」署長にそういわれて、オリヴァーはむっとした。ホーフハイム刑事警察署捜査十一課が創設されてから、まだ一度も不覚を取っていない。

「介護士はどうなんだ？」署長はたずねた。

「どうなんだといいますと？」オリヴァーには、いっていることの意味がわからなかった。

「彼女は今朝、遺体を見つけて、ショックを受けています」

「そいつが関わっている可能性はないのか？　ゴルトベルクは金持ちだからな」

オリヴァーは不愉快になった。「国家試験に合格している介護士なら、もっと目立たない殺し方だってできたはずです」オリヴァーはわざと皮肉たっぷりにいった。署長は二十五年のあいだキャリアを積むことにばかり腐心して、捜査現場に顔をだすことはついぞなかった。それなのに、口だけはよくはさむ。署長が目をキョロキョロさせた。成り行き次第でどうなるか損得勘定をしているのだ。

「ゴルトベルクは重要人物だった」署長は声を低くしていった。「捜査は慎重にも慎重を期さねばならないぞ。部下は家に帰し、情報が外部に漏れないようにしたまえ」

それがどういう戦術なのか、オリヴァーには今ひとつピンとこなかった。どんな捜査でも、最初の七十二時間がもっとも重要だ。時間が経てば、手がかりはどんどん消えていくし、目撃者の記憶も薄れる。だが署長が気にしたのは、まさに、キルヒホフ監察医が今朝予言したことだった。警察の評判を落とすことと外交上の軋轢《あつれき》。政治的にはそういう判断もありうるだろうが、オリヴァーは納得できなかった。彼の仕事は殺人犯を見つけだし、逮捕することだ。ドイツで過去に恐ろしい体験をした老人が自宅で情け容赦なく殺害されたのだ。捜査とは別の駆け引きで貴重な時間を無駄にするのは言語道断だった。オリヴァーは、署長に報告した自分に腹が立った。署長の人となりを本人よりもよくわかっていたはずなのに。

「まあ、あまり考え込まないことだ、ボーデンシュタイン」署長の声には警告するような響きがあった。「独断専行はきみのキャリアに傷をつけることになる。きみだって、いつ」

「いいじゃないですか。そのために、わたしは警官になったのですから」オリヴァーはいい返えした。署長のいやらしい脅し文句と自分が見くびられたことにムカムカした。

署長はオリヴァーをなだめようとしたのだろうが、次にいった言葉が火に油を注ぐことになった。「きみのように経験と才能を併せ持っているなら、いやでも責任ある、長のつく地位につくべきだぞ、ボーデンシュタイン。わたしのいうことだから間違いない」

オリヴァーは怒りが爆発しそうになるのをぐっとこらえた。「わたしの考えでは、有能な人間こそ捜査を担当すべきです」服従拒否といわれても仕方のない言い方だった。「デスクにへばりついて、政治にうつつを抜かすようじゃだめでしょう」

署長は眉をひそめた。自分が侮辱されたのか考えているようだ。

「内務省にはきみをわたしの後任に推挙したが、早まったようだな」署長は冷ややかにいった。

「きみには野心というものがない」

オリヴァーは二の句が継げなかった。だが彼には鉄壁の自制心があり、素知らぬふりをするのがうまかった。

「不始末をしでかすなよ、ボーデンシュタイン。わかったかね？」そういって、署長はドアの方を向いた。

オリヴァーはしぶしぶうなずき、署長がドアを閉めて出ていくのを待った。それからすぐに携帯電話を取り、ピア・キルヒホフに直接フランクフルト監察医務院へ向かうよう指示した。すでに許可の下りている司法解剖を中止したくなかったのだ。署長の顔色などうかがっていられない。オリヴァー自身も、フランクフルトへ向かうつもりだったが、その前に会議室を見回した。カイ・オスターマン上級警部、カトリーン・ファヒンガー刑事助手、そして途中から入ってきたフランク・ベーンケ上級警部とアンドレアス・ハッセ警部がオリヴァーを見ていた。

「解散する」オリヴァーはぽつりといった。「月曜日に会おう。なにかあったら連絡する」

唖然としている部下に質問の間を与えず、オリヴァーはさっときびすを返した。


ローベルト・ヴァトコヴィアクはビールを飲み干し、手の甲で口をぬぐった。小便が漏れそうだった。だが一時間近く前からトイレのドアの横で苦手な連中がダーツをして遊んでいる。二日前にも、その連中に言い掛かりをつけられ、いつもすわっているカウンターからどかされた。ローベルトはダーツの的に視線を向けた。仕返しをしたいが、今は気が乗らない。

「もう一杯」飲み干したグラスをべとついたカウンターにすべらせた。時刻は午後三時半。今頃みんな、着飾って席についてるはずだ。シャンパンをがぶ飲みして、あの古狐の誕生日を祝って浮かれてんだろうな。ろくでもねえ！　仲がいいわけでもないのに、こういうときだけ幸せな家族のふりをしやがる。俺は招待されなかった。招待されても、顔をださなかっただろうけどな。招待状をあの婆《ばばあ》の足下に投げつけ、せせら笑ってやろうと思ってたのに。だが俺の企みがわかったのか、前日になっても招待状を送ってよこさなかった。

ウェイトレスが注ぎたてのビールを目の前に置き、紙のコースターに線を一本引いた。ローベルトはグラスをつかんだ手元を見て、小刻みに震えていることに気づいた。くそっ！　あんな連中のことを気にしてどうする！　あいつらはいつも俺のことをクズ扱いして、のけ者にしてきた。世間にだせない隠し子だとかいってな。奴らは口に手を当てて、ひそひそ陰口を叩き、いわくありげな目つきをし、困ったものだと首を振る。お高くとまった人非人ども！　俺は人生の落伍者ローベルトだ。酒気帯び運転でまたしても運転免許証を取り上げられた。これで三度目か？　いいや、四度目だ！　またしても刑務所行きだ。若い頃はいろいろなチャンスがあったのに、なにひとつものにできなかった。ローベルトはグラスをぎゅっとにぎりしめ、白くなった指の関節を見つめた。あの婆のしわくちゃの首を目玉が飛びでるほど思いっきりしめてやりたい。そのとき両手はきっと、今と同じように見えるだろう。

ローベルトはビールをぐいっと一気に飲んだ。ビールは最初の喉ごしが一番だ。冷たいビールが食道を通った。胃の中で煮えたぎり燃えさかる嫉妬にビールがかかって、ジュッと音を立てたような気がした。憎悪は冷たいといったのはどこのどいつだ？　三時四十五分。くそっ、小便が漏れそうだ。ローベルトはタバコを一本取って、火をつけた。クルティの奴、おせえな。昨日の晩の約束はどうなった。ゴルトベルクのおじきにせがんで、金をせしめてきたから、これで借りを返せる。おじきは俺の名付け親、このくらいはしてもらわなくちゃな。

「もう一杯いかが？」ウェイトレスが素っ気なくたずねた。ローベルトはうなずいて、カウンターの後ろの鏡を見た。だらしない恰好だ。肩にかかった脂ぎった髪、うつろな目、無精髭。ローベルトはまた腹が立ってきた。ヘーヒスト駅で殴り合いの喧嘩をしたときから、歯が欠けたままだ。これじゃまるで浮浪者だ！　新しいビールが来た。これで今日は六杯目だ。ようやくエンジンがかかってきた。クルティを誘って、ボーデンシュタイン城まで繰りだすか？　俺がふてくされ顔をして、客の前で小便したら、あいつら、目を丸くするだろうな。ローベルトはニヤリとした。昔、そういう場面を映画で見て、一度やってみたいと思っていたのだ。

「なあ、携帯電話、貸してくんない?」ローベルトはウェイトレスに頼んだ。うまく呂律《ろれつ》がまわらなかった。

「自分のはどうしたの?」ウェイトレスはすげなく答えると、ローベルトの方を見ず、次々とビールを注いだ。残念ながらローベルトは携帯電話を持っていなかった。どこかで上着のポケットから落としてしまったらしいのだ。

「なくしちまったんだ。けちなことをいうなよ」

「いやよ」ウェイトレスはそっぽを向くと、盆にグラスをいっぱい載せて、ダーツをしている連中のところへ運んでいった。鏡越しに、ローベルトは店のドアが開くのを見た。クルティだ。ようやく来た。

「よう」クルティがローベルトの肩を叩いて、隣のスツールにすわった。

「好きなもの頼みな。俺のおごりだ」ローベルトは太っ腹なところを見せた。ゴルトベルクのおじきからせしめた金があるから数日は悠々自適だ。なくなれば、また新しい金づるを探さなくてはならないが。すでにいい手を思いついていた。ヘルマンのおじきのところにしばらく顔をだしていない。クルティに計画を教えようか。ローベルトは不敵な笑みを浮かべた。いただけるものは、片っ端からいただくのみだ。

オリヴァーはヘニング・キルヒホフ監察医の部屋で、ピアがゴルトベルクの家から運んできた段ボール箱の中身を吟味していた。使用されたグラス二客とワインの瓶は、鏡や指紋のついたものなど鑑識が押収した数点といっしょにすでに科学捜査研究所にまわされていた。地下では今、ヘニングが法学部二年生くらいにしか見えない駆けだしの検察官とピアの立ち会いのもとダーヴィト・ヨーズア・ゴルトベルクの司法解剖を行っている。オリヴァーは、ゴルトベルクが物心両面で支えたさまざまな機関や個人からの感謝状や銀製の額に入った数枚の写真に目を通し、ていねいにスクラップされた新聞記事の切り抜きをペラペラめくってみた。他には一月の日付が入ったタクシー領収書やヘブライ文字で書かれたすり切れた古書が数冊あるだけだった。故人を知る手がかりはあまり多くない。ゴルトベルクは個人の持ち物をどこか他のところに保管しているようだ。段ボール箱に入っていたものの中でオリヴァーが興味を引かれたのは予定を書き込んだ手帳だ。高齢だというのに、ゴルトベルクの筆跡はじつにきれいだ。指先が震えた跡や迷った跡がどこにもない。オリヴァーは最後の週の予定表を見た。どの曜日にもメモが書き込まれている。だがこのメモにはとりつく島がなかった。名前がほとんど例外なくイニシャルだけだ。名前がちゃんと書かれているのは今日の日付のところだけだった。ヴェーラ八十五。あまり役に立たないだろうと思いつつ、オリヴァーは事務室へ行き、一月からの予定表をすべてコピーした。ゴルトベルクの人生最後の週までコピーしたところで、携帯電話が鳴った。

「ボス」地下室では携帯電話がうまくつながらないので、ピアの言葉がよく聞き取れなかった。

「こっちへ来てください。ヘニングがおかしなものを発見しました」

「わけがわからない。まったくわからない。しかしこれは一目瞭然だ」オリヴァーが解剖室に行くと、ヘニングが首を振りながらいった。いつも落ち着き払って、憎まれ口をきく彼が度を失っていた。助手とピアも呆然とし、検察官は興奮して下唇を噛んでいた。

「なにが見つかったんだ？」オリヴァーがたずねた。

「信じられないものだよ」ヘニングはオリヴァーを手招きし、ルーペを差しだした。「左腕に刺青《いれずみ》を見つけた。死斑が出ていたので、なかなか見分けられなかった。彼は左側を下にして倒れていたからね」

「アウシュヴィッツでは、みんな、刺青を彫られたはずだろう」オリヴァーはいった。

「それとは違うんだ」ヘニングは遺体の腕を指した。オリヴァーは目をすがめて、問題の箇所をルーペで見た。

「なんだろう……ふうむ……文字がふたつ見えるな。旧字体のドイツ文字だな……見間違いでなければ、AとBじゃないか？」

「見間違いじゃないさ」ヘニングはオリヴァーからルーペを取り返した。

「どういうことだ？」

「間違えていたら、この仕事をやめるよ。ありえないことだ。ゴルトベルクはユダヤ人なんだからね」

オリヴァーは、ヘニングがなにを騒いでいるのかわからなかった。

「もったいぶるなよ」オリヴァーはじれったくなった。「この刺青のどこが変なんだ?」

ヘニングはメガネ越しに、オリヴァーを上目遣いに見た。

「これは」秘密を打ち明けるときのように声をひそめた。「血液型の刺青だ。武装親衛隊員のな。左上腕の内側、肘から二十センチのところに彫られることになっていた。武装親衛隊員であったことの証なので、戦後、たくさんの隊員がこれを消そうとやっきになった。ご多分にもれずこの人物もな」

ヘニングは大きく息を吸うと、解剖台の反対側にまわった。

「通常」大学一年生に講義するような口調でヘニングはつづけた。「刺青は針を刺すことで、表皮の下の真皮に彫られる。だが今回のケースでは、色素が皮下組織にまで達していた。表皮には青あざのような跡が見えるだけだが、表皮を除いてみたら、このとおりはっきり読み取れるようになったんだ。血液型はAB」

オリヴァーはゴルトベルクの遺体をじっと見つめた。まばゆい光の中、胸を切開されて横たわっている。ヘニングによる信じられない発見がなにを意味し、そこからどのような推論が成り立つか、考えるだに恐ろしい。

「ここに横たわっている遺体の身元を知らなかったら」オリヴァーはゆっくりいった。「何者だと思う?」

ヘニングが急に足を止めた。

「この男は若い頃に親衛隊に入隊していたと見るね。しかも親衛隊が創設された頃からの古参だ。というのも、刺青の書体はのちにドイツ文字からラテン文字に変更されているんだ」

「とくに意味のない刺青である可能性は？　時を経るうちに……その……変質したとか」オリヴァーは自分でもありえないと思いつつ質問した。ヘニングの所見に間違いはない。オリヴァーの覚えているかぎり、ヘニングは一度も調書を修正したことがなかった。

「いいや。この箇所でそれはありえない」ヘニングはオリヴァーに疑われたことをなんとも思っていなかった。この発見がどれだけ信憑性があるかちゃんとわかっていたのだ。「これまでにもこの刺青に出合っている。南米で一度、他のところでも何度も。間違いはないね」


午後五時半、ピアは玄関を開けると、風よけの間で汚れた靴を脱いだ。彼女は超特急で馬と犬の世話をし、シャワーを浴び、髪を洗った。ボスと違って、ゴルトベルク事件の捜査を進めるなどというニーアホフ署長の指示に腹を立ててはいなかった。今晩、クリストフと約束をしていたからだ。ヘニングと別居し、株の儲けでウンターリーダーバッハの白樺農場《ビルケンホーフ》を買い、刑事警察に復帰したのは二年ほど前のことだ。クリストフ・ザンダーとの出会いは、彼女にとっては幸福の上に載せたホイップクリームだといえる。オペル動物園での殺人事件が縁で知り合って十ヶ月になる。彼の褐色の瞳に、ピアの心が射抜かれたのだ。ピアはなにごとも理性的に判断するタイプなので、この男に一目惚れした自分にすっかり当惑したことを今でもよく覚えている。八ヶ月前からピアとクリストフは……そう、どういう関係なのだろう？　恋人同士？

親しい間柄？　それとも伴侶？　彼はよくピアの家に泊まっていく。彼女もクリストフの家に出入りしていた。彼の三人の娘ともすっかり意気投合している。だが娘たちと一日じゅういっしょにいた回数はまだ数えるほどしかない。しかし彼に会い、彼とともに過ごし、彼と寝るのは今でも心躍る体験だった。

　ピアは、鏡に映る自分の顔を見た。目尻がたれている。シャワーの蛇口をまわして、頃合いの水温になるのを待った。クリストフはなにごとにも情熱的だ。いらいらしたり、かっかしそうになったりしたときでも、反応がヘニングとぜんぜん違っていた。ヘニングは開いた傷口を針でつつくのがじつにうまい。ヘニングのようなねちねちした男と十六年もよくいっしょに暮らせたものだ。彼は何日ものあいだ、ひと言もしゃべらずにいられたし、ペットも、子どもも、思いつきで行動することも好まなかった。そんな経験のあとだったので、クリストフのわかりやすさは感動的だった。彼を知ってから、ピアの中で新しい自意識が芽生えた。彼はピアをあるがままに愛してくれた。化粧をしていなくても平気。寝不足の顔でも問題なし。馬小屋用の作業着姿で、ゴム長靴をはいていても大丈夫だし、吹き出物があっても、お腹まわりに贅肉がついても、彼はまったく意に介さなかった。これだけ恋人にもってこいの相手なのに、十五年前に妻と死別してからだれとも付き合っていなかったというのだから信じられない。ピアは、人気《ひとけ》のない動物園で彼に惹かれたあの晩を思いだすと、今でも胸が高鳴る。

　今晩は公の席にはじめて彼といっしょに出ることになる。フランクフルトにある動物園会館で類人猿の檻改築の寄付を集めるための公式レセプションが開かれるのだ。この一週間、ピアは衣装のことで頭がいっぱいだった。ヘニングと夫婦だったときの服で残してあったものはMサイズで、恐ろしいことにひとつとして体に合わなかったのだ。無理矢理お腹を引っ込ませ、無理な動きをして縫い目がほどけたり、ファスナーがはずれたりしないかと一晩じゅう戦々恐々とするのは願い下げだ。だから夜の時間を二回と土曜日の午前中を使ってマイン＝タウヌス・センターやフランクフルトの商店街ツァイル通りでドレスを探した。しかし店はどこも拒食症の客をターゲットにしているかのようだった。自分と同い年くらいの販売員なら、悩みを共有できると思って探したが、これもまた的外れだった。販売員はすべて未成年のまま成長を止めたのではないかと思えるエキゾチックな美人揃いで、サイズときたらXXS。ピアが試着室でドレスを着ようと必死にもがいているのを見て見ぬふりをするか、哀れみの眼差しを向けるかのどちらかだった。そしてH&Mでやっと自分の体に合う服が見つかった。だがそこがマタニティコーナーであることに気づいて、ピアはショックを受けた。結局、服探しにうんざりし、あるがままでいいと開き直って、そのコーナーにあったシンプルな黒いシフトドレスのLサイズに決め、無事に服を見つけた自分への褒美にマクドナルドのスペシャルメニューを食べ、デザートにマックフルーリーのスマーティーズ入りまで注文した。

オリヴァーが夕方、帰宅すると、家族の者はみな出かけていて、出迎えてくれたのは愛犬だけだった。コージマは外出するといっていただろうか。キッチンテーブルにメモがあった。〝レストラン〈メルリン〉でニューギニア取材の打ち合わせをしてくる。ゾフィアを連れていく。じゃあ〟。オリヴァーはため息をついた。コージマは去年、妊娠したため、長年温めていたニューギニアの熱帯雨林のドキュメント映画の企画を中断させた。オリヴァーは、ゾフィアの世話があるから、そんな命がけの冒険はもう忘れてくれるだろうと期待していたのだ。だがどうもそうは問屋が卸さないようだ。冷蔵庫にチーズと栓を抜いた一九九六年物のシャトー・ラ・トゥール・ブランシュがあった。オリヴァーはチーズのオープンサンドをこしらえ、ワインをグラスに注ぐと、満腹という言葉を知らない愛犬を従えて書斎に入った。オスターマン上級警部なら、欲しい情報をインターネットから十倍は速く入手してくるだろう。しかしニーアホフ署長の指示がある。今はゴルトベルクについての情報収集を部下に頼むわけにいかない。オリヴァーはノートパソコンを開くと、アルゼンチン生まれのフランス人チェリスト、ソル・ガベッタのCDをかけて、ワインをなめた。まだ少し冷えすぎだ。チャイコフスキーとショパンを聴きながら、ネットサーフィンをし、新聞のバックナンバーを調べ、昨晩射殺された男について知って損のない情報をすべてメモした。

ダーヴィト・ゴルトベルクは一九一五年、旧東プロイセンのアンガーブルクで舶来雑貨店を営むザムエル・ゴルトベルクとその妻レベッカの息子として生まれた。一九三五年に高校を卒業し、その後一九四七年までは経歴不明。ある略歴によると、一九四五年アウシュヴィッツ絶滅収容所から解放されたのち、スウェーデンとイギリスを経由してアメリカに移住し、ニューヨークで、ユダヤ系銀行家ワインティーン家の娘サラと結婚した。しかしゴルトベルクは銀行業には手を染めず、軍需産業大手ロッキード社で頭角をあらわす。一九五九年にはアカウント・プランニング部長の職につき、政治に影響力のある全米ライフル協会の役員として軍需関係の重要なロビイストのひとりになると、歴代の大統領が彼を顧問として厚遇した。第三帝国時代、家族が残虐な目にあったにもかかわらず、彼はドイツとのつながりが濃く、数多くの人脈を持ち、とくにフランクフルトとの関係が深かった。

オリヴァーはため息をついて椅子の背にもたれかかった。九十二歳の老人を射殺する理由などあるのだろうか。

強盗の可能性はない。介護士によると、なにも盗まれていないという。もっとも、ゴルトベルクは金目のものをなにひとつ自宅に置いていなかった。邸の防犯装置はスイッチが切られていたし、電話の留守電機能は使われた形跡がなかった。

動物園会館には、フランクフルトの古くからの金持ちと派手好みの成金たちが勢揃いしていた。他にもテレビ界やスポーツ界、裏社交界の有名人などメディアに顔の売れている人々が、類人猿の檻につける新しい屋根のために寄付をしようとやってきたのだ。舌の肥えた来賓の口に合うよう、高級ケータリングサービスに料理が注文され、浴びるほど飲める量のシャンパンが準備されていた。ピアはクリストフの腕を取りながら、人々の中を歩いた。黒いシフトドレスを着てきて、ピアは少しほっとしていた。まだ整理していない引っ越しの荷物の中からヘアストレートアイロンを見つけだして、ボサボサの髪を伸ばし、三十分近くかけて薄くメイクした。ジーンズ姿に長髪を後ろでしばっただけのクリストフはピアの姿に目をみはった。

「すごいな」玄関を開けたピアを見て、彼はいった。「どちらさまでしょうか？　ピアの家でなにをなさっているのですか？」

それからピアを腕に抱き、心を込めて優しくキスをした。当然、なにひとつ壊さないように細心の注意を払いながら。大人になりかけの娘を三人もひとりで育てた父として、彼は女性の扱い方に慣れていて、めったに間違いを犯すことがなかった。たとえば、スタイルや髪型や服装についてちょっとでも軽率なコメントをすれば悲惨な目にあうことをよくわきまえていた。しかし今晩の誉め言葉は掛け値なしに本心から出たものだった。彼のうれしそうな眼差しを見ただけで、やせた二十歳の娘より自分の方がずっと魅力があるとピアは思うことができた。

「知った顔はほとんどいないな」クリストフがピアにささやいた。「ここに集まっているのはいったいだれなんだ？　動物園とどういう関係があるのかね？」

「フランクフルトの上流階級でしょう。それから自分は上流階級だと思っている人たち。お金を寄付してくれるんだからいいじゃない。それがこのイベントの趣旨でしょう。ところであっちの隅のテーブルに、この町の本当の有力者が数人立っているわよ」

ピアの言葉が聞こえたかのように、その瞬間、そこにいた女性のひとりが首を伸ばして、ピアに手を振った。年は四十くらいで、どんなブティックでもぴったりのドレスが見つかりそうな華奢《きゃしゃ》な体つきをしている。ピアはとっさに微笑んで、手を振り返し、それからあらためてよく見た。

「たまげたな」クリストフがニヤニヤした。「有力者に知り合いがいるとはね。だれ？」

「信じられない」ピアはクリストフの腕から手を離した。黒髪のやせた女性は人混みを抜けてピアたちの前にやってきた。

「お人形さん《ピュッピー》！」女性は大きな声をあげ、ニコニコしながら腕をひろげた。

「カエルちゃん《フロッシュ》！　びっくりだわ！　フランクフルトでなにをしてるの？」ピアはそうたずねながら、心を込めてその女性を抱きしめた。ミリアム・ホロヴィッツはピアの旧友だ。ふたりしてよく羽目をはずしたものだ。だがミリアムがドイツを離れてから、ふたりは疎遠になった。

「カエルちゃんて呼ばれたの久しぶり」ミリアムは目元を綻ばした。「こっちこそびっくりよ！」

　ふたりはお互いをじろじろ眺めまわして喜んだ。多少しわが増えたものの、ミリアムにはさほど変わったところがなかった。

「クリストフ、こちらはミリアム、昔、ものすごく仲が良かったの」ピアはミリアムの育ちのよさを思いだして、紹介の労をとった。「ミリ、こちらはクリストフ・ザンダー」

「はじめまして」ミリアムは手を差しだしてニコッとした。ピアとミリアムがおしゃべりをはじめたので、クリストフはふたりから離れ、数人の同業者のところへあいさつにいった。


　エラルド・カルテンゼーは目を覚ました。疲労感が残っていて、自分がどこにいるのか思いだすのにも少し時間がかかった。彼は昼寝を嫌っていた。きまって生体リズムがおかしくなるからだ。だが寝不足を解消するにはこれしか方法がなかった。喉が痛い。口の中でいやな味がする。もう何年もほとんど夢を見たことがない。見ても、起きたときには忘れている。ところが最近、身の毛もよだつ悪夢に悩まされていた。救いは睡眠薬だけだ。タボールの一日あたりの服用量は二ミリグラム。そして悪夢はまた忘れた頃にきまって訪れる。不安、声、身の毛のよだつ哄笑、そんなわけのわからない朧気《おぼろげ》な記憶にびっしょり汗をかき、エラルドは体を起こすと、ドクドクと鈍痛を感じるこめかみをもんだ。日常にもどれば、また少しはよくなるだろう。母の八十五歳の誕生日を祝って、公式、非公式、そして家族水入らずのさまざまな行事がつづいた。それが終わってエラルドは、心底ほっとしていた。彼が水車屋敷《ミューレンホーフ》で暮らし、暇をもてあましているように見えるので、他の家族は彼がすべて手配するものと期待した。今になって、なにがあったか思いだした。ゴルトベルクが亡くなったという知らせが飛び込んできて、ボーデンシュタイン城での祝いの席は途中でお開きになってしまった。

エラルドは苦笑いして、ベッドから両足をだした。九十二歳とは、まったく長生きしたものだ。無理矢理人生を奪われたと嘆くこともない年齢だ。エラルドはふらつきながらバスルームへ行き、服を脱いで、鏡の前に立った。鏡に映った自分の姿をじっと見つめた。六十三歳になるというのに、今でもスタイルがいい。腹は出ていないし、どこにも贅肉はついていなければ、七面鳥みたいに喉の肉をたるませてもいない。浴槽に湯を入れると、バスソルトをひとにぎり落とし、香り立つ温かい湯に向かってため息をついた。ゴルトベルクの死はとくにショックでもなんでもない。パーティが早くお開きになったのだから、ありがたかったくらいだ。母に頼まれて、彼はすぐ車で家に連れて帰った。ジークベルトとユッタが少し遅れて水車屋敷《ミューレンホーフ》にやってきたので、エラルドはそのタイミングを利用してこっそり自室にもどったのだった。この数日に起こったことをゆっくり考えてみなくては。

エラルドは目を閉じて、夜中のことを思い返し、心臓がドキドキしてきた。取り乱し、怯えたあの姿がまるでビデオテープのワンカットのように心の目に浮かぶ。何度も、何度も。どうしてあんなことをしてしまったのだろう？　長い人生、私生活でも、仕事の上でもいろいろ問題があったが、なんとか切り抜けてきた。しかし今回の件では本当に道を踏みはずしてしまった。なんであんなことをしてしまったのか、自分で自分がわからない。自制心が働かなかった。この心のジレンマを相談できる相手はだれもいない。こんな秘密を抱えてこれから普通に生きていけるだろうか。そのときドアが勢いよく開け放たれた。エラルドはびっくりして体を起こし、両手で恥ずかしいところを隠した。

「母さん」エラルドは怒った。「ノックしないなんて」

ヴェーラのただならぬ表情に気づいたのは、そのあとだった。

「ダーヴィトが死んだわ」ヴェーラはそういうと、バスルームの横のベンチにすわり込んだ。

「撃ち殺されたなんて！」

「ああ、かわいそうなことをしたね」エラルドには通り一遍のことしかいえなかった。ヴェーラはエラルドをちらっと見た。

「おまえは冷たいね」声を震わせてささやくと、ヴェーラは両手で顔を隠し、さめざめと泣きだした。

「それじゃ、再会を祝して乾杯しましょう！」ミリアムはピアをバーの方へ引っ張っていき、シャンパンを二杯注文した。

「フランクフルトにはいつもどったの？」ピアはたずねた。「ワルシャワで暮らしているって、あなたのお母さんから聞いてたんだけど。しばらく前に、ばったり出会ってね」

「パリ、オックスフォード、ワルシャワ、ワシントン、テルアビブ、ベルリン、フランクフルト」ミリアムは住んだ町の名を羅列して笑った。「どの町も好きにはなったけど、一生暮らしてみようって気になれなかったわ。それより、あなたは？　今はなにをしているの？　仕事は、御主人は、子どもは？」

「法学を学んだあと、警察学校に転校したの」

「嘘っ！」ミリアムは目を丸くした。「どうしてまた？」

ピアはためらった。まだそのことを人に話す気になれなかった。トラウマから抜けだすには話すのが一番だとクリストフはいっているが。ほぼ二十年にわたって、人生最悪のあの体験をだれにも話せずにきた。ヘニングにも打ち明けなかった。ピアは自分の弱さとあのときの恐怖を思いだしたくなかったのだ。だがミリアムは思った以上に勘が鋭かった。そしてすぐ真面目な顔になってたずねた。「なにかあったの？」

「高校卒業試験が終わったあとの夏のことよ。フランスである男と知り合いになったの。優しかったわ。ひと夏の恋というやつ。そのときは面白おかしく過ごして、バカンスからもどったら、それでおしまいのつもりだった。でも、そいつにとっては終わりじゃなかったのよ。手紙を大量に送りつけてきて、電話攻勢をかけて、待ち伏せまでするようになったの。そして最後にわたしの部屋に押し入って、わたしを」

「なんてこと」小声でいうと、気持ちが痛いほどよくわかったミリアムはピアの手をにぎった。「ひどい話」

「ええ、ひどい目にあったわ」ピアは苦笑いした。「それで、警官になればそんな目にあわなくてすむと思ったのね。今は刑事警察署の殺人課にいるわ」

「それで？ なにもしなかったの？」ミリアムはたずねた。ピアにも、ミリアムがなにをいいたいのかわかった。

「ええ」ピアは肩をすくめた。これまで絶対のタブーだった人生のひとコマを打ち明けたら、驚いたことに、すっと胸のつかえがとれた気がした。「前の夫にも話したことがないわ。いずれそのことを忘れられると思ってたの」

「でも忘れられなかった……」

「忘れていたのよ。しばらくのあいだはね。去年、それを思いださせるようないやな目にあわなければね」

ピアはミリアムに、去年の夏に起こった事件の話をした。その捜査中に、クリストフと出会い、自分の過去と対峙することになったのだ。

「クリストフは、強姦被害者の会に入って、そういう人たちを支えるべきだっていってるわ」

ピアは少ししてからいった。「でもまだ迷ってるの」

「絶対そうするべきよ！　そういうトラウマで人生をだめにすることもあるのよ。わたしを信じて。よくわかっているんだから。フリッツ＝バウアー研究所とヴィースバーデンにある財団〈反追放センター〉で仕事をしているの。第二次世界大戦後、東部地域で生きていた女性たちから恐ろしい運命について何度話を聞いたことか。彼女たちの体験したことは、筆舌に尽くしがたいわ。そしてたいていの人がそのことを話さずに生きてきたの。でもそのせいで、精神的に壊れていたわ」

ピアはじっとミリアムを見つめた。ミリアムはずいぶん変わっていた。裕福な家庭に生まれ、なに不自由ない暮らしをしていた楽天的な少女の面影はどこにもない。二十年はやはり長い歳月なのだ。

「あなたが働いているところだけど、どういう研究所なの？」ピアはたずねた。

「ホロコーストの歴史とその影響について研究し、資料を収集するセンターよ。フランクフルト大学とも連携していてね。そこで講義をしたり、展覧会の企画を立案したりしているの。変でしょう。クラブ経営者か馬術競技の選手になりたいと思っていたのにね。ふふふ。わたしたちがまっとうな職業についていると知ったら、あのときの担任、きっと目を白黒させるわね」

「でも、ほら、わたしたちは人生のどん底を見るとかいっていたじゃない。あの予言は当たったことになるわね」ピアはニヤリとした。ふたりはシャンパングラスを当て合った。

「クリストフとはどうなの？」ミリアムはたずねた。「本気？」

「だと思うけど」ピアは答えた。

「あなたにぞっこんみたいね」ミリアムは片目をつぶると、顔を近づけていった。「彼、さっきからずっとこっちをチラチラ見ているわよ」

ピアは胃のあたりが妙にこそばゆかった。ふたりはまたシャンパングラスを当てた。ピアは白樺農場《ビルケンホーフ》とそこで飼っている動物たちのことを話した。

「あなたはどこに住んでいるの？」ピアがたずねた。「フランクフルト？」

「ええ」ミリアムはうなずいた。「おばあさんの家で厄介になっているわ」

ミリアムの家族を知らない者が聞いたら、ずいぶん貧乏くさいと思うかもしれないが、ピアは事情に通じていた。ミリアムの祖母シャルロッテ・ホロヴィッツはフランクフルトの社交界きっての立役者であり、その「家」というのは広大な敷地に建つ古い大豪邸で、不動産投機筋が喉から手が出るほど欲しがっている高級住宅地のホルツハウス地区にある。そのときふと思い立って、ピアは話題を変えた。

「ねえ、ミリ。ダーヴィト・ヨーズア・ゴルトベルクを知ってる？」

ミリアムは驚いてピアを見た。

「もちろんよ。ゴルトベルクさんはおばあさんの古い知り合いだもの。ゴルトベルク家はもう何十年もフランクフルトのユダヤ人協会のさまざまな計画に資金援助してくれているのよ。どうしてそんなことを訊くの？」

「ただちょっとね」ミリアムの好奇の目に気づいて、ピアははぐらかした。「今は話せないことなの」

「捜査上の秘密?」

「まあ、そうね。ごめんなさい」

「気にしない、気にしない」ミリアムはグラスを上げて微笑んだ。「久しぶりの再会を祝して! 本当にうれしいわ!」

「わたしもよ」ピアはニヤリとした。「よかったら、うちに遊びにきて。昔みたいにまた馬で遠乗りしましょうよ」

クリストフがふたりのいるスタンドテーブルにやってきた。当然のように腰に腕をまわしてきたので、ピアはうれしくて、心臓がドキドキした。ヘニングはそういうことをしなかった。人前で愛情を表現するのは「原始的な所有者が誇りを見せびらかそうとする悪趣味な行為」だといって、ピアをいつもがっかりさせた。ピアはそういうことが好きだったのだ。三人は何度もシャンパングラスを飲み干した。ピアがH&Mのマタニティコーナーでドレスを買った話をして、みんなで目に涙を浮かべて笑った。気づいたら、もう夜中の十二時半になっていた。こんなに心ゆくまで楽しんだのは久しぶりだ、とピアは思った。ヘニングだったら、夜十時には家に帰るといいだしただろうし、さもなかったら、監察医務院に立ち寄るか、なにか重要な話題で盛り上がっている男たちにまじって、ピアを蚊帳《かや》の外に置くのがおちだ。だがクリストフは違う。ピアの評価では「お出かけ」でも最高点を叩きだした。

動物園会館を出て、ピアの車まで歩くあいだも、ふたりは笑いどおしだった。こんなに幸せなことはない、とピアは思った。

オリヴァーはびっくりした。書斎のドアのところにコージマの姿があったからだ。

「やあ」オリヴァーはいった。「打ち合わせはどうだった？」

コージマがそばへやってきて、小首をかしげた。

「とっても建設的な話ができたわ」コージマはニッコリして、オリヴァーの頬にキスをした。

「心配しないで。わたしは自分で熱帯雨林に分け入るわけじゃないから。ヴィルフリート・デチェントが探検隊長になることが決まったわ」

「心配なのは、きみがゾフィアを連れていくかどうかさ。それと、わたしが休暇願をださなくてはならないかどうか」オリヴァーはそういって、内心ほっとしていることを気づかれまいとした。「いま何時だい？」

「もうすぐ十二時半よ」コージマは身を乗りだして、ノートパソコンをのぞいた。「なにをしているの？」

「射殺された被害者の情報を集めていたんだ」

「それで？　なにかわかった？」

「たいしてつかめなかった」オリヴァーはゴルトベルクについてわかったことをかいつまんで話した。コージマとおしゃべりするのが好きだった。彼女は鋭いところがあり、事件から距離を置けるので、オリヴァーが木ばかり見て、森が見えなくなったとき、視点を変えるきっかけを作ってくれる。司法解剖の結果を話すと、コージマは驚いて目を見開いた。

「信じられない！　絶対にありえないことだわ！」

「自分の目で確かめたんだ。キルヒホフにかぎって間違いはない。見た目には、ゴルトベルクにそんな暗い過去があるなんて思えないさ。だけど六十年以上あれば、もちろんいろいろ隠蔽することはできるだろう。彼の手帳があったけど、予定表を見てもちんぷんかんぷんなんだ。名前がいくつかあがっている以外はイニシャルばかりでね。ただ今日の日付のところには名前と数字が記入されていた」

オリヴァーは欠伸をして、うなじをかいた。「ヴェーラ八十五、パスワードみたいだろう。わたしのホットメールのパスワードはコージ……」

「ヴェーラ八十五？」コージマが背筋を伸ばした。「今朝、ゴルトベルクの名前を聞いたとき、いいかけた話があったでしょう」

コージマは人差し指を鼻に当てて、眉間にしわを寄せた。

「そうだっけ？　どういう話？」

「ヴェーラっていうのはヴェーラ・カルテンゼー。今日、古城ホテルのレストランで八十五歳の誕生日を祝ったのよ。ロザリーが話していたわ。わたしの母も招待されていたし」

オリヴァーは急に眠気が吹き飛んだ。ヴェーラ八十五。ヴェーラ・カルテンゼー夫人、八十五歳の誕生日。被害者の残した謎のメモの答はそれに違いない！　カルテンゼー夫人が何者かはむろん知っている。女性実業家で社会事業や文化事業に多額の寄付をしている。要するにエンネ・ブルダやフリーデ・シュプリンガー（両名ともドイツ出版界の有力者）のように社会的影響力のある女性なのだ。しかしこの一点の曇りもない名声を持つ女性と元親衛隊員にどのような接点があるのだろう。カルテンゼー夫人がゴルトベルクと結びついたことで、事件は思わぬ展開を見せることになりそうだ。オリヴァーにはありがたくない展開だ。

「キルヒホフはなにか勘違いしているんじゃない？」コージマがいった。「ヴェーラが元ナチの人間と親交があったなんて考えられないわ。だって、一九四五年にナチのせいですべてを失ったのよ。家族、故郷、東プロイセンの城館……」

「元ナチだって知らなかったのかもしれない。ゴルトベルクは自分の人生を完璧な作り話で塗り固めていたからね。何者かに撃ち殺され、キルヒホフに司法解剖されなければ、秘密を抱えたまま墓に入っていたはずだ」

　コージマは下唇を噛んで考えをめぐらした。「とんでもない話ね！」

「わたしのキャリアにとってもとんでもない話になる。ニーアホフが今日、話したことを考えるとね」オリヴァーは皮肉まじりに答えた。

「どういうこと？」

　オリヴァーは、ニーアホフ署長が今日いったことを伝えた。

　コージマは眉をひそめた。「彼、ホーフハイムを出たがっていたの？　知らなかったわ」

「もうずっと前からこそこそやっていたさ」オリヴァーはデスクライトを消した。「ニーアホフは外交問題になるのを恐れているんだ。ひとつ間違えると、失脚する」

「だけど、捜査の中断を命じるなんて！　捜査妨害じゃない！」

「違うな」オリヴァーは立ち上がって、コージマの肩に腕をまわした。「それが政治ってものさ。でも話はこのくらいにして寝ようじゃないか。明日があるからね。うちの王女さまが、朝まで寝させてくれるといいんだけど」

二〇〇七年四月二十九日（日曜日）

ニーアホフ署長はそわそわしていた。それもひどくそわそわしていた。早朝、連邦刑事局上層部からあまりうれしくない電話があり、ゴルトベルク事件の捜査を即刻中止するようにという厳命を受けたのだ。署長としては、政治がらみで自分や自分の部局が批判の十字砲火を浴びるのは避けたいと思っていたが、頭ごなしに命令されるのも癪《しゃく》に障っていた。署長はオリヴァーを呼びだし、箝口令をしいた。

「サロモン・ゴルトベルク氏が今朝、ニューヨークから飛んできて、父親の遺体を即刻引き渡すように要求している」

「署長に？」オリヴァーは驚いてたずねた。

「いいや」署長は腹立たしそうにかぶりを振った。「ゴルトベルクはＣＩＡとアメリカ総領事館の人間を引きつれてフランクフルト警察本部長に直談判したのさ。本部長はなにも知らないから、州内務省と連邦刑事局に話を持っていってしまったんだ」

内務大臣がこの件に関してじきじきに出張ってきて、監察医務院でお偉方が勢揃いした。ニーアホフ警視長の他に内務省次官、フランクフルト警察本部長、フランクフルト監察医務院院長トーマス・クローンラーゲ教授、連邦刑事局の職員ふたり。サロモン・ゴルトベルクはフランクフルトのユダヤ人協会会長とアメリカ合衆国領事とCIA職員を連れてきた。流れはすでに外交上の特別扱いに傾いていた。アメリカ側の要求ははっきりしていた。ゴルトベルクの遺体を即刻引き取りたいというのだ。むろん法的には、捜査中の殺人事件にアメリカ政府が介入することはできない。だが内務大臣は八ヶ月後に選挙を控えていたため、スキャンダルを望まなかったのだ。サロモン・ゴルトベルクがドイツに来てから二時間後、この事件は連邦刑事局扱いとなった。

「まったくわけがわからない」署長は部屋の中を歩きまわり、オリヴァーの前で立ち止まった。「どうなっているんだ?」

オリヴァーは、理由ならひとつしかないと思っていた。「昨日の司法解剖でゴルトベルクの左腕に刺青《いれずみ》を確認しまして、彼が親衛隊員だったことが判明しました」

署長が口をあんぐり開けた。

「し……し……しかしそんな馬鹿な。ゴルトベルクはホロコーストの生き残りだぞ。アウシュヴィッツに入れられ、そこで家族を全員失ったんだ」

「彼の言い分ではそうです」オリヴァーは椅子の背にもたれかかって足を組んだ。「しかしわたしはドクター・キルヒホフに全幅の信頼を寄せています。息子が父親の遺体発見から二十四時間以内にやってきて、捜査妨害をする理由はそれしかないでしょう。遺体をすぐに消し去る必要があったのです。彼の秘密を隠すためにね。ただこちらの方が一歩早かったのです」

署長は大きく息をつき、デスクに向かってすわった。

「きみのいうとおりらしい」署長はしばらくしてからいった。「しかしゴルトベルクの息子はどうやってあれだけの大物を動かしたんだ？」

「しかるべきところにいる、しかるべき人間を知っているのでしょう。あなたなら、そういう奥の手があることをご存じだと思いますが」

署長はオリヴァーをジロッと見た。「家族に知らせたのは、きみかね？」

「いいえ。ゴルトベルクの介護士ではないでしょうか」

「あちらさんは、司法解剖所見を欲しがっている」署長は落ち着きなく顎をなでた。心の中で警官である自分と政治家である自分がせめぎあっているようだ。「ボーデンシュタイン、これからどうなるかわかるか？」

「ええ、わかります」オリヴァーはうなずいた。署長は椅子から跳ね上がって、またしばらく部屋の中を黙って歩きまわった。

「これからどうする？　このことが明るみに出たら、わたしはおしまいだ。なにか外に漏れでもしたら、メディアは黙っていないだろう！」

上司が自分のことしか口にしないので、オリヴァーは渋い顔をした。殺人事件の解明など、二の次なのだ。

「外には漏れないでしょう。猫に鈴をつけたがる者はいませんからね」

「きみはそういうが……司法解剖所見の件はどうする？」

「シュレッダーにかけたらどうですか」

署長は背中で手を組んで窓の外を眺めた。それからくるりと向き直った。

「わたしはゴルトベルク事件の捜査を中断するよう指示を与えていたな」彼は声を低くしていった。「きみはちゃんと覚えていると思うが？」

「もちろんです」オリヴァーは答えた。指示などもらった覚えはないが、それがどういう意味合いの質問かは説明されなくてもよくわかった。ゴルトベルク殺人事件は上の組織によってお蔵入りになるのだ。

二〇〇七年四月三十日（月曜日）

「夜明けまでも　踊りながら　話しましょう、あなたの手に　抱かれながら　夢をみたい　私の心は軽く　高く空を飛ぶ　ふたりだけで踊りたいの　夜のあけるまで（「踊りあかそう」マイ・フェア・レディより　岩谷時子訳詞）」

七時少し過ぎ、会議室のドアを開けたオリヴァーは、机やフリップチャートのあいだをひとりで歌いながらシャドーダンスに興じているピアを見て絶句した。オリヴァーは咳払いした。

「動物園の園長さんが優しくしてくれたのかい？　なんだか絶好調じゃないか」

「もう天にも昇る心地なんですよ！」ピアはクルクルッとピルエットをすると、両腕を下げてニコニコしながらお辞儀した。「彼はいつも優しいの。ボス、コーヒーを持ってきましょうか？」

「なにかあったのかい？」オリヴァーは眉をひそめた。「まさか休暇申請をしたいなんていわないよな？」

「まったくもう、なにを勘ぐっているんですか！　わたしはただ気分がいいだけです。土曜日の晩に、昔の女友だちと再会したんです。ゴルトベルクのことを知っていて、それで……」

「ゴルトベルクの件は終わったよ。わけはあとで話す。みんなを呼んできてくれないか？」

しばらくして捜査十一課のメンバー全員が会議机を囲み、啞然としながらオリヴァーの話に耳を傾けた。いつも褐色の服を着てくるアンドレアス・ハッセ警部が珍しく黄色いシャツと柄もののベストを着て、コーデュロイパンツをはき、表情を変えずにじっと話を聞いていた。日頃からあまりやる気のない男で、年齢はまだ五十代半ばだというのに、数年前から定年になる日を指折り数えている。ベーンケ上級警部もガムを嚙みながら、別のことを考えているようだ。さしあたり緊急の用事がなくなったので、オリヴァーは部下に、捜査十課が担当している自動車盗難事件の捜査に引き続き手を貸すようにいった。この数ヶ月、東欧からやってきた自動車泥棒集団がこの地域で荒稼ぎをしていて、捜査に人手が足りなかったのだ。カイ・オスターマンとピアには未解決の強盗事件を捜査するように指示した。そしてふたりだけ会議室に残すと、オリヴァーはあらためてゴルトベルクの過去についてわかったことと、日曜日の朝のひと悶着についても詳しく話した。

「つまり本当に事件からはずされたんですね？」カイは信じがたいというようにたずねた。

「公式にはそのとおりだ」オリヴァーはうなずいた。「だがアメリカも連邦刑事局も真相を究明する気がない。署長もこの件と縁が切れてほっとしている」

「科学捜査研究所の分析結果は？」ピアがたずねた。

「上の連中はそのことを忘れているようだ」オリヴァーはいった。「オスターマン、すぐ鑑識に連絡して、どうなっているかこっそり調べてくれ。結果が出ていたら、直接ヴィースバーデンの科学捜査研究所に報告書を受け取りにいってほしい」

カイはうなずいた。

「介護士の話では、木曜日の午後、スキンヘッドの男と黒髪の女がゴルトベルクを訪ねてきたとのことです」ピアはいった。「木曜日の日が暮れる前にも、男がひとり訪ねています。介護士は家を出るときに会ったそうです。車を門の前に止めたといっていました。スポーツカーで、車のナンバープレートはフランクフルトだったそうです」

「取りあえず手がかりになるな。他には？」

「ええ、あります」ピアは手帳を見た。「ゴルトベルクは週に二回、生花を届けさせていたそうです。ところが水曜日、届けにきたのはいつもの花屋ではなく、四十代はじめか半ばのあまり身なりのよくない男でした。介護士が家に通すと、男は直接ゴルトベルクのところへ行って、ずいぶんなれなれしい口の利き方をしたそうです。男がリビングのドアを閉めたので、話の内容まではわからなかったけれど、ゴルトベルクはそのせいでかなり気が立ったらしいです。次からは玄関で花を受け取り、中に入れるな、と怒られたそうです」

「よし」オリヴァーはうなずいた。「問題はあの鏡に書かれた数字だな」

「電話番号じゃないですか？」カイがいった。「あるいはどこかのコインロッカーの番号か、パスワードか、スイスの銀行の口座番号。隊員番号もありかも……」

「隊員番号！」ピアが口をはさんだ。「殺人の動機がゴルトベルクの過去と関係しているなら、16145という数字は親衛隊の隊員番号かもしれませんね」

「ゴルトベルクは九十二歳だからな」カイは考え込んだ。「隊員番号を知っている奴ということは、同じくらいの年寄りになりますね」

「そうともかぎらないだろう」オリヴァーも考えながらいった。「ゴルトベルクの過去を知っていればいいんだからな」

殺人事件でわざわざ事件現場にメッセージを残すケースが希《まれ》にある。それはたいていトレードマークのようなものだ。犯人は警察を相手に遊んでいるか、自分の知性と手際のよさを誇示したいかのどちらかだ。今回もそういうケースに当たるのだろうか。鏡に残されたあの数字はそういうシグナルなのか。だとしたら、それはなにを意味するのだろう。なにかの手がかりか、それともこちらを攪乱《かくらん》するためにわざと仕掛けたフェイクだろうか。オリヴァーにも皆目見当がつかなかった。ダーヴィト・ヨーズア・ゴルトベルクの事件は本当にお蔵入りしそうな気配がしてきた。

マルクス・ノヴァクは自分の小さな事務所のデスクで、明後日の打ち合わせに必要な書類の整理をしていた。ずっとかかり切りだったプロジェクトがようやく動きだしそうだ。フランクフルト市はしばらく前に、大規模な旧市街修復のために近代的な市庁舎を買いもどした。フランクフルト市議会では二〇〇五年の夏、この醜いコンクリートの塊《かたまり》のあとにどのような建築物を建てるべきか激しい議論が戦わされた。大聖堂とレーマー広場のあいだにひろがる旧市街の一角がこうして再建されることになった。戦時中に破壊された歴史的価値のあるハーフティンバー造りの家を七棟、当時そのままに復元するというのだ。マルクスのように才能はあっても、まだそれほど名の通っていない建築修復士にとって、こうした企画は大変な挑戦であるし、会社の経営を長期にわたって楽にしてくれるだろう。いや、それだけではない。この野心的なプロジェクトは間違いなく大きな注目を浴びるはずなので、全国区に名前を広める絶好の機会となるだろう。

携帯電話が鳴って、マルクスは我に返った。図面やスケッチ、図表、写真の山の中から携帯電話を探しだした。画面に映った電話番号を見て、胸が高鳴った。待っていた電話だ! 待ち焦がれつつ、良心の呵責《かしゃく》にもさいなまれながら。マルクスは一瞬ためらった。本当はあとでフィッシュバッハ・スポーツクラブのグラウンドに行くとクリスティーナに約束していた。今日は、年に一度そこに大きな天幕を張り、夏の到来を祝って踊り明かす日なのだ。マルクスは携帯電話を見つめ、下唇を噛みながら悩んだ。だが誘惑には勝てなかった。
「ああ、どうとでもなれ」そうつぶやくと、彼は通話ボタンを押した。

彼は今日一日酒を一滴も飲んでいなかった。いや、まあ、ほとんど一滴も、といったほうがいいか。一時間前に抗うつ剤のプロザックを二錠、ウォッカをひと口含んで飲み込んだ。これならにおいはしない。クルティには酒を飲まないと話していた。頭はすっきりしている。手も震えていない。ローベルト・ヴァトコヴィアクは鏡に映った自分を見てニヤリとした。髪を切って、まともな服を着れば、それなりに見えるものさ！　ヘルマンのおじきは正真正銘のドイツの役人気質の持ち主だ。清潔で身だしなみが整っていないとうるさい。だからまともな服を着て、髭も剃っておいたほうがいい。酒臭く、赤い目をしているのは論外だ。当然おじきに金をせびるのが目的だが、他にも頼みたいことがあった。

ローベルトは数年前、ひょんなことからおじきがひた隠しにしていた秘密を見つけてしまった。以来、ふたりは気の合う仲間になった。ヘルマンのおじきが地下室でなにをしているか知ったら、ゴルトベルクのおじきと義母《ばばあ》はなんていうだろう。ローベルトはクスクス笑って、鏡から視線をそらした。あのふたりに話すような馬鹿じゃねえさ。そんなことをしたら、金づるを失っちまう。あのおいぼれには長生きしてもらわなくちゃな！　グレーのスーツとワイシャツとネクタイを買ったときに奮発した黒いエナメル靴を端切れでふいた。ゴルトベルクのおじきからせしめた金の半分をそのために注ぎ込んだ。投資にはしっかり見返りがなくては。午後八時少し前、浮かれた気分で家を出た。クルティとは午後八時ちょうどに駅で落ち合うことになっていた。

アウグステ・ノヴァクは宵闇迫る黄昏時《たそがれ》が好きだった。小さな家の裏手にある木製のベンチにすわり、夕暮れの静けさと近くの森から風に乗って運ばれてくる木のにおいを堪能していた。天気予報では気温が下がり、雨になるという話だったが、空気は暖かい。雲ひとつない夕空に星がいくつかまたたいている。シャクナゲのしげみの中でクロウタドリが二羽喧嘩をし、屋根で鳩が一羽鳴いている。もう十時十五分になる。家族のみんなは今頃、ダンスパーティを楽しんでいるだろう。だが孫のマルクスはまだ仕事をしているようだ。あの子の成功をやっかんで、口さがないことばかりいう家族の連中は、こうやってがんばっているところを見ていない！週末も、休暇も返上して、一日十六時間働く者はあの子以外、家族にはひとりもいやしない！

アウグステは両手を膝にはさみ、足先を重ねた。考えてみれば、長い人生ずっと仕事に明け暮れ、心配の種ばかり抱えてきた。こんなに暮らし向きが楽なことなど一度もなかったほどだ。戦争の影に怯え、魂を病んでいた夫ヘルムートは、四週間以上仕事がつづかず、人生最後の二十年間はほとんど家から外に出なかった。そして二年前に他界した。アウグステは息子をせっついて、フィッシュバッハにある会社の敷地内に小さな家を建ててもらい、移り住んだ。ヘルムートが死んでから、ザウアーラント地方の村でひとり暮らしをする気にはなれなかった。彼女はついに平安を手に入れた。一日じゅうつけっぱなしのテレビや夫の病気、そういうものに耐える必要がなくなった。仲がよかった頃は、夫の病気をなんとも思わなかったものだが。アウグステは庭木戸が開く音を聞きつけ、後ろを振り向き、うれしそうな笑みを浮かべた。そこに孫の姿があったからだ。

「やあ、おばあさん」マルクスはいった。「邪魔をしちゃった？」

「邪魔なものかね。なにか食べるかい？　ハンガリー風の肉煮込み《グーラッシュ》とパスタが冷蔵庫に入っているけど」

「ありがとう。でも今はいいや」

マルクスは顔色が悪かった。なにか思い詰めている。三十四歳という実年齢よりもずっと老けて見える。アウグステはこの数週間、孫がなにやら悩みを抱えているような気がしてならなかった。

「ここにすわったらどう？」アウグステは隣のクッションをポンと叩いた。しかし、マルクスはそのまま立っていた。アウグステは孫の顔色をうかがった。彼女は人の表情を本のように読むことができた。

「みんな、踊り明かしに行っているわよ」アウグステはいった。「どうして行かないの？」

「行くさ。これから行くところ。ただちょっと……」

マルクスは途中で口をつぐみ、一瞬なにか考え、黙ってうつむいた。

「なにか困ったことがあるのね？　会社のこと？　資金繰りに困っているの？」

マルクスは首を横に振って、祖母を見た。その目を見たとき、アウグステはドキッとした。マルクスの黒い瞳に苦悩と絶望が宿っていることに気づいて胸が痛んだのだ。マルクスは少しためらってから、祖母と並んでベンチにすわり、深いため息をついた。

アウグステは孫を、自分の息子以上に愛していた。おそらく息子夫婦が会社に夢中で、末っ子のマルクスをほったらかしにしたため、マルクスが小さい子どもの頃、アウグステのところで過ごしていたからだろう。けれどもマルクスがアウグステの下の兄ウルリヒにそっくりだったことも手伝っているかもしれない。ウルリヒは手先がとても器用で、芸術家肌だった。戦争が起こり、彼の夢をすべて破壊しなかったら、きっと大成しただろう。一九四四年六月、彼はフランスで戦死した。二十三歳の誕生日を迎える三日前のことだった。マルクスには他にもウルリヒを彷彿させるところがある。きりっと引き締まった顔立ち、黒い瞳にかかるダークブロンドのまっすぐな髪、そしてふっくらした美しい唇。ところが三十四歳になったばかりなのに、その顔には深いしわが刻まれている。アウグステにはときどき、若くして大人の重荷を背負わされた若者のように見えた。突然、マルクスが彼女の膝に顔をうずめた。小さい頃、つらいことがあると、マルクスはよくそうしたものだ。アウグステは彼の髪をなでながら、小声で歌を口ずさんだ。

「とんでもないことをしてしまったんだ、おばあさん」マルクスは声を押し殺していった。

「もう地獄に堕ちるしかない」

アウグステは、彼が怖気《おぞけ》を震っているのを感じた。太陽はタウヌス山地の彼方に沈み、空気が冷えてきた。しばらくして、マルクスは話しはじめた。はじめはつっかえつっかえだったが、しだいに早口になった。魂に重くのしかかるその秘密を打ち明けられる相手が見つかって本当に喜んでいるようだった。

孫が立ち去ったあとも、アウグステはしばらく闇の中にすわって考え込んでいた。孫の告白は衝撃的だった。マルクスは精神性の乏しい家族の中で、ちょうどカラスに育てられたカワセミのように居場所を見つけられずにいた。しかもそのあと、彼のような芸術家肌にまったくといっていいほど理解のない妻を迎えた。アウグステはしばらく前から、孫の結婚生活がうまくいっていないのではないかと心配していた。だがそのことを面と向かってたずねることはしなかった。

マルクスは毎日アウグステを訪ね、いろいろな悩み事や、新しい仕事の依頼のこと、成功したことやうまくいかなかったことなど、普通なら妻に打ち明けることを話していく。アウグステ自身、他の家族とは馬が合わなかった。同じ屋根の下で暮らしているのは、その方が生活が楽だからにすぎない。家族が好きだとか、おもんぱかってのことではなかったのだ。彼女にとって他の家族は他人も同然だった。あたりさわりのない会話をし、仲がよさそうに見せようとそればかりに腐心する小心者の集まりでしかない。

マルクスは三十分ほどしてから車に乗ってグラウンドへ向かった。そのあとアウグステは家に入り、頭巾をかぶり、黒いウインドブレーカーと懐中電灯を手に取ると、マルクスの事務所の鍵をキーホルダーから取りだした。その必要はない、とマルクスはいつもいうが、アウグステはそれでも彼の事務所の掃除をしていた。なにもしないでいるのは落ち着かない。立ち働くのが若さを保つ秘訣なのだ。アウグステは自分の顔に年輪が刻まれていることを知っていた。それでも顔のしわや、歯が抜けてすぼまった口や、たれさがったまぶたを見ると、やはり愕然とする。もうすぐ八十五歳。こんなに年を重ねるなんて！　アウグステはかくしゃくとしていて、今でも三十代の人間に引けを取らないくらい体が柔らかい。運転免許証を取得したのは六十歳のとき、はじめて長期のバカンスを楽しんだのは七十歳のときだ。ささいなことに喜びを見いだし、運命に逆らおうとはしなかった。それにまだやり遂げねばならないことがある。とても大事なことがあるのだ。死神とはすでに六十年以上前に一度顔を合わせている。すべてを済ませるまで、もう少し待ってもらうつもりだ。アウグステは鏡に映った自分にウインクしてから家を出た。庭を横切ると、マルクスの事務所のドアを開けた。事務所はアウグステの小さな家から少し下った野原にある。マルクスが数年前、自分で建てた作業場に増築したものだ。デスクの時計は十一時半を指していた。急がなくてはならない。これからまだちょっと出かけるところがある。そのことはだれにも知られたくない。

満車に近い駐車場に着いたとき、音楽の低音がズンズンと響いてきた。ＤＪはバラーマン・ヒット・シリーズのＣＤを片っ端からかけている。みんな、早くも酔っぱらっているようだ。芝生で子どもがサッカーをしている。自分の子の姿もある。天幕では三百人近い人がひしめきあっている。年配の人々は数人を除いてみんなクラブハウスのカウンターに移っていた。酔っているらしいクラブの理事がふたり、若い娘たちをいやらしい目つきで見ている。それを見て、マルクスは吐き気がした。

「よう、マルクス！」だれかが肩を叩いて、酒臭い息を顔に吐きかけた。「久しぶり！」

「やあ、シュテファン」マルクスは答えた。「クリスティーナを見かけなかったかい？」

「うんにゃ、見てないな。それより、こっちに来なよ。いっしょに飲もうぜ」

マルクスは腕をつかまれて、汗臭い飲んだくれたちのあいだをいやいや引っ張られ、天幕の一番奥の席に辿りついた。

「よう、みんな！」シュテファンが声を張り上げた。「見ろよ、俺が連れてきた奴をよ！」

みんないっせいにふたりの方を向いて、喚《わめ》いたり、笑ったりした。知った顔がいる。うつろな目をしているところを見ると、酒を浴びるように飲んだようだ。以前はマルクスもその仲間だった。みんな、同じ学校に通い、同じスポーツクラブに入って、毎日つるんでいた連中だ。八歳でいっしょにEユースに入り、成人チーム一軍までサッカーに熱中し、いっしょに消防団員になり、今でもこうしたパーティでくだを巻いている。みんな、小さい頃からの知り合いだ。だが急にうとましく感じた。みんな、少しずつずれて席をあけたので、マルクスは作り笑いをしながらそこにすわった。だれかから五月酒（白ワインとシャンパンをミックスし、クルマバソウで味付けしたドイツの伝統的なポンチ）を注いだグラスを渡された。みんなが彼に向かって乾杯といった。マルクスは飲んだ。こういうことが楽しく思えなくなったのはいつからだろう。みんなが五分おきにグラスを飲み干すのを横目で見ながら、マルクスは酒をちびちび飲んだ。突然ジーンズのポケットに入れていた携帯電話が振動した。携帯電話をだし、ショートメッセージの差出人の名前を見て、心臓が飛びだしそうになり、文面を見て、顔が火照った。

「なあ、マルクシュ、ダチとしてよ、ちゅーこくしとくぜ」昔のチームメイトで、今はユースのトレーナーをしているクリス・ヴィートヘルターが呂律《ろれつ》のまわらない口調でいった。「ハイコのやちゅが、クリスティーナに目～つけてんぜ。気～つけたほうがいい」

「教えてくれてありがとう。気をつけるよ」マルクスは気もそぞろに答えた。ショートメッセージになんて返信したらいいだろう。無視するか。携帯電話の電源を切って、昔の仲間と酒を飲んだほうがいいだろうか。生温くなった酒の入ったグラスを手にしながら、まともに考えることなどできやしない。

「ダチだからいってんだぜ」ヴィートヘルターはそういって、ビールをぐびぐび飲んで、げっぷした。

「きみのいうとおりだ」マルクスは立ち上がった。「ちょっとクリスティーナを捜しにいってくる」

「ああ、そうしたほうがいい……」

相手がハイコ・シュミット（ドイツの音楽プロデューサー）だろうが、だれだろうが、クリスティーナは浮気をしたりするはずがない。浮気しても、気にしないが。しかし今は、ここから逃げだすちょうどいい口実になる。汗臭い人混みをかきわけ、そこここで知り合いに一礼し、妻や妻の友だちに会いませんようにと祈った。クリスティーナに愛情を感じなくなったのはいつ頃からだろう。なにが変わったのか、自分自身にもわからなかった。悪いのは自分だ。クリスティーナは昔とちっとも変わっていない。彼女は自分の人生に満足していた。だがそれが突然、マルクスには耐えがたいものになったのだ。天幕から外に出ると、まっすぐクラブハウスの酒場に向かった。それが間違いだと気づいたときにはもう遅かった。いつものように仲間とカウンターにすわっていた父親が、マルクスに気づいたのだ。

「おい、マルクス！」マンフレート・ノヴァクは口髭についたビールの泡を手の甲でぬぐった。「こっちへ来いよ！」

マルクスは縮み上がったが、おとなしくいうことをきいた。マンフレートは酩酊している。マルクスは身構えて、壁にかかっている時計をちらっと見た。もうすぐ十一時半だ。

「俺の息子にビールを一杯！」マンフレートがそう声を張り上げると、いまだにトレーニングウェアにスポーツシューズという出で立ちの年配の男たち、といってもスポーツでならしたのは何十年も前という連中の方を向いた。

「俺の息子はすごい出世をしたんだぜ！　今度、フランクフルトの旧市街再建を手がけるんだ、一軒一軒な！　すごいだろう？」

マンフレートはマルクスの背中を叩いた。だがその目には息子を誇りにしている様子など微塵もなかった。嫌みったらしい目つきだ。マンフレートはそのまま息子をこき下ろしはじめた。マルクスがなにもいわなかったので、父親はますます調子に乗った。まわりの男たちがニヤニヤ笑った。みんな、息子が父親の建築会社を継がず、倒産させたことを知っているのだ。フィッシュバッハのような小さな村では、人の口に戸は立てられない。とくにこんな面白い話ならなおさらだ。ウェイターがビールを置いたが、マルクスは手に取らなかった。

「乾杯！」マンフレートがグラスを上げた。マルクス以外のみんなが飲んだ。

「どうした？　俺たちとは飲めないってのか？」

マルクスは父親の目に怒りが宿るのを見た。

「くだらないおしゃべりに付き合わされるのはごめんなんだよ」マルクスはいった。「好きなだけ友だちにしゃべったらいいだろう。ひとりくらい、信じてくれる奴がいるかもね」

マンフレートは日頃のうっぷんを晴らすように、マルクスの頬をはたこうとした。昔からマルクスはよくびんたをくらった。だが酒が入っていたせいで、マンフレートの動きは緩慢になっていた。マルクスはあっさりかわした。マンフレートは勢い余ってスツールもろとも床にひっくりかえってしまった。マルクスはあわれむようにその姿を見下ろし、父親が起き上がる前にそこを離れた。クラブハウスを出ると、深呼吸して、足早に駐車場へ向かった。運転席にすわると、アクセルを踏み、タイヤがきしむほど急発進した。二百メートルと走らないうちに、マルクスは警察に止められた。

「どうだい」警官が懐中電灯で彼の顔を照らした。「たっぷり踊ったかな？」

悪意のこもった言い方だ。声に覚えがある。ジギ・ニチュケ、マルクスがこの地域のリーグで得点王だったとき、ルッペルツハイン・スポーツクラブの成人チーム一軍にいた奴だ。

「やあ、ジギ」マルクスはいった。

「おお、これはこれは。ノヴァクじゃないか。今や経営者。免許証と車検証を見せてもらいましょうか」

「持っていない」

「それはついていなかったな」ニチュケは小馬鹿にしたようにいった。「では降車ねがおう」

マルクスはため息をついて、いうとおりにした。ニチュケはマルクスを嫌っていた。サッカーでいつもワンランク下に見られていたからだ。マルクスをここで止められたのは、千載一遇のチャンスというわけだ。まるで重罪犯並みの扱いだ。アルコール検知器にアルコールがまったく検知されなかったので、ニチュケはかなり渋い顔をした。

「ドラッグは？」ニチュケはしつこかった。「スモークか？　それとも鼻から吸ったか？」

「ばからしい」マルクスは面倒を起こしたくなかったので答えた。「そんなもの吸うものか。わかっているくせに」

「おいおい、ため口は困るな。俺は勤務中だ。ニチュケ巡査さまがじきじきに検査してやっているのがわからないか、えっ？」

「もういいだろう、ジギ」ニチュケの同僚がいった。ニチュケはマルクスを険しい目つきで見つめ、もっと嫌がらせができないか考えているようだった。こんな機会はそうそうめぐってこないだろう。

「明日の朝十時までにケルクハイム警察署に免許証と車検証を持ってきたまえ」ニチュケはい

った。「ほら、さっさと行っちまえ。運がよかったな」

マルクスは黙って車に乗ると、エンジンをかけ、シートベルトをつけて走りだした。浮ついた気分はすっかり消し飛んでしまった。マルクスは携帯電話をだし、ショートメッセージを打った。〝これから行く。じゃあ〟。

二〇〇七年五月一日（火曜日）

オリヴァーはいらいらして、指でハンドルを叩いた。エッペンハインで遺体が発見された。ところがそこへ通じる一本道が途中で警察によって封鎖されていたのだ。「ヘニング・タワー自転車競走」の参加者は午前中、シュロスボルンからルッペルツハインへつづく急な坂道をふたたび登ることになっていた。数百人の観客が沿道を埋めつくし、ツァウバーベルクの急カーブに設置された大型スクリーンの前にたむろしていた。ようやく先頭集団が見えてきた。先頭集団はマゼンタ色の雲となってあっという間に通過し、虹の七色に染まったカラフルな後続集団がそれにつづいた。その前後左右を大会関係車両が固め、実況中継しているヘッセンテレビ局のヘリコプターが上空をグルグル飛んでいた。

「健康なスポーツとは思えないですね」助手席にすわっていたピアがいった。「あれじゃレースのあいだずっと、排気ガスを吸うことになるじゃないですか」

「スポーツなんて命を縮めるだけさ」オリヴァーは競技スポーツ選手を熱狂的な宗教者と同じようにろくでもないと思っていた。

「自転車に関しては間違いないですね。とくに男にとってはね。なにかで読んだんですけど、自転車に乗りすぎると、インポになるらしいですよ。ところでベーンケもあれに参加しているんですよね。百キロ・クロスカントリーの方ですけど」

「それはどういうことだい？　きみはベーンケの健康状態についてインサイダー情報を持っていながら、わたしには隠していたのかな？」オリヴァーはそういいながら、ニヤニヤした。ピアとフランク・ベーンケ上級警部は仕事の上では普通にしているが、去年の夏に大げんかをしてから、わだかまりが消えたわけではなかった。ピアは、自分がなにをいったか遅まきながら気づいた。

「なんてこと。告げ口するつもりはなかったのに」ピアは笑ってごまかした。「道路封鎖が解除になりましたよ」

　オリヴァーを知っている者なら、彼がそういう告げ口を気にとめるとは思わないだろう。いつも背広とネクタイ姿のオリヴァーは、なにごとにも鷹揚に構え、他人の私生活に立ち入らない人という印象を与えていた。しかしそれは間違いだ。実際にはそういうことに興味津々で、おまけに記憶力がすこぶるいい。こうした特徴があったから、オリヴァーは腕利きの刑事になれたのかもしれない。

「さっきのこと、ベーンケにはいわないでくださいね」ピアは頼んだ。「誤解するかもしれませんから」
「まあ、考えておくよ」オリヴァーは笑いながら、エッペンハイン方面にBMWのハンドルを切った。

マルクス・ノヴァクは、家族が出かけるのを車の中で待っていた。はじめに両親、つづいて兄が家族とともに家を出て、クリスティーナも子どもたちを連れてでた。彼らのことだ、これからみんなで自転車競走を観戦しにいくのだろう。だからすぐには帰ってこないはずだ。マルクスにとっては好都合だ。家族は夜明け近くまでパーティで騒いだが、それでも自転車競走の観戦をあきらめるはずがない。マルクスは今朝すでに十二キロ、ジョギングした。ライスを越えてボーデンシュタイン城に至るいつものコースだ。ルッペルツハインまで登り、遠回りだが森を抜けてもどってくる。普段はジョギングをすると、緊張がほぐれ、頭もすっきりするのだが、今日は良心の呵責《かしやく》と激しい罪悪感をぬぐいさることができなかった。マルクスは地獄の業火に焼かれることを知りつつ、またやってしまった。車から降りると、玄関を開け、階段を駆け上って、三階にある自分たちの部屋に飛び込んだ。だらりと腕を下げたまま一瞬リビングに立ち尽くした。なにもかも、いつもの朝と同じだった。朝食は片付いていないし、おもちゃもだしっぱなしだ。見慣れた光景に、涙があふれでた。ここはもう自分の世界ではない。そして二度と自分の世界にはならないのだ！　この得体の知れない衝動、禁断の欲望はいきなりどこからやってくるのだろう。クリスティーナ、子どもたち、友人や家族、そのすべてをなげうとうというのだろうか。なぜだ？　家族は？　本当にどうでもいい存在なのか。

　マルクスはバスルームに入ると、鏡に映った、やつれた顔と血走った目を見てぎょっとした。自分のやったことを人に知られても、まだやり直しはできるだろうか。そもそもやり直したいと思っているのだろうか。裸になると、シャワーの蛇口をひねった。冷たいだろう。凍えるほど冷たいはずだ。罪滅ぼしにはちょうどいい。冷水が汗でびっしょりの肌に当たったとき、マルクスは歯をガチガチいわせた。思いだしたくないのに、昨晩の光景がまぶたに浮かぶ。目の前に立ち、見つめる彼。驚いている。いや、愕然としている！　彼は視線をそらさず、目の前でゆっくり膝をつき、背を向けて震えた。マルクスは両手で顔をおおってむせび泣いた。

「マルクス？」

　濡れたガラスの向こうに祖母の姿を認めて、マルクスはびっくりした。あわててシャワーを止め、シャワールームのガラス扉にかけていたタオルを腰に巻いた。

「どうしたの？」アウグステ・ノヴァクが心配そうにたずねた。「なにかあったの？」

　マルクスは、シャワー室から出ると、祖母の探るような目つきにさらされた。

「二度とあんなことはすまいと思ったのに」マルクスは絶望的な気分になっていった。「本当なんだ、おばあさん、だけど……だけどぼくは……」

　マルクスは押し黙った。うまい言葉が見つからない。祖母がマルクスを抱いた。マルクスははじめ拒んだが、結局、自分から体を預け、懐かしい祖母のにおいをかいだ。

「どうしてあんなことをしてしまうんだろう？」マルクスはやけになってささやいた。「自分で自分のことがわからない！　ぼくは普通じゃないんだろうか？」

祖母はゴツゴツした両手でマルクスの顔を包み、驚くほど若やいだ瞳で心配そうに見つめた。

「そんなに自分を責めるものではありませんよ」祖母は小声でいった。

「だけど自分のことがわからないんだ」マルクスは声を押し殺した。「こんなことが知られたら……」

「だれに知られるというの？　だれも見ていなかったのでしょう？」祖母は共犯者のようにいった。

「たぶん……見られていないと思う」マルクスは首を横に振った。祖母はどうして理解を示してくれるのだろう。

「ほらね」祖母はマルクスを放した。「さあ、なにか着たら、うちへいらっしゃい。ココアとちゃんとした朝食をだしてあげるわ。まだなにも食べていないのでしょう」

マルクスはなんとか微笑んでみせた。食べれば元気が出る、というのは祖母の得意の処方箋だ。バスルームから出ていく祖母を見て、マルクスはほんの少しだけ心が慰められた。


ヘルマン・シュナイダーの家は構えこそ立派だが、少々傷みの見える寄棟造りの平屋で、森のきわに建っていた。まわりを囲む大きな庭の手入れはあまり行き届いていない。遺体は福祉団体「マルタ騎士会」で市民奉仕活動をしている若者によって発見された。その若者は毎朝、シュナイダーの様子を見るのを日課にしていた。オリヴァーとピアが体験したのは、まさに怖《おそ》気《け》を震うデジャヴューだった。シュナイダーは玄関口のタイル敷きの床にひざまずき、後頭部を撃たれていた。ダーヴィト・ゴルトベルクと同じ。処刑と形容するしかないありさまだった。

「被害者はヘルマン・シュナイダー、一九二一年三月二日、ドイツ西部ヴッパータール生まれです」同僚と最初に現場へ駆けつけた、そばかすだらけの若い婦警がすでに情報を収集していた。「妻と死別し、数年前からここで一人暮らしをしていました。一日三回在宅介護を受け、食事を配達してもらっていました」

「近所への聞き込みは？」

「もちろんしました」婦警は少しむっとした表情でオリヴァーを見た。ご多分にもれず、警察内部にも反目というものが存在している。巡査たちは、刑事に見下されていると感じている。刑事は自分たちの方が優れていると思っている。そしてそれはあながち間違いではない。

「隣家の住人はふたり連れの男が八時半にシュナイダーを訪ねてきたといっています。十一時少し過ぎに帰ったそうですが、シュナイダーにずいぶん罵声を浴びせていたようです」

「年金生活者にだれか目をつけたようですね」もうひとりの巡査がいった。「今週に入って二度目だということですから」

オリヴァーは意味のないコメントを無視した。「押し入った形跡は？」

「ざっと見たところありません。殺人犯を玄関で出迎えたように見受けられます。家が荒らされた様子もありません」婦警が答えた。

「ありがとう」オリヴァーはいった。「上出来だ」

ピアとオリヴァーはラテックス手袋をはめ、遺体にかがみ込んだ。天井の四十ワット電球の淡い光の中、ふたりはふたつの事件が外見上似ているだけではないことに気づいた。花柄の絨《じゅう》毯《たん》に飛び散った血の海の中に五桁の数字が書かれていたのだ。１６１４５。オリヴァーはピアを見て、きっぱりいった。

「こっちは捜査妨害させないぞ」

ちょうどそのとき医者が到着した。ピアはその監察医を見てすぐに思いだした。一年半前、死亡したイザベル・ケルストナーの検死を行った子どものように小柄な医者だ。医者の方も、ピアとオリヴァーがいっしょに担当した最初の殺人事件が脳裏をよぎったのか、ふっと薄笑いをした。

「いいかね？」監察医はつっけんどんにいった。そういう性格なのか、あるいは根に持つタイプなのかはよくわからない。オリヴァーはあのときも平然と、この監察医に歯に衣着せず自分の意見をいった。

「手がかりを台無しにしないように気をつけてくれ」オリヴァーが無愛想にいったので、監察医から怖い目でにらまれた。オリヴァーは顎をしゃくって、台所へ来るようピアに合図した。

「あいつを呼んだのはだれだ？」オリヴァーは声を押し殺してたずねた。

「最初にこの現場に来た巡査たちでしょう」ピアは答えながら、テーブルのそばの壁にかけられているコルクボードに目をとめた。そばに行って、領収書やレシピや数枚の絵はがきといっしょに押しピンでとめてある高級な手漉《てす》き紙のカードをはずした。〝招待状〟と表に印刷されている。ピアは紙を開くと、思わず口笛を吹き、「これを見てください！」といってボスに渡した。

　一九七〇年代初頭に建てられたその家を見てまわったピアは、当時そのままの無趣味な調度品でいっぱいだと思った。リビングの家具は樫材の田舎風デザインで、壁にはなんの変哲もない風景画が何枚も飾られている。それを見ても、この家の主《あるじ》の好みが想像できなかった。台所の壁に張られたタイルの花模様も悪趣味だし、来客用のトイレがくすんだピンクで統一されているのもいただけない。ピアは、ここはスパルタかと思える殺風景な寝室に入った。ベッドの横のナイトテーブルには薬の瓶が数本載っていて、そこのわきに開きっぱなしの本が一冊置いてあった。マリオン・デーンホフ伯爵夫人（一九四四年七月二十日のヒトラー暗殺計画に関わった人物で、戦後、週刊紙「ディ・ツァイト」発行人兼編集長となる）の『もうだれも呼ぶことのない名前』（東プロイセンについての回想録）。

「それで？」オリヴァーはたずねた。「なにか見つかったか？」

「いいえ」ピアは肩をすくめた。「書斎どころか、書きもの机すらありません」

　ヘルマン・シュナイダーの遺体は監察医務院へ搬送され、鑑識官たちも機材の片付けに入った。監察医は遺体の直腸温を測定し、死亡時刻を午前一時頃と推定して帰っていった。

「地下室を書斎にしているかもしれない」オリヴァーはいった。「のぞいてみよう」

　ピアはボスについて階段を下りた。最初のドアは石油ボイラーの入っている暖房室だった。その隣の部屋には、片側の棚に几帳面に件名を記した箱が並べてあり、もう片側にはワインを入れたトランクが積まれていた。オリヴァーは銘柄を見て、驚いたように口笛を吹いた。

「これはちょっとした財産だぞ」

ピアは次のドアを開け、明かりをつけて呆然と立ち尽くした。

「ボス！　ここを見てください！」

「どうした？」オリヴァーはピアの背後に立った。

「映画館みたいですよ」ピアは臙脂《えんじ》色のサテンを貼りつけた壁面を見ていた。快適そうな椅子が五つずつ三列に並べてあり、仕切り代わりの黒いカーテンの向こうにはかなり広い空間があるようだった。ドアの横の壁には古い映写機が取りつけてある。

「あのじいさんが、この部屋でどんな映画を観ていたか調べてみよう」オリヴァーは、フィルムリールがはめてある映写機に近づき、適当にいくつかボタンを押した。ピアが壁にあったスイッチをいじると、カーテンが開いた。どこかに埋め込まれたスピーカーからいきなり砲声と行進曲が流れたので、ふたりは飛び上がるほどびっくりした。そしてスクリーンに目が釘付けになった。雪におおわれた大地と戦車。モノクロの明滅する映像の中で、高射砲や機関銃のそばにすわって笑う若い兵士たち。そして薄墨色の空を飛ぶ軍用機。

「戦時中のドイツ週間ニュースですよ」ピアは啞然としていった。「ホームシアターでこんなものを観ていたなんて。頭がおかしいんじゃないかしら？」

「当時の彼は若かった」ポルノ映画のコレクションでも見つかると思っていたオリヴァーは肩をすくめた。「昔を懐かしんでいたんだろう」

オリヴァーは棚に並べられた大量のフィルムケースをざっと見た。どれにも几帳面な書体でタイトルが書かれている。一九三三年から一九四五年までのドイツ週間ニュース、スポーツパレスにおけるゲッベルスの演説映像、ニュルンベルクでのナチ党大会の映像、レニ・リーフェンシュタールの映画『意志の勝利』や『モンブランの嵐』など、珍しいものばかりだ。コレクターなら、ものすごい金を払うだろう。オリヴァーは映写機を止めた。

「この映像を客といっしょに観たようですね」ピアは、安楽椅子のあいだに置かれた小さなテーブルを指差した。そこには汚れたグラス三客と空っぽのワインの瓶が二本、さらに吸い殻でいっぱいの灰皿が載っていた。ピアはグラスを一客手に取って、じっと見た。グラスの底に残ったワインは乾いていない。オリヴァーは一階にもどって鑑識官に地下室を調べるよう命じ、それからピアと次の部屋に入った。ふたりはしばらく言葉が出なかった。

「なんですか、これは？」ピアが吐き捨てるようにいった。「映画のセット？」

窓のないその部屋は、天井に見かけだけの梁《はり》が渡してあり、床には赤絨毯が敷き詰められていて、安っぽい感じがした。部屋の真ん中には黒々としたマホガニーのどっしりした書きもの机が置かれ、さらに天井まである本棚やファイル用の棚、重い金庫があり、壁には鉤十字の旗やヒトラーをはじめとするナチの大物たちの写真が額入りでかけてあった。個性がなく、生活感がない一階とは対照的に、ここにはひとりの人間の長い人生の軌跡を伝える証拠が山積みされている。ピアは写真の中の一枚を見て背筋が寒くなった。

「この写真、ヒトラーの自筆署名入りですよ。総統官邸の地下壕にいるみたい」

「こっちの机を調べるんだ。なにか手がかりがあるとすればそこだ」

「かしこまりました、総統！」ピアはパチンとかかとを打ち鳴らした。

「ふざけるな」オリヴァーはものでいっぱいの、陰鬱な部屋を見回した。密室恐怖症になりそうだ。ピアの譬《たと》えはあながちはずれていない。ピアが机の椅子にすわって引き出しの中身を調べているあいだ、オリヴァーは棚からファイルやアルバムを適当に抜き取って、ペラペラめくった。

「なんだこりゃ？」鑑識課のクレーガーが入ってきた。

「ぞっとするわよね？」ピアが顔を上げていった。「写真を撮ったら、すべて押収して。これ以上ここにいたくないわ」

「トラックがいるな」クレーガーは辟易《へきえき》した様子でそういうと、苦笑いした。上から二つ目の引き出しを開けたピアが、複数の銀行の取引明細書を発見した。シュナイダーはかなりの年金を受け取っていた。しかもスイスの銀行に毎月五千ユーロの入金があり、その口座の残高は十七万二千ユーロにもなっている。

「ボス」ピアはいった。「だれかが毎月五千ユーロ送金していますね。ＫＭＦ。どういう意味でしょう？」ピアはオリヴァーに取引明細書を一枚渡した。

「フランクフルト戦争省《クリークスミニステリウム・フランクフルト》の略号じゃないかい」クレーガーがふざけていった。

「我が総統の口座《コント・マイネス・フューラース》」もうひとりの鑑識官がいった。オリヴァーは胸のむかつきがひどくなった。台所にあった招待状、ＫＭＦからの入金、犯人が残していったとおぼしき謎の数字、ふたつの事件のつながりはもう無視できない。ただの偶然だとしても、あの有名な女性を訪ねるしかなくなった。

「KMFはカルテンゼー機械製作所《カルテンゼー・マシーネンファブリーク》のことだよ」オリヴァーは声を低くしてピアにいった。

「シュナイダーはヴェーラ・カルテンゼー夫人を知っていた。ゴルトベルクと同じように」

「ずいぶんすてきなお友だちがいるんですね」

「親しかったかどうかはまだわからない。夫人はすこぶる評判がいい。非の打ち所がない」

「ゴルトベルクの評判も非の打ち所がなかったんじゃないかしら」ピアは動じずにいった。

「なにをいいたいんだ？」

「見た目と実際は違うってこと」

　オリヴァーは取引明細書を見ながら考え込んだ。

「ドイツには今でも、若い頃にナチに好感を持ったり、入党したりした者が掃いて捨てるほどいるようだな。六十年も経っているというのに」

「それは言い訳にならないですね」ピアはそういって立ち上がった。「このシュナイダーって奴、ただのシンパじゃないです。骨の髄までナチですよ。ここを見ればわかるでしょう」

「かといって、カルテンゼー夫人がふたりの過去を知っていたことにはならない」オリヴァーはため息をついた。いやな予感に包まれていた。カルテンゼー夫人の評判がどんなに非の打ち所がなくても、ナチと関係していたとメディアが知ったら、ただではすまされないだろう。

ケーニヒシュタインでバスを降り、歩行者天国をのんびり散歩した。金があるというのはいい気分だ。ローベルト・ヴァトコヴィアクはショーウィンドウに映った自分の姿に満足し、ヘルマンのおじきからせしめた金でまず歯を治療することにした。散髪して、スーツも新調したから、もう目立たずにすむ。通りすがりの奴が呆れて振り返ることもない。いや、いい気分だ。実のところ、無理矢理こんな生活に追いやられ、うんざりしていた。ローベルトはベッドとシャワーのある快適な暮らしが懐かしかった。モニカのところに転がり込むのはもうごめんだ。あいつは昨日、俺が泊めてくれってせがむと思っていた。とんだおかど違いだ。金さえもらえば、だれとでも寝る、しょうもない女のくせに、お高くとまりやがって。顔は悪くないが、口を開くと、育ちが分かる。二、三週間前、〈ブレーキライト〉で一杯やっていたときにあいつが仲間の前で俺に恥をかかせたんで、横面を張り飛ばしてやったっけ。それで文句をいわなくなったんで、なにか口をだすたびに殴るようになった。いや、とくに理由がなくても手を上げちまう。だれかを力尽くでねじ伏せるってのは気持ちいいもんだ。

ローベルトは温泉保養施設の方に曲がり、ボルクニス荘の前を通って市庁舎の方へ足を向けた。宝くじ店の隣の空き家をしばらく前からときどきねぐらにしていた。彼が勝手に出入りしても、所有者は黙って見て見ぬふりをしている。家の中は薄汚いが、電気が来ているし、トイレもシャワーも使える。橋の下で寝るよりははるかにましだ。

ふっと息をつくと、ローベルトは二階に敷いたマットレスに腰を下ろし、靴を脱いで、リュックサックからだした缶ビールをすぐに飲み干した。げっぷをして、もう一度リュックサックに手を入れると、冷たい鋼《はがね》に手が触れてニヤリとした。おじきは、盗まれたことに気づいていない。この拳銃はいい金になるはずだ。第二次世界大戦時代の本物は、目の玉が飛びでる値段で取引されている。その拳銃で人が殺されていれば、二倍も三倍も金をだすフリークがどこかにかならずいるものだ。ローベルトは拳銃を取りだして、しみじみ眺めた。見たら、どうしても欲しくなった。人生の風向きがだんだん好転してきた気がする。明日、小切手を換金して、歯医者に行くぞ。いや、明後日の方がいいかな。今晩はまた〈ブレーキライト〉をのぞこう。例のミリタリーグッズ商がいるかもしれない。

オリヴァーは十字路でフィッシュバッハ方面へ右折し、国道四五五号線をエップシュタイン方面へ向かった。署長がなにかいいだす前にヴェーラ・カルテンゼー夫人に事情聴取することにしたのだ。車を走らせながら、オリヴァーは夫人のことを考えた。この界隈では間違いなく名士のひとりだ。彼女が同席するだけで、イベントや会合に箔がつくほどだ。夫人はフォン・ツァイドリッツ＝ラウエンブルク男爵家の生まれで、トランクひとつと赤ん坊を抱えて、東プロイセンから西に逃げてきた。それからまもなくホーフハイムの実業家オイゲン・カルテンゼーと結婚し、いっしょにカルテンゼー機械製作所を世界的コンツェルンに育て上げた。夫の死後、彼女は経営責任者となり、同時にさまざまな社会福祉団体を援助するようになった。大口の出資者および資金収集者として、彼女の名はドイツ内外に轟《とどろ》きわたっていた。彼女が設立したオイゲン・カルテンゼー財団は芸術や文化、環境、文化財保護に補助金をだし、無数の社会福祉プロジェクト、しかもみずから音頭を取って設立したプロジェクトを通して困っている人を支えていた。

エップシュタインとロールスバッハのあいだの谷間に、密生した垣根と先端が金色に輝く鉄製の柵に囲まれたカルテンゼーの豪邸、水車屋敷《ミューレンホーフ》があった。オリヴァーは屋敷へ通じる道を曲がった。二枚扉の門は大きく開かれていた。庭園といったほうがよさそうな庭の向こうに母屋がそびえ、左の方に大昔の水車小屋があった。

「これは、うらやましいわ」ピアは瑞々しい芝生や、しっかり支柱が添えられた灌木、手入れの行き届いた花壇を見て歓声をあげた。「どうやったらこんなにきれいにできるのかしら？」

「庭師の大部隊を雇えばできるさ」オリヴァーは冷ややかにいった。「それに、芝生には動物も立ち入り禁止だろうな」

ピアはニヤリとした。彼女の白樺農場《ビルケンホーフ》では動物がいたるところを歩きまわっている。本来いてはいけないところにまで。たとえば、犬がカモの池に飛び込み、馬が庭を散歩し、カモやガチョウが家の中を物色している。このあいだなど、鳥たちが家の中に落としていったものをきれいに拭き取るために、午後いっぱいかかってしまったほどだ。幸い、クリストフはそういうことにまったく頓着しなかった。

オリヴァーは母屋の外階段の前で車を止めた。ふたりが車から降りて、あたりを見回していると、男がひとり母屋の裏手からあらわれた。銀髪で、面長だ。ピアはその男の憂鬱そうな目を見て、セントバーナードを連想した。男は庭師らしい。その証拠に緑色のつなぎズボンをはき、手に剪定《せんてい》ばさみを持っている。

「なにかご用でしょうか？」男はうさんくさそうにふたりを見つめた。オリヴァーは身分証をだした。

「ホーフハイム刑事警察署の者です。カルテンゼー夫人にお取り次ぎください」

「警察の方」男はつなぎズボンの胸ポケットからもたつきながらメガネをだすと、オリヴァーの身分証をじっくり見た。それから顔をしかめ、笑みをこぼした。「門を開けっ放しにしておくと、変な人が入ってきて困るんですよ。ここをホテルかゴルフ場のクラブと勘違いする人が多くて」

「それはそうでしょうね」草木や薔薇が花を咲かせている花壇や、きれいに刈りそろえたツゲを見ながら、ピアがいった。「まさにそんなふうに見えますからね」

「気に入りましたか？」男は誉められてまんざらでもなさそうだった。

「ええ、とっても！　これ、あなたひとりで手入れしているんですか？」

「たまに息子が手伝ってくれます」男はそう答えたが、ピアに感心されてうれしそうだ。

「カルテンゼー夫人はご在宅ですか？」ピアが芝生の肥料や薔薇の手入れのことなど専門的な話をしだしそうだったので、オリヴァーが口をはさんだ。

「ええ、もちろんです」男は口元を綻《ほころ》ばせた。「奥方に伝えましょう。あなたの名前は？」

オリヴァーは名刺を差しだした。男は母屋に入っていった。

「庭園はいいけど、家はかなり傷んでいますね」とピアがいった。たしかに近くで見ると、母屋はそれほど絢爛《けんらん》豪華には見えなかった。化粧壁に雨だれの跡がつき、はがれて下地がむきだしの箇所もある。

「母屋は歴史的に見たら他の建物ほど重要じゃないからさ」オリヴァーが説明した。「ここで有名なのは水車小屋なんだ。十三世紀の古文書で言及されている。この屋敷は二十世紀初頭まで、エップシュタイン城の城主でもあったツー・シュトルベルク＝ヴェルニゲローデ家の所有だった。城の方は一九二九年にエップシュタイン市に寄贈されたけど、この屋敷はそのまま子孫に引き継がれ、ヴェルニゲローデ家のいとこがツァイドリッツ家の娘と結婚したことで、まわりまわってカルテンゼー家のものになったのさ」

ピアは呆れてボスを見た。

「どうした？」オリヴァーがたずねた。

「どうしてそんなに詳しいんです？　ヴェルニゲなんたらとか、ツァイドリッツとかがカルテンゼー家とどういう関係にあるんですか？」

「カルテンゼー夫人は旧姓ツァイドリッツ＝ラウエンブルクなんだ。いうのを忘れていた。他の情報はこのあたりに住む者の、まあ、常識かな」

「そうでしょうとも」ピアはうなずいた。「貴族さまたちはそういう基本情報を貴族名鑑で覚えるんですよね」

「それ、嫌味のつもりかい？」

「とんでもない！」ピアは両手を上げた。「あら、当主じきじきのお出ましですよ。あいさつはどうするんですか？　膝を折ってお辞儀します？」

「むちゃくちゃなことをいうなよ」

　マルレーン・リッター、旧姓カルテンゼーは右手の薬指にはめたシンプルな金の指輪を見て悦に入っていた。自分の人生がいきなりとんとん拍子にいい方向へ進んだことにすっかり面食らっていた。前夫マルコと離婚したあと、生涯ひとりぼっちで暮らすのだと覚悟していた。ずんぐりした体つきは父親ゆずりだ。だがそれはまだいい。伴侶になりそうな相手がひるむのは、片足に障害を抱えている点だ。だがトーマス・リッターは違う！　トーマスはマルレーンが幼い頃からの知り合いだし、あのときのことを熟知している。ローベルトへの禁断の恋、そのあとのひどい事故、そして一族を震撼させた大げんか。両親に暇がないときは、トーマスが入院中のマルレーンを訪ね、その後も通院やリハビリに車で連れていってくれた。トーマスは、不幸のどん底にあった太った少女にいつも優しい言葉をかけて励ましてくれた。彼に恋心を抱いたのは間違いなくあのときだ。

　去年の十一月に偶然再会したときは、神の思し召しかと思った。

　彼はかなり落ちぶれていたが、それでも以前のように優しく魅力があった。祖母を憎んでいても不思議はないのに、一度も悪口をいったことがない。トーマスは十八年も祖母の秘書をつとめたあと解雇された。なぜなのか家族のみんながいろいろ臆測したが、結局わからずじまいだった。できる男なのにかわいそうだ、とマルレーンは思っていた。祖母は、トーマスがフランクフルトでまともな職につけないように手をまわしたのだ。

それなのに、トーマスはどうして町を去って、新天地で人生をやりなおそうとしなかったのだろう。その代わりにフリージャーナリストになって糊口をしのいでいる。フランクフルト＝ニーダーラート地区にある彼の小さなアパートはみすぼらしい穴蔵だ。自分の家に移ってくればいい、とマルレーンは誘ったが、彼は人の世話にはなりたくないと断った。マルレーンは胸を打たれた。トーマスがほとんど身ひとつだということを、彼女はなんとも思っていなかった。それは彼の責任ではないからだ。彼女は彼を心から愛していた。彼とともに過ごし、彼に抱かれることを愛した。そして子どもが生まれてくるのを楽しみにしていた。マルレーンには、トーマスと祖母を仲直りさせる自信があった。祖母は彼女の頼みを断ったことがないからだ。マルレーンの携帯電話が鳴った。トーマスからの着信音だ。彼はマルレーンの体調を気にして、日に十度は電話をかけてくる。

「元気かい？」トーマスがたずねた。「ふたりでなにをしていたのかな？」

マルレーンは、お腹の赤ん坊のことをいっていると気づいて微笑んだ。

「わたしたち、ソファに寝転がっているわ。本を読んでいるところ。あなたはなにをしているの？」

雑誌社の編集部に休日はない。トーマスは家族や子どものいる同僚のために五月一日《メーデー》の出勤を買ってでたのだ。マルレーンは彼らしいと思った。彼は思いやりがあって欲がない。

「これから原稿が二本届くことになっていてね」トーマスはため息をついた。「まる一日ほったらかすことになって本当に申し訳ない。今度の週末は休みを取るから」

「気にしないで。わたしは大丈夫だから」

しばらくおしゃべりをしてから、トーマスは用事ができたといって電話を切った。マルレーンはまた指輪を眺めた。それからソファに寝そべり、目を閉じて、いい伴侶に恵まれた幸福を嚙みしめた。


ヴェーラ・カルテンゼー夫人はエントランスホールでふたりを出迎えた。上品な婦人だった。雪のような銀髪、生き生きとした青い目。顔は日焼けしていて、長いあいだに深いしわが刻み込まれていた。背筋はピンと伸びていて、年齢を感じさせるのは、銀の握りがついた杖だけだった。

「ようこそ」優しい笑みを浮かべているが、低い声が心なしか震えている。「モーアマンから聞きましたが、なにか大事な用件で見えられたとか」

「ええ、そのとおりです」オリヴァーは夫人に手を差しだし、笑みを返した。「ホーフハイム刑事警察署のフォン・ボーデンシュタインです。連れは同僚のピア・キルヒホフ」

「ではあなたが、わたくしのお友だちガブリエラの義理の息子さん？」夫人はオリヴァーをしげしげと見つめた。「あなたのことをべた褒めしているわよ。お嬢さんの誕生祝いのプレゼント、気に入っていただけたらいいんですけど」

「もちろんです。ありがとうございました」ゾフィアが夫人から贈り物をもらったことなど知らなかったが、コージマがすでに礼状を送っているだろうとオリヴァーは思った。

「こんにちは、キルヒホフさん」夫人はピアの方を向いて握手した。「お知り合いになれてうれしいですわ」

夫人は少し身を乗りだした。

「こんなにお美しい婦警さんに会うのははじめて。なんて美しい青い目だこと」

お世辞は話半分に聞くことにしているピアだが、それでもいい気持ちになって、ふっと笑みをこぼした。名士で大金持ちの婦人はお高くとまっているか、自分のことなど無視すると思っていたのに、夫人は自然体で気取ったところがまったくない。いい意味でびっくりさせられた。

「それより、どうぞお入りください！」夫人は、まるで古い友だち同士のようにピアと腕を組んでサロンへ案内した。サロンの壁はフランドルの壁掛けで飾られ、重厚な大理石造りの暖炉の前に安楽椅子が三客と小さなテーブルが置かれていた。椅子もテーブルもさりげなく並べられているが、ピアの白樺農場《ビルケンホーフ》にある家具など足下にも及ばない高級品に違いない。ピアは勧められるがまま安楽椅子の方へ近づいた。

「どうぞおすわりください。コーヒーかミネラルウォーターをお飲みになりますか？」夫人は親しげにいった。

「いいえ、けっこうです」オリヴァーは丁重に断った。人が死んだという知らせは立ちながら伝えたほうが気が楽だ。コーヒーを飲みながらではできない。

「わかりました。それでご用件は？　ただいらしたのではないようですね？」夫人はまだ笑みを浮かべていたが、その目には不安が宿っていた。

「ええ、残念ながら」オリヴァーは認めた。

夫人の顔から笑みが消えた。突然、心細そうな表情になり、安楽椅子にすわると、先生からお小言をもらう女生徒のように神妙な面持ちでオリヴァーを見つめた。

「今朝ヘルマン・シュナイダー氏の遺体が発見されました。遺品からあなたとお知り合いだとわかりまして、伺った次第です」

「なんてこと」夫人はつぶやくなり顔面蒼白になった。杖が手からすべって倒れ、右手の指でネックレスに下げたペンダントヘッドをつかんだ。「どうして……あの、つまり……なにが……なにがあったのですか？」

「自宅で射殺されたのです」オリヴァーは杖を拾って渡そうとしたが、夫人は反応しなかった。

「犯人はゴルトベルク氏を殺害した者と同一人物だとにらんでいます」

「なんてこと」夫人は口に手を当てた。涙がしわだらけの頬を伝い落ちた。ピアが、いくらなんでもいきなりすぎるととがめる目で見ると、オリヴァーが眉を上げて合図した。ピアは夫人の足下に膝をついて、慰めるように夫人と手を重ねた。

「お悔やみ申し上げます」ピアは小声でいった。「お水を持ってきましょうか？」

夫人は気を取りなおし、涙ながらに微笑んだ。

「気遣ってくださってありがとう。サイドボードに水を入れたピッチャーがあります」

ピアは立ち上がって、さまざまな酒瓶や逆さにしたグラスを並べたサイドボードへ歩いていった。ピアから水をもらうと、夫人は微笑んで、ひと口飲んだ。

「いくつか質問があるんですが、あらためて伺ったほうがいいでしょうか?」ピアはたずねた。

「いいえ。いいわ……もう平気よ」夫人はカシミヤのカーディガンのポケットから真っ白なハンカチをだし、目元をぬぐって洟をかんだ。「ちょっとびっくりしただけです。ヘルマンは……我が家の親しい友人だったものですから。しかもそんなむごい死に方をするなんて!」

またしても夫人の目が涙でうるんだ。

「シュナイダー氏の家で、あなたの誕生パーティの招待状を見つけたのです」ピアはいった。

「それからあの方のスイスの銀行口座にKMF社から定期的に送金がありますね」

夫人はうなずいた。すっかり気を取りなおして、小声だが、しっかりした口調でいった。

「ヘルマンはわたしの死んだ夫の旧友だったのです。年金生活に入ってから我が社のスイス支社の顧問をしてもらっています。彼は以前、財政局で働いていたので、その経験と助言にはずいぶん助けられていました」

「シュナイダー氏の過去についてなにかご存じですか?」いまだに杖を持ったままのオリヴァーがたずねた。

「仕事のことですか、それとも私生活?」

「できれば両方とも。シュナイダー氏を殺す動機を持つ者を捜していますので」

「わたくしにはだれも思いつきませんね」夫人は首を横に振った。「あの方はいい人でした。奥さまを亡くされてから、ご自身、健康が優れないのに、一人暮らしをしていました。老人ホームには入りたくないといっていましたね」

ピアには、理由がよくわかった。老人ホームではドイツ週間ニュースを見ることができないし、自筆署名入りのヒトラーの肖像写真も飾れない。だがピアはなにもいわなかった。

「シュナイダー氏とのお付き合いは長かったのですか？」

「とっても長かったわ。亡き夫オイゲンのいいお友だちだったのです」

「ゴルトベルク氏もご存じでしたか？」

「ええ、もちろん」夫人は一瞬目をしばたたかせた。「どうしてですか？」

「ふたつの事件現場に同じ数字が残されていたのです」オリヴァーはいった。「16145。数字は被害者の血で記されていて、ふたつの事件が関係していることを示唆しています」

夫人はすぐには答えなかった。両手で安楽椅子の肘掛けをにぎりしめていた。一瞬垣間見えた彼女の表情に、ピアはびっくりした。

「16145？」夫人は聞き返した。「どういう意味でしょう？」

オリヴァーがなにかいおうとしたとき、男がひとりサロンに入ってきた。背が高くすらっとしていて、やせすぎなくらいだ。背広にシルクのショールをかけ、無精髭を生やしている。半白の長髪は肩まであった。一見すると年を取った俳優のようだ。男ははっとして、オリヴァーとピアを見てから夫人に視線を向けた。ピアはどこかで会ったことがあるような気がした。

「お客さんでしたか、母さん」そういって、男は部屋を出ていこうとした。「邪魔をして申し訳ない」

「ここにいて！」夫人の声は鋭かった。だがオリヴァーたちの方に顔を向けたときにはもう笑みを浮かべていた。「エラルド、わたくしの長男です。ここに住んでいるのです」

夫人は息子を見た。

「エラルド、こちらはホーフハイム刑事警察署のフォン・ボーデンシュタイン刑事、ガブリエラの義理の息子さんよ。それからこちらは……ごめんなさい、お名前はなんでしたっけ」

ピアが名乗ろうとするよりも早く、エラルドが口を開いた。タバコくさい息とともに、心地よい美しい声が響いた。

「キルヒホフさんですね。お久しぶりです。御主人はいかがお過ごしですか？」

エラルド・カルテンゼー教授。もちろん会ったことがある、とピアは思った。美術史家で、フランクフルト大学で長いあいだ学部長をつとめていた。元夫のヘニングも大学の教員なので、学内の行事で会ったことがある。ピアは、彼が金に糸目をつけぬ暮らしをし、若い女性芸術家に御執心だという噂を聞いた覚えがある。年齢は六十歳を過ぎていたが、いまだに人を惹きつける魅力があった。

「ありがとうございます」ピアは、二ヶ月前にヘニングと離婚したことはおくびにもださずに答えた。「彼は元気です」

「ヘルマンが殺害されたそうよ」夫人がいった。声が震えていた。「それで警察の方が来ているの」

「そうなんですか」エラルドは眉をひそめた。「いつのことですか？」

「昨夜です」オリヴァーは答えた。「自宅の玄関で射殺されていました」

「それはひどい」エラルドは口でいうほどショックを受けていないようだ。シュナイダーがナチ崇拝者だったことを知っているのだろうか、とピアは思った。だがそれを面と向かって訊くわけにはいかない。今はだめだ。

「シュナイダー氏が、亡くなったお父さんの親しい友人だとお母さんから伺いました」オリヴァーはいった。そのときエラルドがちらっと母を見て、愉快そうな目つきをしたことを、ピアは見逃さなかった。

「では、そうなのでしょう」エラルドは答えた。

「ゴルトベルク氏の事件と関係しているとにらんでいます」オリヴァーはつづけた。「両方の事件現場に被害者の血で記された16145という謎の数字が残されていたからです」

　夫人が押し殺した声で、あっといった。

「16145？」エラルドがいいかけた。「それって……」

「まったく恐ろしいわ！　わたくし、もう耐えられない！」夫人が突然叫んで、右手で両目をおおうと、華奢《きゃしゃ》な肩を震わせ、大きな声で泣いた。オリヴァーは同情して、夫人の左手をにぎり、「やはりお話を伺うのは後日にいたしましょう」と小さな声でいった。ピアはそのあいだエラルドを観察していた。エラルドは、泣きじゃくる母を慰めようともせず、サイドボードへ行って、コニャックを注いだ。顔にはだしていないが、目に軽蔑の色が表れているようにピアには感じられた。

彼は心臓がドキドキしていた。ドアの向こうで足音がしたとき、思わず後ずさった。カタリーナ・エーアマンの姿を見て、彼はまたしても息をのんだ。ピンクのドレスに黒いジャケットを羽織っている。ゆるやかにカールした艶のある黒髪が流れるように肩にかかり、長い脚は小麦色に日焼けしていた。

「やあ、元気かい？　愛してるよ」トーマス・リッターは作り笑いをして、彼女の方へ歩み寄った。カタリーナは冷ややかな目でトーマスを上から下まで見つめた。

「愛してる？　ふざけないで」

彼女は美しいが、口が悪い。だがそれがまた彼女の魅力なのだ。マルレーンとのことがばれたかと思い、トーマスはぎょっとしたが、すぐにその考えを打ち消した。カタリーナはこの数週間、チューリヒにある自分の出版社か、マヨルカ島に行っていたはずだ。結婚のことを知っているはずがない。

「入んなさいよ」カタリーナはくるりと背を向けた。トーマスは広い住まいを通り抜けて屋上のテラスに上がった。トーマスがなにをしたか知ったら、カタリーナは腹を抱えて笑うだろう。ふたりはともにカルテンゼー家に復讐を誓った仲だ。しかしカタリーナがマルレーンのことを笑うだろうと思うと、あまり面白くなかった。

「さあて」カタリーナは立ち止まったまま、トーマスに椅子を勧めることもなかった。「どのくらい書けたの？　うちの営業部長がじれているんだけど」

トーマスはためらった。

「出だしが気に入らなくて」トーマスは打ち明けた。「ヴェーラは一九四五年にどこからともなくフランクフルトへやってきたみたいなんだ。それ以前の写真が一枚もないし、身元を証明する書類もない、なにひとつないんだ。これではただのゴシップとしか読めない」

「情報源があるといっていたじゃない！」カタリーナは顔をしかめた。「なんだかあんたにうまく踊らされている気がするわ？」

「そんなことするはずがないだろう。誓うよ！　だけどエラルドがのらりくらりと話をはぐらかして、なかなかうんといってくれないんだ」

澄み切った青空がケーニヒシュタインの旧市街をおおっていた。屋上のテラスからは、古城やアンドレーエ荘が眺められたが、トーマスの目には入らなかった。

「情報源はエラルドなの？」カタリーナは首を横に振った。「もっと早くいってくれればよかったのに」

「いえばなんとかなったのかい？　わたしよりきみの方がうまくやれたというのか？」

カタリーナはトーマスを見つめた。

「当然よ。とにかくあたしが話してあげたことを文章にしなさいよ。それだけでも充分起爆剤になるんだから！」

トーマスはうなずいて、下唇を嚙んだ。

「ところで少し困っていてね」トーマスは上目遣いにいった。

「いくら欲しいの？」カタリーナは表情を変えずにたずねた。

トーマスは少しためらってからため息をついた。

「五千あれば、穴が埋められると思う」

「いいわよ、ただし条件があるわね」

「どんな？」

カタリーナは薄ら笑いをした。

「あと三週間で本を書き上げること。遅くとも九月上旬には出版したい。ユッタが地方選挙で党の比例代表一位になったタイミングを狙いたいのよ」

三週間！　トーマスはテラスの手すりまで歩いていった。どうしてこんなにっちもさっちも行かない状態になってしまったのだろう？　頭に血が上って我を忘れてしまったあのときまで、順風満帆の人生だったのに。ヴェーラについての暴露記事的な伝記を書くつもりだと話したとき、ユッタ・カルテンゼーの親友だったカタリーナがすぐ話に乗るとは思わなかった。

カタリーナはかつてユッタからひどい目にあい、ずっと復讐心を燃やしてきたのだ。カタリーナはスイスの出版社社長ベアート・エーアマンとの短い結婚生活の結果、金には困っていなかった。高齢だったエーアマンは自分の体力を過信して、編集長だったカタリーナと結婚して二年後、ベッドの中で心臓発作を起こし、帰らぬ人となった。カタリーナはすべての遺産を相続した。金品、不動産、出版社。しかし嫉妬深いユッタにだまされたことへのうらみつらみが彼女の心に深く刺さったままだったのだ。スキャンダル本を書くなら数百万ユーロ支払うといって、カタリーナはトーマスの前に餌を吊した。そのせいで、彼は大事なものをことごとく失うことになった。仕事、評判、将来。トーマスの計画を知ったヴェーラは彼を追放した。以来、彼は落伍者扱いされ、自力で状況を打開する術《すべ》を失ってしまった。今ではカタリーナだけが頼りの生活となり、心の底から嫌っていた仕事についている始末だ。マルレーンと極秘に結婚するというのは、見境のない復讐心に燃えるトーマスにとって名案に思えたが、新たな泥沼を意味することにあとになって気づいた。どうやったら丸く収まるか、トーマスにはまるでわからなくなっていた。カタリーナが彼の横にやってきた。

「あんたが原稿を書き上げない理由を毎日考えなくちゃならないあたしの身にもなってよね」カタリーナはいつになく厳しい口調でいった。「もう何ヶ月もあんたに金を注ぎ込んできたわ。みんな、結果を見たいのよ」

「三週間で仕上げてみせるよ」トーマスはあわてて約束した。「期待した情報が入手できなかったので、はじめの方を書き換えなきゃならない。だけどオイゲン・カルテンゼーとのことだけでも充分面白いさ」

「そう願っているわ。そうじゃないと、あたしも困るのよ。会社はあたしのものだといっても、仕事上のパートナーに責任があるものね」

トーマスは信用してくれというように微笑んだ。彼はその笑みで女性の心を射止められることを経験で知っていた。美しいカタリーナも例外ではない。

「さあ、仕事の話はこのくらいにしよう」トーマスは手すりに寄りかかって、両手をカタリーナに差しだした。「会いたかったよ」

カタリーナは一瞬すげなくしたが、誘惑に負けて微笑んだ。

「数百万ユーロがかかっているのよ」カタリーナは声を低くして念を押した。「うちの顧問弁護士が、スイスで出版すれば出版差し止めの仮処分を免《まぬが》れることができるといっているわ」

トーマスは彼女の首筋に上から下に向けて唇をはわせていき、下半身に刺激を感じ、彼女をきつく抱きしめた。マルレーンとの退屈なセックスがつづいた。カタリーナの激しさを思いだしただけで興奮してきた。

「それから」カタリーナはトーマスのズボンのベルトをはずしながらつぶやいた。「エラルドに連絡を取ってみるわ。彼はあたしの頼みを断ったことがないから」


「数字を話題にしたときの反応、見ました？」ピアがたずねた。オリヴァーといっしょに水車屋敷《ミューレンホーフ》からホーフハイム刑事警察署にもどるところだった。あのときカルテンゼー夫人が見せた表情、あれはなんだったのだろう。不安？　憎悪？　恐怖？　「それから息子との話し方……従僕を相手にしているみたいにきつかったじゃないですか」

「気がつかなかったな」オリヴァーは首を横に振った。「変な反応をしたとしても、無理はない。古くからの友だちが撃ち殺されたと知らされたんだからね。それよりカルテンゼー夫人の息子とはどこで知り合ったんだい？」

ピアはそのことを説明して話をつづけた。「シュナイダーが死んだという話を聞いたとき、教授の方はずいぶん冷ややかでしたね。ぜんぜん驚いていないようでした」

「なにをいいたいんだ？」

「別になにも」ピアは肩をすくめた。「ただシュナイダーとゴルトベルクのことを好きではなかったみたいだなあと。母親があんなに泣いていたのに、慰めの言葉ひとつかけなかったですからね」

「わたしたちがいたから、充分同情を受けていると思ったんだろう」オリヴァーは眉を上げ、ニヤリとした。「きみまでもらい泣きするんじゃないかとハラハラしたよ」

「そうですね、警官ともあろう者が情けないです」ピアは歯がみした。普段なら距離を置いて、相手の涙を冷静に見ていられるのに、夫人の涙には心を揺さぶられてしまった。「泣いている銀髪の老婦人は、わたしのアキレス腱なんですよ」

「そうなんだ」オリヴァーはからかい半分にピアを見た。「きみのアキレス腱は、殺人の容疑者になった、か弱い良家の若者かと思っていたよ」

オリヴァーはルーカス・ファン・デン・ベルクのことをいっているのだ。ピアはその若者のことをよく覚えている。

「ガラスの家に住む者は石を投げるべきではないですよ、ボス」ピアはニヤリとした。「動物病院の女医さんとそのかわいい娘に惹かれていたのは、どなたでしたっけね」

「わかった、もうやめよう。きみには冗談が通じないからな」

「ボスだって」

自動車電話が鳴った。カイ・オスターマンからだ。シュナイダーを司法解剖する許可が下りたのだ。それからヴィースバーデンの科学捜査研究所で興味深い事実が判明したという。連邦刑事局は証拠隠滅を急いだせいで、鑑識課が押収した遺留品のことを本当に忘れていたのだ。

「ゴルトベルク邸の花壇で見つかった携帯電話の所有者はローベルト・ヴァトコヴィアクという男です」カイはいった。「鑑識課に指紋をはじめあらゆる情報が記録されていました。刑法に規定されている罪を次々犯そうという野心でも持っているような奴ですね。殺人はまだコレクションに入っていませんが、それ以外は片端からやっていますよ。万引き、傷害、強盗。麻酔薬取締法違反の常習犯でもありますね。それから無免許運転。飲酒運転による免許停止も数知れず、おまけに強姦未遂などなど」

「その男を署に連行するんだ」オリヴァーはいった。

「それがちょっと厄介なんですよ」「半年前に出所してから住所不定でして」

「最後の住所は？　どこに住んでいたんだ？」

「それが興味深いんです。カルテンゼー家の水車屋敷《ミューレンホーフ》なんですよ」

「どういうこと？」ピアがびっくりしていった。

「たぶんカルテンゼーがよそで作った子どもだからでしょう」カイが答えた。ピアはちらっとオリヴァーを見た。またしてもカルテンゼーの名前が出てきた。偶然だろうか？　そのときピアの携帯電話が鳴った。画面に表示された電話番号は知らないものだが、ピアは通話ボタンを押した。

「もしもし、ピア、わたし」ミリアムの声がした。「今、平気？」

「ええ、大丈夫よ。どうしたの？」

「土曜日の晩、ゴルトベルクが死んだことを知っていたの？」

「ええ。いうわけにいかなかったのよ」

「びっくりしたわ。彼のような老人を撃つなんてどこのどいつかしら？」

「いい質問よ。わたしたちもその答を知りたいの。でも、うちの課はこの事件からはずされちゃって。事件の翌日、ゴルトベルクの息子がアメリカ総領事館や内務省から助っ人を連れてきて、父親の遺体を持っていっちゃったのよ。驚きでしょう」

「まあ、わからなくはないわね。ユダヤ教の葬儀の仕方を知らないでしょう」ミリアムはそこで少し間をおいて話をつづけた。「ゴルトベルクの息子のサロモンは敬虔な信者なのよ。ユダヤ教では、死者はできるかぎりその日のうちに埋葬することになっているの」

「そうなの」ピアは、カイとの話を終えたオリヴァーを見て、唇に人差し指を当てた。「それじゃ、もうゴルトベルクは埋葬されたの？」

「ええ。昨日ね。フランクフルトのユダヤ人墓地よ。もちろんシヴァのあとで、公式の葬式が行われるけど」

「シバ？」ピアは耳を疑った。てっきりヒンズー教の神の名かと思ったのだ。

「シヴァはヘブライ語で『七』という意味よ」ミリアムはいった。「埋葬したあと七日間喪に服すことをいうの。ゴルトベルクの一家はそのあいだフランクフルトにいるわ」

ピアはそのとき、いいことを思いついた。

「今どこにいる?」

「自宅よ。どうして?」

「会う時間あるかしら? 話したいことがあるのよ」

エラルド・カルテンゼーは二階の窓辺に立って、弟の車が門を通って玄関先に止まるのを見ていた。そして薄笑いを浮かべて、窓辺から離れた。母は態勢を整えるため行動を開始したのだ。弾丸がどんどん接近してきた。彼自身も責任がないわけではない。問題の数字がなにを意味するかはわからないが、母が知っていることは確実だ。母は、らしくない泣きまねで、警察の事情聴取をうまくかわし、警察が去ると、すぐジークベルトに電話をかけた。ジークベルトは取るものも取りあえず駆けつけてきたというわけだ。エラルドは靴を脱ぎ、上着をハンガースタンドにかけた。

キルヒホフの妻である婦警にじろじろ見られた。なぜだろう? エラルドはため息をついてベッドの角に腰かけると、両手で顔をおおって、会話の一部始終を思いだそうとした。なにかまずいことをいっただろうか。なにか目立ったり、疑われたりするようなことをしただろうか。彼女が疑いを抱いたとすれば、それはなぜだろう。まいったな、とエラルドは思った。そのときまた車が一台、下にやってきた。母はユッタも呼んだのだ。家族会議だ。じきに下りてくるよう声がかかるだろう。エラルドは、軽率にもとんでもない失敗をしたことに気づいた。もし裏を取られたら、どうなるか、考えただけで心臓がしめつけられた。しかし、今さら逃げ隠れすることはできない。今までどおりに暮らし、なにも知らなかったふりをするしかない。そのときいきなり大きな音で携帯電話が鳴ったので、エラルドははっとして我に返った。驚いたことに、電話をかけてきたのは、ユッタの親友カタリーナ・エーアマンだった。

「もしもし、エラルド」

「カタリーナ！」エラルドは実際の気持ちよりはさりげなく装った。「きみの声を聞くのはずいぶん久しぶりだな！　電話をくれるなんて、どういう風の吹き回しだい？」

エラルドはカタリーナのことが気に入っていた。ふたりはフランクフルトでの文化行事や社交の場でときおり顔を合わせることがあった。

「単刀直入にいうけど」カタリーナはいった。「あんたの助けがいるの。どこかで会えないかしら？」

カタリーナの有無をいわせぬ口調に、エラルドは内心いやな予感を覚えた。

「今はちょっと取り込み中なんだ。緊急事態でね」

「ゴルトベルクが射殺されたからでしょう。聞いたわよ」

「あれ、知ってたのか？」エラルドは、どうやって聞きつけたのだろうと自問した。ゴルトベルクが殺された事件は新聞に載らなかった。ユッタからでも聞いたのかもしれない。

「あのね、トーマスがあんたのお母さんの伝記を書いているのは知ってるわよね？」カタリーナは話をつづけた。エラルドはなにも答えなかったが、いやな予感がますます強くなった。もちろん伝記の話は耳にしていた。そのせいで大騒ぎになったのだから。できることなら電話を切りたいくらいだったが、なんの役にも立たないだろう。カタリーナが頑固なのは有名だ。目的を果たすまで放っておいてはくれないだろう。

「ジークベルトがその計画をつぶすために八方手を尽くしたことは知っているわね」

「ああ、知っているとも。どうしてそんなことに興味を持つんだい？」

「その本をうちで出版することにしたの」

エラルドは一瞬、言葉を失った。

「ユッタは知っているのか？」

「あははは。さあ、どうかしら。そんなこと気にしていられないわ。これはビジネスなの。あんたのお母さんの伝記なら、数百万ユーロの価値があるものね。十月のブックフェアに間に合わせたいと思っているのよ。ただ重要な基本情報がまだ欠けていてね。あんたなら手に入れられるんじゃないかなあと思って」

エラルドは身をこわばらせた。口が渇き、両手が汗ばんだ。

「どういうことかな？」エラルドは声を押し殺した。カタリーナはどうしてあのことを知っているのだろう。リッターから聞いたのだろうか。彼女に話せるのは彼しかいないはずだ。こんなことになるなら、あれに手をださなければよかった！

「あたしのいいたいこと、わかっているくせに！」カタリーナの声が心なしか冷ややかになった。「エラルド！　猫かぶりはやめなさい。あんたが手伝ったことは、だれにもわからないわ。

よく考えてみて。電話をしたくなったら、いつでもちょうだい」

「電話、切るぞ」エラルドは、さようならもいわずに通話終了ボタンを押した。心臓がドキドキして、吐き気がした。必死で考えを整理しようとした。リッターはなにもかもカタリーナに話したに違いない。他言しないと誓ったはずなのに。そのとき外の廊下でカツカツとエネルギッシュな靴音がした。ハイヒールの音。ユッタに違いない。家から逃げだすには手遅れだった。いや、逃げ損ねたのは何年も前だ。


ピアとミリアムはシラー通りのレストランで落ち合った。二ヶ月前に開店したばかりの知る人ぞ知る店だ。ふたりは店の名物料理を頼んだ。レーン産幸せいっぱい仔牛肉のグリル・ハンバーグ。ミリアムは好奇心いっぱいだったので、ピアはすぐ本題に入った。

「よく聞いて、ミリ。これはあなたを信用して話すのよ。だれにもいってはだめよ。さもないと、わたしの首が飛ぶわ」

「絶対にだれにも話さないわ」ミリアムは手を上げて誓いを立てた。「約束する」

「いいわ」ピアは身を乗りだして、声をひそめた。「ゴルトベルクのことはどのくらい知っているの？」

「二、三回会ったことがあるだけよ。フランクフルトに立ち寄るたび、うちに顔をだしていたみたい」ミリアムはしばし考えてから答えた。「おばあさんが彼の奥さんのサラと友だちだったので、それで彼とも仲良くなったわけ。犯人の目星はついているの？」

「いいえ。もう事件の担当を解かれちゃったし。でも正直いうと、ゴルトベルクの息子がアメリカ総領事や、連邦刑事局とかCIAとか内務省の人間を引きつれてきたのはユダヤ式の葬儀をするためとは思えないのよね」

「CIA？　連邦刑事局？　まさか！」ミリアムはびっくりした。

「本当のことよ。それで捜査は中止。じつは本当の理由は別にあるとにらんでいるの。ゴルトベルクには人に知られたくない過去があったのよ。彼の息子や知り合いは、それが公になるのを怖れたんだと思う」

「教えて。秘密ってなに？　彼は現役時代、かなりあやしげな商売をしていたらしいけど、そんな人、たくさんいるでしょう。まさかケネディを殺したのは彼だったとか？」

「いいえ」ピアは首を横に振った。「彼は親衛隊員だったのよ」

ミリアムはピアをじっと見つめた。

「冗談はやめて！　本当のことを教えてよ」

「それが本当なのよ。司法解剖で左腕に血液型の刺青《いれずみ》が見つかったの。親衛隊員の刺青。間違いないわ」

ミリアムの顔から笑みが消えた。

「刺青は本当にあったのよ」ピアは淡々と話した。「取り除こうとしたようだけど、皮下組織にはっきりと残っていたの。AB。彼の血液型よ」

「だけど、そんなはずないわ、ピア！」ミリアムは首を横に振った。「おばあさんは六十年前から彼を知っているのよ。この町のユダヤ人はみんな、彼のことを知っているわ！　ユダヤ関係の組織に多額の寄付をしていたし、ドイツ人とユダヤ人の和解のために尽力してきたのよ。その彼がかつてナチだったなんて、ありえないわ」

「でも、彼がずっとそういう人間になりすましていたとしたらどうする？」

ミリアムは黙ってピアを見つめ、下唇を嚙んだ。

「ねえ、あなたの助けがいるの」ピアはつづけた。「あなたが働いている研究所に、かつて東プロイセンにいたユダヤ人についての資料があるんじゃない？　あなたなら見ることができるわよね。ゴルトベルクの過去を調べられないかしら」

ピアは友だちを見つめた。ミリアムが必死でなにか考えているのがわかった。ダーヴィト・ゴルトベルクが信じられない秘密を持ち、それを何十年にもわたって隠していた。とんでもない話だ。

「今朝ヘルマン・シュナイダーという人物が遺体で発見されたわ」ピアは小声でいった。「自宅でゴルトベルクと同じように膝をついて、処刑されるみたいに後頭部を撃ち抜かれていたの。八十歳をとっくに過ぎているのに一人暮らしをしていて。地下にあったその男の書斎を見てぞっとしたわ。鉤十字の旗と自筆署名入りのヒトラーの肖像写真が飾ってあって、さながら総統官邸のヒトラーの書斎みたいだった。そのシュナイダーという人物も、ゴルトベルクと同じでヴェーラ・カルテンゼーの友人だったのよ」

「カルテンゼー夫人と？」ミリアムは目を丸くした。「あの人ならよく知っているわ！　〈反迫放センター〉を長年支援してくれているわ。彼女がヒトラーと第三帝国を憎んでいることはみんなが知っていることよ。友だちが元ナチだったなんていったら、ただじゃすまないわよ」

「そこまでいうつもりはないわ。彼女がゴルトベルクやシュナイダーの過去を知っていたとはいっていないわ。でも三人はずっと昔からとても仲がよかったことは確かよ」

「むちゃくちゃ」ミリアムはつぶやいた。「本当にむちゃくちゃ！」

「ふたりの遺体のそばには、犯人が被害者の血で書いた数字が残されていたわ。１６１４５。まだその意味がわかっていないんだけど、ゴルトベルクとシュナイダーを殺したのは同一人物とにらんでいるの。殺人の動機自体が、ふたりの過去に関係しているような気がしてならないのよね。だから、あなたの助けを借りたいと思って」

　ミリアムはピアの顔から目をそらさなかった。彼女の両目が異様に輝き、頬が赤くなった。

「日付じゃないかしら」ミリアムはしばらくしてからいった。「一九四五年一月十六日」

　ピアは体内をアドレナリンが一気に流れるのを感じて、背筋を伸ばした。そうだ！　どうして思いつかなかったのだろう！　隊員番号、口座番号、電話番号、すべてはずれだ！　だが一九四五年一月十六日になにがあったというのだろう。そしてどこの話だろう。それにシュナイダーとゴルトベルクの接点は？　それよりなにより、そのことをだれが知りえたのだろう。

「もっと詳しく知るにはどうしたらいいかしら？」ピアはたずねた。「ゴルトベルクは東プロイセンの出身よ。カルテンゼーと同じ。シュナイダーはルール地方出身。どこかの文書館で手がかりを見つけられないかしら」

ミリアムはうなずいた。「できるわよ。東プロイセンに関するもっとも重要な文書館はベルリンのプロイセン文化財団公文書館ね。オンラインのデータバンクでも古いドイツ語文書を大量に見ることができるわ。それからベルリンの第一戸籍役場に、東プロイセンから救いだされた戸籍簿、とくにユダヤ人の戸籍簿がすべて保管されているわ。一九三九年にかなり詳しい住民調査を行った結果よ」

「なにかわかるかもしれないわね！　閲覧はどうすればできるの？」

「警察ならなんの問題もなくできると思うけど」ミリアムがそういうと、ピアは問題がひとつあることに気づいた。

「ゴルトベルク殺人事件の捜査は公にはできないのよ」ピアはしょげかえった。「ベルリンへ行くのに休暇が欲しいなんて、ボスにとてもいえないわ」

「わたしが調べてあげましょうか」ミリアムが買ってでた。「今ちょうど暇なのよ。先月関わっていたプロジェクトが終わったところでね」

「本当にやってくれるの？　ありがたいわ！」

ミリアムはニヤリとしてから、真面目な顔になった。

「わたしとしては、ゴルトベルクがナチでなかったことを証明したいんだけどね」ミリアムはそういってピアの両手をつかんだ。

「かまわないわ」ピアはニッコリした。「あの数字の謎がわかることが大事だから」

二〇〇七年五月二日（水曜日）

フランク・ベーンケ上級警部は機嫌が悪かった。昨日の自転車競走では十一位という好成績を上げ、すっかり有頂天になっていたが、それももう過去のことだった。つまらない日常にもどり、しかも新しい殺人事件の捜査に駆りだされた。本音では、なにごともなく日中を過ごし、時間どおりに帰宅したいと思っていたのだ。それなのに同僚たちは、残業を喜び、週末まで働きたいと思っているかのようにせっせと捜査に打ち込んでいる。カトリーン・ファヒンガー刑事助手とカイ・オスターマン上級警部には家族がいない。ボスには、家庭を切り盛りする妻がいる。アンドレアス・ハッセ警部の妻は、夫が家にいないほうがうれしい口だ。ピア・キルヒホフ警部は新しい彼氏との熱愛が一段落したのか、仕事ができるところを見せようとがんばっている。だれもフランクが抱えている問題に気づいていないようだ。夕方定刻に署を退出するとき、いつもとがめるような視線を浴びなければならなかった。

フランクはおんぼろの覆面パトカーの運転席にすわり、エンジンをかけたまま、ピアが乗るのを待っていた。ひとりでも用が足せると思ったのに、ボスはピアが同行することを求めた。ローベルト・ヴァトコヴィアクの指紋が、ヘルマン・シュナイダーの家の地下で押収したグラスから検出され、彼の携帯電話がゴルトベルク邸の玄関のそばに落ちていた。偶然とは思えない。だからオリヴァーは彼に事情聴取することにしたのだ。カイは聞き込みをして、ヴァトコヴィアクが数ヶ月前からニーダーヘーヒシュタットに住むある女のところに転がり込んでいることを突き止めた。

フランクはサングラスをかけ、バート・ゾーデンとシュヴァルバッハを通ってニーダーヘーヒシュタットの山査子《さんざし》通りへ車を走らせた。そのあいだフランクはなにもいわなかった。ピアも、自分からおしゃべりをしようとしなかった。うらぶれたアパート群は、手入れの行き届いた庭付き一戸建てやテラスハウスが立ち並ぶ住宅街の中で浮いた存在だ。この時間帯、駐車場はほとんど空いている。住人は仕事に出ているのだ。あるいは社会福祉事務所にでも行っているかな、とフランクは思った。アパートのチャイムに貼られた住人の表札を見れば、借家人の大部分が移民なのがわかる。つまり国から生活費をもらっている連中だ。

「M・クレーマー」ピアが表札のひとつを指した。「きっとこれね」

ローベルト・ヴァトコヴィアクはうたた寝をしていた。昨日の夜はいい具合だった。モニカは小言をいわなかったし、夜中の一時半頃、ふたりして千鳥足で家に帰ってきた。現金は使い果たし、拳銃を商っている男からの連絡もないが、ヘルマンのおじきからもらった三枚の小切手を換金すればいいと思っていた。

「ねえねえ、これ見て」モニカがベッドルームに入ってきて、携帯電話を彼に見せた。「昨日、変なショートメッセージをもらったのよね。これどう思う？」

ローベルトは寝ぼけ眼を開け、携帯電話の画面を見た。〝愛してるぜ、おまえ、俺たち金持ちになったぞ。じじいをまたひとりやっちまった。南に高飛びするぞ！〟。

ローベルトにもわけがわからなかった。だから肩をすくめて目を閉じた。そのあいだモニカは、こんなメールを送ってくるなんてだれだろう、なぜだろうと声にだして考えた。その声が頭に響いて、ローベルトはムカムカした。モニカの甲高い声はいつも癇に障る。

「相手がだれか知りたいなら、返信してみりゃいいだろう」ローベルトはつぶやいた。「もうちょい寝かせてくれ」

「冗談じゃないわ」モニカはローベルトの毛布をはいだ。「十時までにここから出てよ」

「また客かよ？」モニカがなにをして金を稼ごうと、ローベルトにはどうでもいいことだった。だが「客」が帰るまでどこかに隠れて、待たなければならないのだけはうんざりだった。今朝は梃子でも動くものかと思った。

「あたし、お金がいるのよ。あんたがくれないから」

チャイムが鳴って、飼っている二匹の犬が吠えはじめた。モニカは容赦なく鎧戸を上げた。

「ほら、ベッドから出て」そういって、モニカはベッドルームから出ていった。

フランク・ベーンケはもう一度ベルのボタンを押した。いきなりインターホンから「こんにちは」というかすれた声が聞こえたので驚いた。後ろで犬の吠え声も聞こえる。

「警察だ」フランクはいった。「ローベルト・ヴァトコヴィアクに会いたい」

「いないわ」女の声がした。

「では中を改めさせてもらう」

ドアロックを解除する音がするまでしばらくかかった。フランクとピアはアパートに入った。階ごとににおいは異なるが、どこも鼻が曲がりそうだ。モニカ・クレーマーの住まいは六階の暗い廊下の一番奥にあった。天井の明かりは切れていた。フランクがドアの呼び鈴を鳴らすと、ドアがほんの少し開いた。黒髪の女がうさんくさそうにふたりを見た。腕に小型犬を二匹抱いている。もう一方の手には吸いかけのタバコを持っている。背後にテレビ画面が見えた。

「ローベルトはいないわ」モニカはフランクの身分証をちらっと見てからいった。「もうずっと会っていないけど」

フランクは強引に住まいに入り込んで中を見回した。二間の住まいは安普請だったが、調度品の趣味がよかった。かわいらしい白いソファにインド製のチェストをテーブル代わりにしている。壁には地中海の風景を写した写真が数枚飾ってある。家具の量販店で一枚数ユーロで買ったものだ。それから部屋の隅に大きなヤシの植木鉢があった。床はラミネート張りで、その上に派手な絨毯《じゅうたん》が敷いてあった。

「あなたはヴァトコヴィアク氏の愛人?」ピアがたずねた。女の年齢は二十代後半。眉毛を抜いて、黒のアイブローペンシルで描いているので、なんとも奇妙な顔付きだった。手足は細くて、十二歳の少女と見紛《みまが》うばかりだ。それと対照的なのは胸の大きさで、シャツの襟が深く切れているため、いやでも目立つ。

「愛人？　まさか」モニカは答えた。「あいつはここへ寝にくることはあるけど、それだけの付き合いよ」

「奴は今どこだ？」

モニカは肩をすくめ、メンソール入りのタバコをまた一本手にした。それから震えている二匹の小型犬を白いソファに下ろした。フランクは隣の部屋を見にいった。ダブルベッド、内側に鏡を張ったクローゼット、たくさんの引き出しがある食器棚。ダブルベッドは左右ともに使った形跡がある。フランクはシーツに手を当てた。まだ温かい。

「あんた、起きたのはいつだ？」フランクはモニカの方を向いた。モニカは敷居の上で腕組みして、フランクをじっと見ていた。

「どうして答えなくちゃいけないの？」モニカはつっけんどんに聞き返した。

「質問に答えろ」フランクは堪忍袋の緒が切れそうだった。女が癇に障ってならなかった。

「一時間前かな。覚えてないわ」

「ベッドの右側に寝ていたのはだれだ？　シーツがまだ温かいぞ」

ピアは手袋をはめ、クローゼットを開けた。

「なにすんのさ！」モニカは叫んだ。「捜索令状を持って出直してきなよ！」

「ほう、そういう経験があるわけだ」フランクはモニカの頭からつま先まで観察した。短いジーンズ地のスカートにかかとが斜めにすり減った安物のエナメルブーツをはいて、駅周辺の路地に立つのが似合いそうな女だ。

「クローゼットから離れてよ!」モニカは怒鳴ると、ピアと家具のあいだに体を入れた。その瞬間、フランクは隣の部屋に人の気配を感じた。一瞬、男の影が見えたかと思うと、住まいのドアがバタンと閉まった。

「くそっ!」フランクは怒鳴って追いかけようとした。するとモニカが足を引っかけた。フランクはつまずいて、ドアに頭をしたたかにぶつけ、床に置いてあった酒のケースに体当たりした。シャンパンの空き瓶がひとつ割れて、その欠片《かけら》で腕を切った。すぐに起き上がったが、モニカが髪を振り乱してかじりついた。フランクは朝から溜まっていた怒りを爆発させ、やせっぽちのモニカを平手打ちして壁にはじき飛ばした。フランクはもう一度モニカを殴り、腕を背中にねじった。モニカはものすごい力で抵抗し、フランクのすねを蹴り、顔につばを吐いた。フランクはフランクフルトの歓楽街でも聞いたことのないような罵声まで浴びせられた。

ピアが割って入って、ふたりを引き離さなかったら、フランクはモニカがボロボロになるまで殴っていただろう。この一連の騒ぎのあいだ、二匹の小型犬はキャンキャン鳴きっぱなしだった。フランクは肩で息をしながら体を起こし、ドクドクと血が流れでている右腕の裂傷を見つめた。

「さっき逃げたのはだれなの?」ピアは、壁を背にしてしゃがみ込んでいるモニカにたずねた。モニカの鼻から血が流れ落ちていた。「ヴァトコヴィアクね?」

「あんたら糞野郎に教えるもんか!」モニカは怒鳴って、膝に乗った小型犬を抱きしめた。

「訴えてやるからね! あたしには弁護士の知り合いがいるんだから!」

「いいですか、クレーマーさん」ピアは静かにいった。「わたしたちは殺人事件の参考人としてヴァトコヴィアクを捜しているんです。嘘をつくとためにならないですよ。それにあなたの方が先にわたしの同僚に殴りかかりましたから、弁護士がいくらがんばっても、裁判では心証がよくないでしょうね」

モニカはしばらく考えた。まずい状況だとわかったのか、逃げだしたのがヴァトコヴィアクだと認めた。

「バルコニーにいたのよ。彼が人殺しなんてするわけないでしょ」

「それなら、どうして逃げたんでしょう？」

「ポリ公が嫌いだからよ」

「ヴァトコヴィアクが月曜日の晩どこにいたか知っていますか？」

「知るもんか。あいつが来たのは今朝だもの」

「先週の金曜日の晩は？　彼はどこにいました？」

「知らないよ。あたしはあいつの子守りじゃないんだから」

「いいでしょう」ピアはうなずいた。「協力に感謝します。あなたのためにいっておきますが、彼がまたここにあらわれたら、われわれに電話をしたほうがいいですよ」

ピアが名刺を渡すと、モニカはその名刺を無造作に胸元へ入れた。

ピアはフランク・ベーンケを病院へ連れていき、救急病棟で腕の裂傷と頭の傷を縫ってもらってくるのを待った。車のフェンダーに寄りかかり、タバコを吸っていると、ようやくフランクがぶすっとした表情で出てきた。頭には絆創膏を貼り、右腕には真っ白な包帯を巻いていた。

「それで？」ピアはたずねた。

「負傷で早退する」フランクはピアを見ずに答えた。そして助手席にすわると、サングラスをかけた。ピアは啞然として、タバコを踏み消した。この数週間、フランクは虫の居所が悪かった。署にもどる途中もむっつりしたままだった。ピアは、フランクが早退することをボスに報告すべきか迷った。告げ口をするようでいやだったのだ。いくらかっとなる質《たち》のフランクにしても、あれは度を超していた。警官は挑発に耐え、自制しなければならない。署の駐車場でフランクは礼もいわずに車から降りた。

「家に帰る」フランクはそれだけいうと、後部座席からホルスターに入れた拳銃と革のジャケットを取り、ジーンズの尻のポケットから病院の診断書をだして、ピアに渡した。「これをボーデンシュタインに渡してくれ」

「わたしだったら、直接ボスに断って帰るけど」診断書を受け取りながら、ピアはいった。「報告書も自分で書いたほうがいいんじゃないかしら」

「おまえが書けばいいだろう。その場にいたんだから」

フランクはきびすを返すと、駐車場に止めていた自分の車の方へ歩いていった。ピアはむっとしながら彼を見送った。フランクがなにをしようが、実のところはどうでもよかった。彼の横柄な態度や、仕事を同僚に押しつけて平気でいるところにうんざりしていた。それでも捜査課全体の雰囲気が悪くなるのは避けたい。オリヴァーは鷹揚だが、どうして負傷したのか、フランク本人から聞きたいと思うはずだ。

「フランク！」ピアは叫んで車から降りた。「待ちなさいよ！」

フランクは立ち止まって振り向いた。

「いったいどうしちゃったのよ？」ピアはたずねた。

「おまえもその場にいたじゃないか」フランクは答えた。

「そのことじゃないの」ピアは首を横に振った。「なにかあるの？　このところずっと不機嫌じゃない。わたしにできることがあれば」

「なにもありゃしないさ。なにもかもうまくいってる」

「信じられないわ。家族とうまくいっていないの？」

フランクは心の中のシャッターを下ろし、話はこれでおしまい、という顔をしていった。

「俺個人のことには口をだしてもらいたくないな」

同僚としての義務はこれで果たしたと思い、ピアは肩をすくめた。フランクはまったく強情だ。

「話したくなったら電話をちょうだい。電話番号は知っているわよね？」ピアは彼の背中に向かって叫んだ。すると、フランクはサングラスを取って、つかつかとピアに歩み寄った。殴られるかと思って、ピアは身構えた。

「女ってのは、なんでそうマザー・テレサを真似して、人のことにくちばしをはさみたがるんだ？　そんなに楽しいのか？」フランクはものすごい形相でピアをにらみつけた。

「どうかしてない？」ピアはむっとしていった。「あなたは同僚だし、なにか困っていると思ったから、声をかけたんじゃない。でも助けがいらないのなら、好きにすれば！」

ピアは車のドアを力任せに閉めて、フランクをそこに置き去りにした。彼とは絶対に友だちになれないと思いながら。


トーマス・リッターは目を閉じて湯につかっていた。凝った筋肉がゆっくりほぐれていく。こんなに激しい体験には慣れていなかった。実をいうと、最近はそのことにあまり魅力を感じなくなっていた。カタリーナ・エーアマンとの激しいセックス。以前は我を忘れるほどだったが、最近は嫌気がさしていた。とくに夜マルレーンのところにもどると、良心の呵責《かしゃく》を感じるまでになっていた。なにも知らないマルレーンから優しくされると、忸怩《じくじ》たる思いと怒りが同時にこみ上げてくる。マルレーンはカルテンゼー家の一員だ。だから敵だ。近づいたのは、ヴェーラに報復するためだった。彼の愛情は上辺だけのもの、計画の一部。目的を果たしたら、マルレーンを子どももろとも捨てるつもりだった。それが、みすぼらしい住まいで、折り畳み式のソファベッドで眠れない夜を過ごしながら思い描いたことだった。しかし思いがけない感情が急に芽生えたのだ。

前妻に離婚を迫られたのは、落ちぶれたとはっきりしたときだった。その後、トーマスは二度と女を信用しないと誓いを立てた。カタリーナとの関係はビジネスだ。彼女は、ヴェーラ・

カルテンゼーの伝記を彼に書かせるために大金を注ぎ込んだ出版社の社長であり、自分は彼女がフランクフルトに来たときだけ愛人として振る舞う。彼のあずかり知らぬところでカタリーナがなにをしようが、ほとんど気にもならない。トーマスはため息をついた。虻蜂《あぶはち》取らずとはまさにこのことだ。マルレーンのことがカタリーナにばれれば、金づるを失うことは間違いない。また信頼したところをつけこまれたと知ったらマルレーンは絶対に許してくれないだろう。マルレーンと子どもを失うことになる。本当ににっちもさっちもいかなくなった。そのとき電話が鳴った。トーマスは目を開けて携帯電話を探した。

「あたしよ」カタリーナの声が耳元でした。「ねえ、聞いた？　シュナイダーのじいさんまで殺されたそうよ」

「なんだって？　いつだい？」トーマスはさっと上体を起こした。湯が揺れて、バスタブからこぼれ落ち、バスルームの寄せ木張りの床がびしょ濡れになった。

「月曜日から火曜日にかけての夜。ゴルトベルクと同じように射殺されたそうよ」

「どうしてわかったんだ？」

「あたしにはわかるのよ」

「犯人は？」トーマスは平静を装いながらバスタブから出て、びしょ濡れの床を見た。

「さあ、だれかしら」カタリーナが電話の向こうでいった。「じつはあんたが犯人かと思ったのよね。最近、あのじいさんとゴルトベルクを訪ねているでしょう」

トーマスは一瞬、二の句が継げなかった。背筋が寒くなった。カタリーナはどうしてそのことを知っているんだ？

「馬鹿な」やっとの思いでそういった。笑い飛ばしたように聞こえていればいいが、とトーマスは思った。「そんなことをしてわたしになんの得があるっていうんだ？」

「口封じ、かな？　あんた、あのふたりをずいぶん脅していたみたいじゃない」

トーマスは心臓が飛びだしそうになった。ふたりを訪ねたことはだれにもいっていない。本当にだれにもいっていないことだ。カタリーナはなにを考えているかわからないところがある。絶対に手の内を見せない。どっちの側についているか、ときどきわからなくなるほどだ。トーマスはたまに、彼女の復讐のための道具にされているような気さえすることがある。

「だれのことも脅した覚えはないけど」トーマスは答えた。「きみとは違うさ。きみだってゴルトベルクを訪ねているじゃないか。大昔から争っている、例のくだらない会社の持分をめぐってさ。それにヘルマンのところで彼とボルドーを飲みながら、映画を見せてもらったりしたんじゃないか？　カルテンゼー家の首根っこを押さえるためなら、きみはなんでもしかねないからな」

「まあ、そのくらいにしておきましょう」カタリーナは少ししてからいった。「警察はローベルトに目をつけているわ。あいつがやったとしても驚かないわね。あいつはいつも金に困っているから。まあ、とにかくがんばって書いてね。もしかしたら、愛すべきカルテンゼー家の物語にもう一章追加できるかもしれないわよ」

トーマスは携帯電話を洗面台のわきに置き、タオルを数枚わしづかみにして、寄せ木張りの床が傷まないように水を拭きとった。だが頭の中では、いろいろな情報が渦巻いていた。あのいけすかないゴルトベルクが射殺された。シュナイダーも射殺された。理由は違えど、エラルドはあのふたりを心底憎んでいた。ローベルトはつねに金に困っている。ジークベルトが例の会社の持分をめぐって暗躍しているのは間違いない。しかしそのために人をひとり、いやふたりも殺したりするだろうか。いや、やりかねないぞ。トーマスは思わずニヤリとした。ここはのんびり構えて、成り行きを見守るほうがよさそうだ。

「時が味方している《タイム・イズ・オン・マイ・サイド》（ザ・ローリング・ストーンズの曲の一節）」トーマスはそう口ずさんだ。それがどんなに大きな過ちか気づきもせずに。

　モニカ・クレーマーはまだ全身が震えていた。濡らしたタオルに氷を包み、鼻に当てて鼻血を止めようとしていた。あの傲慢で、憎たらしいくそ警官め。割れた瓶で首を切っちまえばよかったんだ！　モニカは自分の顔をバスルームの鏡に映してみた。そっと鼻に触ってみる。鼻骨は折れていないようだ。これも、みんな、ローベルトのせいだ！　あの馬鹿がまたなにかドジを踏んだに違いない。そういえば、リュックサックに拳銃が入っていたっけ。拾ったとかいっていたけど。あの警官たち、殺人事件があったといってたじゃないの！　冗談じゃないよ！

モニカは警察と関わり合うのはごめんだった。ローベルトを追いだすいい機会だ。彼にはほとほと嫌気が差していたが、なかなか縁が切れずにいた。自分でいやだといわないのがいけないのはわかっている。彼を家に入れるのをやめようと何度決心したことか。それなのに結局、ほだされて受けいれてしまう。あいつは文無しな上に、嫉妬深い奴だというのに。

モニカはベッドルームへ行き、汚れたシーツをクローゼットにしまうと、ベッドの下のトランクからシルクの寝具を引っ張りだした。「お客」が来るときに使っているものだ。彼女は二年前から、新聞に広告をだしていた。「マヌー、十九歳、素人、ぴちぴちしていて、タブーなし」この謳い文句にたくさんの男が引っかかる。実際の彼女が名前も年齢も違っていても、文句をいわれたことはない。常連も多い。バスの運転手、年金生活者、郵便配達人、昼休みに抜けだしてくる銀行員。普通料金は三十ユーロ、口も追加すれば五十ユーロ、スペシャルは百ユーロ。といってもスペシャルを注文した客はまだひとりもいない。これに失業保険金を加えれば、そこそこいい暮らしができる。毎月少し貯金をし、たまに贅沢もした。あと二、三年で、カナダの湖畔に小さな家を構えるという夢が叶うだろう。そのために英語も習っていた。

チャイムが鳴った。モニカはキッチンの時計に視線を向けた。十時四十五分。水曜日の朝の常連が時間どおりにやってきた。彼はゴミ収集車の運転手で、週に一回、遅めの朝食休みのときに彼女を訪れる。今日がその日だ。五十ユーロの儲け。十五分で彼は去っていった。その五分後、住まいのドアをノックする音がした。ローベルトに違いない。次の客は十二時の予定だからだ。もどってくるなんてどういうつもり？　警察が車に乗って見張っているかもしれないのに！　モニカはかっとしながらドアを開けた。

「なんなのよ……」銀髪の見知らぬ男が立っていたので、モニカは途中で怒鳴るのをやめた。

「やあ」男がいった。口髭を生やし、色つきの古くさいメガネをかけている。「我慢できる」

タイプだ。背中にまで毛が生えている汗でびっしょりの男ではない。何週間もシャワーを浴びていない薄汚い男でもないし、あとで値引きを迫るようなせこい男でもなさそうだ。

「いらっしゃい」モニカはきびすを返した。そして玄関わきの鏡をちらっとのぞいた。十九歳には見えない。よくて二十三歳。だが立ち去った男はこれまでひとりもいない。

「こっちよ」モニカはベッドルームを指した。男はまだ玄関に立ったままだった。モニカは男が手袋をはめていることに気づいた。変態かしら？

「両手にコンドームをつけてもしょうがないんじゃない？」モニカは軽口をたたいた。突然、いやな予感がした。

「ローベルトは？」男がたずねた。くそっ！　こいつもポリ公？

「さあ、知らないわね」モニカは答えた。「あんたの仲間にもそういったんだけどね！」

モニカから目を離さずに、男は後ろ手でドアを閉め、鍵をかけた。モニカは不安になった。ポリ公じゃない！　ローベルトはなにをやらかしたのよ？　だれかに借金したわけ？

「あいつがどこをうろつきまわっているか知っているな」男はいった。モニカは、ローベルトにはかばうほどの価値はないとすぐさま判断した。

「ケーニヒシュタインの空き家に寝泊まりすることがあるわ。旧市街の歩行者天国にある家よ。警察から隠れるのに、あそこへ行ったんじゃないかしら。警察があいつを捜してるのよ」

「オーケイ」男はうなずいて、モニカを見つめた。「ありがとよ」

口髭とレンズの分厚いメガネ。なぜか男が哀れに思えた。銀行員と似たタイプだ。モニカは緊張をほどいて微笑んだ。もしかしたらひと稼ぎできるかもしれない。

「どう？」モニカは媚を売った。「口だけなら二十ユーロでもいいわ」

男が近づいてきて、目の前に立った。男は落ち着いた表情だった。ほとんど素っ気ないほどだ。急に右手を振った。モニカの首に激痛が走った。とっさにそこへ両手を当て、手についた血糊を唖然として見た。それが自分の血だと気づくまで数秒かかった。口から生温かい、銅のような味のする液体があふれだした。モニカはパニックに陥り、うなじに鳥肌が立った。どういうこと？　こいつ、なにをしたの？　モニカは後ずさり、愛犬につまずいて、体のバランスを失った。床が血の海になっていく。自分の血だ。

「お願い、やめて」男の手にナイフがあるのを見て、モニカはかすれた声で叫び、両手を突きだした。二匹の小型犬がものすごい勢いで吠えた。モニカは死の恐怖に包まれて、最後の力を振りしぼり、必死で手足を振りまわした。


キルヒホフ監察医はシュナイダーを司法解剖した際に、ゴルトベルクの場合と同じく血液型の刺青《いれずみ》を発見した。捜査十一課の人間はだれもそのことに驚かなかった。驚いたのはむしろ、死んだ当日、シュナイダーが一万ユーロの小切手にサインしていたことだ。今日の午前十一時半に、タウヌス貯蓄銀行のシュヴァルバッハ支店で何者かがそれを換金しようとして発覚した。銀行員はあまりに高額だったので、支払いを拒否して警察に通報した。監視カメラには、逮捕状がだされた男の姿が写っていた。危険を察知したローベルト・ヴァトコヴィアクは小切手を残したまま銀行から逃げ、その直後、今度はナッサウ貯蓄銀行シュヴァルバッハ支店にあらわれ、五千ユーロの小切手を換金しようとしてまた失敗した。二枚の小切手は今、オリヴァーのデスクの上にある。シュナイダーの署名が本物かどうか筆跡鑑定をすることになるだろう。ローベルトの容疑は固まりつつあった。ふたつの事件現場で指紋が採取されていたのだ。

ノックの音がして、ピアが入ってきた。

「シュナイダーの隣人から連絡がありました。月曜の夜十二時半頃、あやしい車がシュナイダー家の敷地に止まっているのを、犬の散歩をするときに見かけたそうです。十五分後散歩からもどると、車はなくなり、家の電気も消えていたということです」

「車のナンバープレートについては訊いたか？」

「ナンバープレートの地名表示がＭＴＫ（マイン＝タウヌス郡の略）だったことしか覚えていませんでした。暗かったし、車から二十メートル近く離れていたそうなので。はじめは福祉サービスの車かと思ったそうで、そのあとどこかの会社のロゴが目にとまったとのことです」

「ヴァトコヴィアクはシュナイダーをひとりで訪ねていない。それはグラスから検出した指紋の数でわかっている。隣人の証言もある。もうひとりのだれかが会社の車で来て、またそれに乗って走り去ったということか」

「残念ながら、もうひとりの指紋はデータバンクになく、ヴァトコヴィアク以外の名前はわかりませんでした。ＤＮＡ鑑定はもう少しかかります」

「ヴァトコヴィアクを発見しなくては。ベーンケにもう一度、女のところへ行ってもらおう。

ヴァトコヴィアクの行きつけの酒場を聞きだしてくるように伝えてくれ」

オリヴァーは、ピアがためらっていることに気づいて、けげんな顔をした。

「あの、ベーンケは帰宅しました」ピアはいった。「負傷したものですから」

「どういうことだ？」オリヴァーは、十年以上いっしょに働いてきた男のことが急にわからなくなったようだ。フランク・ベーンケは、オリヴァーが新しく編成された捜査十一課を指揮するにあたって、フランクフルトの捜査課からたったひとり連れてきた部下だった。

「ボスに電話で連絡したものと思っていました」ピアはおそるおそるいった。「クレーマーは、ヴァトコヴィアクを追おうとしたベーンケを足で引っかけたんです。彼は瓶の上に転んで、頭と腕を負傷しまして」

「そういうことか。ではエッシュボルン署の巡査たち総出でその界隈の酒場を虱潰《しらみつぶ》しにまわってもらうしかないな」

ピアは、他になにか質問されるかと思って待った。だがフランクのことを気にしていないのか、オリヴァーは立ち上がって、上着を取った。

「われわれはもう一度、水車屋敷《ミューレンホーフ》へ行って、カルテンゼー夫人と話すぞ。ヴァトコヴィアクのことをどういうか、ぜひ聞いてみたい。彼がどこにいるか、ヴェーラが知っているかもしれないしな」

屋敷の大きな門は開けっ放しだったが、耳にイヤホンをつけた黒い制服姿の警備員が、車を止めて、窓を開けるようピアに指図した。警備員がもうひとり間近に立っていた。ピアは身分証を見せて、ヴェーラ・カルテンゼー夫人に面会したい旨を伝えた。

「少し待ってください」警備員はボンネットの前に立ち、上着の襟につけたマイクに向かってなにか話した。しばらくしてからうなずいて、わきにどき、入っていいとピアに合図した。母屋の前には車が三台止まっていて、門のところにいた警備員とうりふたつの男がピアに車を止めるよう合図した。あらためて身分証を調べられ、用件を訊かれた。

「どういうこと?」ピアはつぶやいた。「ただの嫌がらせじゃない!」

ピアは、次に夫人と話すときは、感情に流されないつもりだった。たとえ夫人が泣き崩れ、床をのたうちまわろうとも。次の検問は玄関で行われた。ピアはしだいに虫の居所が悪くなった。

「これはいったいどういうことなの?」ピアは、案内に立った銀髪の男にたずねた。前日、母屋の前で会った男だ。ピアの記憶では、名前はたしかモーアマン。今日の彼は、暗色の丸首セーターに黒いジーンズという恰好だった。

「何者かがお屋敷に侵入しようとしたのです。昨晩のことです」モーアマンはいった。「そこで警備を強化しました。奥さまはたったひとりでこの屋敷にいることが多いものですから」

ピアは昨年の夏、家宅侵入された経験があったので、夫人が不安になる気持ちがよくわかった。大金持ちでかなりの有名人なのだからなおさらだ。それに屋敷には、美術品泥棒や空き巣などの目を引く、高価な美術品や宝飾品があるに違いない。

「ここでお待ちください」モーアマンは昨日と違う扉の前で立ち止まった。部屋の中から興奮した話し声がかすかに漏れ聞こえる。モーアマンがノックをすると、ピタッと話し声がやんだ。モーアマンは部屋に入り、ドアを閉めた。オリヴァーは錦織の布を張った椅子を見つけると、ゆったりとそこにすわった。ピアは大きなエントランスホールを興味津々に見回した。玄関の上に設《しつら》えた三枚の教会風の尖頭アーチ窓から日の光が差し込み、白黒チェックの大理石の床に色とりどりの模様を織りなしていた。壁には金色の額におさまった煤《すす》けた肖像画と狩りの戦利品が三体飾ってあった。巨大なヘラジカの頭の剝製、熊の頭蓋骨、鹿の大きな角。仔細に見るうちに、母屋はあまり手入れされていないな、とピアは思った。床はすり減っているし、壁掛けは色褪せている。また、狩りの戦利品には蜘蛛《くも》の巣がかかっていて、階段の木の手すりには横木がないところがあった。なにもかも、心なしか朽ちた感じがあり、時間が六十年前に止まったまま、今にも崩れ去ってしまいそうな儚《はかな》い雰囲気が漂っていた。

モーアマンが入っていった扉がいきなり開いて、背広を着て、ネクタイをしめた四十代くらいの男が部屋から出てきた。機嫌がよさそうで、ピアとオリヴァーにていねいに会釈し、玄関から出ていった。それからまた三分ほどして、男がふたり出てきた。ピアは、見覚えのある顔だったのでびっくりした。ひとりはマヌエル・ローゼンブラット、問題を抱えた財界の大物の顧問を好んですることで知られるフランクフルトの弁護士だ。ようやくモーアマンが、開いたドアのところに姿を見せた。オリヴァーは立ち上がった。

「奥方がお会いになります」モーアマンはいった。

「ありがとう」ピアはそう答えると、ボスにつづいて大きな部屋に入った。黒い板張りの壁は威圧感があり、五メートルほど上の天井まで届いていた。天井にはスタッコ飾りが施され、部屋の奥にはガレージの入口かと見紛う大きな大理石の暖炉、中央には壁板と同じ色合いのどっしりしたテーブルがあり、すわり心地の悪そうな椅子が十脚そのまわりに並べてあった。カルテンゼー夫人はそのテーブルの上座に背筋を伸ばしてすわり、書類の山と開いたファイルに囲まれていた。顔色がすぐれず、やつれた印象を受けるが、それでも落ち着き払っていた。

「キルヒホフさん！　ボーデンシュタインさん！　なんのご用でしょう？」

オリヴァーは由緒ある貴族の出らしく振る舞った。これで手の甲にキスをしたら完璧だ。

「モーアマン氏から伺いましたが、昨晩、何者かが家宅侵入しようとしたそうですね」オリヴァーは心配そうにたずねた。「どうしてわたしに電話をくださらなかったのですか、カルテンゼー夫人？」

「そのようなつまらないことで煩《わずら》わせたくなかったのです」夫人は軽くかぶりを振った。だが声には力がなかった。「お忙しいはずですものね」

「なにがあったのですか？」

「お話しするほどのことではないのです。息子が会社の警備員を何人かこちらによこしてくれましたし」夫人は震えながら微笑んだ。「もうすっかり安心しています」

六十歳くらいの小太りの男が部屋に入ってきた。夫人は、ＫＭＦ社の経営責任者である次男のジークベルトだ、とオリヴァーに紹介した。豚のようなピンクの肌、たるんだ頬肉、禿頭《はげあたま》。

貴族然とした細身のエラルドとは対照的に人なつこく、愛想がよかった。ニコニコしながらピア、オリヴァーの順に握手をしてから、母親の椅子の後ろに控えた。グレーのスーツと真っ白なワイシャツと波形模様が入ったネクタイは、オーダーでしかありえないくらい完璧に彼に合っていた。ジークベルトは振る舞い方も、服装も地味好みのようだ。

「長くはお手間をとらせません」オリヴァーはいった。「じつはローベルト・ヴァトコヴィアクを捜しているのです。ふたつの殺人現場にいたことが判明しまして」

「ローベルトが？」夫人は目を見開いた。「まさかあの子が……やったというのではないでしょうね？」

「まあ、その、なんです、重要参考人ということでして。話を聞きたいと思っているのです。今日、現在の住まいを訪問したのですが、逃走してしまいまして」

「警察には今でもこちらの住所を申告していますね」ピアが付け加えた。

「あの子を家から追いだしたくはなかったのですが、はじめて我が家にやってきたときから、頭痛の種でした」

オリヴァーはうなずいた。「彼の前科リストは確認しました」

ジークベルトはなにもいわず、オリヴァーとピアを順繰りに見つめた。

「じつをいうと」夫人は深いため息をついた。「死んだ夫のオイゲンは長年、ローベルトのことを黙っていたのです。かわいそうに、あの子は母親がアルコール中毒で死ぬまで、どん底の暮らしをしていました。オイゲンが他所《よそ》で子どもを儲けたと打ち明けたのは、あの子が十二歳のときでした。はじめはショックでしたが、その後うちで育てることにしたのです。あの子に責任はありませんから。しかしうまく馴染むか心配でした」

ジークベルトは母の肩に片手を置いた。夫人はその手をつかんだ。心が通い合っているようだ。

「ローベルトは強情な子でした」夫人はつづけた。「いろいろ試しましたけれど、あの子と心を通わすことはできませんでした。十四歳のとき、万引きをして捕まりました。それがあの子の不名誉な経歴のはじまりです」

夫人は悲痛な顔をした。

「子どもたちからは、甘やかしすぎだといわれました。早いうちに牢屋に入れられれば、目を覚ますだろうというのです。しかしあの子がかわいそうで」

「人殺しをすると思いますか？」ピアがたずねた。

夫人は一瞬考えた。ジークベルトは後ろに控えたまま黙っていた。

「そんなことをするはずがないといえればいいんですけど」夫人は答えた。「ローベルトには何度も失望させられてきました。あの子が最後に顔を見せたのは二年ほど前です。いつものように金の無心にきたのです。そのとき、ジークベルトが彼を門前払いしたのです」

夫人が目に涙を浮かべた。しかし今度はピアもしっかり心を引き締め、夫人を冷めた目で観察した。

「わたしたちはローベルトにあらゆるチャンスを与えたのです。しかしすべて無駄に終わりました」ジークベルトがようやく口を開いた。でっぷりした体つきに似合わず声が高い。「あいつは母に金をせびってばかりいました。それでいて盗みを働いていたのです。母は優しいから、あいつに自制を求めることがありませんでした。わたしにはそれが我慢できなかったんです。それで、この家に入ったら、不法侵入で訴えるといってやりました」

「彼はゴルトベルク氏とシュナイダー氏を知っていましたか？」ピアは質問した。

「もちろんです」ジークベルトはうなずいた。「ふたりのことをよく知っていました」

「彼がふたりに金を恵んでもらおうとした可能性はあるでしょうか？」

夫人は、考えるだけでも不愉快だという顔をした。

「過去にふたりから定期的に金をもらっていたことは知っています」ジークベルトはせせら笑った。「あいつは恥を知らない奴ですから」

「やめて、ジークベルト、そこまでいわなくても」夫人はかぶりを振った。「わたくしは、あなたに従ったことを深く悔いているのよ。目が届くところにローベルトを置いておくべきだったわ。そうすれば、愚かな真似などしなかったでしょうに」

「そのことについては何千回も話し合ったはずですよ、母さん」ジークベルトは気持ちを抑えながらいった。「あいつは四十三歳です。いったい何歳まで守ろうというんですか？　あいつは母さんの助けなんて望んでいなかった。母さんの金だけが目当てだったんですよ」

「ヴァトコヴィアクはどういう愚かな真似をしたというのですか？」ジークベルトと夫人が言い争いをはじめそうな雲行きになったので、オリヴァーが先手を打った。

夫人はぎこちなく微笑んだ。「あの子の調書をご覧になったのでしょう。あの子は根っからの悪人ではありません。人を信じやすく、それで悪い人間に引っかかってしまうのです」

ピアは、ジークベルトが話を聞いてうなずくのを見た。どうやら夫人と同じ意見のようだ。息子や娘、夫や同居人が犯罪に関わったとき、悪いのはいつも他人だ。責任を他人に押しつけ、自分の家族が犯罪に関わったことへの言い訳にするのは簡単だ。夫人も例外ではなかった。もしヴァトコヴィアクが連絡してくることがあったら、警察に電話をするよう、オリヴァーは夫人に頼んだ。

ローベルト・ヴァトコヴィアクはふてくされながらケルクハイムからフィッシュバッハへつづく舗装された歩道を歩いていた。ぶつぶつ文句のいいどおしだ。ヘルマン・シュナイダーのことが頭をよぎるたび、ありったけの罵声を吐いた。だが一番腹を立てていたのは、あのおいぼれにまんまとだまされた自分に対してだった。小切手は現金と変わらない。おいぼれはそういって、空っぽの財布を見せた。それがなんだ！　銀行の野郎、金を払わないで、どこかに電話をかけやがった。きっと警察だ。おかげで逃げだすほかなかった。今じゃ携帯電話もなきゃ、バス代もないありさまだ。とぼとぼ歩くしかないとはな！　行く当てもなく、ただ歩きだしたのは、一時間半前。警察が今朝、モニカのところへやってきたのには肝を冷やしたぜ。

だが歩きながら新鮮な空気を吸ううちに、自分の置かれた状況を冷静に考えることができるようになった。俺はもうおしまいだ。腹は減ったし、喉はからから。ねぐらも失った。クルティも頼れない。あいつのばあさんに何度怒鳴られて、追いだされたかわからないくらいだからな。最後の頼みの綱はヴェーラだ。ヴェーラとふたりだけで話す機会を作らなくちゃな。水車《ミューレ》屋敷《ンホーフ》にこっそりもぐり込む方法なら知っている。屋敷の隅々まで知りつくしている。とにかく会って、切羽詰まっていることを打ち明けよう。いくらか金をくれるかもしれない。だめだったら拳銃で脅す。だが、そこまでしなくてもすむだろう。立ち入り禁止にしたのはヴェーラじゃない。ジークベルトだ。あの傲慢なでぶブタめ。本当に気にくわねえ奴だ。あの事故のときだってそうだ。俺に責任をなすりつけやがって。ハンドルをにぎってたのはマルレーンだぞ。だけど、だれも信じなかった。マルレーンはあのときまだ十四で、行儀のいい子だったからな！　けれども、エラルドのポルシェを乗りまわそうっていいだして、こっそりキーを盗んで運転したのは、あいつだった。俺は馬鹿なことをやめさせようとして乗っただけなのに、あの連中は当然、俺がマルレーンにいいところを見せようとして運転したと決めつけやがった！

　ローベルトはガソリンスタンドのそばを過ぎ、道路を横切った。このまま歩けば小一時間で水車屋敷《ミューレンホーフ》に着くだろう。突然、クラクションが鳴って、ローベルトははっと我に返った。黒塗りのベンツがそばに止まった。運転手が助手席の窓を下ろし、身を乗りだしてきた。

「やあ、ローベルト！　乗っていくかい？　ほら、早く乗れよ！」

　ローベルトは一瞬ためらったが、それから肩をすくめた。歩くよりはいいに決まっている。

「犬が一日じゅう吠えてましてね。苦情のいわれっぱなしです」山査子通りのアパートの管理人は、オリヴァーとピアのふたりとともに狭いエレベーターで最上階に向かっていた。「しかしあの人は日中、留守のことが多くて、犬が吠えようが、家の中で糞をたれようがおかまいなしなんすよ」

カイ・オスターマンが捜査判事にかけあって、捜索令状を最速で手に入れていた。エレベーターがガタンと揺れて止まり、管理人は落書きがびっしり書かれた傷だらけの扉を押し開けながらおしゃべりをつづけた。

「……このアパートにはまともな住人がほとんどいませんから。ドイツ語が話せない人がほとんどなんすよ！　家賃は社会福祉事務所からもらえるんで文句はありませんけど。でも生意気で困ります。一日じゅう面倒なことにばかり巻き込まれるんだから、給料を二倍にしてもらわなきゃ合わないすよ」

ピアは呆れてものがいえなかった。薄暗い廊下の一番奥の住まいの前で、巡査がふたりと、鑑識官が三人、それから鍵屋が待っていた。オリヴァーはドアをノックした。

「警察だ！　ドアを開けなさい！」

反応がない。管理人が前に出てきて、ドンドンとドアを叩いた。

「ドアを開けろ！　さっさとしろ！　いるのはわかってんだ、この寝坊助め！」

「おいおい、そこまでいうことはないだろう」オリヴァーが管理人を注意した。

「このくらいいわなきゃだめなんすよ」管理人がいった。向かいのドアがほんの少し開いて、すぐにまた閉まった。このアパートでは警官の来訪が珍しくないようだ。

「ドアを開けてくれ」オリヴァーがいうと、管理人はうなずいた。合い鍵を鍵穴に挿したが開かなかった。鍵屋がシリンダーキーを数秒で解錠したが、それでもドアは開かなかった。

「内側から踏んばって、開かないようにしているみたいですね」鍵屋はそういって一歩下がった。ふたりの巡査が全体重をかけてドアを押し、隙間ができた。二匹の犬が狂ったように吠えていた。

「うわっ」巡査のひとりが、ドアをふさいでいるものに気づいてつぶやいた。ドアの内側に借家人モニカ・クレーマーの、血で真っ赤に染まった遺体があったのだ。

「吐きそうだ」巡査はそういって、ピアのそばをすり抜けて廊下に出た。ピアは黙って中にはいり手袋をはめ、モニカの遺体にかがみ込んだ。モニカは足を曲げ、顔をドアの方に向けて横たわっていた。死後硬直はまだはじまっていない。ピアは肩をつかんで、モニカを仰向けにした。刑事になって数年、いろいろおぞましい光景を目にしてきたが、こんなに残虐な殺しは見たことがない。モニカは首から股にかけて縦に切り裂かれ、パンティまで切られ、内臓があふれでていた。

「なんてことだ」ピアは背後でボスがそういうのを聞いて、すぐに振り返った。めったに動じないオリヴァーが、真っ青になっている。ピアはふたたび遺体の方に視線を向け、オリヴァーがなににショックを受けたか気づいた。胃がひっくりかえって、吐きそうになった。犯人は殺すだけでは飽きたらず、モニカの両目をナイフでつぶしていたのだ。

「わたしが運転します、ボス」ピアが手を差しだすと、オリヴァーはおとなしく車のキーを渡した。ふたりは家宅捜索を終え、周囲と一階下の住人に事情聴取した。多くの住人が、十一時頃、大きな声と殴る音が聞こえたと証言した。だがそういう殴り合いや口論はクレーマーの住まいでは日常茶飯事だ、とも異口同音にいった。ピアとフランク・ベーンケが立ち去ったあと、ヴァトコヴィアクはアパートに舞いもどったのだろうか。モニカ・クレーマーを残酷なやり方で殺したのは彼だろうか。モニカは即死しなかった。ひどい傷を負いながらも、ドアまではっていき、廊下に出ようとした。オリヴァーは両手で顔をこすった。こんなに打ちのめされたボスを、ピアは今までに見たことがない。

「ときどき森林管理官か掃除機のセールスマンになっていればよかったと思うことがあるよ」しばらくして、オリヴァーはとつとつと話した。「あの娘はロザリーとほとんど年が変わらない。たまらないよ」

ピアはボスをちらっと横目で見た。手をにぎるかなにかして慰めたいと思ったが、思いとどまった。この二年、毎日のように顔を突き合わせているが、ふたりのあいだにはいまだに距離があった。オリヴァーは気楽に仲間づきあいできるタイプではなかった。感情をあらわにすることがめったにない。気の抜けないストレスのかかる立場なのに、どうしてののしったり、怒ったりせずにいられるのか、ピアには不思議でならなかった。その超人的な自制心はおそらく厳格な教育の賜《たまもの》だろう。貴族である由縁か。つねに背筋を伸ばし、なにがあっても品格を損ねる真似はしない。

「わたしもまいってます」ピアは答えた。顔にはださなかったが、心の内はまったく違っていた。司法解剖に何度立ち会ったかしれないが、遺体で出会った人間の運命や悲劇に無関心ではいられなかった。災害救助隊員が心理学者のケアを受けるのには、それなりの理由がある。バラバラ遺体を見たら、脳裏に焼きついて、どうやっても消すことができないからだ。ピアと同じように、オリヴァーもルーティンワークで心の平安を保とうとしていたのだ。

「彼女の携帯電話にあったメールだが」オリヴァーが淡々といった。「ヴァトコヴィアクがゴルトベルクとシュナイダーの殺害に関わった証拠になりそうだな」

鑑識官がモニカの携帯電話を発見し、そこにショートメッセージを見つけたのだ。送信日は前日の午後一時三十四分で、文面は〝愛してるぜ、おまえ、俺たち金持ちになったぞ。じじいをまたひとりやっちまった。南に高飛びするぞ！〟というものだった。携帯会社に問い合わせたところ、送信者はヴァトコヴィアクだった。

「だとすれば、事件は両方とも一件落着ですね」そうはいったが、ピアは確信が持てなかった。

「ヴァトコヴィアクは金目当てで、ゴルトベルクとシュナイダーを殺したことになりますね。ヴェーラ・カルテンゼーの義理の息子として顔見知りだったから、簡単に家に入れてもらえたでしょうし。そしてそのあと、事情を知っているクレーマーの口を封じた」

「どう思う？」オリヴァーがたずねた。ピアは少し考えをめぐらした。これで三つの殺人事件が一気に解決するなら、それに越したことはない。だが、なにか引っかかるものがあった。

「どうでしょうね」ピアは答えた。「もっとなにか裏があるような気がします」

馬小屋に溜まった乾燥していない馬糞は鉛のように重く、アンモニア臭に息が詰まる。だが背中が痛くなり、腕の筋肉が引きつっても、ピアはほとんど気にしなかった。考えが行き詰まったときは、きつい肉体労働をするにかぎる。そういう状況に陥ったとき、酒を飲んで忘れようとする同僚が大勢いる。気持ちはよくわかる。ピアは歯を食いしばって馬糞をフォークですくい、馬小屋に横付けした運搬車にどんどん入れていった。フォークがコンクリートの床に当たって、ガリッと音がした。シャベルに持ち替え、馬糞を残らず削り取った。ふっと手を休め、袖で額の汗をぬぐった。

帰宅する前に、ピアはオリヴァーと署にもどり、同僚に事件のあらましを報告した。ローベルト・ヴァトコヴィアクの容疑が固まり、指名手配をして、彼の名前をラジオで流すことになった。ピアが作業を終えると、それをじっと見ていた愛犬が、待ってましたとばかりに飛びつき、うれしそうに吠えた。その数秒後、オペル動物園の緑色のピックアップトラックが、トラクターの横に止まり、クリストフが降りてきた。彼は心配そうな顔をして、足早にピアのところへやってきた。

「やあ」小声でそういうと、クリストフはピアを抱きしめた。ピアは体を預けた。目から涙があふれ、頬を伝って流れ落ちた。こうやって弱い自分をさらけだせるのはなんて心地いいんだろう。ヘニングといっしょのときは絶対に許されないことだった。

「来てくれてありがとう」ピアはささやいた。

「そんなにひどかったのかい？」

ピアは髪にキスされるのを感じ、おとなしくうなずいた。クリストフはしばらくのあいだピアをしっかり抱きしめ、背中をさすってくれた。

「さあ、湯につかるといい」クリストフはきっぱりいった。「わたしが馬を馬小屋にもどして、餌をやっておこう。それからおいしいものを持ってきたぞ。きみの好物のピザだ」

「ツナとアンチョビの載っているやつ？」ピアは顔を上げて、弱々しく微笑んだ。「これだから、あなたが好き」

「わかっているさ」クリストフは目配せしてピアにキスをした。「さあ、風呂に入るんだ」

三十分後、濡れた髪のままタオル地のガウンを着てバスルームから出てきたあとも、ピアはまだ心が晴れなかった。今回の殺人の残虐さは、それほどおぞましいものだった。ピアはその娘と数時間前に話をしたばかりだった。そのことがピアをさらに落ち込ませる原因だった。モニカ・クレーマーは、警察がやってきたせいで死ぬことになったのかもしれないのだ。

クリストフは犬にも餌をやり、キッチンテーブルをセッティングして、ワインを一本開けていた。ピザのおいしそうなにおいをかいで、ピアは今日なにも食べていないことを思いだした。「話したければ聞くよ」ふたりしてテーブルにすわり、冷めかかったピザを手づかみで食べていると、クリストフがいった。「その方が気持ちが楽になるかもしれない」

ピアはクリストフを見た。彼の感受性には驚かされる。もちろん話せば楽になれる。気持ちを吐きだし、だれかと共有するのが、体験したことを受けとめるための唯一の手段だ。

「あれほどひどい殺しは見たことがないわ」ピアはそういってため息をついた。クリストフはワインを注いで、ピアの話にじっと耳を傾けた。ピアは今朝モニカのアパートを訪ね、ヴァトコヴィアクに逃げられ、フランクが早退したことも話した。

「あのね」ピアはワインを飲んだ。「どんなにひどい光景でも、一定のレベルまでは耐えられるの。だけどあの娘の殺され方といったら、あの残虐さは狂気の沙汰よ。本当にまいったわ」

ピアはひと切れ残っていたピザを食べ、キッチンタオルで指をふいた。胸のつかえをすべて吐きだし、同時に満腹になっていた。クリストフは立ち上がって、ピザの箱をゴミ箱に捨てた。それからピアの背後にまわり、両手を肩に乗せ、凝り固まったうなじの筋肉を優しくもんでくれた。

「唯一よかったのは、わたしがこういう仕事についているってことね」ピアは目を閉じた。「あんなことをした豚野郎を、絶対に見つけだして、刑務所から出られないようにしてやる」

クリストフは前かがみになって、ピアの頰にキスをした。

「本当にまいっているようだね」クリストフは小声でいった。「こんなときにひとりぼっちにしなければならないなんて、申し訳ないと思っている」

ピアは振り返った。クリストフは明日、南アフリカへ行くのだ。ケープタウンで一週間かけて開催される世界動物園水族館協会、略してWAZAの国際会議に出席するためだ。数ヶ月前から計画していたことだ。ピアは今から胸が引き裂かれそうなほど淋しかった。

「たったの一週間でしょう」ピアはなんでもないふりをした。「いつでも電話で話せるし」

「なにかあったら、本当に電話してくれるね？」クリストフはピアを抱き寄せた。「約束してくれるかい？」

「神様に誓うわ」ピアは彼の首に腕をまわした。「でもまだあなたはここにいるんだから、この時間を堪能しなくちゃ」

「堪能する？」

返事の代わりにピアはキスをした。できることならクリストフを二度と離したくなかった。ヘニングもよく旅行をした。何日も連絡が取れないこともあった。だがピアは心配もしなかったし、困ることもなかった。だがクリストフの場合は違う。付き合うようになってから、二十四時間以上離れていたことがない。動物園に彼を訪ねることもできないのかと思うと、ひとり取り残されるような気持ちになった。

クリストフは、ピアの体から迸《ほとばし》りでる情熱を感じ取ったようだ。ベッドを共にするのははじめてではないのに、彼とベッドルームに入り、彼が急いで服を脱ぐところを見て、ピアは心臓がドキドキした。クリストフのような男とは今まで会ったことがない。すべてを求め、すべてを与えてくれる男。尻込みしたり、絶頂に達したふりをしたりするのを絶対に許してくれない男。ピアは激しく抱かれたいと思っていた。優しくされるのはあとでいい。今はとにかく、彼の腕の中で身の毛のよだつ一日を忘れたかった。

二〇〇七年五月三日（木曜日）

午前八時少し前、オリヴァーは重い足取りで階段を上り、刑事警察署の二階にある捜査十一課へ向かっていた。すっかり寝不足だった。赤ん坊が夜泣きしたため、コージマは気を使って赤ん坊といっしょに客室に移ったが、オリヴァーはほとんど眠れずに終わった。しかも通勤途中、国道五一九号線ホーフハイム方面出口の手前で衝突事故があり、そこを抜けるのに三十分もかかってしまった。今日はとことんついていないのか、オリヴァーが階段を上りきったとき、ニーアホフ署長が執務室から出てきた。

「おはよう、おはよう」署長はニコニコしながら揉み手をした。「おめでとう！　じつに手際がよかったぞ。本当によくやってくれた、ボーデンシュタイン」

オリヴァーはきょとんとしつつも、署長が待ち構えていたことに気づいた。オリヴァーはコーヒー一杯も飲まないうちに、こういう待ち伏せをされるのがいやでたまらなかった。

「おはようございます。なんの話でしょうか？」

「まもなく記者会見があるんだよ」署長はすかさず話をつづけた。「報道担当者にはもう伝えてある。すべて……」

「なにを報道するんですか？　なにも聞いていないのですが」

「一連の殺人事件が解決したことさ」署長はうれしそうにいった。「きみは犯人を突き止めたじゃないか。一件落着だ」

「だれがそんなことを？」オリヴァーはそのとき、そばを通りすぎたふたりの同僚に一礼した。

「ファヒンガー刑事助手だよ。彼女から聞いた……」

「待ってください」オリヴァーは、相手が署長だからといって黙っていられなくなった。「昨日、ふたつの事件現場にいた男の愛人が遺体で発見されました。しかし証拠になる凶器が見つかっていません。まだどの事件も解決していないんですよ」

「ボーデンシュタイン、きみはどうして物事を複雑にするんだね？　その男は金目当てで人を殺した。状況証拠はそろっているじゃないか。そして男はさらに事情を知っている女を殺した。遅かれ早かれ男は逮捕される。あとは自供させるだけだろう」署長にとって、事件は解決したも同然だったのだ。「記者会見は十一時だ。きみにも同席してもらいたい」

オリヴァーは呆然とした。今日は本当に朝から運に見放されている。

「十一時きっかりに一階の会議室だ」署長は有無をいわせなかった。「そのあと、わたしの部屋で話がある」

そういうなり、署長は満足そうに笑みを浮かべながら姿を消した。

オリヴァーは目を吊り上げて、アンドレアス・ハッセとカトリーン・ファヒンガーにあてがわれた部屋のドアをすごい勢いで開けた。ふたりはすでに部屋にいて、デスクに向かっていた。アンドレアスがあわててキーボードを叩いた。定年後、南の土地で過ごすつもりらしく、インターネットで物件を探していたのだ。だがオリヴァーは今、そのことをとがめる気はなかった。「ファヒンガー」オリヴァーはあいさつもせずに課で最年少の刑事助手を名指しした。「わたしの部屋に来たまえ」

同僚がいるところで彼女と話をしたくないと思うほど、オリヴァーは腹を立てていた。カトリーンは、怯えた表情でオリヴァーの部屋にやってきて、ドアをそっと閉めた。オリヴァーはデスクに向かっていたが、カトリーンに椅子を勧めなかった。

「きみは署長に、ふたつの殺人事件が解決したと伝えたそうだが、どうしてそのような話をしたんだ？」オリヴァーはそう詰問して、カトリーンをジロッとにらんだ。彼女は若く、仕事熱心だが、まだ自分に自信を持っていなかった。そのためがんばりすぎて、かえって失敗する傾向があった。

「わたしが？」カトリーンの顔が紅潮した。「わたしがなにを話したというのですか？」

「わたしも知りたいところだ！」

「署長は……昨晩……会議室に来たんです」カトリーンは口籠もった。「ボスを捜していて、捜査の進捗状況を質問されたんです。わたしは、ボスとピアがふたつの事件現場に手がかりを残している男の愛人が殺されているのを発見したと伝えただけです」

オリヴァーはカトリーンをじっと見つめた。怒りの炎があっという間に収まった。

「それ以外なにもいっていません」カトリーンはいった。「本当です、ボス。誓います」

オリヴァーは彼女の言葉を信じた。事件の解決を急いだ署長が、これまでの捜査結果を勝手にこねくりまわして結論を導きだしたのだ。むちゃくちゃな話だ。それに奇妙だ。

「わかった」オリヴァーはいった。「きつい物言いをしてすまなかった。腹が立っていたのでね。ところでベーンケは来ているか？」

「いいえ。ええと……病欠ですけど」

「そうか。キルヒホフは？」

「今朝はお友だちを空港に送って、その足で監察医務院へ向かうことになっています。モニカ・クレーマーの司法解剖は午前八時からの予定ですので」


「どうしたんだ、その顔？」ヘニング・キルヒホフ監察医は第二解剖室で、別れた妻に会うなりそういった。ピアはすぐ洗面台の上の鏡を見た。夜中ほとんど寝ずに過ごし、十分前まで車の中で泣いていたにしては、かなりまともに見える。わさわさした空港では、クリストフとゆっくり別れのあいさつをする暇もなかった。Bホールで、いっしょに国際会議に出席するベルリンとヴッパータールの同業者が彼を待っていた。ベルリンの同業者というのが、かなり魅力的な女性であることを知って、ピアは軽い嫉妬を覚えた。最後の抱擁とさりげない別れの口づけ。そしてクリストフはふたりと連れだって搭乗口に消えた。ピアは彼の後ろ姿を見送り、心にぽっかり穴が開いてしまった。

「ねえ、ゴルトベルクのことが少しわかったわ」ピアはヘニングにいった。「最近、昔の友だちにばったり再会したのよ。フリッツ＝バウアー研究所で働いているの。ミリアム・ホロヴィッツっていって」

「ホロヴィッツ家の人間？　親父さんの七光りじゃないのか？」ヘニングが皮肉をいった。ピアはかまわず話をつづけた。

「はじめはゴルトベルクがナチだったという話をなかなか信じなかったけど、研究所の文書室でゴルトベルクとその家族についての記録を発見したのよ。ナチって徹底的に記録を残しているのね」

助手のロニー・ベーメが、解剖台の横にいるピアのそばへやってきた。解剖台にはモニカ・クレーマーの洗浄された裸の遺体が横たわっている。解剖室にいる彼女にはおぞましさが感じられなかった。ピアはゴルトベルクの一家を含むアンガーブルクのユダヤ人住民が一九四二年三月、プラショフ強制収容所に移送されたことを話した。家族はみなそこで死んだが、ゴルトベルクは一九四五年一月にそこが閉鎖されるまで生き延びたという。しかし残った囚人とともにアウシュヴィッツへ移送され、一九四五年一月ガス室で殺された。解剖室は静まりかえった。

ピアは監察医とその助手をじっと見た。

「それで？」ヘニングは素っ気なくたずねた。「なにか驚くことがあるかな？」

「わからないの？」ピアは彼の反応にかっとした。「あなたがここで司法解剖した人物は、やはりダーヴィト・ヨーズア・ゴルトベルクではなかったのよ」

「素晴らしいね！」ヘニングはどうでもいいというように肩をすくめた。「ところで検察官はまだか？　時間厳守してくれないと困るな！」

「お待たせ」いきなり女の声がした。「みなさん、おはよう」

女検事ファレリー・レープリヒは胸を張って入ってくると、ベーメに一礼し、ぶすっとしたヘニングを興味津々に見ているピアを無視した。

「おはようございます、レープリヒ検事」ヘニングはぽつりといった。

あいさつに、ピアは思わず笑みを浮かべた。「ドクター・キルヒホフ」女検事は冷静に答えた。ふたりの形式張ったあいさつに、ピアは思わず笑みを浮かべた。去年の夏ヘニングの住まいの居間で思いがけずファレリーと遭遇したときのことが脳裏に蘇った。あのときファレリーとヘニングは今よりもだいぶ薄着だった。

「では、はじめよう」ヘニングはファレリーとピアに視線を合わせず、さっそく作業に取りかかった。ヘニングはあのとき、ファレリーから何度も誘いを受けたが、あんなことになったのは一度だけだといった。そしてピアは、ファレリーが責任をなすりつけていることを知っていた。ヘニングが遺体の外見を調べ、首元のマイクで所見を記録しているあいだ、ピアは後ろに控えていた。

「彼女、今度は裁判官に色目を使ったらしいですよ」ベーメがピアにそうつぶやいて、解剖台のそばで腕組みしている女検事の方を顎でしゃくった。ピアは肩をすくめた。どうでもいいことだった。太ももと背中の筋肉が少し痛い。ピアは情熱的な夜を思い返した。クリストフがケープタウンに到着する時間を頭の中で計算した。着いたらすぐ携帯電話にショートメッセージをくれることになっていた。ちゃんと約束を守ってくれるだろうか。ピアは物思いに沈み、へニングがなにをしているかほとんど見ていなかった。

ヘニングは、犯人によって切られた箇所をひろげて、内臓をひとつひとつ取りだし、心臓を切り取った。ベーメは胃の内容物のサンプルを取り、上の階のラボに持っていった。そのあいだ、だれも口を開かなかった。ただヘニングだけが、静かに所見をつぶやいていた。

「ピア!」いきなりヘニングが鋭くいった。「寝ているのか?」

はっとして、ピアは足を一歩前にだした。同時にファレリーも解剖台に近づいた。

「凶器は刃渡り約十センチのホークビル型ナイフだ」ヘニングはピアにいった。「犯人はものすごい力で一気に切り裂いている。刃が内臓を傷つけ、あばら骨にも刃の跡が残っている」

「ホークビル型ナイフ?」ファレリーがたずねた。

「わたしは予備校の教師じゃない。宿題にするんだな」ヘニングがいった。ピアはファレリーがかわいそうになった。

「ホークビル型ナイフというのは三日月形のナイフのことをいうのよ。もともとは漁に使われていたインドネシアのナイフなんだけど、切るのに向かないので、今ではもっぱら戦闘用に使われているわ」

「ありがとう」ファレリーはピアにうなずいた。

「スーパーマーケットで簡単に買える代物ではない」ヘニングはすっかり不機嫌になっていた。「コソボ紛争のとき、コソボ解放軍が殺しに使ったのが、わたしが見た最後だ」

「目の方は?」ピアは平静を保とうとしたが、モニカが死に瀕してどんなむごいことをされたか、考えただけで身震いがした。

「目がどうしたって?」ヘニングはいらいらしながらいった。「まだそこまでいっていない」

ピアとファレリーが顔を見合わせたのを、ヘニングは見逃さなかった。つづいて下半身の検査に移った。ヘニングはさまざまなサンプルを取り、聞こえないくらいの小さな声でなにかいった。ピアは、司法解剖所見をテープ起こししなければならない秘書がかわいそうだと思った。

二十分後、ヘニングは遺体の青ざめた唇をルーペで見てから、口腔を入念に調べた。

「なんなの?」ファレリーは我慢できなくなってたずねた。「なにをもったいぶってるのよ」

「少し待ってくれ、検事さん」ヘニングはとげとげしく答えると、メスを手にして、食道と喉頭を切開し、緊張した面持ちでさまざまなサンプルを綿棒で取り、次々と助手に渡した。つづいて紫外線ライトで口の中と切開した食道を照らした。

「おおっ!」ヘニングが上体を起こした。「ちょっと見てご覧なさい、検事さん」

ファレリーはうなずいて近くに行った。

「もっと顔を近づけて」ヘニングはいった。そこになにがあるのかわかって、ピアはかぶりを振った。今日のヘニングは本当にやりすぎだ! ベーメも気づいて、笑いを嚙み殺すのに必死だった。

「なにも見えないけど」ファレリーはいった。

「そこの青く光っているものが見えないかね?」

「ああ、それね」ファレリーは顔を上げて眉をしかめた。「毒物かなにか?」

「ううむ。この体液が毒物かどうか、ちょっと判断に困るな」ヘニングがニヤリとした。「ラボで調べさせよう」

ファレリーは引っかけられたことに気づいて、顔を真っ赤にした。「ヘニング、あなたって最低！」ファレリーが目を吊り上げていった。「こういうことをつづけるなら、あなた自身がこの解剖台に横たわる日も近いわね！」

ファレリーはきびすを返すと、そのまま解剖室から出ていった。ヘニングはその後ろ姿を見送ってから、肩をすくめてピアを見た。

「聞いたかい」ヘニングはとぼけた顔をしていった。「今のって殺すぞという脅迫だよな。まったく冗談が通じないんだからな」

「でも今のはよくなかったわ」ピアは答えた。「強姦されたの？」

「だれが？　レープリヒが？」

「冗談はよして、ヘニング」ピアは鋭くいった。「どうなの？」

「まったくいやになるよ」ヘニングは、助手がそばにいないことを確かめてから、いつになく激しい口調でいった。「あいつにはうんざりなんだ！　うるさくつきまとって、なにかというと電話をしてきて、くだらないおしゃべりばかりする！」

「変に期待を持たせちゃったんじゃないの？」

「期待を持たせたのは、きみだろう」ヘニングがピアに食ってかかった。「離婚なんてするから！」

「あなた、おかしいんじゃないの」ピアは呆れてかぶりを振った。「でもあれだけの仕打ちをしたんだから、もう解放されたんじゃない?」

「そうは問屋が卸さないのさ。一時間もすればまた姿をあらわすに決まっているんだ」

ピアはまなじりを吊り上げてヘニングをにらんだ。

「ねえ、あなた、嘘をついたでしょう」

「なんのことだい?」ヘニングはひょうひょうとたずねた。

「去年の夏、居間のテーブルでやっていたあれ、はじめてじゃなかったでしょう。違う?」

ヘニングはばつが悪そうな顔をした。だがベーメがもどってきたので、すぐ監察医の顔にもどった。

「強姦はされていない。しかし死ぬ前にオーラルセックスをしている」ヘニングは説明した。

「そのあと致命傷を負った。死因は出血多量だよ」


「モニカ・クレーマーはホークビル型ナイフで切られ、出血多量で絶命しました」ピアは一時間後、会議室で同僚に報告した。「口腔と食道から体液が検出されました。ヴァトコヴィアクのDNAはコンピュータに登録されているので、数日で照合できるでしょう。採取された体液、繊維、毛髪に第三者のDNAが含まれているかどうかは、結果を待つしかないですね。法医学ラボは猛スピードで検査を進めています」

オリヴァーはニーアホフ署長をちらっと見た。証拠がいかに不確かなものであるかわかったのではないかと期待したのだ。ゴルトベルクとシュナイダーの殺人事件の真相を発表するため署長が四方八方に声をかけたので、たくさんのジャーナリストが一階に詰めかけている。

「犯人は愛人に殺人の話をして、そのあと他人に漏らされるのを怖れて殺害した」署長は立ち上がった。「暴力に及ぶ確かな証拠だ。みんな、よくやってくれた。ボーデンシュタイン、わかっているな。十二時にわたしの執務室だぞ」

署長は会議室を出るなり、オリヴァーについてくるようにいうこともなく、大股で記者会見場へ向かった。会議室は一瞬静寂に包まれた。

「下でいったいなにを話すんでしょうね？」カイ・オスターマンはたずねた。

「さあね」オリヴァーはがっくりしていった。「まあ、今の時点での誤報は捜査の邪魔にならないからいいだろう」

「つまりヴァトコヴィアクは真犯人ではないということですか？」カトリーン・ファヒンガーがおずおずとたずねた。

「ああ」オリヴァーは答えた。「あいつは常習犯だが、殺人犯じゃない。それにクレーマーを殺したのもあいつじゃないと思っている」

カトリーンとカイが驚いてボスを見た。

「だれかもうひとり犯人がいるような気がする。真犯人はいろいろかぎまわられないように、手っ取り早く犯人をでっちあげたんだ」

「クレーマー殺しは殺し屋による依頼殺人ということですか？」カイは眉をひそめた。

「まあそんなところだろう。手際のよさと戦闘用ナイフがそれを示唆している。問題はゴルトベルクの家族がそこまでやるかどうかだな。少なくともゴルトベルクがホロコーストの生き残りではないという証拠を消すために、二十四時間以内に連邦刑事局、内務省、アメリカ領事、フランクフルト警察本部長、そしてCIAを動かしたことは確かだ」オリヴァーは部下をじっと見つめた。「はっきりしているのは、失うものが大きいとき、人は躊躇《ちゅうちょ》しないということだ。だからこれ以上、無実の人を危険にさらさないように気をつけて捜査に当たってくれ」

「それなら、ホシがわかった、と署長にいってもらうのはいいことじゃないですか」カイがいうと、オリヴァーはうなずいた。

「そういうことだ。だから止めなかった。クレーマー殺害を依頼した者は油断するだろう」

「彼女の携帯電話にはヴァトコヴィアクからの古いショートメッセージがたくさん残っていました」ピアはいった。「文体がぜんぜん違うし、愛してるぜ、なんて言葉、彼は一度も使っていません。わたしたちが最初に見たショートメッセージは、彼が書いたものではないですね。何者かが、ヴァトコヴィアクの名を騙《かた》って携帯電話を買ったようです。たぶんプリペイド携帯ですね。そしてヴァトコヴィアクの殺人容疑が固まるように、モニカ・クレーマー当てにショートメッセージを送ったに違いありません」

それが何を意味するか、みんな理解した。沈黙が会議室を一分近く支配した。犯罪が常習化しているヴァトコヴィアクは恰好の容疑者になる。

「わたしたちがヴァトコヴィアクに疑いの目を向けたことを知っているのはだれかしら?」カ

トリーンはたずねた。

オリヴァーとピアはちらっと視線を交わした。いい質問だ。モニカを惨殺したのがヴァトコヴィアクでなければ、答は見えている。

「ヴェーラ・カルテンゼーと息子のジークベルトね」ピアは水車屋敷《ミューレンホーフ》にいた黒ずくめの警備員を脳裏に思い浮かべながら、押し黙っているみんなにいった。「そしてカルテンゼー家の他の家族も」

「夫人が関わっているとは思えないな」オリヴァーは反論した。「あの人には似合わない」

「偉い慈善家だからって、天使というわけではないでしょう」ボスがどうしてヴェーラに好意的なのか気づいていたのはピアだけだった。仕事柄、社会の底辺から頂点まで知りつくしているオリヴァーだが、いまだに自分の出自である階級に縛られているのだ。彼の家族はみな、貴族の出だ。フォン・ツァイドリッツ＝ラウエンブルク男爵令嬢と同じように。

「科学捜査研究所の分析結果を聞きたい人はいませんか？」カイが手元に置いていたファイルを指で叩いた。

「もちろんだ」オリヴァーが身を乗りだした。「凶器がわかったか？」

「ええ」カイはファイルを開いた。「同じ凶器でした。銃弾はかなり珍しいものです。九ミリパラベラム弾。製造されたのは一九三九年から一九四二年。これはこの種の合金がそれ以降作られていないので判明しました」

「つまり殺人犯は第二次世界大戦期の九ミリ口径のピストルを使ったということ？」ピアが聞

き返した。「そんなものどこで手に入れたのかしら?」

「インターネットで注文できるさ」アンドレアス・ハッセがいった。「それがだめでも、武器商がいる。そんなに珍しいとはいえないと思うな」

「オッケー、オッケー」オリヴァーは言い争いになる芽を摘んだ。「オスターマン、他には?」

「小切手の署名は本物でした。それから筆跡鑑定官によると、ふたつの事件現場に残されていた例の謎の数字は同一人物によるとのことです。ゴルトベルクのリビングにあったワイングラスから検出したDNAは女性でした。しかしDNAも指紋も人物を特定することはできませんでした。口紅はメイベリン・ジェイド製のどこにでも売っているものです。ただグラスから抗ウィルス薬アシクロビルが検出されました」

「それはなに?」カトリーンがたずねた。

「口唇ヘルペスに薬効があるものさ。たとえばゾビラックスに含まれている」

「なんて情報だ」アンドレアスがぶすっといった。「殺人犯はヘルペスにかかっていたっていうのか。新聞の見出しが今から想像できるよ」

オリヴァーもニヤリとした。だが、その笑みも、ピアの言葉でさっと消えた。

「ヴェーラ・カルテンゼーは唇に絆創膏を貼っていました。口紅を重ね塗りしていたけど、わたしにははっきり見えましたよ。気づきましたか、ボス?」

オリヴァーは眉を曇らせ、疑わしい目つきでピアを見た。

「そうかもしれないが、よく覚えていないな」

そのときドアをノックする音がして、署長の秘書がドアの隙間から顔をのぞかせた。

「署長が記者会見からもどりました。首席警部が来られるのをお待ちです。お急ぎください」

やるべきことははっきりしていた。なんとしてもトランクを中身ごと手に入れなければならない。理由はどうでもいい。理由を考えても、一銭の得にもならないからだ。命令を実行するのに躊躇したことは一度もない。これはあくまで仕事だ。トーマス・リッターが黄色く塗られた醜いアパートから外出するまで一時間半かかった。リッターがパソコン用のショルダーバッグを提げて、携帯電話を耳に当てながら通りを横切り、シュヴァルツヴァルト通り駅へ向かうのを、男はじっと観察していた。もう運転手付きの車が使える身分ではないということか。

リッターが視界から消えると、男は車から降りて、アパートに入った。リッターの住まいは四階にあった。住まいのドアの鍵はお粗末なものだった。きっかり二十二秒で解錠した。子どもの遊びも同然だ。手袋をはめると、部屋を物色した。リッターは贅沢三昧してきた男だ。こんなに落ちぶれて、いったいどんな気持ちだろう。ワンルームで、窓から見えるのは隣の建物だけ。シャワーと便器だけのバスルームには照明がない。廊下はちっぽけで、キッチンはその名に値しない。男はひとつだけあるクローゼットの扉を開けた。たたんである服や下着や靴下や靴を順にどかして奥を探った。目当てのものはなかった。トランクも見当たらなければ、家族がいっしょに住んでいる形跡もない。ベッドはしばらく使っていないらしく、シーツもかかっていなかった。男は次にデスクに向かった。電話には留守番機能がついていない。これでは電話から手がかりをえることができない。デスクに載っているのは古新聞や低俗な雑誌ばかりで、残念ながら目を引くものはなにもなかった。男は雑誌を一部、ポケットに忍ばせた。車で待機しているときの退屈しのぎにはなりそうだ。

男は手書きのメモの束をペラペラめくってみた。リッターの文章は地に堕ちていた。〝シーツの衣擦れの音、ぐちゃぐちゃいういやらしい音、そして絶頂に達した叫び〟メモを読み取ってから、男はニヤリとした。ここまで落ちたのかい、リッター。昔は気の利いた話をしていたのにな。今はポルノ小説の作家さんか。男はさらにメモをめくった。黄色いポストイットに殴り書きされた名前と携帯電話番号が目にとまった。そこに書かれた言葉を読んで、男の体に電流が走った。デジタルカメラでそのメモを撮影すると、他のメモをその上にもどした。リッターの住まいにもぐり込んでみたのも無駄ではなかった。

カタリーナ・エーアマンはブラジャーとスリップだけの姿でウォークインクローゼットの中にいた。なにを着たらいいか悩ましい。以前は外見を気にすることなどなかった。夫が急死して喪に服し、しばらくメイクをやめたときも平気だった。だがやがて鏡を見るたびショックを受けるようになった。そして安月給で暮らす身ではないのだから、そんなショックとはさっさとおさらばしたいと思った。数年前、四十歳の誕生日を迎えた直後から、カタリーナは老けることに対して抵抗をはじめた。フィットネスクラブ通いに、リンパマッサージ、腸内洗浄、この頃は三ヶ月に一回ボトックス治療を受け、途方もなく高額なコラーゲンとヒアルロン酸の美容注射までしていた。だがその甲斐あって、同世代の女性に較べ十歳は若く見える。カタリーナは鏡の中の自分に微笑みかけた。ケーニヒシュタインには裕福な人間が大勢住んでいるので、アンチエイジングを売りにするクリニックが雨後の筍《たけのこ》のように次々と開業していた。

しかし彼女がタウヌス地方のこの小さな町に舞いもどったのは、それが理由ではなかった。もっと実利を伴う事情があったのだ。フランクフルトに住まいを構える気は毛頭なかったが、チューリヒやマヨルカ島の別邸で過ごす時間が多かったので、空港の近辺に家が必要だった。ケーニヒシュタイン旧市街のど真ん中に建つこの屋敷を買い取ったときは天にも昇る心地だった。この屋敷は貧しい料理屋の娘として育ったぼろ家からわずか数百メートルのところにある。ここにはかつて、彼女の父親を破産させた男が住んでいた。今ではその男自身が破滅して、カタリーナは捨て値同然の価格でこの屋敷を手に入れた。カタリーナは口元を綻《ほころ》ばせた。だから人にはうらまれないよう気をつけないとね。

トーマス・リッターからヴェーラ・カルテンゼーの伝記を書くつもりだと聞かされたときのことを思いだすと、今でも背筋に鳥肌が立つ。あろうことか、トーマスはヴェーラが喜ぶと思っていた。結果はその逆だった。ヴェーラは十八年自分に仕えてきたトーマスを迷うことなくクビにした。町中でばったり出くわしたとき、トーマスはひどい目にあったと涙ながらに語った。カタリーナはそのとき、カルテンゼー一族に復讐する機会がついに到来したと思った。トーマスはカタリーナの誘いに飛びついた。

あれから一年。トーマスにはユーロで五桁に達する前金を払ったが、いまだにベストセラー間違いなしの本は印刷されていない。カタリーナはときどき彼とベッドをともにするようになったが、それでも彼の大言壮語や口約束にはだまされなかった。トーマスがこれまで書いてよこした原稿を読むかぎり、数ヶ月前に彼が約束したようなスキャンダラスな暴露本とは似ても似つかない代物だった。だから、てこ入れする時期だった。

カタリーナはあいかわらずカルテンゼー家の内情に通じていた。なにごともなかったかのようにユッタとの交友をつづけたことが大きい。そしてユッタはカタリーナを信用しきっていた。トーマスを通してカタリーナは、彼がクビになったいきさつを知っていた。そして忠誠心があまりあるとはいえない、ヴェーラの顧問弁護士から面白い話を聞きつけ、エラルドに接触してみる気になった。どのくらい役に立つかはむろん未知数だったが、去年の夏に例の騒ぎが起きたとき、ユッタの一番上の兄はその場にいた。カタリーナがそんなことを考えていたとき、携帯電話が鳴った。

「こんにちは、エラルド」彼女はいった。「以心伝心というやつね」

エラルド・カルテンゼーは無駄口を叩かず、すぐ本題に入った。

「受け渡しはどうする？」

「ということは、あたしのためになにか用意してくれたのね」カタリーナは、エラルドがなにをだしてくるのか興味津々だった。

「いろいろ。もう持っていたくないんだ。で？」

「あたしのところで会いましょう」

「断る。あれはだれかにことづける。明日の昼だ」

「わかったわ。どこ？」

「あとで知らせる。では」

エラルドは電話を切った。カタリーナはほくそ笑んだ。なにもかも、とんとん拍子だ。


オリヴァーはジャケットのボタンをかけると、ノックをして、署長室のドアを開けた。ニーアホフ署長が赤毛の女性の訪問を受けていたので、オリヴァーはびっくりしてすぐドアを閉めようとした。すると署長が立ち上がって、彼の方へやってきた。記者会見が大成功だったので、いまだに上機嫌だ。

「入りたまえ、ボーデンシュタインくん！　入っていいんだ！　きみには思いがけないことかもしれないが、わたしの後任者を紹介したいと思ってね！」

そのときその女性が振り返った。オリヴァーは身をこわばらせた。超特急並みの速度でどん底に墜落したような気がした。

「久しぶりね、オリヴァー」

彼女のかすれた声は聞き違えようがない。冷たく、計算高い青い目に見つめられて、オリヴァーはいたたまれなくなった。

「お久しぶりです、ニコラ」オリヴァーは、ほんの一瞬、渋い顔をした。彼女が気づいていなければいいが。

「なんだ？」署長はがっかりしたようだ。「知り合いなのか？」

「もちろんです」ニコラ・エンゲルは椅子から立って、オリヴァーに手を差しだした。オリヴァーは軽く握手した。だが彼の心の目には、いやな思い出が映画のワンシーンのように映っていた。そしてニコラの目を見た瞬間、彼女もそのことを忘れていないことがわかった。

「警察学校でいっしょだったんです」ニコラは署長にいった。

「そうでしたか。まあ、すわりたまえ、ボーデンシュタインくん」

オリヴァーはいわれたとおりにした。そしてニコラと最後に会ったときのことを思いだそうとした。

「……きみの名も何度か話題になったんだ」署長の声がオリヴァーの耳に飛び込んできた。

「しかし内務省が署長職は別の地域を担当していた者に任せたいといってきた。わたしの見るところ、きみ自身も昇格して、署長職につきたいと思っていないようだしね。そもそも政治はきみの得意分野ではないし」

オリヴァーは、ニコラが一瞬あざけるような目つきをしたことに気づいた。それと同時に記憶がなにもかも蘇った。およそ十年前のことだ。ふたりが担当した歓楽街での連続殺人事件の捜査が行き詰まっていた。あの事件は今もなお解決していない。フランクフルト刑事警察署捜査十一課はこのとき大変なプレッシャーを受けた。抗争中のギャング団の一方に潜入させた連絡員が正体を見破られ、白昼堂々撃ち殺されたのだ。

オリヴァーは、当時捜査十一課で別の班を率いていたニコラが致命的な失策をしたためだと今でも確信していた。野心家で向こう見ずなニコラは非を認めず、オリヴァーの部下に責任を転嫁した。ふたりの軋轢《あつれき》は署長の裁定で終わりを告げた。ニコラはフランクフルトからヴュルツブルクへ異動になった。そこでアシャッフェンブルク警察本部の副部長となり、やり手で容赦がないことで名を馳せた。そのあいだに彼女は警視に昇進し、二〇〇七年六月一日付けでオリヴァーの上司になるというのだ。オリヴァーには、どうしていいかわからなかった。

「エンゲル警視はすでにヴュルツブルクでの任を解かれ、引き継ぎの作業に入っている」署長はそういって話を終えたが、オリヴァーはとぎれとぎれにしか話を聞いていなかった。「来週の月曜日エンゲル警視を正式にすべての職員に紹介する予定だ」

署長はなにか返事を期待してオリヴァーを見た。だが彼はなにもいわず、質問もしなかった。

「話は終わりですか？」オリヴァーは立ち上がった。「捜査会議にもどりたいのですが」

署長は啞然としてうなずいた。

「第十一課は今、ふたつの殺人事件を捜査中なのです。すでに解決したも同然ですが」署長はニコラにいった。オリヴァーがなにかコメントすることを期待しているようだった。

するとニコラも腰を上げて、オリヴァーに手を差しだした。

「いっしょに仕事をするのが楽しみよ」口ではそういっても、彼女の目はそれが嘘であることを如実に物語っていた。これから署内の空気が変わる、とオリヴァーは実感した。ニコラが彼の仕事にどのくらい口をだすか、様子を見るしかない。

「わたしも楽しみです」オリヴァーはそういって握手した。

設計士や職人との打ち合わせはうまくいった。計画を立案してから一年、イドシュタインの魔女の塔の修復工事がいよいよ来週からはじまる。まだ日が沈む前に事務所にもどったマルクス・ノヴァクは上機嫌だった。プロジェクトが作業段階に入り、動きだすときは、いつも気が高ぶる。マルクスはデスクに向かうと、コンピュータを起動して、今日届いた郵便物に目を通した。請求書や依頼書、広告、カタログにまじって、再生紙の封筒があった。中身はたいていありがたくないものだ。

マルクスは封を切り、中身をざっと読んで息をのんだ。ケルクハイム警察署からの召喚状！彼に重傷を負わされたと訴えている者がいるというのだ。ありえないことだ！ 頭に血が上り、怒りにまかせて召喚状をにぎりつぶすと、ゴミ箱に投げ捨てた。その瞬間、デスクの固定電話が鳴った。クリスティーナだ！ 事務所に入るところをキッチンの窓から見かけたに違いない。マルクスはしぶしぶ受話器を取った。やはりそうだった。そしてケルクハイムの公営プールで行われる野外コンサートにいっしょに行こうというのだ。気が乗らないといっても、クリスティーナは聞く耳を持たなかった。へそを曲げ、泣きそうな声であいもかわらぬ文句を並べ立てた。そのときマルクスの携帯電話からメールの着信音が聞こえた。

「今度いっしょに行くよ」その気がないのに、マルクスは妻に約束し、メールを開いた。「本当だって。そうカリカリするなよ……」

着信したショートメッセージを読んだとき、マルクスの顔に笑みが浮かんだ。クリスティーナはブツブツいいながら、まだあきらめずにいっしょに行こうとせがんでいた。マルクスは右手の親指で返信を書いた。

〝わかった。遅くとも十二時にはそっちへ行く。その前に片付けなければならない仕事があるんだ。じゃあ〟。

今からうれしさがこみ上げてきた。今晩、またあれをするのだ。あれほど自分を苦しめた良心の呵責《かしやく》も、今ではもう心のどこかでかすかな木霊《こだま》になって聞こえるだけだった。

二〇〇七年五月四日（金曜日）

「警察に連絡したほうがいいのではないでしょうか」介護士のパルヴェーン・ムルターニは本気で心配していた。「なにかあったに違いありません。薬がすべてそのままなのです。理事長、いやな予感がするのです」

パルヴェーンは朝七時半に、入居者がひとりいないことに気づいた。なぜいなくなったのかわからない。高級老人ホーム〈タウヌスブリック〉の理事長レナーテ・コールハースは腹が立った。よりによってこんな大事な日に！　十一時に経営母体であるアメリカの会社による監査が行われることになっていたのだ。警察を呼ぶなどもってのほかだ。入居者の行方不明が発覚すれば、監査担当者から経営陣によくない報告をされてしまうだろう。

「わたしの方でやっておくわ」理事長は微笑んで、介護士を落ち着かせた。「あなたは仕事にもどってちょうだい。このことはだれにもいわないほうがいいわね。フリングス夫人はすぐ見つかるわよ」

「でも、やっぱり……」介護士がいいかけると、理事長が手を上げて、言葉をさえぎった。

「わたしに任せて」理事長は介護士を部屋からだすと、コンピュータに向かい、行方不明になったという入居者の記録簿を呼びだした。アニタ・フリングスは〈タウヌスブリック〉に暮らしてほぼ十五年になる。年齢は八十八歳、だいぶ前から重度の関節炎を患い、車椅子の生活を余儀なくされていた。問題を起こすような親族はひとりもいないが、フリングスが病気になったり、死亡したりしたときに連絡先となっている人物の名前を見て、理事長の頭の中でありったけの警鐘が鳴り響いた。フリングスがもどらないと、大変なことになる。

「まいったわね」理事長はつぶやいて、電話に手を伸ばした。アニタ・フリングスを見つけるのに、まだ二時間も猶予がある。警察に通報するのはまだ早い。


オリヴァーは会議室の大きなホワイトボードの前に立って腕組みしていた。ダーヴィト・ゴルトベルク。ヘルマン・シュナイダー。モニカ・クレーマー。昨日公開捜査に踏み切ってラジオでも名前を流したのに、あいかわらずローベルト・ヴァトコヴィアクの行方が知れない。オリヴァーは、カトリーンがフェルトペンで描いた矢印や丸をたどった。全体を見渡すと、いくつか見えてくるものがある。たとえばゴルトベルクとシュナイダーはカルテンゼー家と深いつながりがあり、同じ凶器で殺害され、若い頃、親衛隊に所属していた。だがわかっているのはそこまでだ。オリヴァーはため息をついた。頭がおかしくなりそうだ。どこから手をつけたらいいんだ。カルテンゼー夫人に事情聴取したいが、どういう理由をつけたらいいだろう。ゴルトベルク殺人事件の捜査からはずされているので、科学捜査研究所の分析結果やワイングラスから検出されたＤＮＡに触れるわけにいかない。ヴァトコヴィアクの愛人を殺した犯人は、ゴルトベルクとシュナイダーを射殺した犯人とは別人のはずだ。だが目撃者もいなければ、指紋も見つからず、なんの痕跡も残っていない。見つかったのはヴァトコヴィアクを示唆するものばかりだ。彼は理想的な犯人といえる。すべての事件現場で痕跡を残し、殺された被害者を個人的に知っていて金に困っていた。ゴルトベルクが殺されたのは、金をだそうとしなかったためだ。シュナイダーが殺されたのは警察に訴えようとしたせい。モニカ・クレーマーが殺されたのは、彼女が邪魔になったから。一見すると、すべて辻褄が合う。欠けているのは凶器だけだ。

ドアが開いた。将来の上司の姿を見ても、オリヴァーはたいして驚かなかった。

「こんにちは、エンゲル警視」オリヴァーは慇懃《いんぎん》にいった。

「そういう他人行儀な物言いをすると思っていたわ」ニコラ・エンゲルは眉を吊り上げて、オリヴァーを見つめた。「それもいいでしょう。こんにちは、フォン・ボーデンシュタイン首席警部」

「フォンはつけなくてけっこうです。なにかご用ですか？」

ニコラはホワイトボードを見て、眉間にしわを寄せた。

「ゴルトベルクとシュナイダーの事件は解決したんじゃなかったの？」

「残念ながらまだです」

「署長は、愛人を殺した男がホシだという証拠がもうすぐ上がるはずだといっていたけれど」

「ヴァトコヴィアクは現場を訪ねている、それだけのことです」オリヴァーはいいなおした。

「現場を訪ねたという事実だけで、殺人犯と断定することはできないと思いますが」

「だけど、朝刊に載ったわよ」

「新聞がなにを書こうが関係ありません」

オリヴァーとニコラは顔を見合わせた。ニコラは視線をそらし、腕組みすると、デスクに腰を乗せた。

「あなた、上司に間違った情報を与えて記者会見させたわけね。なにかわけがあるの？　それとも、それがここのやり方？」

オリヴァーは挑発に乗らなかった。

「情報は間違いではありませんでした。ただ署長殿は、しばしばブレーキが利かなくなるのです。とくに迅速な捜査結果を必要としているときには」

「オリヴァー！　これからここの署長になる者として知っておきたいんだけど、ここはいったいどうなっているの？　事件が解決してもいないのに、どうして昨日、記者会見が行われたわけ？」ニコラの声が鋭さを増した。オリヴァーは別の場所で起こった別の事件を思いだし、不快になった。それでも尻尾を巻くつもりはなかった。たとえこれから上司になる者が相手だとしても。

「署長はそう望んで、わたしの意見に耳を貸さなかったのです」オリヴァーもいいかえした。

オリヴァーは涼しい顔をしていた、というより、投げやりな表情だった。ほんの数秒間、ふたりは黙ってにらみあった。それからニコラは、できるだけ声のトーンを抑えていった。

「つまり三人が同一犯によって殺されたとは考えていないということね？」

オリヴァーは経験豊かな刑事として、尋問のイロハを心得ていた。だからニコラが飴と鞭を使い分けても、当惑することがなかった。

「ゴルトベルクとシュナイダーを殺したのは同一人物です。わたしの考えでは、犯人は捜査の続行を望まず、まだ見つかっていないヴァトコヴィアクに嫌疑がかかるように仕向けたのです。想像の域を出ませんが」

ニコラはホワイトボードの前に立った。

「ゴルトベルク事件の担当をはずされたのはなぜ？」

ニコラは小柄で華奢《きゃしゃ》だが、いざとなれば相手を萎縮させるだけの迫力がある。オリヴァーは、自分の部下、とくにフランク・ベーンケが新しい上司とうまくやっていけるか心配になった。ニコラが、署長のように報告書を読むだけで満足するはずがない。彼女はなんでも自分でやらないと気が済まない完璧主義者だ。昔からどんなささいなことでも正確さを求め、あら探しをするのが趣味だった。

「適切な場所に影響力を行使できるだれかが、隠しておきたいなにかが明るみに出るのを怖れたのです」

「そのなにかというのは？」

「ゴルトベルクがホロコーストを生き延びたユダヤ人ではなく、元親衛隊員だったという事実です。左上腕の血液型の刺青《いれずみ》が動かぬ証拠です。遺体を運び去られる前に、わたしは司法解剖をさせたんです」

ニコラはオリヴァーの説明になにもいわず、デスクをまわり込んで、オリヴァーの正面で立ち止まった。

「わたしがあなたの上司になること、コージマにはもう話した？」ニコラがさりげなくたずねた。いきなり話題を変えられても、オリヴァーは動じなかった。いずれ過去と対峙することになる、その覚悟はできていた。

「ああ」オリヴァーは答えた。

「それで？　なんていっていた？」

オリヴァーは、ニコラにとってうれしくない真実を告げたい衝動に駆られた。しかし彼女を敵に回すのは賢明なことではない。ニコラは、オリヴァーのためらいを悪い方に解釈した。

「なにもいっていないのね」ニコラは勝ち誇ったように目を輝かせた。「そうだろうと思ったわ！　臆病なところが、昔からあなたの大きな弱点だったものね。変わっていないのね」

その言葉の裏には強い感情が隠れていた。オリヴァーは啞然としつつ、警戒しなければと思った。ニコラといっしょに仕事をするのは簡単ではなさそうだ。オリヴァーが誤解を解こうとしたとき、ドアが開いた。オスターマンはニコラをちらっと見たが、オリヴァーが紹介しようとしなかったので、ていねいに会釈するだけにとどめ、オリヴァーにいった。

「急用です」

「すぐに行く」オリヴァーは答えた。

「わたしにはかまわないで、ボーデンシュタイン首席警部」ニコラは満足そうに微笑んだ。

「どうせこれからいやでも顔を合わせるんだから」


その老婦人は血だらけで、服をなにひとつ身につけていなかった。両手首を縛られ、口には猿ぐつわ代わりにストッキングが突っ込まれていた。

「後頭部を撃ち抜かれています。死亡時刻はおよそ十時間前です」

監察医はそういってから、被害者のむきだしの足を指差した。

「両足の膝蓋《しつがい》まで撃たれています」

「ご苦労」オリヴァーは顔をしかめた。ゴルトベルクとシュナイダーを殺した犯人が第三の犯行に及んだことは間違いなかった。むきだしの背中に被害者の血で16145という例の数字が書かれていたからだ。犯人は遺体を埋めなかった。すぐに発見されることが狙いだったと見られる。

「今度は屋外で犯行に及んだのね」ピアはラテックス手袋をはめてしゃがむと、遺体をじっくり観察した。「なぜかしら？」

「老人ホーム〈タウヌスブリック〉の入居者ですね」巡査長がいった。「銃声を聞かれたくなかったのでしょう」

「どうしてわかったの？」ピアが驚いてたずねた。

「あそこに書いてありますので」巡査長は数メートル先の草むらに置いてある車椅子を指差した。オリヴァーは、散歩者の連れていた犬が見つけたという、その遺体を見つめ、深い同情と激しい怒りを覚えていた。高齢の女性が人生最後の瞬間にこんな恐怖と屈辱に耐えねばならなかったとは！　しだいに猟奇的になっていく殺人犯がこのあたりのどこかを自由にうろついているかと思うと、無性に腹が立ってきた。犯人は今回、目撃されるリスクを冒した。オリヴァーは自分の無力さを痛感した。手をこまねいているうちに、一週間で四つの殺人事件が起きてしまった。

「これはもう連続殺人といっていいのでは」ピアがいわずもがなのことを口にした。「このままではメディアに叩かれますね」

巡査がひとり立ち入り禁止テープをくぐると、オリヴァーに一礼して報告した。

「捜索願は出ていません。鑑識はこちらに向かっています」

「わかった」オリヴァーはうなずいた。「老人ホームに行ってみよう。入居者がひとりいないことにまだ気づいていないのかもしれない」

しばらくして、ふたりは広いロビーに足を踏み入れた。ピカピカに光る大理石の床と赤い絨《じゅう》毯《たん》に、ピアは圧倒された。彼女の知る老人ホームといえば、祖母が人生最後に過ごした施設だけだった。合成樹脂の床、木製の手すり、尿や消毒薬の臭気。それに対して〈タウヌスブリック〉はグランドホテルのような設《しつら》えだった。マホガニー製の広い受付カウンター、豪華な花飾り、金文字の表示プレート、静かなＢＧＭ。受付の若い女性がふたりをにこやかに出迎え、用件をたずねた。

「理事長に会いたいのですが」オリヴァーは身分証を見せた。受付係は顔をこわばらせ、受話器を取った。

「疾病保険ではまかなえないでしょうね」ピアはボスにささやいた。「すごい！」

「〈タウヌスブリック〉は目が飛びでるほど高い」オリヴァーはいった。「入居する二十年前に契約する人もいると聞いている。家賃は月あたり三千ユーロになるだろう」

祖母のことを思いだし、ピアは心が痛んだ。働きずくめの人生を過ごした祖母は認知症になり、人生最後の三年間を過ごした老人ホームでろくな介護も受けられずに世を去った。ピアの家族にはそれが精一杯だったのだ。ピアは、祖母をあまり訪ねなかった自分を責めた。しかしぼんやりとすわっている、ガウン姿の老人たちを見るのは耐えられなかった。味も素っ気もない献立、個別対応なし、過重勤務で機嫌が悪く、相談もろくにできない介護士たち。そんなところで人生を終えるしかなかったとは。晩年を〈タウヌスブリック〉で過ごせる人は、はじめから特権階級に属していたに違いない。まったく不公平な話だ。

ピアがそのことをぼやこうとしたとき、理事長がホールに姿をあらわした。五十代間近のやせた女性だ。モダンな角張ったメガネをかけ、エレガントなパンタロンをはいている。髪型はボブヘアで、少し白髪がまじっている。服からはタバコのにおいがぷんぷんしていた。笑みを浮かべているが、どこかピリピリしている。

「どのようなご用件ですか？」理事長はていねいにたずねた。

「一時間ほど前、アイヒヴァルトの森で散歩をしていた人が老婦人の遺体を発見したのです」オリヴァーは答えた。「そのすぐそばに〈タウヌスブリック〉の名入りの車椅子がありました。その老婦人がこちらの入居者かどうか確かめにきたのです」

理事長が顔を引きつらせたことに、ピアは気づいた。

「たしかにひとり行方不明になっています」理事長は一瞬ためらってからいった。「施設のどこを捜しても見つからず、先ほど警察に通報したところです」

「行方不明者の名前は？」ピアはたずねた。

「アニタ・フリングスさんです。なにがあったのでしょうか？」

「暴力の犠牲になったと考えています」オリヴァーはあいまいにいった。「身元確認をしていただけますか？」

「あいにくですが……」理事長はそういいかけて、断るのはまずいと思ったのだろう。口をつぐんで、あたりを見回した。さっきよりもそわそわしている。

「ムルターニさん！」理事長はほっとした様子で、ちょうどエレベーターから降りてきた女性を手招きした。「ムルターニはうちの介護士で、ここに入居している方々の世話をしています。あとは彼女に任せましょう」

理事長は介護士に目でなにか合図を送って、カツカツと靴音を響かせながら去っていった。ピアは理事長の鋭い目つきを見逃さなかった。それからムルターニに手を差しだし、自分とボスの身分を名乗った。ムルターニはアジア系の美人だった。漆黒の髪、真っ白な歯、ビロードのような目。この老人ホームに住む男性たちはみな、彼女のおかげで人生のたそがれを楽しく過ごしているに違いない。シンプルな紺色の制服と白いブラウスを着たところは、キャセイ・パシフィック航空のスチュワーデスのようだ。

「フリングスさんが見つかったのですか？」ムルターニは流暢《りゅうちょう》なドイツ語を話した。「早朝から姿が見えなかったのです」

「あら、そうだったのですか？　どうしてすぐ警察に通報しなかったのでしょう？」ピアは質問した。ムルターニは当惑した顔をし、理事長が去っていった方をちらりとうかがった。

「けれども……理事長は通報するといってました……七時半には電話をしたものと思っていました」

「どうやら理事長は忘れたようですね。なにかもっと大事な用事があったのでしょう」ピアはいった。

ムルターニは少し迷ってから、ホームへの忠誠心を示した。

「今日は理事長に大事なお客様が来られるものですから。わたしがお話を伺います」

「おお、神様」ムルターニは遺体を見た瞬間、両手で口と鼻をおおった。「フリングスさんです。なんてひどい！」

「こちらへどうぞ」オリヴァーは、ショックを受けているムルターニの肘を取って、林道の方へもどった。老人ホームで銃声を聞かれたくなかった犯人は、森の中で犯行に及んだのだ。巡査長のいうとおりだった。オリヴァーとピアはムルターニとともに〈タウヌスブリック〉にもどり、エレベーターでアニタ・フリングスの部屋がある四階に上がった。ふたりは犯人がどのようにして犯行に及んだか現場検証することにしたのだ。車椅子の老婦人をだれにも見とがめられずにどうやって施設から連れだしたのだろう。

「防犯装置はありますか？」ピアはたずねた。「たとえば防犯カメラなど」

「いいえ」ムルターニは少しためらってから答えた。「入居者の多くが望んでいるのですが、事務局はまだその決定をしていません」

ムルターニによると、〈タウヌスブリック〉では昨晩、大きなイベントがあり、庭園で野外劇が上演され、つづいて花火が打ち上げられたという。施設の人たち以外にもたくさんの来訪者がいたのだ。

「花火が打ち上げられたのは何時ですか？」ピアはたずねた。

「十一時十五分頃でした」ムルターニが答えると、オリヴァーとピアは顔を見合わせた。時間は合う。犯人はそのときにフリングスを真っ暗な森へ連れていき、花火の音に合わせて銃弾を三発撃ったのだろう。

「フリングスさんがいないことに気づいたのは、いつ頃ですか？」ピアは質問した。ムルターニはドアの前で立ち止まった。

「朝食のときです。フリングスさんはいつも最初にあらわれる方たちのひとりでした。車椅子の生活でしたが、なんでもひとりでしようとしていました。姿が見えなかったので、部屋に電話をしました。ところが電話に出なかったので、部屋を見にいったのです」

「何時頃ですか？」ピアがたずねた。

「はっきりとは覚えていません」ムルターニの顔が青白くなっていた。「七時半か八時頃だったと思います。どこを捜しても見つからなかったので、理事長に報告しました」

ピアは時計に視線を向けた。今は十一時。遺体発見の通報が入ったのは十時頃だった。八時からの三時間、なにがあったのだろう。ムルターニにたずねても埒《らち》があかなかった。すっかり気が動転している。ムルターニはフリングスの部屋を開け、オリヴァーとピアを中に通した。

　ピアはリビングルームの敷居に立って見回した。床には明るい色の絨毯が敷かれ、中央にペルシャ絨毯がある。レースのクッションが載ったビロード張りのソファ、テレビ観賞用の安楽椅子、どっしりした作りの戸棚、彫り物のある木製のワゴン。

「なにか変です」背後でムルターニの声がした。彼女はワゴンを指差していた。「そこに写真が飾ってありました。壁にかかっていた額入りの写真もなくなっています。本棚にもアルバムや書類ファイルがありましたけど、それも消えています。全部ありません。なんてこと！　今朝、ここを見にきたときには全部あったんです」

ピアは、ゴルトベルク事件であっという間に担当をはずされたことを思いだした。ここでもだれかがなにかを隠したということだろうか。だがこんなに早くフリングスが死んだことを知ることができたなんて、どこのどいつだろう。

「入居者がひとりいなくなったのに、理事長はどうしてすぐ警察に通報しなかったのでしょうね？」ピアがたずねた。

ムルターニは肩をすくめた。

「わたしは、当然通報するものと思っていました。理事長はわたしにははっきり……」ムルターニは途中で口をつぐみ、かぶりを振った。

「施設に部外者が入り込むことはよくあるんですか？」

ピアの質問に、ムルターニは不快な顔をした。

「〈タウヌスブリック〉はオープンなんです。ここの入居者は出入りが自由で、見学者も歓迎していますし、レストランや催し物は外の方たちにも開かれています。人の出入りをチェックするのは困難です」

ピアは納得した。自由という贅沢には代償がつきものだ。代わりに安心感は得られなくなる。施設がホテルに近い態勢であれば、危険人物も自由に出入りできることになる。ピアは、〈タウヌスブリック〉で過去に不法侵入や泥棒が発生していないか、あとで調べることにした。

ピアは携帯電話で鑑識を呼び、ムルターニの案内でオリヴァーとともにエレベーターで一階に向かった。ムルターニは、アニタ・フリングスがここに入居して十五年になるといった。

「以前はよくお友だちが訪ねてきました。外泊をすることもあったんですが、ここしばらくは、そういうことはなくなりました」

「施設の中に友人はいなかったのですか？」ピアはたずねた。

「さあ、どうでしょう」ムルターニはしばし考えてから答えた。「あの方は部屋に引き籠もりがちでしたので」

エレベーターがガクンと軽く揺れて止まった。ロビーに、数人の客とあいさつしている理事長の姿があった。ピアたちと目が合うと、理事長は渋い顔をし、客たちにひと言謝って、そばへやってきた。

「ばたばたしていまして申し訳ありません。今日は外部監査のある日なもので。一年に一度、資格審査を受けることになっているのです」

「長くはお邪魔しません」ピアはいった。「発見されたのは、やはりアニタ・フリングスさんでした」

「ええ、聞きました。ショックです」

理事長は衝撃を受けている表情をしたが、そこには面倒なことになったという気持ちがにじみでていた。このことが世間に知られて、イメージダウンになることを恐れているのだろう。理事長はオリヴァーとピアをロビーの奥の小さな部屋へ案内した。

「なんなりとご質問ください」理事長はいった。

「どうして警察に通報するのをためらったのですか?」ピアはたずねた。理事長はいきなり訊かれて面食らった。

「ためらってなどいません。ムルターニ介護士から話を聞いて、すぐ警察に電話しました」

「先ほどの介護士によると、フリングスさんの行方不明をあなたに連絡したのは、七時半から八時のあいだだったということですが」オリヴァーが口をはさんだ。「ところが警察に通報があったのは、十時を過ぎてからですね」

「行方不明がわかったのは七時半から八時のあいだではありません」理事長は反論した。「ムルターニが報告にきたのは九時四十五分頃でした」

「確かですか?」ピアはあやしいと思ったが、理事長がなぜ二時間も警察に通報しなかったのかがわからなかった。

「間違いありません」理事長は答えた。

「遺族にはすでに連絡なさいましたか?」オリヴァーはたずねた。理事長はいいしぶった。

「フリングスさんに家族はいません」

「ひとりもいないのですか?」ピアが念を押した。「しかし入居者が亡くなった際の連絡先があるのではないですか? 弁護士とか知人とか」

「もちろん秘書に確認させましたが、残念ながら記載されていませんでした」

ピアはそれ以上突っ込まないことにした。

「介護士の方によると、フリングスさんの部屋からものがいくつかなくなっているらしいのですが」ピアは質問を変えた。「持ち去ったのは、だれでしょうか？」

「そんなはずはありません」理事長が目くじらを立てた。「この施設では、盗難など一度も起こったことがないのです」

「部屋の鍵は、だれが持っているのですか？」ピアはたずねた。

「入居者自身と介護士、場合によっては入居者の家族です」理事長は不快な顔をした。「まさかムルターニが疑われているのではありませんよね。フリングスさんがいないことに気づいたのは彼女なのですが」

「あなたもご存じでしたでしょう」ピアが平然といった。理事長は顔を真っ赤にし、それから青ざめた。

「今のは聞かなかったことにします」理事長は冷ややかにいった。「いつまでも監査人を待たせておけませんので、失礼します」


アニタ・フリングスの部屋には、十五年も暮らしていた痕跡がまったくない。写真も手紙も日記もなかった。オリヴァーとピアにはわけがわからなかった。八十八歳の老婦人の遺品に関心を持つなんて、どこのどいつだろう。

「フリングスがゴルトベルクとシュナイダーの知り合いだったと見たほうがいいな」オリヴァーはいった。「例の数字にはやはりなにか意味がある。それにフリングスは、カルテンゼー夫人の知り合いだった可能性がある」

「フリングスの姿が朝から見当たらないのに、理事長はどうしてあんなに遅く警察に通報したのかしら」ピアは声にだして考えた。「理事長の態度は変でした。理由は監査人だけではないような気がしますね」

「たしかになにかあるな」

「フリングスがこの施設に多額の遺産を残したとかですか？　遺産相続人がわからなくなるように、理事長が部屋を片付けさせた可能性はありますね」

「しかし、フリングスが死んだこと、どうやってわかったのかな？」

ふたりは理事長の部屋へ向かった。手前の秘書室に、五十歳を超えた小太りの女性がいた。金髪のウェイヴをヘアスプレーで固めたところは往年のジェイコブ・シスターズ（一九六〇年代にドイツ・ポップス界で活躍した四人組の女性ヴォーカルグループ）にそっくりだが、そのじつ冥府の門を守る怪犬ケルベロスであることがわかった。

「あいにく理事長は不在ですので、入居者の情報をお教えするわけにはまいりません」

「ではコールハースさんに電話をして、許可をもらったらいいでしょう！」ピアも負けじといった。堪忍袋の緒が切れそうだった。「わたしたちも暇ではないのです！」

秘書は、古風な金鎖をつけた細いメガネ越しにピアを見た。

「理事長は今、監査人と施設の中をまわっていますので、連絡が取れないのです」

「もどるのはいつ頃ですか？」

「午後三時頃でしょう」秘書も負けていなかった。オリヴァーがおっとりと笑みを浮かべて、あいだに入った。

「忙しいときに誠に申し訳ないと思っています。しかしこちらの入居者が昨晩外に連れだされ、惨殺されたのです。そのことを連絡するために家族の住所か電話番号を知りたいのです。あなたが助けてくだされば、コールハースさんに負担をかけずにすむのですが」

効果は覿面《てきめん》だった。けんもほろろな応対だった秘書が急に軟化した。

「仕方ないですね。それではフリングスさんの書類から必要な情報だけお教えしましょう」

「それはありがたい」オリヴァーはウィンクした。「それとフリングスさんの最近の顔写真もいただけますか？　それをいただいたら、すぐ立ち去ります」

「口がうまいんだから」ピアがつぶやくと、オリヴァーはニヤリとした。秘書がキーボードを叩くと、数秒後レーザープリンターから紙が二枚吐き出された。

「どうぞ」秘書はにこやかにそのうちの一枚をオリヴァーに差しだした。「これでなんとかなるでしょう」

「もう一枚はなんですか？」ピアはたずねた。

「こちらは内部資料です」秘書はいった。ピアが手を伸ばすと、秘書はくるりと椅子を左に回転させ、笑みを浮かべながらその紙をシュレッダーにかけてしまった。「部外者に見せてはいけないことになっていますので」

「一時間で捜索令状を持ってくるわ」ピアはかっとしていった。見た目で惹かれたこの老人ホームに、もうこれっぽっちも未練はなかった。

「例のものは人に運んでもらうことにした」エラルドはいった。「十二時少し過ぎにきみの両親が住んでいた家の前だ。それでいいかい？」

　カタリーナは腕時計をちらりと見た。

「わかった。感謝するわ。トーマスを受け取りにいかせる。なにか役に立ちそう？」

「それは間違いない。ヴェーラの日記帳が九冊入っている」

「本当に？　じゃあ、噂は本当だったのね」

「手放すことができてうれしいよ。それじゃ、うまく……」

「待って」カタリーナはエラルドが話し終える前にいった。「ふたりの老人を殺したのはだれだと思う？」

「三人に増えたよ」

「三人？」

「ああ、きみが知っているはずないな」エラルドは笑い話でもするような感覚で話した。「昨夜、アニタが殺された。後頭部を一発さ。他のふたりと同じように」

「悲しくはないみたいね」

「ああ、三人とも虫が好かなかったのでね」

「同感。でもそのことは知っていたわね」

「ゴルトベルク、シュナイダー、アニタ。あとはヴェーラだけだ」

彼の口ぶりに、カタリーナはおやっと思った。母親の旧友三人を殺したのはエラルドだろうか。動機は充分にある。彼は家族の中で、いつものけ者にされてきた。母からは愛情を受けるどころか、厄介者のように扱われてきたのだ。

「犯人がだれかわからない?」

「さあね」エラルドはあっさり答えた。「わたしにはどうでもいいことさ。だけど、どうせ殺すなら、三十年前にやってもらいたかったな」

ピアは午後になってすぐ、フリングスと親しかったという二十人ほどの入居者に話を聞き、さらに施設の介護スタッフにもひととおり事情聴取をした。しかし結果は芳《かんば》しくなかった。オリヴァーが秘書からもらった書類も、ほとんど役に立たなかった。アニタ・フリングスには子どもも孫もなく、ある時点で過去を切り捨てたかのようになにひとつ人生の痕跡がなかったのだ。だれにも惜しまれず、死を悲しんでくれる家族もなく死んでいくなんてぞっとする、とピアは思った。人ひとりの命が消え、そのまま忘れ去られ、〈タウヌスブリック〉の部屋はきれいに改装され、予約リストに載っている最初の人に賃貸される。しかしピアは、フリングスについてもっと情報を引きだしてみせると心に決めていた。なんでも大げさにする秘書と非協力的な理事長にはいいようにさせないつもりだった。玄関を入ると、がまん、がまんと自分にいいきかせながら秘書室のドアを見張った。四十五分後、その甲斐あって、ケルベロスが用を足しに出ていった。しかも部屋の鍵をかけずに。

証拠物件を許可なく押収するのが服務規程に抵触することは、ピアも重々承知していた。だがそんなことをいっている場合ではなかった。だれも見ていないことを確かめると、フロアを横切り、秘書室に入った。すかさずデスクをまわり込み、シュレッダーの蓋《ふた》を開けた。秘書は今日、まだそれほど書類をシュレッダーにかけていなかった。ピアは細かく切り刻まれた紙をかき集め、Tシャツの中に隠した。秘書室を出てロビーを抜け、外に出るまで一分とかからなかった。そのあと森の縁に沿って歩き、遺体発見現場の近くに止めたままにしていた自分の車にもどった。

運転席のドアを開け、ちくちくする紙切れの束をTシャツの中から引っ張りだすと、クリストフの家がそこから数百メートルのところにあることを思いだした。彼が飛行機で飛び立ってからまだ二十四時間しか経っていないが、もう淋しくてしょうがない。ピアは没頭できる仕事ができてうれしかった。さもないと、クリストフが夕方、南アフリカでなにをしているか気になってしまいそうだった。そのとき携帯電話が鳴って、ピアは我に返った。走行中に携帯電話で話をするな、とオリヴァーから何度も注意されていたが、すぐに通話ボタンを押した。

「ピア、わたしよ、ミリアム」声がうわずっている。「今、時間がある?」

「ええ、大丈夫よ。なにかあったの?」ピアはたずねた。

「あったなんてもんじゃないわ。よく聞いて。わたしね、ゴルトベルクが身元を偽っていたかもしれないって、おばあさんに話したの。そうしたら変な顔をしたのよ。怒りだすかと思ったら、どうして彼の過去を探っているのかって訊かれたの。話してしまったこと、怒らないでね」

「なにかわかったのなら、かまわないわ」ピアは携帯電話を肩と顎ではさみながら、ギアチェンジをした。

「そしたら、おばあさんが彼の妻だったサラとのことを話してくれたのよ。おばあさんとサラは、ベルリンで同じ学校に通っていたんですって。ふたりは大親友だったのよ。サラの家族がアメリカへ移住したのは一九三六年。サラは顔立ちがユダヤ人らしくなくて、背がすらっとしていて、金髪だったものだから、移住する前はもてたんですって。ある晩、ふたりで映画を観にいった帰り、サラが三人の酔っぱらいにからまれたの。そのとき若い親衛隊員が助けてくれたのよ。彼はサラを家まで送っていき、サラは感謝の印に首に下げていたペンダントをあげたの。サラはその後、その親衛隊員とこっそり会っていたらしいんだけど、それからまもなく家族はベルリンを去ったというわけなの。サラはそれから十一年後、ペンダントの男に再会したのよ。ダーヴィト・ヨーズア・ゴルトベルクと名乗るユダヤ人がそれを持ってニューヨークにある父親の銀行にあらわれたわけ！　サラはかつての恩人にすぐ気づき、しばらくして結婚したのよ。サラは夫の身元をわたしのおばあさん以外には明かさなかったんですって！」

ピアは信じられないという気持ちで黙って話を聞いていた。これでついに、ゴルトベルクの人生が嘘で塗り固められていた動かぬ証拠が見つかった。だがその偽りの人生は数十年の時を経てとんでもない展開をしたのだ。

「おばあさんは本名を覚えている？」ピアは興奮してたずねた。

「正確ではないわ。オットーかオスカーだったそうよ。ただバート・テルツにあった親衛隊ユンカー学校の出身で、第一SS装甲師団ライプシュタンダルテ・SS・アドルフ・ヒトラーの隊員だったんですって。これだけわかっていれば、もうちょっと詳しいことがわかるわ」

「ミリ、すごいわ」ピアはニヤリとした。「おばあさんの話はそれだけ？」

「おばあさんは、本当をいうとゴルトベルクが好きではなかったそうよ」ミリアムは声を震わせながらいった。「でも大事なサラのために黙っていることを誓ったんですって。サラは、父親の過去について息子たちに知られたくなかったらしいの」

「でもちゃんと知っていたみたいね。さもなかったら、息子が翌日あんな大騒ぎをするはずないもの」

「だからあれは、宗教的な理由があったからだし、ゴルトベルクが政界に強いパイプを持っていたからじゃないかしら。おばあさんの話では、彼は何通もパスポートを持っていたそうよ。冷戦の真っ只中でも、なんの問題もなく東側ブロックに入ることができたって」

ミリアムはそこで言葉をいったんとぎらせた。

「ねえ、今回の件でわたしにとってショックだったのがなにかわかる？」そうたずねて、ミリアムはすぐ自分で答えた。「彼がユダヤ人でなくて、元ナチだったことじゃないの。同じ立場だったら、わたしもそうするかもしれないわ。生き延びたいのはだれも同じよ。だけど、六十年間も嘘をつきつづけるなんて、考えただけでもぞっとするわ……」

そしてヘニングの解剖台に乗せられ、嘘がばれて万事休す、とピアは思ったが、口にだしてはいわなかった。

「……そして真相を知っていたのが世界中でたったの数人だけだったなんてね」

だがその点は疑わしいとピアは思った。少なくとも他にふたりいたはずだ。ゴルトベルク、シュナイダー、アニタ・フリングスを殺した犯人と、真相が明るみに出ないように邪魔をしているだれかがいるのだ。


トーマス・リッターはタバコを吸いながら時計を見た。十二時四十五分。カタリーナから電話があり、ケーニヒシュタインのルクセンブルク城前の駐車場へ行くようにいわれた。だれかがなにかを持ってくるという。トーマスは時間どおりに来て、かれこれ一時間近く待たされていた。さすがにいらいらしてきた。原稿に甘いところがあるのは、自分でもよくわかっているが、カタリーナにいわれるのは癪《しゃく》に障った。暴露的な内容は皆無、ベストセラーは期待できないというのだ。くそっ！　カタリーナは新しい資料を手に入れてみせると約束したが、まさか魔術師のようにさっとだしてくるとは思わなかった。なんの証拠だろう。オイゲン・カルテンゼーの死が事故ではなく、殺人だったという証拠だろうか。いずれにせよ営業部長は初版を十五万部と見込んでいる。マーケティング部は販売戦略を立案し、ドイツの大手雑誌とインタビューの日程を決め、大衆新聞のビルト紙と独占先行掲載の交渉に入っていた。そのすべてがトーマスには重荷だった。

トーマスは車の横にできた吸い殻の山に、開けっ放しの窓からまた一本吸い殻を追加した。歩くこともままならない年老いたプードルを散歩させている老婦人が、とがめるような眼差しで彼を見た。オレンジ色のベンツ製ピックアップトラックが駐車場に入って停止すると、運転手が降りてきて、あたりをキョロキョロ見回した。それが一年前、カルテンゼー家の古い水車小屋を修復したマルクス・ノヴァクだったので、トーマスはびっくりした。あいつがへまをしたばかりに、自分までヴェーラの怒りを買って追放の身になってしまったのだ。マルクスもトーマスに気づいて、近づいてきた。

「やあ」といって、マルクスはトーマスの車の横で立ち止まった。

「なんの用だ?」トーマスはマルクスをうさんくさそうに見ただけで、車から降りようとはしなかった。マルクスのせいで、また新たな面倒に巻き込まれるのはごめんだったのだ。

「あんたに渡すものがあるんだ」マルクスはそわそわしながらいった。「それにヴェーラ・カルテンゼーについて詳しい話ができる人間を知っている。ぼくの車についてきてくれ」

トーマスは迷った。マルクスも自分と同じでカルテンゼー家にひどい目にあわされたことは知っている。それでも信用はできない。カタリーナがいっていた情報とマルクスはどういう関係なのだろう。うかつなことはできない。計画が大詰めになった今だからなおさらだ。それでも好奇心は抑えられなかった。トーマスは深呼吸した。両手が震えていた。もうどうでもいい。カタリーナはセンセーショナルな内容だといっていた。そういう資料なら是が非でも欲しい。マルクレーンが帰宅するまでまだ二、三時間ある。これといって他にすることもない。マルクスの知り合いだというその人物と話してみても損はないだろう。

オリヴァーの義理の妹マリー＝ルイーゼが目をすがめて不鮮明なモノクロ写真を見つめた。オリヴァーがコールハース理事長の秘書からもらってきたアニタ・フリングスの顔写真だ。

「だれなの？」マリー＝ルイーゼがたずねた。

「先週の土曜日、カルテンゼー夫人の誕生パーティに出席していたと思うんだけど」オリヴァーはいった。古城ホテルの人間に確認してはどうかとオリヴァーに勧めたのはピアだった。彼女は、犯人が無差別に殺人を犯したはずはないから、オリヴァーと同じくアニタ・フリングスとヴェーラ・カルテンゼーになんらかの関係があるとにらんだのだ。

「自信はないわね」マリー＝ルイーゼは答えた。「どうして知りたいの？」

「この女性が今朝、遺体で見つかったんだ」

マリー＝ルイーゼに根掘り葉掘り訊かれ、結局事件のあらましを話すことになった。

「それならうちの食事が原因で死んだのではないのね？」

「それは間違いないさ。それで、見覚えはあるかい？」

マリー＝ルイーゼはもう一度、写真を見て肩をすくめた。

「うちの給仕係に見せてみましょう。どう、なにか軽く食べていかない？」

真面目一方のオリヴァーも、おいしい食事には目がなかった。義理の妹のあとについて、人人が忙しく立ち働く大きな厨房に入った。料理長ジャン＝イヴ・サン＝クレアの創造性豊かな美食の数々は準備には毎日何時間もの時間が必要なのだ。だが結果、ほっぺたが落ちそうなほどの味が生まれる。

「あら、パパ」ロザリーは野菜を刻んでいるサン＝クレアのそばに立っていた。オリヴァーは、ちょっとくっつきすぎじゃないかと思った。それにロザリーは頬を染めている。そのときサン＝クレアが顔を上げて、ニヤリとした。

「やあ、オリヴァー！　刑事警察はレストランの監視までするようになったのかい？」

監視しているのは十九歳のコック見習いを夢中にさせている三十五歳の料理長の方だよ、とオリヴァーは心の中でつぶやいたが、口にだしてはいわなかった。オリヴァーの知るかぎりサン＝クレアはごく普通にロザリーの相手をしている。ロザリーはそれを嘆いているほどだ。オリヴァーはサン＝クレアと世間話をし、娘の料理の腕が上がったかたずねた。マリー＝ルイーゼはそのあいだにおいしそうなオードブルをいろいろ皿に盛りつけてきた。オリヴァーがロブスター、子牛の胸腺、豚の血のソーセージという突拍子もない組み合わせのひと皿に舌鼓を打っているあいだに、マリー＝ルイーゼが従業員に写真を見せてまわった。

「はい、土曜日のパーティにいました」若いウェイトレスがいった。「車椅子の女性です」

ロザリーも興味を引かれて写真をのぞいた。

「間違いないわ。おばあさんに訊いてみるといいわ。隣にすわっていたから」

「本当かい？」オリヴァーは写真を受け取った。

「その人がどうかしたの？」ロザリーが興味津々にたずねた。

「ロザリー！　俺に野菜をぜんぶ洗わせる気か？」サン＝クレアが厨房の奥から叫んだ。ロザリーはすかさず飛んでいった。オリヴァーとマリー＝ルイーゼは顔を見合わせた。

「コック見習いは恋人探しではないんだけど」マリー＝ルイーゼはクスクス笑った。だがすぐに真面目な顔になった。開店まであと一時間。やっておかなければならないことが山ほどある。オリヴァーはごちそうさまといって、意気揚々と城をあとにした。

日が暮れる前に、オリヴァーは水車屋敷《ミューレンホーフ》を訪ねた。友人フリングスが殺害されたと知って、ヴェーラ・カルテンゼーはひどくショックを受け、主治医から鎮静剤をもらって横になっていた。代わりに応対したのはエラルドだった。

「どうぞこちらへ」エラルドはちょうど外出するところだったが、それほど急いではいないようだった。「なにか飲み物はいかがですか？」

オリヴァーはいっしょにサロンに入ったが、飲み物は辞退した。ふと窓の外を見ると、武器を持った警備員がふたり組になって、パトロールしていた。

「ずいぶん警備を強化したのですね。なにか理由でもあるのですか？」

エラルドは自分のグラスにコニャックを注ぎ、安楽椅子にすわったままぼんやりした表情をしていた。アニタ・フリングスが死んだと聞いても、なにも感じていないようだ。ゴルトベルクやシュナイダーのときと同じだ。だが頭の中ではなにか考えているらしい。ブランデーグラスを持つ手が震え、徹夜でもしたみたいに青ざめた顔をしている。

「母はだれかに狙われているという強迫観念に取り憑かれているんです。次に玄関で後頭部を撃ち抜かれるのは自分だとね。それで、弟が部隊を出動させたのです」

エラルドの口から出た皮肉に、オリヴァーは啞然とした。

「アニタ・フリングスさんのことはよくご存じだったのですか？」

「あまり知りません」エラルドは赤く充血した目でオリヴァーを見つめた。「母が東プロイセンにいた頃からの友人です。その後、東ドイツで暮らしました。ベルリンの壁が崩壊した後、夫に先立たれて、〈タウヌスブリック〉に移り住んだのです」

「あなたがフリングスさんに最後に会ったのはいつですか？」

「土曜日、母の誕生パーティです。でもたいして話はしていません。知り合いとはとてもいえませんね」

エラルドはコニャックをひと口飲んだ。

「われわれはシュナイダーさんとアニタ・フリングスさんの殺人事件をどのように捜査したものか、まだ悩んでいるのです」オリヴァーは単刀直入にいった。「ふたりについてもう少しお聞かせねがえると大変助かるのですが。ゴルトベルクさんを加えた三人が死んで喜ぶ人に心当たりはありませんか？」

「さあ、わかりかねます」エラルドは興味なさそうに答えた。

「ゴルトベルクさんとシュナイダーさんは同じ武器で殺害されました。銃弾は第二次世界大戦期に製造されたものです。また三つの殺人現場には１６１４５という数字が書き残されていました。われわれは日付ではないかと考えています。しかしその意味するところがわからないのです。一九四五年一月十六日と聞いて、なにか思いつくことはありませんか？」

オリヴァーは正面にすわっているエラルドの顔を見つめた。なにか感情が表情に出ないかと思ったが、期待ははずれた。

「一九四五年一月十六日に、マグデブルクが連合軍の空襲にあっていますね。ヒトラーがヴェッテラウの総統大本営「鷲の巣」から総統官邸の地下壕に移った日でもあります」

エラルドはそこで少し考え込んだ。

「一九四五年一月、母とわたしは東プロイセンから避難しました。しかしそれが十六日だったかどうかは知りません」

「そのときの記憶はありますか?」

「ほんの少し記憶に残っているだけです。まだ幼かったので。しかし自分の記憶だと思っているものも、のちに映画やテレビのドキュメンタリーで見たもののような気がすることがたびたびあります」

「当時おいくつだったのですか。もしよければお聞かせください」

「ええ、かまいませんとも」エラルドは空のグラスを両手でくるくるまわした。「生まれたのは一九四三年八月二十三日です」

「それでは記憶がほとんどないのも仕方ないですね。二歳にもなっていないわけですから」

「奇妙なんですよね。何度か故郷を訪ねたことがあるので、昔の記憶とかぶっているのかもしれませんね」

オリヴァーは、エラルドがゴルトベルクの秘密を知っていたのだろうかと自問した。エラルドの本心がなかなか見えない。そのとき、ふと思いついたことがあった。

「実の父親はわかっているのですか?」

驚いたことに、カルテンゼーの目が一瞬光った。

「どうしてそのようなことを訊かれるのですか?」

「あなたはオイゲン・カルテンゼーの子ではありませんよね」

「ええ。母はわたしの父がだれか、どうしても教えてくれようとしないのです。わたしは五歳のとき、義父の養子になりました」

「それまでの姓は?」

「ツァイドリッツ゠ラウエンブルク。母と同じです。母は未婚だったので」

屋敷のどこかで時計が美しい音で七つ時を打った。

「ゴルトベルクさんが父親だった可能性は?」オリヴァーがたずねると、エラルドは顔をしかめて苦笑いした。

「冗談じゃありません! 考えただけでぞっとします」

「どうしてまた?」

エラルドはサイドボードへ行き、またコニャックを注いだ。

「お互いに嫌っていました」

オリヴァーは話がつづくと思って待ったが、エラルドはそれっきりなにもいわなかった。

「あなたのお母さんとゴルトベルクさんはどういう知り合いだったのですか?」オリヴァーは

たずねた。

「彼は近隣の出だったと聞いています。わたしが名前をもらった母の兄といっしょにギムナジウムを卒業しました」

「変ですね。だとしたら、あなたのお母さんはあのことを知っていたはずですね」

「どういうことでしょうか？」

「ゴルトベルクさんがユダヤ人でなかったことです」

「なんですって？」エラルドが目を丸くした。

「司法解剖で左上腕に血液型の刺青が発見されました。親衛隊員だったのです」

エラルドはオリヴァーを食い入るように見つめた。こめかみの血管がふくれあがった。

「父親だなんて、ますますごめんだ」エラルドは憮然としていった。

「われわれはゴルトベルク事件の担当からはずされましたが、理由はそこにあると思っています。彼の正体が明るみに出ると困る人物がいるのです。それがだれかわかりますか？」

エラルドは答えなかった。充血した目の下の隈《くま》がさらに深くなったように見える。本当に具合がよくないようだ。安楽椅子にどさっと身を沈めると、片手で顔をなでた。

「お母さんはゴルトベルクさんの秘密を知っていたと思いますか？」

エラルドは一瞬、その可能性を考えたようだ。

「どうでしょうね。息子に実の父親がだれか教えてくれないような人ですからね。六十年間、知らぬふりを決め込むことくらい朝飯前でしょう」

エラルドは母を好いていないのだ。しかしそれなら、なぜひとつ屋根の下で暮らしているのだろう。それでもいつか父の名を明かしてくれると期待しているのだろうか。それともなにかもっと別の理由があるのだろうか。あるとしたら、それはなんだろう。

「シュナイダーさんも元親衛隊員でした」オリヴァーはいった。「自宅の地下はナチ博物館といっても過言ではない状況でした。問題の刺青もありました」

エラルドは黙って前を見つめた。オリヴァーは、エラルドの考えを読むことができるなら、いくら金を積んでも惜しくないと思った。


ピアはシュレッダーから失敬してきたくしゃくしゃの紙くずをキッチンテーブルの上にひろげ、整理をはじめた。細長い紙切れを一本一本手で伸ばして並べたが、すぐに元にもどってしまい、なかなか解読することができない。ピアは汗でびっしょりになった。忍耐力があるほうではない。しばらくして観念した。頭をかきながら、なにかいい方法はないかと考えた。そのとき四頭の犬に目がとまり、時計を見た。癇癪《かんしゃく》を起こして、紙の束をゴミ箱に捨てる前に、まず動物たちの世話をしなければと思い直した。本当をいうと今晩は、玄関に置きっぱなしにしていた汚れた靴や作業着やバケツや馬の端綱を片付けたいと思っていたが、それは後回しにするしかなかった。

ピアは馬小屋へ行き、馬糞をボックスからかきだし、新鮮なわらを敷き詰めた。そのあと囲い地から馬を連れかえった。天候がよければ、ぼちぼち牧草を刈り取らなければならない。車の進入路の左右の草も刈っておく必要がある。餌置き場の扉を開けたとき、数ヶ月前から白樺《ビルケン》農場《ホーフ》に住みついている二匹の猫がどこからともなく姿をあらわした。ピアが餌をかきまぜる作業場の上の棚に、黒猫の方が飛びのった。あっと思ったときには、その猫が棚に並べた瓶や缶を次々と下に落とし、ひと飛びしてどこかに姿をくらました。

「こらっ！」その牡猫を叱りとばしてから、ピアはスプレー洗剤を拾い上げようとして、ふといいことを思いついた。犬、猫、鳥、馬に急いで餌を与えると、ピアは家へ駆けもどった。スプレーの中身を流しにあけると、水を入れ、紙切れをキッチンタオルの上に置いてから指ですきながらスプレーで霧を吹きかけた。それがすむと、その上にもう一枚キッチンタオルをひろげて載せた。さあ、うまくいくかどうか。秘書は明らかに挙動不審だった。シュレッダーの中の紙くずがなくなっていることに、はたして気づいただろうか。ピアはクスクス笑いながらスチームアイロンを探した。

ヘニングと暮らしていた頃、スチームアイロンには定位置が決まっていて、戸棚はいつもきれいに整頓されていた。だが白樺農場《ビルケンホーフ》は偶然に支配されている。引っ越してきてもう二年以上が経つのに、まだ引っ越し荷物の梱包をいくつか解いていない。いつも他に用事ができてしまうのだ。アイロンはベッドルームの戸棚で見つかり、ピアは湿った紙切れにアイロンをかけた。乾くのを待つあいだに、冷凍の肉なしラザニアを電子レンジにかけ、できあいのサラダといっしょに食べた。これでビタミンいっぱいの健康な食事ができたと思うのは幻想だ。だがドネルケバブやファストフードよりはましだろう。紙切れを復元するには忍耐と器用な指先が求められた。指が震えてへまをするたび悪態をついたが、それでもついに復元に成功した。

「黒猫さん、ありがとね」そうつぶやいて、ピアはニヤリとした。その紙にはアニタ・マリア・フリングス、旧姓ヴィルマートの健康状態が事細かく記載されていて、〈タウヌスブリック〉に入居する前のポツダムの住所も記されていた。秘書がどうしてこの紙を渡さなかったのか、はじめのうちよくわからなかった。だがしばらくして、ある名前がピアの目に飛び込んできた。ピアはキッチンの時計に目をやった。夜九時をまわっているが、まだ遅くない。ボスに電話をかけることにした。


オリヴァーのマナーモードにした携帯電話が上着の内ポケットで振動した。電話をだすと、画面にピアの名前があった。エラルド・カルテンゼーはあいかわらず黙って空っぽのブランデーグラスを手に持ち、前を見つめている。

「もしもし？」オリヴァーは声をひそめて電話に出た。

「ボス、手がかりを見つけました」ピアの興奮した声が聞こえた。「ヴェーラ・カルテンゼーのところはもう訪ねました？」

「今そこにいる」

「ヴェーラに、アニタ・フリングスが死んだことを、いつだれから聞いたかたずねてください。なんて答えるか、ぜひ聞いてみたいんです。ヴェーラの名は、フリングスになにかあったときの連絡先として〈タウヌスブリック〉のコンピュータに記録されているんです。彼女はフリングスの後見人で、家賃も肩代わりしています。わたしたちのところにすぐに通報が行かなかったことを知ったとき、介護人が驚いていたでしょう。覚えています？　理事長はまずヴェーラに電話をして、指示を仰いだに違いありません」

オリヴァーは黙って話を聞いていたが、急にそんな大事なことをどうやって突き止めたのだろうと訝《いぶか》しく思った。

「おそらくカルテンゼー家の者がフリングスの部屋を片付けるまで、わたしたちに通報するのを待ったんですよ！」

車が一台、窓の外を通りすぎた。そしてもう一台。タイヤが砂利の上をすべる音がした。

「続きはあとだ」オリヴァーは夢中でしゃべっているピアにいった。「あとで電話する」

電話を切ってすぐ、サロンのドアが開いて、背の高い黒髪の女性が入ってきた。そのあとからジークベルト・カルテンゼーも入ってきた。エラルドは安楽椅子にすわったまま、そっちへ目を向けることもしなかった。

「こんばんは、首席警部」ジークベルトはさりげない笑みを浮かべながら、オリヴァーに手を差しだした。「紹介しましょう。妹のユッタです」

ユッタ・カルテンゼーは一見するかぎり、テレビで見るときのようなタフな政治家には見えなかった。ずっと女性的で、美しく、意外なほど魅力的だった。好みのタイプではないが、それでもひと目で気を惹かれた。ユッタに手を差しだされる前に、オリヴァーは彼女の裸を想像してしまった。不謹慎なと思ったときには、彼女の探るような青い目に見つめられて、顔を赤らめていた。オリヴァーの表情を見て、ユッタは満足したようだ。

「お噂は母からかねがね聞いています。お会いできてうれしいですわ」ユッタはその場にふさわしい笑みを浮かべて、オリヴァーの手をにぎると、ほんの気持ち長めに握手をつづけた。

「こんな折でなければよかったのですが」

「ちょっとお母さんと話がしたかっただけなのです」オリヴァーは動揺を隠そうと必死になった。「しかしお兄さんから、今はお加減がよくないと伺いましたので」

「アニタは母のもっとも古い友だちだったのです」ユッタはにぎっていた手を放して、ため息をついた。「この数日の出来事で、母はすっかりまいっています。わたしはもう心配で。母は自分で思っているほど強くありません。こんなひどいこと、いったいだれがしたのでしょう？」

「それを突き止めるために、みなさんの助けがいるのです」オリヴァーはいった。「二、三質問させていただいてもよろしいでしょうか？」

「もちろんです」ジークベルトとユッタが異口同音にいった。そのとき、いきなりエラルドが我に返った。背筋を伸ばすと、小さなテーブルに空っぽのグラスを置き、充血した目で弟妹を見上げた。

「ゴルトベルクとシュナイダーが親衛隊員だったって知っていたか？」

ジークベルトは片方の眉を心持ち上げただけだったが、ユッタは明らかに驚いた顔をした。

「ゴルトベルクさんがナチ？　まさか！」ユッタは笑って首を横に振った。「なにをいいだすのよ、エラルド？　酔っぱらっているの？」

「こんなに頭が冴えわたっているのは数年ぶりだ」エラルドはユッタをじっと見つめてから、ジークベルトを憎々しげににらんだ。「だからようくわかるのさ。この嘘で塗り固められた一家は、酔っぱらってでもいないかぎり耐えられないってな！」

エラルドの態度を恥ずかしいと思ったのだろう、ユッタは途方に暮れた目つきでオリヴァーを見て、あいそ笑いをした。

「親衛隊員が入れる血液型の刺青があったんだとさ」エラルドはものすごい形相でいった。「考えれば考えるほど、間違いないと思えてくる。よりによってゴルトベルクが、あの……」

「本当なの？」ユッタはエラルドに聞き返して、それからオリヴァーを見た。

「間違いありません」オリヴァーはうなずいた。「司法解剖で確認されました」

「信じられない！」ユッタはジークベルトの方を向くと、手をつかんだ。「シュナイダーさんならわかるわ。だけど、ゴルトベルクさんがナチだったなんて！」

エラルドが口を開こうとしたが、それよりも早くジークベルトがたずねた。

「それよりローベルトは見つかったんですか？」

「いいえ、まだです」オリヴァーは、モニカ・クレーマーが惨殺されたことをこの三人には黙っていることにした。エラルドが一度もヴァトコヴィアクのことをたずねなかったことに気づいたのだ。

「そうだ、教授」オリヴァーはエラルドにいった。「フリングスさんが亡くなったことを知ったのはいつですか？　それと、だれから知らされたのでしょうか？」

「今朝、母に電話がありました」エラルドは答えた。「七時半頃でした。そのときは、行方不明になったという知らせでした。それから数時間後、死んだという知らせが入りました」

なにひとつ包み隠さぬ返答に、オリヴァーはびっくりした。エラルドは嘘がつけるだけの平常心を失っているか、そもそも邪気がないかのどちらかだ。もしかしたら、ピアの勘違いかもしれない。フリングスの部屋が片付けられたことは、カルテンゼー家となんの関係もないのかもしれない。

「お母さんはどのような様子でしたか？」

そのときエラルドの携帯電話が鳴った。画面を見たエラルドの顔が急に生き生きとした。

「すみません。町に用事ができました。大事な約束でして」

エラルドはあいさつはおろか、握手をすることもなくサロンから出ていった。ユッタはかぶりを振りながらエラルドを見送った。

「自分の半分も年の若い恋人のことしか頭にないんだから」ユッタは蔑むようにいった。「まったく年甲斐もなく」

「エラルドは今、人生の岐路に立っているんです」ジークベルトがいった。「どうか兄の不躾な振る舞いを大目に見てやってください。半年前に定年退職してから、深い穴に落ちてしまったのですよ」

オリヴァーは、年が離れているのに仲がいいらしいふたりを見つめた。ジークベルトはなかなか本性を見せない。ていねいな物腰、というか慇懃無礼で、兄のことをどう思っているのかも、まったく表にださなかった。

「フリングスさんが亡くなったことを、あなたはいつ知りましたか？」オリヴァーはたずねた。

「十時半頃、エラルドから電話をもらいました」ジークベルトは思いだしながら眉根を寄せた。

「仕事でストックホルムに行っていましたが、最初の飛行機ですぐもどってきました」

ユッタは椅子にすわると、ブレザーのポケットからタバコをだし、火をつけた。

「だめよ」ユッタはオリヴァーに目配せした。「有権者には教えないでちょうだいね。母にもいわないで」

「わかりました」オリヴァーはうなずいて微笑んだ。ジークベルトはバーボンをグラスに注ぐと、オリヴァーに差しだした。オリヴァーは今度も断った。

「わたしはエラルドからショートメッセージをもらったわ」ユッタはいった。「州議会に出ていたので、携帯電話をマナーモードにしていたものだから」

オリヴァーはサイドボードまで歩いていった。そこに銀製の額に入った家族写真があった。

「犯人の目星はついたのですか？」ジークベルトはたずねた。

オリヴァーは首を横に振った。

「残念ながらまだです。あなた方は被害者の三人をよくご存じだったのですよね。三人の死を望む人に心当たりはないですか？」

「そんな人いるもんですか」ユッタはタバコを吸った。「三人ともなにも悪いことをしていませんもの。ゴルトベルクさんは、知り合ったときにはもう年を取っていましたけど、いつも優しくしてくれました。誕生日には必ずプレゼントをくれたんですよ」

ユッタは思い出に耽《ふけ》りながら微笑んだ。

「ベルティ、カウボーイの鞍のことを覚えてる?」ユッタはジークベルトにたずねた。子ども時代のあだ名で呼ばれ、ジークベルトは顔をしかめた。「あれはわたしが八歳か九歳のとき。わたしにはその鞍が持ち上がらなくて。でもわたしのポニーは……」

「きみが十歳のときだよ」ジークベルトが優しげに訂正した。「最初にあの鞍に君を乗せて四つん這いになって居間を歩きまわったのはわたしだった」

「そうだった。兄さんはわたしのためならなんでもしてくれたわね」

ユッタは「なんでも」というところを強調した。鼻から紫煙をだすと、オリヴァーに微笑みかけた。オリヴァーは体がかっと熱くなった。

「男の人って、みんなわたしによくしてくれる」ユッタは、オリヴァーから視線をそらさずにいった。

「ゴルトベルクさんはとても親切で優しい人だったな」ジークベルトはそういいながら、グラスを持ってユッタの横に立った。ふたりの口から出るゴルトベルクとシュナイダーの特徴は、エラルドの場合とまったく違っていた。すべてが自然に聞こえ、オリヴァーは自分が観劇中の観客になったような気がした。

「シュナイダーさんと奥さんも、とてもいい人だったわね」ユッタはタバコを灰皿に押しつけて消した。「本当、大好きだったわ。フリングスさんと知り合ったのは一九八〇年代の終わりだったわね。父さんが会社の持分をあの人にも与えていたと知ったときは驚いたわ。あの人のことは残念ながらよく知らないけど」

ユッタは立ち上がった。

「フリングスさんは母の友だちだったんです」ジークベルトが代わりにいった。「幼い頃からの知り合いですが、ベルリンの壁が崩れるまで東ドイツに暮らしていたから行き来はありませんでした」

「なるほど」オリヴァーは額入りの写真をひとつ手に取って、じっと見つめた。

「これ、両親の結婚式の写真です」ユッタがそばに来て、別の写真を手に取った。「それから……あらやだ、ねえ、ベルティ、ママったらこんな写真まで額に入れているわ。知ってた？」

ユッタは愉快そうに笑い、ジークベルトも口元を綻《ほころ》ばせた。

「それはエラルドがギムナジウムを卒業したときの写真です」ジークベルトはいった。「わたしはそれが嫌いでして」

オリヴァーにも理由がわかった。写真のエラルドは十八歳くらいだ。背が高くすらっとしていて、どこか翳《かげ》があり、なかなかハンサムだ。だが弟のジークベルトは色の薄い髪がまばらに生えているだけの丸顔で、まるまる太った子豚のようだったのだ。

「これはわたしの十七歳の誕生日です」ユッタは別の写真を指先で叩いて、ちらっと横目でオリヴァーを見た。「ひょろひょろにやせていたわね。母は、わたしが拒食症じゃないかと案じて、医者に連れていったわ。そんな心配いらなかったけど」

ユッタは、オリヴァーが非の打ち所がないと思っていた尻を両手でなでながらクスクス笑った。オリヴァーの気持ちを見透かしているのか、ユッタはオリヴァーの関心を自分の体に向けさせることにまんまと成功した。わざとやっているのか、とオリヴァーが考えていると、ユッタはまた別の写真を話題にした。ユッタと黒髪の若い女性がカメラに向かってニコニコ笑っている。ふたりとも二十代半ばだ。「親友のカタリーナです」ユッタはいった。「カティとわたしでローマへ行ったときの写真です。わたしたちがいつもいっしょにいるものだから。みんな、わたしたちを双子と思ったほどだったんです」

オリヴァーはその写真を見つめた。ユッタの友人は写真のモデルのようだった。いっしょに並ぶと、当時のユッタは灰色のネズミだった。オリヴァーは別の写真を指した。若いユッタが同年齢くらいの男性と写っている。

「隣にいるこの人は?」オリヴァーがたずねた。

「ローベルトです」ユッタは答えた。ユッタがすぐそばに立ったので、香水とタバコのにおいがオリヴァーの鼻をくすぐった。「わたしたち同い年なんです。わたしの方が一日だけお姉さんですけど。そのことで、母はいつも怒っていました」

「どうしてですか?」

「考えてもみてください」ユッタはオリヴァーを見た。青い瞳の中の黒い筋まで見えるほどすぐそばに彼女の顔があった。「父はほとんど同じ日に母と別の女性を妊娠させたことになるじゃないですか」

いきなり微妙な話をされて、オリヴァーは面食らった。ユッタは艶っぽい笑みを浮かべた。

「ローベルトなら、人殺しでもするでしょうね」ジークベルトが背後でいった。「あいつは、わたしがこの家への立ち入りを禁止したあとでも、母や母の友人たちにしょっちゅうたかっていたんです。わたしにはわかっていました」

ユッタは写真を元にもどした。

「彼はすっかり落ちぶれてしまったわ」ユッタは浮かぬ顔をした。「刑務所から出たあと、ちゃんとした住む家もないありさまですものね。バラ色の人生が約束されていたのに、あんなふうになるなんて、まったく嘆かわしいわ」

「最後に話したのはいつですか？」オリヴァーがたずねると、ふたりは視線を交わした。

「もうずいぶん前になりますね」ユッタが答えた。「この前の選挙のときです。バート・ゾーデンの歩行者天国にスタンドをだしていたんですけど、そのとき、いきなりわたしの前にあらわれたんです。はじめ彼だとわかりませんでした」

「どうせ金を無心しにきたんだろう？」ジークベルトは蔑むようにいいはなった。「あいつの頭には金のことしかない。金、金、金。わたしは、あいつを追いだしたあと、一度も会っていません。わたしからはなにももらえないとわかったんでしょう」

「ゴルトベルク事件の捜査は中止になりました」オリヴァーはいった。「そして今度は、わたしたちが着く前に、フリングスさんの部屋が片付けられていたのです」

ジークベルトとユッタはオリヴァーを見た。いきなり話題を変えられたので、驚いたのだ。

「どうして片付ける必要があったのでしょう？」ジークベルトはたずねた。

「何者かが捜査妨害をしたとにらんでいます」

「なんのためです？」

「さあ、そこが問題でして。わたしにもわからないのです」

「ふうむ」ユッタがなにかを考えながらオリヴァーを見た。「フリングスさんは裕福ではなかったですけど、アクセサリーを持っていましたよ。もしかしたら老人ホームの入居者がくすねたのではないですか？　フリングスさんには子どももいませんでした。そのことは知られていたでしょうから」

そのことは、オリヴァーも考えないではなかった。しかし写真やアルバムまで運びだすだろうか。

「三人が同じやり方で殺されたのは偶然ではありませんね」ユッタは考えを口にだしていった。「ゴルトベルクさんの人生は山あり谷ありでしたから、出会った人がみな友だちとはかぎらないでしょう。でもシュナイダーさんはどうかしら？　それにフリングスさんは？　わからないです」

「謎なのは犯人が毎回、犯行現場に書き残した数字です。１６１４５。手がかりのようなのですが、なにを意味するのかわからないのです」

その瞬間ドアが開いた。ユッタはびくっとした。ドアの敷居にモーアマンの姿があった。

「ノックくらいできないの？」ユッタが腹立たしげにいった。

「すみません」モーアマンは表情を変えずにオリヴァーに会釈した。「奥方の容体がよくありません。救急車を呼ぼうと思いまして」

「ありがとう、モーアマン」ジークベルトはいった。「すぐ母のところへ行く」

軽く一礼すると、モーアマンは立ち去った。

「申し訳ないです」ジークベルトは心配そうな顔をして、上着の内ポケットから名刺をだすと、オリヴァーに渡した。「まだ質問がおありでしたら、電話をください」

「わかりました。お元気になられるよう祈っているとお伝えください」

「ありがとうございます。ユッタ、来るかい？」

「ええ、すぐに行くわ」ユッタは、ジークベルトが出ていくのを待って、落ち着きなくタバコをだした。

「まったく、あのモーアマンには虫酸が走るわ！」蒼い顔になったユッタはタバコを胸一杯に吸った。「音もなくこっそりやってくるものだから、いつも死ぬほどびっくりさせられるわ。まったくスパイみたいな奴！」

オリヴァーは訝しく思った。この家で育ったのだから、ユッタは幼い頃から使用人に慣れているはずだ。ふたりはエントランスホールを抜けて玄関に出た。ユッタはあたりをうかがった。

「もうひとり、話を聞いておいたほうがいい人物がいますよ」ユッタは声をひそめていった。

「トーマス・リッター、母の元秘書。彼なら信用できるわ」

オリヴァーはいろいろ考えながら車にもどった。エラルドは自分の母親も、弟妹も嫌っている。それなのに、なぜ水車屋敷《ミューレンホーフ》に住んでいるのだろう。ジークベルトとユッタは礼儀正しく、協力的だった。どんな質問にもすぐ答えてくれた。だがあのふたりも、三人の被害者を好きだといっているわりには、あまりショックを受けていないような印象を受ける。オリヴァーは車の横で立ち止まった。ふたりとの会話には、なにか引っかかるものがあった。だがなんだろう。日が落ちて、芝生を瑞々しく保つためにスプリンクラーが水をまきはじめた。そのとき気づいた。ユッタがぽろっと口にした言葉、あれは重要な手がかりになりそうだ。

二〇〇七年五月五日（土曜日）

オリヴァーは、ピアから手渡された紙切れの束を見ながら、どうやってこの証拠品を入手したか、ピアの説明を聞いていた。ふたりはオリヴァーの自宅の玄関に立っていた。家の中は大騒ぎになっていた。捜査が行き詰まっているこんな状況では本来、休んではいられないのだが、末娘の洗礼の日にまで仕事に出たら、さすがに家庭の危機が来るだろう。

「なんとしてもヴェーラ・カルテンゼーと話をしないと」ピアはいった。「あの三人の被害者についてもっと話してもらわなくては。このままだと、どうなるかわかりませんよ」

オリヴァーはうなずいた。エラルド・カルテンゼーの言葉が脳裏に蘇っていた。次は自分の番だとヴェーラが思っているといっていた。

「ヴェーラがフリングスの部屋を片付けさせたのは間違いないと思うんですが、その理由がわからないんです」

「おそらくゴルトベルクやシュナイダーと同じような秘密があったんだろう」オリヴァーは考えを口にした。「しかし当分、事情聴取はできそうにない。ついさっき娘のユッタと電話で話したんだが、ヴェーラは昨晩、救急車で病院に運ばれた。ストレス障害で面会謝絶だそうだ」

「そんな馬鹿な。ヴェーラがストレス障害になんかなるものですか」ピアは首を横に振った。

「雲行きがあやしくなったから病院に逃げ込んだだけですよ」

「ヴェーラが裏で糸を引いているとは、どうしても思えないんだ」オリヴァーは頭をかいた。

「他にだれがいるんです？　ゴルトベルク殺害のホシは、彼の息子かもしれません。あるいはアメリカの情報機関かもしれません。だけど、あのフリングスの場合はどうですか？　なにか隠さなければならないことがあったとでもいうんですか？」

「われわれの見込み違いかもしれない。もしかしたら、答はもっとつまらないものかも。犯人が書き残したあの数字だって、陽動作戦かもしれないだろう。オスターマンにはKMF社についてもっと詳しく調べるようにいおう。ユッタは昨日、父親が会社の持分をフリングスにも与えたというようなことをいっていたんだ」

オリヴァーは昨日、水車屋敷《ミューレンホーフ》を出たあと、ピアに電話をかけ、カルテンゼー家で、ゴルトベルクとシュナイダーについて矛盾した意見を聞かされたことを伝えていた。だがユッタから夜遅く電話があったことは黙っていた。それをどう受けとめたらいいのか自分でもよくわからなかったのだ。

「金がらみということですか？」

「広い意味ではおそらく」オリヴァーは肩をすくめた。「ユッタから、ヴェーラの元秘書にも話を聞くよう勧められた。いずれにせよ会っておいたほうがいいだろう。カルテンゼー家を別の角度から見るためにもな」

「オッケー」ピアはうなずいた。「では、わたしはこれからシュナイダーの遺品を調べ直してみます。なにか手がかりが見つかるかもしれませんから」

ピアは立ち去ろうとして、ふと思いだしたように立ち止まり、バッグから小さな包みをだしてオリヴァーに渡した。

「ゾフィアへ」ピアはそういって顔を綻《ほころ》ばせた。「捜査十一課一同からのプレゼントです」


午前中、ピアはずっとシュナイダーの家で押収した書類の山と格闘した。カイ・オスターマンは八方手を尽くしてKMF社についての情報を収集した。

昼頃、ピアはほとんどお手上げの状態だった。

「あいつ、地下室に税務署の記録でも保管していたって感じよ」ピアはため息をついた。「いったいどういうことかしらね！」

「もしかしたらその書類のおかげで、カルテンゼー家や他の人物たちと友情を育んでいたのかもしれないな」カイがいった。

「なにをいいたいの？　恐喝ってこと？」

「たとえばね」カイはメガネを取ると、親指と人差し指で目を指圧した。「おそらくそれで圧力をかけていたんじゃないかな。ほら、ＫＭＦ社からシュナイダーのスイスの口座に定期的に振込があっただろう」

「どうかしらね。どっちにしても、この書類の山が殺しの動機とは思えないのよね」

ピアはファイルをパタンと閉じると、床に積み上げたファイルの山に視線を向けた。

「そっちはなにかわかった？」

「いろいろとね」カイはメガネのつるの先を口にくわえて、書類の山を引っかきまわし、探していた紙を見つけた。「ＫＭＦ社は世界じゅうに三千人の従業員を抱え、百六十九ヶ国に代理店を持ち、およそ三十のグループ企業を傘下に入れた企業体だ。経営責任者はジークベルト・カルテンゼー。二十パーセントの持分を保有している」

「なにを作っている会社なの？」

「アルミの押出成形用プレス機械を製造している。会社の創業者が、アルミを自在に成型するプレス機械の原型を発明したんだ。ＫＭＦ社は今もプレス機械とそこから発展した新しい工作機械の特許を保有している。その数は数百に及ぶ。これが儲かるようだね」

カイは椅子から立ち上がった。「腹が減ったな。ドネルケバブでも買ってこようか？」

「いいわね」ピアは次の段ボール箱と格闘するところだった。鑑識はその箱に「戸棚左下の内容物」と書いていた。荷造りひもでていねいに結わえた靴箱がいくつか入っていた。最初の靴箱には旅の思い出の品やクルーズ船の乗船チケット、エキゾチックな風景の絵はがき、ダンスのチケット、料理のメニューカード、洗礼式や結婚式や誕生日や葬式の招待状などなど、シュナイダー以外には価値を見いだせない品ばかり入っていた。二つ目の靴箱には几帳面に束ねた手書きの手紙が入っていた。ピアはひもを切ると、手紙の束をばらして、その中の一通を開いてみた。日付は一九四一年三月十四日。〝愛する息子へ〟色の薄れた古い筆記体は読み解くのが難しかった。〝わたしたちは毎日、おまえの無事を祈っている。どうか五体満足でもどってくるように。こちらは平和そのもので、なにもかもいつもどおり。今が戦時下だなどと、とても思えないくらいよ！〟。そのあと知り合いや隣人の近況が記され、受取人が興味を持ちそうな日常の細々としたことがつづられていた。差出人は「母」と書かれていた。ピアは適当にその束の中から手紙を抜き取った。シュナイダーの母は、熱心な書き手だったようだ。封筒に入ったままの手紙が一通見つかった。差出人は「ケーテ・カルヴァイト、アンガーブルク郡シュタインオルト」とある。ピアは封筒に目が釘付けになった。宛名はハンス・カルヴァイトだった。手紙はすべてシュナイダーの母からではなかったのだ！　しかしそれなら、なぜ彼はこの手紙の束を取っておいたのだろう。ピアはなにか思いだしかけたが、よくわからなかった。仕方なく手紙を次々と読んでいった。カイが肉を増量してヤギのチーズを追加したドネルケバブを買ってもどってきたが、ピアはデスクに置いたまま口もつけなかった。カイはムシャムシャ食べはじめた。まもなく会議室はドネルケバブの店と同じにおいになった。

一九四一年六月二十六日、ケーテ・カルヴァイトは息子にこう書いている。〝……館の農場管理人さんから父さんが聞いたことなんだけど、お館の一角がリッベントロップ大臣とそのお供の宿舎に当てられたそうよ。ゲルリッツで建設が進んでいるアスカニア社の工場と関係があるみたい。(そのあとは検閲によって黒く塗りつぶされていた) あなたのお友だちのオスカーが訪ねてきて、あなたからのあいさつの言葉を届けてくれたわ。彼はしばらくこちらで任務に当たるそうね。だから定期的にうちを訪ねるといっていたわ〟。

ピアははっとした。ヴェーラは、シュナイダーが死んだ夫の友人だといっていなかったか。あのとき、教授は「では、そうなのでしょう」と答えて、妙な目つきで母を見た。ミリアムの祖母は、ゴルトベルクに化けていた人物の名がオットーかオスカーだといったという。

「その手紙はなんだい?」カイがドネルケバブを食べながらたずねた。ピアはもう一度、最後の手紙を開いた。

〝あなたのお友だちのオスカーが訪ねてきて〟。ピアは心臓がドキドキしだした。秘密に近づいたのだろうか?

「シュナイダーは、東プロイセンに住んでいたケーテ・カルヴァイトという女性からの手紙をおよそ二百通保管していたのよ。なぜかなと思って」そういいながら、ピアは鼻の頭を指でなでた。「彼はヴッパータール生まれで、そこで学校に通ったということになっているけど、手紙はみんな東プロイセンの消印なのよね」

「なにを考えているんだい?」カイは手の甲で口をふき、引きだしにしまってあったキッチンタオルを取りだした。

「シュナイダーも身元を偽っていたんじゃないかなと思って。ゴルトベルクは本当はオットーかオスカーという名前で、バート・テルツの親衛隊ユンカー学校に入学していたことまではわかっているでしょう」ピアが顔を上げた。「そしてこの手紙にあるオスカーは、東プロイセン、シュタインオルト出身のハンス・カルヴァイトの友人なのよ」

　ピアはコンピュータのキーボードとマウスを手前に引き寄せて、手紙にあったキーワードをグーグルで検索した。「東プロイセン」「シュタインオルト」「リッベントロップ」「アスカニア」。旧東プロイセンに関する詳しい情報を載せているサイトが見つかった。ピアは一時間近く、失われた土地の歴史と地理に関する記事に没頭した。そして二十世紀の歴史について、いかにお粗末な知識しか持ち合わせていないか気づかされ、恥ずかしくなった。アスカニア化学工場とは、ヒトラーの総統大本営「狼の砦《ヴォルフスシャンツェ》」の建築中の暗号名だったのだ。ラステンブルク郡ゲルリッツ近郊の深い森の中で当時なにが起こっていたのか、近在の住民でも知っている者はいなかった。ヒトラーが「狼の砦《ヴォルフスシャンツェ》」に移ってきた一九四一年の夏、リッベントロップ外相はたしかに、レーンドルフ家のシュタインオルト館の一角に部下とともに滞在していた。シュタインオルトのケーテ・カルヴァイトは館となんらかの関係があったようだ。館の使用人だったのかもしれない。そして息子宛の手紙の中で、そこで見聞きしたことを書きつづったのだ。ピアは、六十六年前に母親がキッチンテーブルに向かって、前線の息子に手紙を書いているところを想像してぞっとした。インターネットで手に入れた情報をメモし、その出典も転記すると、ピアはミリアムの携帯番号にかけた。

「戦死したドイツ兵についての情報って、どうやったら手に入るの?」短いあいさつのあと、ピアはミリアムにたずねた。

「戦没者埋葬地管理援護事業のサイトを通じて調べられるけど。なにを知りたいの? あっ、そうだ、この電話、高くつくわよ。わたし、昨日の夜からポーランドにいるの」

「なんですって? そんなところでなにをしているの?」

「ゴルトベルクの件に俄然興味がわいちゃって。ちょっと現地で調べようと思い立ったのよ」

ピアは一瞬、言葉を失った。

「それってつまり」

「ヴェンゴジェヴォにいるの。昔のアンガーブルク・アム・マウアーゼー。本物のゴルトベルクはここで生まれたのよ。ポーランド語ができることが役に立ったわ。市長が公文書の閲覧を許可してくれたの」

「あなたって、いかれてるわ」ピアはニヤリとした。「成功を祈ってるわね。それからアドバイスをありがとう」

ピアはインターネットでWeltkriegsopfer.de(世界大戦戦没者という意味)というサイトが見つかるまでマウスをクリックした。そこに墓の検索オンラインへのリンクがはられていた。ピアはヘルマン・シュナイダーの名前と生年月日、出生地を入力して、モニターをじっと見つめた。数秒後、とんでもない結果が出た。そこにはこう記述されていた。ヘルマン・ルートヴィヒ・シュナイダー、一九二一年三月二日、ヴッパータール生まれ、騎士十字章受章者、中尉。第四百戦闘飛行大隊第六飛行中隊長。一九四四年十二月二十四日、ハウゼン＝オーバーアウラ付近での空中戦にて戦死。搭乗機はフォッケウルフＦＷ１９０Ａ－８。遺体はヴッパータール中央墓地に埋葬。

「信じられない」そう叫んで、ピアはカイに発見したことを伝えた。カイも啞然とした。「本物のヘルマン・シュナイダーは五十三年前に戦死していたのよ」

「ヘルマン・シュナイダーは理想的な偽名だったわけだ。よくある名前だし」カイは眉間にしわを寄せた。「素姓を隠すなら、できるだけ目立たない名前を探すものだろう」

「そうね。だけどわたしたちのシュナイダーは、どうやって本物のシュナイダーの個人情報を手に入れられたのかしら？」

「ふたりは知り合いだったんじゃないかな。同じ部隊にいたとか。俺たちのシュナイダーは戦後、だれかになりすます必要に迫られたとき、戦死した戦友を思いだして、うまくすり替わったんだ」

「だけど、本当のシュナイダーにも家族がいたんじゃないの？」

「シュナイダーは埋葬されたわけだからね。だれも気にかけなかったさ」

「だけど簡単にわかることなのよ。ものの数秒で判明したんだから」

「時代が違う。戦争が終わったばかりのころは混乱していた。私服の男が身分証明書を持たずに、占領軍事務所に出向き、ヘルマン・シュナイダーを名乗ればすむことさ。もしかしたら本当のヘルマンの兵役手帳を入手していたのかもしれないな。だれにもわからないことさ。六十年前は、コンピュータを使って数秒で検索できる日がくるなんて想像もしなかったろうからな。当時は探偵がたくさんの幸運と資金と時間と偶然を必要としていた時代だった。俺だって、知っている人間になりすましただろうな。いざとなったらね。そして人目につかないようにする。俺たちのシュナイダーがやったのはそういうことさ。あいつは生涯、目立たない人間だった」

「考えられない」ピアはメモを取った。「それじゃ東プロイセン、シュタインオルト出身のハンス・カルヴァイトを捜さなくちゃ。シュタインオルトは、本物のゴルトベルクが生まれたアンガーブルクのすぐそばよね。あなたの推理が正しければ、偽物のゴルトベルク、つまりオスカーは本物のゴルトベルクを知っていただれかってことになるわ」

「そういうことになる」カイはピアの冷めてしまったドネルケバブを物欲しそうに見た。「食べないのか？」

「ええ」ピアはかぶりを振った。「あげるわ」

カイは同じことを二度いわせなかった。ピアはまたインターネットにもぐった。アニタとヴェーラは友だちだった。偽物のシュナイダー、つまりハンス・カルヴァイトと偽物のゴルトベルク、つまりオスカーも友だちだった。三分もしないうちに、ヴェーラ・カルテンゼーの略歴がモニターに映しだされた。

一九二二年四月二十八日ラウエンブルク・アム・ドーベンゼー（アンガーブルク郡）生まれ。両親はハインリヒ・エラルド・フォン・ツァイドリッツ＝ラウエンブルク男爵とヘルタ・フォン・ツァイドリッツ＝ラウエンブルク男爵夫人（旧姓フォン・パーペ）。兄弟姉妹はハインリヒ（一八九八年―一九一七年）、マインハルト（一八九九年―一九一七年）、エラルド（一九一七年―一九四五年一月行方不明）。一九四五年一月ラウエンブルクの住民と避難中にソ連軍の攻撃を受け、他の家族は全員死亡。

ピアはまた東プロイセンの情報サイトをクリックして、「ラウエンブルク」を検索し、ドバ・アム・ドーベンゼーのページに移動した。この村のそばにラウエンブルク城跡があるという。

「ヴェーラ・カルテンゼー、アニタ・フリングス、偽物のゴルトベルクとシュナイダー、四人ともすぐ近くの出身ね」ピアはカイにいった。「四人とも幼なじみみたい」

「かもしれないな」カイはデスクに肘をついてピアを見た。「だけど問題は、どうしてそんな嘘をついて生きてきたかだな」

「いい質問ね」ピアはボールペンを噛んだ。少し考えてから、携帯電話をつかんでもう一度ミリアムに電話をかけた。数秒してミリアムが電話に出た。

「なにか書くものはある？」ピアはたずねた。「そっちにいるなら、ついでにシュタインオルト出身のハンス・カルヴァイトとアニタ・マリア・ヴィルマートという人物についても調べてくれないかしら」

現代美術の殿堂ともいえるクンストハウス美術館は、フランクフルトのレーマーベルク地区のそばの歴史的建造物に入っていた。土曜日の午後だったので、ピアは駐車スペースを見つけるのに苦労した。レーマーとハウプトヴァッヘの周辺はどこも満車で、ぶかっこうなニッサン車のために駐車スペースが見つかる見込みは皆無だった。結局、フランクフルトの市庁舎前の大きな広場に直行した。ピアは車から降りると、交通巡視員がふたり、すかさずやってきて、すぐに車を移動するようにいった。ピアは身分証と刑事章を見せた。

「本物?」交通巡視員のひとりがたずねた。ピアは、チョコレートではないかと疑って交通巡視員が刑事章を嚙んでみるのではないかと思った。

「もちろん本物よ」ピアはいらいらしながらいった。

「ここで仕事をしていると、まったくいろんなものを見させられるわ!」交通巡視員は身分証と刑事章をピアに返した。「全部保管したら、それだけで美術館が建ちそうよ」

「長くはかからないわ」ピアはそういってクンストハウス美術館に向かった。ピアは現代美術が今ひとつわからなかった。現代中国の彫刻家や画家の作品を鑑賞しにやってきた人でロビーも展示室も階段もごったがえしているのを見てびっくりしてしまった。一階にあるカフェも芋を洗うような人混みだった。ピアはあたりをキョロキョロして、自分が芸術の門外漢だとつくづく実感させられた。チラシに載っている芸術家は名前すら知らない人ばかりだ。こんな絵の具をただ塗りたくっただけの代物のどこが面白いのか、ピアにはさっぱりわからなかった。

インフォメーションコーナーにいた若い女性館員を捉まえて、ピアはカルテンゼー教授に自分が来たことを伝えてくれるように頼んだ。そしてクンストハウス美術館の企画展が載っているパンフレットをペラペラめくって時間をつぶした。この建物を所有するオイゲン・カルテンゼー財団は、いわゆるコンテンポラリーアートの他にも才能ある若い音楽家や俳優を資金的に支援していた。この建物の上階には、コンサートホールと、国内外の芸術家が一定期間滞在できる住居と作業空間があった。教授についての噂を信じるなら、ここに招待されるのはもっぱら若い女性の芸術家で、しかも容姿がクンストハウス美術館長のおメガネにかなったものにかぎられるという。ピアがそんなことを思い返していたとき、教授が下りてきた。水車屋敷《ミューレンホーフ》で会ったときは印象が薄かったが、ここでは別人のようだ。着ているものは黒一色で、祭司か魔術師のようだ。その人目を引くほっそりした体が近づくと、人々が自然と道をあけた。

「こんにちは、キルヒホフさん」教授はピアの前に立つと、手を差しだした。だが笑みは浮かべなかった。「お待たせしました。すみません」

「大丈夫です。時間を取っていただいてありがとうございます」ピアは答えた。間近で見ると、今日の教授は憔悴《しょうすい》しているように見える。充血した目には陰があり、落ちくぼんだ頰には無精髭が生えていた。あわてて服だけ着替えたな、とピアは思った。

「こちらへどうぞ」教授はいった。「上にわたしの住まいがありますので、そちらへおいでください」

ピアは教授のあとについて、ミシミシいう階段を五階まで上った。最上階にあるこの住まいはもう何年も前から、フランクフルトの社交界で噂の種になっていた。そこではよくいかがわしいパーティが催されているという。この町の画壇や政界の大物たちが無礼講をしているともささやかれている。教授はドアを開けて、ピアを先に中へ通した。そのとき教授の携帯電話が鳴った。

「すみません」教授は廊下にとどまった。「すぐにまいります」

住まいは薄暗かった。ピアは大きな部屋を見回した。天井の梁《はり》がむきだしで、床がすり減っている。ガラス戸の前にマホガニー製の黒いデスクがあり、本やカタログがうずたかく積んであった。部屋の隅には暖炉が黒々とした口を開けていて、その前にレザーのカウチと低い木製のテーブルが置いてあった。壁はペンキを塗ったばかりのように見える。まぶしいくらいの白壁で、巨大な額入りの写真が二枚かかっているだけだった。一枚は裸の男性のかなりすてきな後ろ姿で、もう一枚は片方の目と口の一部が大写しになっていて、ひろげた指のあいだから鼻と顎がのぞいている。

ピアは住まいを見てまわった。歩を進めるたび、節のあるオーク材の床がミシミシいった。キッチンにはガラス扉があり、屋上のバルコニーに通じていた。白一色のバスルームにはまだ濡れた足跡が残っている。シャワーの横に使ったタオルがかけてあり、ジーンズが無造作に脱ぎ捨ててあった。シェービングクリームのにおいがした。若い女性芸術家といちゃついているところを邪魔したかな、とピアは思った。ジーンズが教授には似合わない気がしたからだ。

ピアは好奇心に誘われて、黒いサテンで仕切られた奥の部屋をのぞいた。シーツがくしゃくしゃになった大きなベッドがあり、ハンガースタンドには黒い服ばかりがかかっていた。ガラスのテーブルは、脚部が金色の仏像になっていて、上に載っている銀製のシャンパンクーラーには枯れかけた薔薇が活けてあった。薔薇の濃厚な甘いかおりがあたりに漂っていた。ベッドの横の床には昔懐かしい外洋旅行用のトランクと、いくつにも枝分かれしたブロンズ製の燭台があった。蠟燭《ろうそく》は燃えつきていて、木の床にたれた蠟が異様な形を作っていた。ピアがイメージしていた愛の巣とはかなり趣が異なる。だがナイトテーブルに載っている拳銃を見た瞬間、アドレナリン値が一気に上昇した。ピアは息を詰めながら足を一歩前にだし、ベッドの方に身を乗りだした。ちょうどその拳銃を手に取ろうとしたとき、背後で人の気配がした。ピアははっとして体のバランスを崩し、そのままベッドに転がってしまった。目の前に教授が立って、妙な目つきでピアを見つめていた。

酔っぱらっている。においでわかった。だがそのとき、顔を両手で包まれ、情熱的なキスをされた。彼女は立っていられなくなった。彼の両手がブラウスの中にすべり込み、ブラジャーをはずし、彼女の胸をつかんだ。

「もうおかしくなりそうだ」トーマス・リッターはかすれた声でささやいた。

トーマスは彼女をベッドに連れていった。マルレーンは心臓が飛びだしそうだった。トーマスは視線をそらすことなく、ジッパーを下ろしてズボンを脱ぎ、彼女にのしかかり、全体重をかけてきた。トーマスは自分の下半身をマルレーンの下半身に押しつけた。彼女は反応し、体じゅうが震えるほどの興奮にわななないた。午後のあいだ夢想していたのとはまったく違う状況だが、マルレーンは靴を脱ぎ、キスをしたまま急いでジーンズを下ろした。ジーンズがごわごわしていて脱ぎづらい。だがトーマスはそのことにまったく頓着せず、無理矢理入ってきた。マルレーンはあえぎながら目をつむった。いつも蠟燭の明かりと赤ワインのロマンチックな夜である必要はない……

「がっかりしました?」エラルド・カルテンゼー教授は部屋の隅に設《しつら》えた小さなバーへ行き、グラスを二客だした。ピアは教授の方を向いた。かなり気まずい状況だが、教授はなにもいわず、部屋をかぎまわられたことにもとくに不快な様子を見せなかった。ピアはほっとした。手にしたのは古い決闘用の拳銃だった。じつに美しい造形で、おそらく高価なものだろう。だが三人を殺した凶器ではなかった。

「わたしがなぜがっかりしたというのですか?」ピアが聞き返した。

「この住まいが噂の種になっていることは知っています」教授は手でカウチにすわるように勧めた。「なにか飲みますか?」

「あなたはなにを飲むんですか?」

「コーラ・ライトです」

「わたしもそれを」

教授は小さな冷蔵庫を開けると、コーラの瓶をだし、低いテーブルに置いた二客のグラスに注いだ。それからピアの正面にあるカウチに腰かけた。

「噂になっているようなパーティを本当になさっているのですか?」ピアはたずねた。

「かつてたしかにパーティは開きました。でも噂されているような乱痴気騒ぎはしませんでした。最後にやったパーティは一九八〇年代の終わり頃ですね。でもおっくうになりましてね。じつをいうと、夕方は赤ワインの一杯も傾けながらテレビを見て、十時に就寝する俗物なのです」

「水車屋敷《ミューレンホーフ》にお住まいなのかと思っていました」

「ここに住むのは不可能になってしまったんです」教授はじっと自分の両手を見つめた。「フランクフルトのアートシーンに属する人たちがこぞってここへ押し寄せてきまして、嫌気が差してしまったのです。なにもわかっていないくせに、口ばっかり達者なコレクターや、話題になるとすぐ飛びつき、金に糸目をつけない自称専門家。それよりも始末に負えないのは、生活力も才能もない芸術家志望の連中です。風船のように自我をふくらませ、いかれた世界観とろくでもない芸術観。そういうものを何時間も、何夜もとくとくと話して、自分こそ財団の助成金や奨学金にふさわしいとわたしに売り込むわけです。しかし本当に支援する価値のある者は千人にひとりくらいしかいないものです」

教授は鼻で笑った。

「連中は、わたしが朝まで芸術論議に花を咲かせたがっていると思っているようですが、わたしは連中と違って朝八時には大学で講義をしなければならなかったのです。そんなわけで三年前水車屋敷《ミューレンホーフ》に避難したのです」

ふたりとも、次の言葉が見つからなかった。教授は咳払いした。

「ところでなにか訊きたいことがあるのですよね」教授は型どおりにいった。「ご用件はなんでしょうか？」

「ヘルマン・シュナイダー氏のことです」ピアはバッグを開けて、手帳をだした。「遺品を調べていて、おかしなことがわかったのです。ゴルトベルク氏だけでなく、シュナイダー氏までが戦後、身元を偽っていたらしいのです。シュナイダー氏は実際にはヴッパータール出身ではなく、東プロイセン、シュタインオルトの生まれでした」

「ほう」教授が本当に驚いたのかどうか、よくわからなかった。

「あなたのお母さまが、シュナイダー氏は死んだ夫の友だちだといったとき、あなたは『では、そうなのでしょう』と相槌を打ちましたね。しかし、本当は違う意見だったのではないかと思いまして」

教授は眉をひそめた。「正確な観察眼をお持ちですね」

「この仕事には欠かせませんから」

教授はコーラをひと口飲み、「うちの一家にはたくさん秘密があるのです」と口を濁した。

「母ひとりの胸に納めているものもいくつかあります。たとえば、わたしの実の父。名前すら教えてくれないのです。それに、わたしの本当の誕生日もいつなのかいってくれません」

「なんでまた。それに本当の誕生日というのは？」

教授は身を乗りだし、膝に肘をついた。

「覚えているはずのない場所や人の記憶があるのです。わたしに超能力が備わっているわけではありません。東プロイセンを去ったとき、わたしは一歳と四ヶ月ということになっていますが、もっと年齢が上だったはずなのです」

教授は無精髭の生えた頰をなでてから、まっすぐ前を見つめた。ピアは黙って、教授が話しつづけるのを待った。

「この五十年間、わたしは自分の出自について考えをめぐらすことなどほとんどありませんでした」教授はしばらくしてからいった。「父を知らず、故郷もわからないことに慣れていたのです。わたしの世代にはそういう者が多いですからね。父を戦争で亡くしたり、家族が別れわかれになったり、難民になったり。わたしの運命はその一例にすぎなかったのです。ところがある日、うちの大学と提携しているクラクフ大学からあるセミナーに招待されましてね、深く考えもせず、そこを訪れたのです。そして週末、同僚たちといっしょにかつてアレンシュタインと呼ばれたオルシュティンに新設された大学を見学しに遠出をしたのです。それまでのわたしは観光客気分でした。ところが突然……本当に突然、鉄橋や教会に見覚えがあると感じたのです。それが冬だったという記憶まであったのです。そこでわたしは車を借りて、さらに東へドライブしてみました。それは……」

教授は言葉をとぎらせると、首を横に振り、深く息を吸った。

「あんなこと、しなければよかったのです！」

「なぜですか？」

教授は立ち上がって窓辺に立った。次に言葉を発したとき、彼の声は苦しみに満ちていた。

「そのときまで、わたしは自分の人生にまあまあ満足していました。できのいい子どもがふたりいて、たまに女性との出会いがあり、仕事にも充実感がありました。自分が何者で、どういう社会に属しているか、ちゃんとわかっているつもりだったのです。しかしあの旅をしてからすべてが一変してしまいました。あれ以降、自分の人生の重要な部分が闇に隠されているという感覚につきまとわれてしまったのです。それでも、それを本気で明らかにしようとまでは思いませんでした。そして今は、そのことを知るのが怖いのです。さらに壊されてしまいそうで」

「たとえばどういうものがですか？」ピアはたずねた。教授はピアに向き直った。苦悩に満ちた彼の表情に、ピアはぎょっとした。教授は見た目よりもはるかに情緒不安定だった。

「あなたはご自分の両親や祖父母をご存じのはずですね」教授はいった。「そこは父親に似ているとか、ここは母親や祖父母に似ているといわれたことがあるのではないですか。そうでしょう？」

ピアはうなずいた。そして教授がいきなり心の内をさらけだしたので面食らった。

「わたしは聞いたことがないのです。なぜだと思います？　はじめは母が無理矢理犯されたのではないかと想像してみました。当時は多くの女性がそういう憂き目にあいましたから。しかしわたしの出自を隠しておく理由にはならないでしょう。それでさらに疑いを抱くようになったのです。わたしの父はなにかとんでもない残虐行為に関わったナチの人間なのではないか、母は無実の人間を拷問し、処刑した親衛隊員とベッドをともにしたのではないか、とね」教授は矢継ぎ早に話した。ほとんど悲鳴に近かった。彼が目の前で立ち止まったとき、ピアはいやな気分がした。教授は礼儀正しさという仮面をはぎとり、目を爛々と輝かせ、両手をにぎりしめていた。

「黙っている理由は、わたしにはこれしか考えられなかったのです！　こういう考えに取り憑かれ、日夜苦しみもがいているわたしの気持ちが、あなたにはわかりますか？　考えれば考えるほど、感じるのは……心の闇。そしてまっとうな人間がしないことをどうしてもしたくなってしまうのです！　そして、どうしてそうなるのか自問するのです。この衝動、欲求はどこから来るのか。わたしはどんな遺伝子を持っているのか。大量殺戮《さつりく》をした者、それとも強姦魔の遺伝子？　わたしの長所も短所も愛してくれる父母とともにまともな家族の中で育っていれば、こうはならなかったのではないか。わたしになにが欠けているか、今ならわかるのです！　黒黒とした忌まわしい亀裂が、わたしの全人生にわたって走っているのです！　あいつらはわたしの根っこを引き抜き、わたしを臆病者に仕立てあげた。問いかける勇気すらない臆病者に！」

教授は手の甲で口をぬぐって窓辺にもどると、窓の桟に両手をついて額をガラスに当てた。ピアは身を硬くし、なにもいえなかった。教授の言葉の裏に潜む自嘲と絶望のすさまじさ！

「あいつらの仕打ちを絶対に許さない」教授は声を押し殺して話をつづけた。「そうなんだ、殺したいくらいあいつらが憎い！」

教授の最後の言葉に、ピアの中で警戒警報が鳴った。教授の態度は常軌を逸していた。精神的に病んでいるのかもしれない。そうでもなかったら、人を殺したいなどと刑事の目の前で漏らすだろうか。

「あいつらとは、だれのことですか?」ピアはたずねた。教授が複数の人間を指していっているることに気づいたのだ。教授は向き直って、ピアがそこにいることに今はじめて気づいたかのように見つめた。彼の充血した目はすわっていて、狂気が宿っていた。ここで襲われ、首をしめられたら、どうしよう。軽率にも拳銃は家の戸棚に置いてきてしまったし、ここを訪ねることを、だれにもいっていない。

「事情を知っている者たちのことさ」教授は荒っぽく答えた。

「名前は?」

教授はまたカウチに腰かけた。急に平常心を取りもどしたのか、さっきの悲鳴みたいな声が嘘のように微笑んだ。

「コーラを飲んでいないじゃないですか」教授はそういうと、足を組んだ。「氷でも差し上げましょうか?」

ピアはそれには答えなかった。

「事情を知っているのはだれですか?」ピアは、まるで三人を殺した犯人と向かい合ってでもいるかのように、心臓がドキドキした。

「今さら知っても手遅れです」教授は静かに明るい調子で答え、コーラを飲み干した。「みんな、死んでしまいました。わたしの母を残して」

車にもどったとき、ピアはエラルド・カルテンゼーにあの謎の数字の意味とローベルト・ヴァトコヴィアクのことをたずねなかったことを思いだした。教養があり、おっとりしたチャーミングな人物だと思い込んでいた。彼の引き裂かれた内面の、暗い奈落を垣間見させられるとは思ってもいなかった。だがそれよりも怖気《おぞけ》立ったのは、彼の激情や言葉の裏に秘められた憎悪や明るい日常への変わり身の速さだった。「氷でも差し上げましょうか?」ピアはつぶやいた。「あのタイミングでいうかな!」

クラッチを踏んだとき、ピアは足が震えていることに気づき、自分が情けなくなった。タバコに火をつけ、マイン川にかかる古い橋《アルテ・ブリユツケ》を渡ってザクセンハウゼンへ向かった。ようやく気持ちが落ち着いた。冷静に考えると、出自について黙して語らず、不幸の元凶となった三人を教授が撃ち殺したというのが自然な帰結になる。さっきの状況なら、そういうことも起こりうるだろう。おそらくはじめは冷静に話していたに違いない。だが、彼らがなにを語ろうとしなかったので、急に自制心を失ったのではないだろうか。アニタ・フリングスは教授をよく知っていた。教授が車椅子を押して施設の外に出ても、騒ぎはしなかっただろう。ゴルトベルクとシュナイダーも、なんのためらいもなく家に招じ入れただろう。16145は、エラルドにとっても、殺された三人にとっても意味があった。実際、それが避難した日付なのかもしれない! 考えるうちに、ピアはこれが答に思えてならなくなった。

ピアはオッペンハイム街道に沿ってスイス広場のほうへゆっくり車を走らせた。雨が降りだしていた。ワイパーがフロントガラスにこすれていやな音をたてていた。助手席に置いていた携帯電話が鳴った。

「キルヒホフです」ピアは電話に出た。

「ヴァトコヴィアクが発見された」カイ・オスターマンの声だった。「遺体でだけど」

マルレーン・リッターは腕枕をしながら、隣で寝ている夫の顔をじっと見つめていた。本当ならへそを曲げてもいいところだ。ほぼ二十四時間、音沙汰もなく、酒臭く、おまけに帰ってくるなりのしかかってきた。しかし彼のことを怒る気持ちになれなかった。こうやって帰ってきて、静かに寝息をたてながら隣で寝ているのだから、もういいではないか。

マルレーンは彼のすっきりした顔とボサボサの髪を優しく見つめた。そしてこんなにハンサムで知性がある素晴らしい男が自分を愛してくれるなんて、とあらためて感動した。トーマスなら、他の女性と仲良くなる機会がいくらでもあるはずだ。それなのに自分を選んでくれた。マルレーンは温かく深い幸福感に包まれた。数ヶ月して赤ん坊が生まれれば、本当の家族になれる。そしてそうなれば、きっとおばあさんはトーマスのことを許してくれるはずだ。トーマスとおばあさんのあいだになにがあったかは知らないが、自分の幸せにひとつだけ暗い影が差してるとしたら、それだけだ。トーマスは、すべてを丸く収めるためになんでもするだろう。おばあさんに対してなんら他意がないのだから。トーマスが寝返りを打った。マルレーンは前かがみになり、彼の体に毛布をかけてやった。

「行かないでくれ」トーマスは目をつむったまま、片手を彼女の方へ伸ばした。マルレーンは微笑んだ。彼に寄り添い、無精髭の生えた彼の頬をなでた。トーマスはひと声うなってまた寝返りをして、彼女に腕をまわした。

「連絡せずにいてすまなかった」トーマスはつぶやいた。「だけどすごいことがわかってね。それでこの二十四時間、原稿をまるまる書き直していたんだ」

「原稿？」マルレーンは驚いてたずねた。トーマスは黙った。それから目を開けて、マルレーンを見つめた。

「きみに黙っていたことがある」トーマスはそういうと、苦笑いした。「引け目を感じていたからだと思う。おばあさんにクビにされてから、なかなか新しい仕事を見つけられなかったんだ。でも生活費がいる。それで小説を書きはじめたんだ」

マルレーンはトーマスの息にかすかに酒のにおいを感じた。

「別に恥ずかしいことではないでしょう」マルレーンは答えた。トーマスが微笑むのを見て、嚙みつきたいほどかわいいと思った。

「まあ、その、なんだ」トーマスはため息をつくと、困ったように耳をかいた。「書いているのはノーベル文学賞がもらえるようなものではないんだ。原稿一本で六百ユーロはもらえるけどね。書いているのは三文小説さ。ハーレクインみたいな奴。ハートブレイクものとでもいうかな。わかるだろう」

マルレーンは一瞬、二の句が継げなかった。だがそのあと笑いだした。

「笑うことはないだろう」トーマスがむっとしていった。

「なにをいってるのよ！」マルレーンは彼の腰に腕をまわして、クスクス笑った。「わたし、ハーレクインを愛読しているのよ！　あなたが書いたものも読んでいるかもね」

「そうかもしれない」トーマスはニヤリとした。「偽名で書いているからね」

「なんていう名前なの？」

「おいしい朝食をこしらえてくれるなら教えてもいい。腹ぺこで死にそうだ」


「ピア、きみに任せていいか？」カイ・オスターマンは電話でたずねた。「ボスは今日、洗礼式で休みだからね」

「わかったわ。どこへ行ったらいいの？　発見したのはだれ？」ピアは追い越し車線に入ろうとして、しばらく前からウィンカーをつけっぱなしだった。だが傲慢な連中ばかりで、だれも車線変更をさせてくれなかった。ようやく小さな隙間を見つけて、一気にアクセルを踏み、後続車にブレーキをかけさせた。無理な割り込みに対して、即座にクラクションが鳴った。

「信じないかもしれないけど、不動産屋なんだ！　どこかの夫婦に物件を見せていたら、その家の片隅でヴァトコヴィアクが死んでいたってわけさ。販売促進にはならなかっただろうな」

「ふざけないでよ」教授と会って、神経がまいっていたピアには、冗談に合わせる気力が残っていなかった。

「不動産屋の話では、その家は何年も前から空き家だったそうだ。ヴァトコヴィアクは勝手にもぐり込んで、ときどきねぐらにしていたようなんだ。場所はケーニヒシュタインの旧市街。

中央通り七五番地だよ」

「すぐそこへ向かうわ」

フランクフルト中央駅を通り抜けると、車の流れがスムーズになった。ピアは、同僚から馬鹿にされているが、好きなロビー・ウィリアムスのCDをかけ、いい調子で見本市会場《メッセ》のそばを抜けて高速道路に乗った。ピアの音楽の好みは、そのときの気分に大きく左右される。ジャズとラップをのぞけば、ほとんどどんな音楽でも好きだった。CDのコレクションはABBAからはじまってビートルズ、マドンナ、ミートローフ、シャナイア・トゥエイン、U2、ZZトップまで。今日の気分はロビーだった。マイン＝タウヌス・センターで国道八号に曲がると、十五分でケーニヒシュタインに着く。旧市街は狭い路地が入り組んでいたが、学生時代から通い慣れた場所だ。だれかに道をたずねる必要はなかった。教会通りに入ると、その先にパトカーが二台と救急車が止まっているのが見えた。七五番地は婦人服のブティックと宝くじ店にはさまれていた。何年も前から空き家で、窓とドアは釘を打ちつけて閉めてあり、外壁のモルタルがはがれ落ち、屋根も傷んでいる、ケーニヒシュタインの中心街にある醜い汚点だった。不動産屋はまだそこにいた。小麦色に日焼けした三十代半ばの男で、ジェルヘアにエナメル靴、こっけいなほど不動産屋らしい恰好だ。雨は本降りになっていた。ピアはグレーのパーカーのフードを頭からかぶった。

「ようやく興味を持った客があらわれたのに、これですからね！」不動産屋はピアに向かって嘆いた。まるでピアに責任があるとでもいうように。「奥さんは遺体を見るなり、気絶しかけましてね！」

「事前に中を確認しておけばよかったのではないですか」とピアはかまわずさえぎった。「所有者は？」

「ケーニヒシュタイン出身の婦人です」

「氏名と住所を知りたいんですけど。それとも物件の販売に失敗した事情をご自分で所有者に報告したいですか」

ピアの皮肉に気づいて、不動産屋はむっとした。上着からスマートフォンをだしてクリックし、自分の名刺の裏に所有者の氏名と住所を書いた。ピアはその名刺をしまうと、裏庭を見た。思ったよりも敷地が広い。裏側は温泉保養施設に面していた。隙間だらけの垣根は不審者の侵入を阻止するのにあまり役に立ちそうになかった。裏口に巡査がひとり立っていた。不動産屋と別れたあと、ピアはその巡査に一礼して家に入った。内部も外見よりましとはいえない状態だった。

「やあ、キルヒホフ刑事」別の事件で世話になったことのある救急医が、ちょうど検査器具を片付けているところだった。「一見、誤って死に至ったように見えます。薬を山ほど飲んで、少なくともウォッカをひと瓶がぶ飲みしています」

救急医は顎をしゃくって後ろを指した。

「ありがとう」ピアは救急医のそばをすり抜けて、そこにいた巡査に一礼した。床板がすり減った部屋は、窓に板を張りつけているせいでかなり暗く、がらんどうだった。小便と吐瀉物と腐ったもののにおいがした。ピアは遺体を見たとき、吐き気を覚えた。男は目と口を開けたまま壁に寄りかかっていた。まわりをアオバエが飛びまわっている。白いものが顎を伝って、シャツにこぼれていた。乾燥している。おそらく吐瀉物だろう。薄汚れたスポーツソックスをはき、白いシャツには血痕がついていて、黒いジーンズをはいている。真新しい高級革靴がすぐわきに置いてあった。通行人が腐臭に気づいてからでは、死亡時刻の推定に昆虫学者の助けを借りなければならなくなるところだった。早く発見できたことを不動産屋に感謝しなければならない。ピアは無数に転がっているビールとウォッカの空き瓶に目を向けた。そのわきに口の開いているリュックサックと薬の箱と札束があった。しかしなにか違和感を覚えた。

「死後どのくらい時間が経っていいます？」ピアはそうたずねて、手袋をはめた。

「ざっと二十四時間ですかね」救急医は答えた。ピアは逆算した。それが合っていれば、ヴァトコヴィアクはアニタ・フリングスを殺すことができたことになる。鑑識官が到着して、ピアに一礼して指示を待った。

「ところでシャツの血痕は本人のものではありません」救急医が背後からいった。「ここで見るかぎり外傷は一切ありません」

ピアはうなずいて、ここでなにがあったか推理した。ヴァトコヴィアクは昨日の午後、この家に忍び込んだ。所持品は、ビール七本とウォッカ三本を詰めたリュックサックと、薬でいっぱいの買い物袋。そして床にすわり込んで、大量のビールとウォッカと薬を飲んだ。アルコールと抗うつ剤の効果が相まって意識を失ったとしよう。だがそれなら、なぜ目を開けているのだろう。それに壁に背中を当てているのもおかしい。どうして横に倒れていないのだろう。

ピアは照明を調達してきてほしいと巡査に頼むと、他の部屋を見てまわった。上の階の部屋とその隣のバスルームには使った形跡があった。部屋の隅に薄汚れたシーツをかぶせたマットレスがあり、古ぼけたカウチと低いテーブル、さらには小さなテレビや冷蔵庫まで置いてあった。椅子に服がかけてあり、バスルームにはボディケアの道具やタオルがあった。だが一階はどこもかしこも埃をかぶっていた。ヴァトコヴィアクは酒を飲むのに、なぜ二階のカウチを使わず、一階の床にすわり込んだのだろう。そのときピアは、どうして違和感を覚えたのか気づいた。ヴァトコヴィアクの遺体がある部屋に通じる廊下がきれいに掃かれていたのだ！ ヴァトコヴィアクが酒を飲む前にそこを掃除したとは考えづらい。ピアが遺体発見現場にもどると、そこに赤毛の華奢《きゃしゃ》な女がいて、あたりを興味津々に見回していた。上品なリネンの白いワンピースとハイヒールのパンプスという出で立ちは、どうにも場違いな感じだった。

「どなたかしら？　ここでなにをしているの？」ピアはぞんざいにたずねた。「ここは事件現場なのよ」

野次馬は迷惑なだけだ。

「見ればわかるわ」女は答えた。「わたしはニコラ・エンゲル。ニーアホフ署長の後任よ」

ピアは啞然として相手を見つめた。ニーアホフの後任が着任するなんて初耳だ。

「ふうん」ピアはいつになく無愛想にいった。「それで、どうしてここへいらっしゃったんですか？　後任だということを伝えにきたんですか？」

「あなたに手を貸そうと思ったのよ」女性は愛想よく微笑んだ。「あなたひとりで現場に向かったと偶然耳にしたの。ちょうど手がすいていたので、まあ、ちょっと様子を見ようと思ってね」

「身分証を拝見できますか？」ピアはまだ疑っていた。署長の後任が来ることをオリヴァーから聞いていただろうか。遺体発見現場をじかに見ようと、厚顔無恥なジャーナリストが嘘八百を並べ立てているのかもしれない。女はあいかわらず親しげに微笑んでいる。そしてハンドバッグから身分証をだして、ピアに見せた。「ニコラ・エンゲル警視」ピアは読んだ。

「今はアシャッフェンブルク警察本部に所属しているわ」

「ご覧になりたいのなら、どうぞ」ピアは身分証を返すと、無理に微笑んでみせた。「ああ、そうそう、わたしは捜査十一課のピア・キルヒホフです。この数日、激務がつづいているものですから、失礼をお許しください」

「気にしていないわ」ニコラはいまだに口元を綻ばせていた。「つづけてちょうだい」

ピアはうなずいて遺体の方を向いた。鑑識官がいろいろな角度から遺体の写真を撮り終わり、同様に酒瓶と靴とリュックサックも撮影し、なにかしら興味を引いたものを袋に入れはじめた。ピアは鑑識官のひとりに、遺体を裏返すようにいった。だが死後硬直のせいで、ひっくりかえすのにだいぶ手間取った。ピアはしゃがんで遺体の背中、臀部《でんぶ》、掌《てのひら》を仔細に見た。びっしり埃が付着している。ということは、何者かがヴァトコヴィアクをここに下ろしてから、まわりを掃いたのだ。つまり自分の不注意で死んだのではなく、うまく殺されたということになる。

ピアは自分の推理をニコラには教えず、リュックサックの中身を調べた。中には、ヴァトコヴィアクが殺人犯であるというニーアホフ署長の推理を裏付けるものが入っていた。三日月形のナイフに拳銃。それぞれモニカ・クレーマーと三人の老人を殺した凶器だろうか。ピアはさらに中身を探った。古くさいデザインのペンダントヘッドがついた金のネックレスと、数枚の銀貨と、ずっしりと重い金のブレスレットが入っていた。アニタ・フリングスが持っていたものに違いない。

「三千四百六十ユーロになるわ」紙幣を数えていたニコラがそういって、鑑識官からもらったビニール袋にその札束を入れた。「それはなに？」

「モニカ・クレーマーを殺した凶器のようです」ピアは答えた。「それからこれは三人の老人を殺した拳銃のようです。モーゼル銃です」

「それでは、この男がホシかもしれないということね」

「そうは見えますが」ピアは顔をしかめた。

「違うというの？」ニコラはたずねた。さっきまでの人のよさそうな笑みが消え、鋭い顔付きになった。「どうして？」

「あまりにもわかりやすいですし、腑に落ちないことがあるんです」

ピアは、家族の祝い事の最中にボスの邪魔をしていいものか少し迷ったが、それでも自動車電話で連絡を入れることにした。ピアは気の利いたあいさつをいえる状況ではなかった。オリヴァーの息子が電話に出たので、オリヴァーにつないでもらい、ピアはエラルド・カルテンゼー教授を訪ねたこと、ヴァトコヴィアクの遺体が発見され不注意で死んだように見せかけているが、疑わしいことをかいつまんで報告した。

「どこから電話しているんだい？」オリヴァーがたずねた。ピアは、夕食に誘われるのではないかと不安になった。

「車からです」ピアはいった。電話の向こうで笑い声がして、遠ざかっていった。そしてドアの閉まる音がして、静かになった。

「義母《はは》からいくつか面白い情報を仕入れたんだ」オリヴァーはいった。「カルテンゼー夫人とは数年来の付き合いで、いろいろな会でよく顔を合わせるそうだ。先週の土曜日にあった夫人の誕生パーティにも招かれていた。親友というほどではないが、まあ、義母の名前がリストに入っているだけで箔がつくからだろう」

コージマの一族はオリヴァーの家族よりも貴族の血が濃いことを、ピアは知っていた。コージマの父方の祖父母は最後のドイツ皇帝とも面識があった。母方の祖父は王位継承に名を連ねていたというイタリアの侯爵だった。

「義母は夫人の亡き夫のことをかなり手厳しく批判したよ」オリヴァーは話をつづけた「オイゲン・カルテンゼーはナチ時代に国防軍と取引して蓄財したんだそうだ。その後、連合軍からはナチの追随者というレッテルを貼られたけど、一九四五年以降すぐに事業を再開した。彼は戦争中に金をスイスに移していたんだ。夫人の家族と同じようにね。ところで一九八〇年代のはじめに彼が死んだときは、エラルドに殺人の容疑がかけられたそうだ。しかし捜査は暗礁に乗り上げ、事故扱いになったという」

カルテンゼー教授の名前が出たとき、ピアは背筋が寒くなった。

「ジークベルトは一九六四年に家庭内のいざこざでアメリカに留学することになった。そして一九七三年、妻と子どもたちを連れてもどった。彼は今KMF社をひとりで切り盛りしている。それからユッタは学生時代に同性愛に走っていたけど、母親が世話した男と結婚したそうだ」

「そういうゴシップの他には、なにも聞けなかったんですか？」ピアは少しいらつきながらたずねた。「ヴァトコヴィアクを司法解剖するための申請をしなくちゃならないんですけど」

「義母はゴルトベルクとシュナイダーのことも嫌っていた」オリヴァーは気にせず話しつづけた。「ゴルトベルクを見境のない不快な人物と評して、いかがわしい武器商人、気取り屋と呼んでいた。パスポートを何通も持っていたらしく、冷戦下でも自由に東側を旅行できたらしい」

「それはカルテンゼー教授と同じ意見ですね」ピアは署の駐車場に着いて、エンジンを止めた。窓を少し下げると、我慢しきれずタバコに火をつけた。今日はこれで十三本目になる。「わたしの方は本物のシュナイダーを突き止めました。空軍のパイロットで、一九四四年に空中戦で戦死していました。ちなみに、われわれのヘルマン・シュナイダーは東プロイセン出身で、本名はハンス・カルヴァイトです」

「それは興味深いな」オリヴァーはそれほど驚いていないようだった。「ところで義母は、四人が幼なじみだと確信していたよ。年を取ってからカルテンゼー夫人はアニタのことをミアと呼んでいたそうだ。それからふたりはよく故郷の夕べという催しをして、昔を懐かしんでいたらしい」

「他にもだれかがそのことを知っていたに違いありませんね。教授ではないかと思うんですけど。自分の出自がまったくわからないことに苦しんでいましたから、犯人である可能性があります。なにも教えてくれない三人をかっとして次々射殺したとか」

「それは少しできすぎだと思うな。アニタ・フリングスは東ドイツで暮らしていた。義母の話では、彼女とその夫は国家保安省の職員だったそうだ。しかも夫の方はかなり高いポストにいたらしい。さらに〈タウヌスブリック〉の理事長の話と違って、息子がひとりいるという」

「すでに死んでいるのかもしれませんね」ピアはいった。携帯電話の呼び出し音が聞こえた。

携帯電話の画面をちらっと見ると、ミリアムだった。

「電話がかかってきました」ピアはボスにいった。

「南アフリカから？」

「えっ？」ピアは一瞬、面食らった。

「きみの大事な動物園長は南アフリカにいるんじゃなかったっけ？」

「なんでそのことを？」

「そうなんだろう？」

「ええ。でも電話は彼からじゃありません」ボスは情報通だ。ピアはとくに驚きはしなかった。

「友だちのミリアムがポーランドからかけてきたんです。彼女は、かつてのアンガーブルク、ヴェンゴジェヴォ市の文書館に籠もって本物のゴルトベルクとシュナイダーの足跡を洗ってくれているんです。なにか見つけたのかもしれません」

「きみの友人はゴルトベルクとどういう関係なんだい？」オリヴァーがたずねた。ピアはいきさつをオリヴァーに話し、それからヴァトコヴィアクの司法解剖が明日行われることになったら、自分が立ち会うといって電話を切り、すぐにミリアムに電話をかけた。

二〇〇七年五月六日（日曜日）

ベッドサイドで電話の呼び出し音が鳴って、ピアは深い眠りから起こされた。部屋の中は真っ暗で、空気が淀んでいた。あわててナイトテーブルのライトをつけ、受話器を取った。

「なにをしてるんだ？」元夫の険のある声が耳元で響いた。「おまえを待っているんだぞ！至急、司法解剖したいとせがんだのはおまえだろう」

「ヘニング、なんなのよ」ピアはつぶやいた。「まだ真夜中じゃない！」

「八時四十五分だぞ。早く来い」

そういったかと思うと、ヘニングは電話を切った。ピアは目をすがめて目覚まし時計を見た。たしかに八時四十五分だ！　毛布を払いのけてはね起きるとおぼつかない足取りで窓まで歩いていった。昨晩、うっかり鎧戸を完全に下ろしてしまったようだ。それでベッドルームが棺桶の中みたいに真っ暗だったのだ。眠気を覚まそうと、あわててシャワーを浴びたが、それでもバスにひかれたみたいな気分は消えなかった。

検察はピアにせっつかれて、ヴァトコヴィアクを大至急司法解剖することを認めたのだ。ぐずぐずしていたら、命取りとなった薬が分解して、証拠として使えなくなる危険があるというのが、ピアの言い分だった。ピアはさっそくヘニングに電話をかけて、翌日、司法解剖をしてくれと頼んだ。ヘニングは不快感をあらわにした。そして夜の九時過ぎに帰宅してみると、あいにくなことに二頭の一歳馬が囲い地から抜けだして、隣のエリザーベト農場の果樹園に入り込み、熟していないリンゴを食べていることがわかった。汗だくになって二頭を追いかけ、馬小屋に入れたのが午後十一時頃。ヘトヘトになって家に入ったが、冷蔵庫には賞味期限の切れたヨーグルトとカマンベールチーズの半欠けしか入っていなかった。唯一の救いはクリストフからの電話だった。そのあと死んだようにベッドに沈み、そして寝過ごしたのだ！　クローゼットを見ると、洗い立ての下着がほとんど底をついていた。ひどい汚れ物用の六十度に洗濯機を設定して、急いで洗い物を放り込んだ。朝食をとっている暇はない。馬たちにも、ピアがフランクフルトからもどるまで馬小屋で待っていてもらうしかない。なんてことだ。

ピアが監察医務院に到着し、検察のファレリー・レープリヒと落ち合ったのは十時少し過ぎだった。ファレリーは今回、おしゃれな服をやめて、ジーンズと大きめのTシャツという出で立ちだった。しかもそのTシャツがヘニングのものだということに、ピアは目敏く気がついた。

そこから引きだされる結論に、ピアの神経は逆なでされた。

「それではじめよう」ヘニングはそれしかいわなかった。ピアは、ヘニングといっしょに何時間も過ごしてきたこの解剖室が見知らぬ場所に思えてならなくなった。このときはじめて、本当に縁が切れたことを実感した。そもそも自分からヘニングを捨てたというのに。それに新しいパートナーを求めたという点では、ピアとヘニングになんら違いはない。ピアはそのことを受けいれなくてはならないのだ。それでもそのショックに、今は耐えられる状態ではなかった。

「ごめんなさい」ピアはつぶやいた。「すぐにもどるわ」

「ここにいるんだ！」ヘニングが鋭くいったが、ピアはそのまま隣の部屋に駆け込んだ。大至急サンプルの分析をするため隣室に詰めていた科学捜査研究所のドリトが、いつものようにコーヒーをいれていた。ピアは陶器のマグカップにコーヒーを注いだ。まるで胆汁のように苦かった。マグカップを置くと、頭痛に耐えられず、目を閉じて、こめかみを指でもんだ。こんなに疲労感を覚え、気力が失せたことはない。生理の日でもこんな経験はしたことがない。涙がまぶたにしみた。ピアは自分が腹立たしかった。クリストフがいてくれれば、いっしょに話をして、笑うことができるのに！　拳を両目に押しつけ、あふれだす涙を抑えた。

「大丈夫か？」ヘニングの声にピアは縮み上がった。ヘニングが背後でドアを閉める音がした。

「ええ」ピアは振り返らずにいった。「ちょっとね……この数日いろいろとあって」

「司法解剖を午後にずらしてもいいぞ」ヘニングがいった。ピアがひとりしょんぼりしているあいだ、ファレリーとベッドに入るため？

「だめ」ピアはぶっきらぼうにいった。「平気よ」

「こっちを見るんだ」優しく声をかけられ、こらえていた涙がまたあふれだした。ピアは、強情な子どものようにかぶりを振った。するとヘニングが、結婚していた頃、一度もしなかったことをした。ピアの腕を取って、きつく抱きしめたのだ。ピアは彼の前で本心を明かしたくなかった。恋人に話すかもしれない。それだけは絶対にいやだった。

「おまえが不幸なところを見ていられないんだ」ヘニングが小声でいった。「どうしてあの動物園長はおまえの面倒を見ないんだ？」

「今、南アフリカに行っていて、いないのよ」ピアはつぶやいた。ヘニングが肩をつかんでピアを振り返らせ、指でピアの顎を上げた。ピアは黙ってされるがままになった。

「目を開けろ」ヘニングが命じた。ピアはいわれたとおりにした。本当に心配そうな顔をしているヘニングを見て、ピアはびっくりした。

「昨日の晩、仔馬が二頭、囲い地から逃げだしたのよ。わたしは二時間も仔馬たちを追いかけまわすはめに陥ったの。そのときノイヴィルの方が怪我をしちゃって」そういえばどれだけ悲惨な状況かわかるはずだとでもいうように、ピアはささやいた。そのとき本当に目から涙がこぼれ落ちた。ヘニングはピアを抱きしめて、背中を優しくなでた。

「こんなところを見たら、あなたの恋人、ものすごい剣幕で怒るわよ」ピアはヘニングが着ている緑色の手術服に顔をうずめながらいった。

「彼女は恋人ではないさ。まさか嫉妬しているんじゃないよな？」

「わたしにその権利はないわ。わかってはいるんだけど」

ヘニングは一瞬なにもいわなかった。だが口をひらいたとき、声の調子が変わっていた。

「さあ、もういいだろう。仕事を片付けようじゃないか。それからたらふく朝食を食べよう。なんなら白樺農場《ビルケンホーフ》へ行って、ノイヴィルを診察してやってもいいぞ」

それは純粋に友情からでた言葉だった。別に縒《よ》りをもどそうとしていったわけではない。昨年、仔馬が誕生するときにも、ヘニングは付き合ってくれた。彼もピアと同じくらい馬が好きなのだ。今日一日ひとりぼっちで過ごさないですむとわかると、気持ちが楽になった。だがピアは誘惑に負けなかった。実際にはヘニングの同情を必要としてはいなかった。いくら寂しいからといって、彼に期待を持たせるようなことをするのはフェアではない。それは彼を侮辱することだ。ピアは気を取りなおすため、大きく息を吸った。

「ありがとう、ヘニング」そういうと、ピアは手の甲で涙をぬぐった。「うれしかったわ。今でもこんなに気持ちがわかりあえるなんてね。でもこのあと署にまわらないといけないのよ」

それは嘘だが、そういえば誘いを断ったようには聞こえないだろう。

「オッケー」ヘニングはピアを離した。目を見ても、なにを考えているのかよくわからなかった。「それじゃ、ゆっくりコーヒーを飲むといい。時間は気にするな。おまえがもどるのを待つよ」

ピアはうなずいて、その言葉が別の意味にとれることをヘニングが意識しているだろうかと自問した。

二〇〇七年五月七日（月曜日）

「ローベルト・ヴァトコヴィアクは他殺です」ピアは朝の捜査会議で報告した。「アルコールと薬の摂取は自分の意志ではありませんでした」

ピアの前には暫定的な司法解剖所見があった。昨日、それを見て、ピアもかなり驚かされた。血液と尿を検査したところ、高い中毒量が検出された。死因は大量の三環系抗うつ薬と血中アルコール濃度三・九パーミルによって引き起こされた呼吸停止と心拍停止だった。だがヘニングは遺体の頭部、肩、手首に溢血《いっけつ》と内出血を発見し、ヴァトコヴィアクが縛られていたと断定した。また食道に細かい内出血とワセリンの跡があり、死に至るカクテルを無理矢理チューブで流し込まれた疑いがあるといった。他のサンプルをヴィースバーデンの科学捜査研究所で分析する必要があるがと前置きしつつ、ヘニングは明らかに他殺だといった。

「それに発見した場所は殺人現場ではありませんでした」ピアは鑑識官が撮影した写真を回覧した。「何者かが足跡を消すため床を掃いたものと思われます。しかし愚かにも、ヴァトコヴィアクを床に置いてから気づいたらしく、被害者の服には埃がびっしりついていました」

「これで殺人事件が五件か」オリヴァーはいった。

「そしてまたゼロからの出発です」ピアはがっくり肩を落とした。くたくたに疲れていた。夜中にカルテンゼー教授とモーゼル銃の出てくる悪夢にうなされ、いまだにその恐怖が骨身にしみていた。「そもそも捜査が進展していたかどうかもあやしいですが」

ゴルトベルク、シュナイダー、フリングスの三人を殺害した犯人とモニカ・クレーマー殺しの犯人が別人であることで意見は一致した。だが教授が老人三人を殺害した容疑者だというピアの主張は、残念ながらだれにも受けいれられなかった。ピア自身も、土曜日には間違いないと思った根拠がかなりこじつけに近いことを認めるしかなかった。

「はっきりわかってるじゃないか」フランク・ベーンケはいった。今日は七時ちょうどに出勤し、腫れぼったい目をして、ふてくされてすわっていた。「ヴァトコヴィアクは金が目当てで三人の老人を殺したんだ。それをクレーマーに話し、ばらすと脅されて、クレーマーも殺した」

「それで?」ピアはたずねた。「ヴァトコヴィアクを殺したのはだれなの?」

「それはわからない」フランクがぶすっとしていった。オリヴァーが腰を上げ、ホワイトボードのところへ歩いていった。上から下までびっしり書き込みがされ、事件現場の写真が貼られている。背中で手を組みながら、オリヴァーはぐしゃぐしゃになった線と丸をにらんだ。

「全部消してくれ」オリヴァーはカトリーン・ファヒンガーにいった。「全部はじめからやり直しだ。なにかを見落としているはずだ」

そのときノックをする音がして、婦警がひとり入ってきた。

「またみなさんに仕事が入りました。昨夜フィッシュバッハでひどい傷害事件が発生したのです」婦警はオリヴァーに薄いファイルを差しだした。「被害者は上半身に無数の刺し傷を負い、ホーフハイム病院に搬送されました」

「なんてこった」フランクがぼそっといった。「殺人事件が五件もあるっていうのに」

だがいくら文句をいっても仕方がない。殺人事件がいくつ解明を待っていようと、新たなその事件もまた捜査十一課の担当なのだ。

「お気の毒です」婦警は同情の欠片《かけら》もなくそういうと、会議室から出ていった。ピアはファイルに手を伸ばした。五つの殺人事件はどうせ先に進められない。まずは科学捜査研究所の分析結果を待つしかないのだ。数週間とはいわないまでも、数日はかかるだろう。オリヴァーは当面報道陣を蚊帳《かや》の外に置く作戦をとったが、これが裏目に出てしまった。とっかかりになるような一般市民からの通報が入らない状況を生んでしまったからだ。その情報にはいうまでもなく、無意味なものと重要なものの玉石混淆《こんこう》だろうが。ピアは報告書に目を通した。午前二時四十八分、匿名の電話通報でパトカーが急行し、荒らされた事務所でマルクス・ノヴァクという名の重傷者を発見したとあった。

「だれにも異論がなければ、わたしが担当するわ」ピアは一日デスクに向かって、科学捜査研究所の分析結果を待つのも、フランクのネガティヴ光線を浴びるのもごめんだと思ったのだ。動いていたほうがよっぽどいい。

一時間後、ピアはホーフハイム病院整形外科病棟の女医と話をした。ハイドルン・ファン・ダイク女医は寝不足なのか、目に隈《くま》ができていた。週末に担当がまわってきた医師はしばしば非人間的な七十二時間勤務を強いられることを、ピアは知っていた。

「あいにく詳しいことは申し上げられません」女医はマルクス・ノヴァクのカルテをだしてきていった。「酒場の喧嘩でなかったことは確かです。患者を襲った連中は自分たちのしていることがちゃんとわかっていました」

「どういう意味でしょう？」

「ただ暴行を加えただけではなかったということです。患者の右手はつぶされています。夜中に緊急手術をしましたが、もしかしたら切断しなければならないかもしれません」

「なにかの報復ですか？」ピアは眉をひそめた。

「拷問ですね」女医は肩をすくめた。「やったのはプロです」

「被害者に命の危険は？」

「それは大丈夫です。手術にも耐えられましたし」ふたりは廊下を歩いた。女医が病室の前で足をとめると、中から興奮した女性の声が聞こえてきた。

「……あんな時間に事務所でなにをしていたの？　そもそもどこに行ってたの？　正直に話してちょうだい！」

女医がドアを開けて病室に入ると、ピタッと声がやんだ。大きな明るい病室にはベッドがひとつあるだけだった。窓に背を向ける恰好で、老婦人が椅子にすわっていて、その前に五十歳は若い女性が立っていた。

「クリスティーナ・ノヴァクです」若いほうの女性がいった。年齢は三十代半ば。こんなことがなければとても美人に見えるだろう。目鼻立ちがはっきりしていて、褐色の髪が輝き、引き締まった体をしていた。だが今は、顔が青白く、目を泣きはらしている。

「ピア・キルヒホフ刑事です。御主人と話がしたいのですが」ピアはいった。「ふたりだけで」

「どうぞ。うまくいくことを願っています」クリスティーナはまた泣きそうになるのをこらえながらいった。「あたしにはなにも話してくれないんです」

「外で少し待っていてくれますか？」

クリスティーナは腕時計を見た。「仕事があるんです」とおそるおそるいった。「幼稚園の先生をしています。今日はオペル動物園へ遠足に行くことになっていまして。園児たちは一週間前から楽しみにしていたんです」

オペル動物園と聞いて、ピアはずきっと胸が痛んだ。もしクリストフが重傷を負ったのに、なにひとつわけを話してくれなかったらどんな気持ちがするだろう、とピアはふと思った。

「ではあとで話を伺うことにしましょう」ピアはバッグから名刺をだして、クリスティーナに渡した。クリスティーナがその名刺を見て、けげんな顔をした。

「不動産屋さん？　今、刑事さんとおっしゃいましたよね？」

ピアは名刺を見て、土曜日に会った不動産屋の名刺と間違えたことに気づいた。

「ごめんなさい」ピアはバッグから正しい名刺をだした。「今日の午後三時頃、署の方へおいでいただけますか?」

「もちろんです」クリスティーナはかすかに笑みを浮かべた。そしてもう一度、黙っている夫の方をちらっと見てから唇を嚙みしめ、病室から出ていった。この間やはりひと言も口を利かなかった老婦人もクリスティーナについていった。ピアは怪我人の方を向いた。マルクスは仰向けに横たわっていた。鼻にチューブがつないであった。肘の内側にももう一本チューブがつないである。腫れあがった顔には無数の溢血があった。左目の上と左耳から顎に達するふたつの傷は縫合されていた。右腕には副木《そえぎ》が当てられ、上半身と怪我をした手には包帯がぐるぐる巻きになっている。ピアはさっきまで老婦人がすわっていた椅子に腰かけると、ベッドの方に体を動かした。

「こんにちは、ノヴァクさん。ホーフハイム刑事警察署のピア・キルヒホフです。あまりお時間を取らせるつもりはありませんが、昨夜なにがあったか知りたいのです。襲われたときのことを覚えていますか?」

マルクスはなんとか目を開けた。まぶたが震えていた。そしてかすかにかぶりを振った。

「ひどい目にあいましたね」ピアは身を乗りだした。「ひとつ間違えたら、監察医務院の冷蔵室に横たわっているところでしたよ。知った顔はいませんでしたか? どうして襲われたりしたのでしょう?」

「俺は……なにも覚えてない」マルクスは消え入るような声で答えた。見えすいた嘘だ。だれにどうしてやられたかちゃんとわかっている、とピアは思った。怖れているのだろうか? 黙っている理由は他に考えられない。

「告訴はしません」マルクスは小声でいった。

「その必要はありません。重大な傷害事件の場合、公犯罪となり、自動的に検察庁の訴追を受けるのです。ですからなにか思いだしていただけると助かるのですが」

マルクスはそっぽを向いた。

「ゆっくり考えてください」ピアは立ち上がった。「また来ます。お大事に」


午前九時、ニーアホフ署長が血相を変えてオリヴァーの部屋に怒鳴り込んできた。ニコラ・エンゲルもすぐ後ろについてきた。

「これは……これは……なんだ⁉」署長はビルト紙の最新号をオリヴァーのデスクに叩きつけ、人差し指で三面の紙面半分を紙に穴が開くほどつついた。「説明してもらおう、ボーデンシュタイン！」

『**年金生活中の女性惨殺**』と太字の見出しが躍っていた。オリヴァーは黙って新聞をつかむと、読者をあおるような記事にさっと目を通した。一週間で遺体が四体。警察はお手上げ。めぼしい手がかりなし。そこには偽りの情報もまじっていた。「有名な実業家ヴェーラ・カルテンゼー（八十六歳）、およびローベルトの愛人モニカ・K（二十六歳）殺害の容疑者はいまだに行方不明。ーの甥であるローベルト・W（四十三歳）、ダーヴィト・G（九十二歳）、ヘルマン・S（八十金曜日、第四の連続殺人事件が起きた。足の不自由な年金生活者アニタ・F（八十八歳）が後頭部を撃たれて殺害された。警察は暗中模索状態で、情報を公にしようとしない。事件の唯一の共通点は、被害者全員がホーフハイムの億万長者ヴェーラ・カルテンゼーと深いつながりがあることだ。ヴェーラ・カルテンゼーは今、命の危険に怯えていることだろう……」

目の前の文字がかすんでよく読めない。だがオリヴァーは最後まで読みつづけた。こめかみの血管がドクドクいって、冷静に考えることができなくなっていた。新聞にこんなおかしな情報を流したのはどこのどいつだ？　オリヴァーは目を上げて、ニコラの青い目を見た。ニコラはあざけるように彼を見つめていた。彼女がオリヴァーを追いつめるためにやったのだろうか？

「どうして新聞に漏れたのか教えてもらおう！」署長は一語一語に感嘆符をつけていった。こんなに腹を立てている署長を今まで見たことがない。後任者の前で面目丸つぶれになったからだろうか。それとも別の方面から邪魔が入ることを怖れているのだろうか。だがゴルトベルク殺人事件に横やりが入ったとき黙って受けいれたのは署長だ。まさかさらにふたつも同様の殺人事件が連続するとは思いもしなかったのだろう。

「わたしは知りません」オリヴァーは答えた。「記者会見をしたのは署長ではないですか」

署長はうっと詰まった。

「記者会見では違う話をした。しかも間違いだった！　おまえを信用していたのに！」

オリヴァーはニコラにちらっと視線を向けた。ニコラはかなり満足そうだ。やはり裏で動いたのは彼女だろうか。

「わたしの意見に耳を貸さなかったではないですか」オリヴァーは反論した。「わたしは記者会見に反対したのに！」

署長は新聞をわしづかみにした。顔がゆでダコのように真っ赤だった。

「やったのはおまえだな、ボーデンシュタイン」そう一喝すると、目の前で新聞を振りまわした。「編集部に電話をして、情報源がどこか聞きだすからな。おまえかおまえの部下だとわかったら、懲戒手続を取って、停職処分にしてやる！」

署長はニコラをそこに残したまま新聞を持って部屋を出ていった。オリヴァーは頭にきて、全身を震わせた。新聞記事の件よりも、署長の侮辱的な発言にはらわたが煮えくりかえっていた。

「どうするの？」ニコラはたずねた。オリヴァーは、同情するようなその質問が偽善の極みに思え、彼女を部屋から放りだしたくなった。

「わたしの捜査の邪魔ができたと思ったら大間違いだぞ」オリヴァーは気持ちを抑えていった。「自分の首をしめることになるのは確実だ」

「それはどういう意味？」ニコラは無邪気に微笑んだ。

「新聞社に情報を流したのはきみだろう。前にも別の事件で同じようなことをやられたからな。ほら捜査官の正体がばれて、殺されたとき、あのときも新聞社に情報が流れた」

オリヴァーはいってしまってから後悔した。あのときは懲戒手続も、内部捜査もなかった。調書にまとめられることもなかったのだ。しかしニコラは翌日、任を解かれた。オリヴァーにはそれだけで証拠は充分だった。ニコラの笑顔が凍りついた。

「言葉に気をつけなさい」ニコラは静かにいった。オリヴァーは地雷を踏んだことに気づいた。しかしすっかり頭に血が上ってしまい、冷静になれなかった。それにあの事件は、ずっと人知れず彼の魂に焼きついていたことなのだ。

「なにをいわれようと平気だ、ニコラ」オリヴァーは一メートル八十八センチの高みからねめつけた。「それからわたしに断りなく、わたしの部下の仕事を監視するのはやめてもらいたい。きみが目的のためなら手段を選ばないことは、だれよりもよく知っている。付き合いが長いことを忘れないことだ」

思いがけないことに、ニコラがあとずさった。自分の方が優勢になったことに、オリヴァーは突然気づいた。そしてニコラもそのことに気がついたようだ。いきなりきびすを返すと、なにもいわずに部屋から出ていった。

ピアが曇りガラスのドアを通って出てくると、マルクス・ノヴァクの祖母は待合室の椅子から腰を上げた。年齢はヴェーラ・カルテンゼーと同じくらいだろう。しかしたくましい体つきをしていて銀髪を短くそろえ、両手は節だらけで、明らかに関節炎を患っている。上品な貴婦人ヴェーラとは雲泥の差だ。アウグステが長い人生で大変な苦労をしてきたのは間違いない。

「少しすわりましょうか」ピアは窓辺に並べてある椅子を指差した。「待っていてくださってありがとうございます」

「孫をひとりにしておけませんから」アウグステはいった。しわだらけの顔は本当に気遣わしげな表情をしていた。ピアはアウグステの個人情報をいくつかたずねてからメモをした。夜中に警察に電話通報したのは彼女だった。彼女のベッドルームは、孫息子の会社の事務所と作業場の方を向いていたのだ。午前二時頃、物音に気づいて起きだし、窓から外をうかがったのだという。

「この数年、わたしは寝付きが悪いのです」アウグステはいった。「孫の事務所に明かりがついているのが窓から見えました。それから事務所の前に黒い車が止まっていました。バンでした。胸騒ぎがして、外に出たのです」

「それは軽率でしたね」ピアはいった。「怖くなかったのですか?」

アウグステは、そんなことはないというように手を振った。

「わたしが廊下の照明をつけて、玄関を出たとき、連中はちょうど車に乗り込んだところでした。三人組でした。わたしをひこうとしたのか、車がわたしの方へ走ってきましたが、そのとき庭の垣根の前に置いてあった車止めのコンクリートブロックにぶつかったのです。ナンバープレートを確かめようとしましたが、つけていませんでした。ひどい犯罪者どもです」

「ナンバープレートをつけていなかったのですか?」メモを取っていたピアが驚いて顔を上げた。アウグステはうなずいた。

「お孫さんの仕事は?」

「古建築の修復士です。古い建築物の再生と修復が仕事です。会社は評判がよく、依頼がたくさん来ています。けれども成功してから、いろいろとねたまれるようになっていました」

「どうしてですか？」

「うまい言い方があります。儲けとともにやってくるのは嫉妬、ただで手に入るのは同情」

「お孫さんは犯人たちと顔見知りだと思いますか？」

「いいえ」アウグステは首を横に振って、苦々しげにいった。「顔見知りではないと思います。彼の知り合いに、あんなことのできる者はいないはずですから」

ピアはうなずいた。

「医師は拷問にあったのではないかといっていますが、心当たりはありますか？　なにか隠し持っているのでしょうか？　最近、脅迫されていた様子はありませんでしたか？」

アウグステがピアをじっと見つめた。普通の女性のようだが、よくわからないところもある。

「さあ」アウグステは返答を避けた。

「だれならそのことを知っているでしょう？　お孫さんの奥さんは？」

「知っているとは思えません」アウグステは苦笑した。「でも今日の午後お訪ねになってはいかがですか。仕事を終えたあとに。あの人は夫よりも仕事が大事らしいですから」

アウグステの言葉に少し皮肉がこもっていることに、ピアは気づいた。普通の暮らしという仮面の裏に救いようのないほどばらばらの家族が隠れているものだ。そのことを知るのは、これがはじめてではなかった。

「ではお孫さんが面倒を抱えていることを、なにもご存じなかったのですね？」

「ええ、あいにくですが」アウグステはかぶりを振った。「会社のことで問題があれば、きっと話してくれたはずですが」

ピアはアウグステに礼をいってから、調書を確認しにあとで署を訪ねてくれないかと頼んだ。それから、フィッシュバッハにあるノヴァクの会社へ行くよう鑑識課に指示して、自分も事件現場に向かった。

ノヴァクの会社はフィッシュバッハの町外れにあった。公道からはずれた、夜中に千鳥足で歩いても安全な私道に面していた。ピアが会社の敷地に到着すると、鍵のかかったままの事務所のドアの前で作業員たちが激しい口調で話していた。

ピアは身分証をだした。「おはようございます。ピア・キルヒホフ刑事です」おしゃべりがピタッとやんだ。

「どうしました？」ピアはたずねた。「問題でもあるんですか？」

「山ほどありますよ」チェック柄のウールシャツを着て、青い作業ズボンをはいた若い作業員がいった。「中に入れないんです。すでに遅刻ですよ！　ボスのおやじさんの話では、警察が来るまで待たなくちゃいけないとかで」

その男は、ちょうど大股でやってくる男を顎でしゃくった。

「警察はここにいますが」鑑識が作業する前に大勢の人間に事件現場を歩きまわられずにすんだことを知って、ピアはほっと胸をなでおろした。「あなた方の社長は昨夜、暴行を受けたのです。今、入院中です。しばらく出てこられないでしょう」

そのとたん、作業員たちがまたしゃべりだした。

「おい、通してくれ！」大きな声がして、作業員たちが道をあけた。「警察の人？」

その男がうさんくさそうに、ピアを頭の天辺からつま先までじろじろ見た。男は背が高く、がっしりした体格だった。血色がよく、きれいに切りそろえた口髭を生やし、鼻は団子のように丸かった。よほどの男性中心主義者なのか、女がここで権威を持つことが気にくわないようだ。

「もちろんです」ピアは刑事章を男に呈示した。「あなたは？」

「マンフレート・ノヴァク。この会社は俺の息子のものだ」

「息子さんが入院中、経営の責任者はどなたになりますか？」ピアは質問した。マンフレートは肩をすくめた。

「やらなくちゃならないことはわかってます」さっきの若い作業員が口をはさんだ。「作業道具と車のキーが必要なんです」

「おい、黙ってろ」マンフレートが嚙みついた。

「これが黙ってられるかよ！」若い作業員も怒鳴り返した。「マルクスがひどい目にあっていい気味だと思ってんだろう！　だけどあんたには、なんもいう権利はないんだからな！」

マンフレートが顔を紅潮させ、腰に手を当てて怒鳴りちらそうとした。

「落ち着いてください！」ピアはいった。「ドアを開けていただきましょう。それから昨夜のことについてあなたと家族の方たちに伺いたいことがあります」

マンフレートは敵意に満ちた目でピアをにらんだが、いわれたとおりにした。

「あなた、ついてきて」ピアは若い作業員を手招きした。

事務所は目も当てられない惨状だった。ファイルはことごとく棚から落とされ、引き出しとその中身が床に散乱していた。コンピュータのモニター、プリンター、ファックス、コピー機は叩き壊され、キャビネットも開け放たれて、引っかきまわされていた。

「なんだこれは」作業員が部屋の中をのぞいて声を張り上げた。

「車のキーはどこにあるの？」ピアは作業員にたずねた。作業員はドアの横のキーボックスを指差した。ピアは作業員に、中に入ってもかまわないと手で合図した。作業員が必要な鍵を全部手に取ると、ピアはいっしょに廊下を抜け、重たい防火扉を開けて作業場に入った。一見なんともないように見えたが、作業員は押し殺した声で呪いの言葉を吐いた。

「どうしたの？」ピアは質問した。

「倉庫が」作業員は作業場の奥の大きく開けっ放しになった扉を指差した。ふたりはまもなく、倒れた棚と使い物にならなくなった資材の中に立ち尽くした。

「さっきマンフレート・ノヴァクがいい気味だと思っているといったわね。あれはどういう意味なの？」ピアは作業員にたずねた。

「おやじは社長のことを烈火のごとく怒ってるんです」作業員は敵意をむきだしにしていった。

「おやじの建築会社が巨額の負債を抱えたとき、社長はそれを引き受けなかったんすよ。それを根に持ってるんです。でも、あれでよかったんだと、俺は思ってます。会社の金を好き放題使って、収支がどうなってるかだれひとり気にしなかったんだから、会社がつぶれるのも当たり前です。社長は他の家族の者とはできが違うんです。本当に頭が切れて、できる人なんです。あの人と仕事するのは楽しいです」

「ノヴァク氏は息子さんの会社で働いているんですか？」

「いいえ、そんな気はさらさらないすね」作業員は吐き捨てるようにいった。「ふたりの兄貴たちも同じですよ。連中は職業安定所の方を選ぶでしょう」

「家族の人たちが昨夜の騒ぎを聞きつけなかったというのも妙ね。相当にすごい音が出たと思うんだけど」

「聞きたくなかっただけじゃないすか」作業員は社長の家族をかなり嫌っているようだ。ふたりは倉庫から出て、作業場を歩いた。いきなり作業員が立ち止まった。

「社長の容体はどうなんですか？　しばらく退院できないようなことをいっていましたよね。本当なんすか？」

「わたしは医者じゃないのでよくわからないけど、怪我はとてもひどいみたいね。入院しているのはホーフハイム病院よ。彼がいなくても、しばらくなんとかやっていける？」

「数日ならなんとか。でも社長は大きな仕事を受注するところだったんです。そのことは社長にしかわかりません。三日後に重要なミーティングがあると聞いてます」

マルクス・ノヴァクの家族はよそよそしかった。ピアを家に招き入れようともしなかった。だから事情聴取は、会社の敷地に接するように建つ大きな家の玄関で行った。そこから石を投げたくらいの距離に、手入れの行き届いた小さな庭つきの家があった。そこにマルクスの祖母が住んでいるという。マンフレート・ノヴァクは当然のように、ピアの質問にすべて自分で答えた。ピアがだれに向かって質問しようがおかまいなしだった。そして家族の者はみな、投げやりなうなずき方をして、マンフレートの言い分をそろって肯定した。マンフレートの妻はやつれた感じで、実際よりも老けて見えた。ピアと視線を合わせることを避け、唇の薄い口元をぎゅっと結んでいた。マルクスのふたりの兄はどちらも四十代はじめくらいで、鈍くてのろまな感じだ。体格は父親に生き写しだった。酔っぱらいのようなうつろな目をしている長男の方は、家族そろってこの大きな家に同居していた。次男は二軒先の家に住んでいた。月曜の朝のこの時間帯に家族みんなが自宅にいて、働きに出ていない理由もすぐにわかった。そしてみんな、森側の部屋をベッドルームにしているため、だれひとり、夜中の騒ぎに気づかず、なにかあったとわかったのは救急医と警察が来てからだったという。ピアは、マルクスにけなされた酒場の主人とか、首になった元作業員の名前をメモしたが、調べるだけ無駄だと思った。アウグステと違って、マンフレートはすぐにあやしい人間の名前を列挙した。ピアは、マルクスにけなされた酒場の主人とか、首になった元作業員の名前をメモしたが、調べるだけ無駄だと思った。病院で女医がいったように、マルクスを襲ったのはプロだ。ピアは家族に礼をいうと、マルクスの事務所にもどった。すでに鑑識チームが作業に入っていた。アウグステの言葉がピアの脳裏に蘇った。「儲けとともにやってくるのは嫉妬、ただで手に入るのは同情」。本当にそのとおりだ。

二時間後、署にもどったピアはなにかあったとすぐに気づいた。同僚は緊張した面持ちでデスクにつき、ろくに顔も上げなかったからだ。

「どうしたの？」ピアはたずねた。カイ・オスターマンが新聞記事のこととオリヴァーの反応について話した。ボスはニーアホフ署長と激しい口論になり、いつになく癇癪《かんしゃく》を起こし、だれかれかまわず、新聞社に情報を流したのではないかと疑いをかけたというのだ。

「俺たちのはずはないさ」カイはいった。「ところでクリスティーナ・ノヴァクの資料はきみのデスクに置いておいたよ。ついさっきここに届いたんだ」

「ありがとう」ピアはバッグをデスクに置くと、資料にざっと目を通した。そして電話機に黄色いメモが貼ってあるのを見つけた。「大至急電話すること！」と書いてあり、ポーランドの国番号つきで電話番号が添えられていた。ミリアムだ。だが電話は後回しだ。ピアはその足でオリヴァーの部屋へ向かった。ノックしようとした瞬間、勢いよくドアが開き、フランク・ベーンケが蒼い顔をして飛びだしてきた。ピアはボスの部屋に入った。

「彼、どうしたんですか？」ピアはたずねた。オリヴァーは答えなかった。御機嫌斜めのようだ。

「病院はどうだった？」オリヴァーがたずねた。

「被害者はフィッシュバッハの建築修復士マルクス・ノヴァクでした」ピアは答えた。「夜中に事務所で三人組に襲われ、拷問を受けたそうです。残念ながらなにも証言してくれませんでした。家族もまったく事情を知らないようです」

「捜査十課に任せよう」オリヴァーはデスクの引き出しを探りながらいった。「こっちは手が足りないくらいだ」

「待ってください。まだ話は終わっていません。ノヴァクの事務所で所轄の警察署がだした召喚状が見つかったんです。不注意による傷害の疑いです。調べたら、被害届はヴェーラ・カルテンゼーからだされていました」

オリヴァーがはっとして目を上げた。一気に興味をそそられたのだ。

「ノヴァクの電話には、水車屋敷《ミューレンホーフ》との通話記録がこの数日だけでも、少なくとも三十回残されていました。昨晩などエラルドと三十分以上電話で話をしています。偶然かもしれませんが、またしてもカルテンゼーの名前が浮上するなんておかしくありませんか」

「たしかに」オリヴァーは顎をなでながら考えた。

「使用人が屋敷に不審者が侵入しようとしたといっていたことを覚えていますか？　ひょっとして、ノヴァクだったのではないでしょうか」

「この件を徹底的に調べてみよう」オリヴァーは受話器を取って電話をかけた。「わたしにいい考えがある」


一時間後、バート・ホンブルクのハルトヴァルト地区にあるガブリエラ・フォン・ロートキルヒ伯爵夫人邸の門の前で、オリヴァーは車のブレーキを踏んだ。このあたりはタウヌス山地の麓でももっとも高級な住宅地だ。高い塀と密生した垣根の向こうに建ち並ぶ豪邸。どこも数千平方メートルはある庭園に囲まれている。ここには本当の上流階級が住んでいるのだ。コージマとその姉妹が次々と家を出ていき、夫とも死別してから、ロートキルヒ伯爵夫人は部屋が十八室もあるこの豪邸にたったひとりで住んでいた。年老いた執事夫婦は併設されたゲストハウスに住んでいる。使用人というより、友だちのような付き合いをしている。オリヴァーは義母をとても尊敬していた。自分は極めて質素な暮らしをしながら、さまざまな財団に多額の寄付をしているが、ヴェーラ・カルテンゼーと違ってそれを誇示することがなかった。オリヴァーはピアを連れて、邸《やしき》の裏手にある広大な庭園に向かった。伯爵夫人は三つある温室のひとつでトマトの苗の鉢替えをしていた。

「あら、来たのね」伯爵夫人は微笑んだ。色褪せたジーンズをはき、着古した手編みのカーディガンを着て、つばの大きな帽子をかぶっている。それを見て、オリヴァーは思わずニヤリとした。

「これはまたなんと、ガブリエラ」オリヴァーは義母の両頬にキスをしてから、義母とピアをそれぞれ紹介した。「いつからこんな大規模菜園をはじめたのですか？　ひとりではとても食べきれないでしょう！」

「あなたたちに食べてもらうのよ。それでも余ったら、バート・ホンブルクの人たちの食卓に載せてもらうわ。そうすれば、わたしの趣味も人様のお役に立てるでしょう。それはそうと、用件はなにかしら？」

「マルクス・ノヴァクという名前をご存じでしょうか？」ピアがたずねた。

「ノヴァク、ノヴァク」伯爵夫人は作業台の上にあった袋のひとつにナイフを刺し、一気に切り裂いた。作業台の上に黒々した腐葉土があふれでた。ピアは思わずモニカ・クレーマーのことを思いだしてしまった。ボスと目が合って、ボスも同じことを連想していると気づいた。

「ええ、もちろんよ！　一年前、水車屋敷《ミューレンホーフ》の古い水車小屋を修復した若い建築修復士でしょう。あれはヴェーラが文化財保護の助成金を受けたあとのことだったわね」

「それは興味深いですね」オリヴァーはいった。「そのときなにかあったのでしょうか？　夫人は、彼が不注意で怪我人をだしたと訴えているのですが」

「聞いているわ。事故があって、ヴェーラが怪我をしたのよ」

「なにがあったのですか？」オリヴァーは上着のボタンをはずし、ネクタイをゆるめた。温室の中は気温が二十八度、湿度が九十パーセントだった。ピアは手帳をだして、メモを取った。

「残念ながら、よくは知らないの」伯爵夫人は、植え替えのすんだトマトの苗を板の上に並べた。「ヴェーラは自分の恥になることを話したがらないから。いずれにせよ、そのあとリッターを解雇して、ノヴァクと法廷で争っているわ」

「リッター？」ピアがたずねた。

「トーマス・リッターは長年、ヴェーラの私設秘書だった方よ。ヴェーラにいわれたことはなんでもするお手伝いさんというところね。知的でハンサムな方だったわ。ヴェーラは彼を解雇したあと、どこにもつとめられないようにしたのよね」

伯爵夫人はそこでクスクス笑った。

「わたしは、あの人がヴェーラの思い人だとずっと思い込んでいたのよね。でもねえ、彼はいい男で、ヴェーラはおばあさんですものねえ！　ところでノヴァクもかなりの美男子よ。二、三度顔を合わせたことがあるわ」

「美男子だったというべきでしょう」ピアがいいなおした。「昨夜、何者かに暴行を受けたのです。治療に当たった医師によると、拷問を受けたらしいのです。右手はひどくつぶされていて、切断する必要があるかもしれないそうです」

「なんてこと！」伯爵夫人は驚いて手を止めた。「かわいそうに！」

「わたしたちは、ヴェーラ・カルテンゼーがなぜ彼を告訴したのか知りたいのです」

「リッターに訊くのが一番ではないかしら。それとエラルドね。事故が起きたとき、ふたりともそばにいたという話だから」

「エラルド・カルテンゼーは、母親の不利になることを話しますかね？」オリヴァーは上着を脱いだ。顔に汗をかいていた。

「話すんじゃないかしらね。エラルドとヴェーラは仲があまりよろしくないのよ」

「しかしそれなら、なぜ同じ屋根の下で暮らしているのでしょう？」

「たぶんその方が楽だからでしょう。エラルドは、自分から行動するタイプではないのよ。優れた美術史家で、彼の意見は画壇で高く評価されているけれど、実生活では不器用なのよ。ジークベルトのようなやり手ではないわ。エラルドは楽な道ばかり選ぶの。うまくいかないと、すぐに投げてしまうし」

ピアもエラルド・カルテンゼー教授について同じような印象を抱いていた。だから今でも彼があやしいとにらんでいるのだ。

「カルテンゼー教授が母親の友人たちを殺す可能性はあるでしょうか?」ピアがそうたずねたので、オリヴァーは絶句した。伯爵夫人はピアをまっすぐ見つめた。

「教授にはよくわからないところがあります」ピアはいった。「普段は礼儀正しいのですが、その裏になにか隠している気がしてならないのです。自分の父親を知らず、出自もわからない。もうそんなことで悩む年でもないはずなのに、高齢になってかえってそれが耐えがたくなったようなのです。ゴルトベルクとシュナイダーのことを嫌っていたみたいですし」


一時間後、オリヴァーとピアが病室を訪ねると、マルクス・ノヴァクに見舞客が来ていた。ピアが今朝会った若い作業員だ。ボスのベッドのすぐわきの椅子にすわり、指示を仰いで、熱心にメモを取っていた。作業員は、夕方また顔をだすと約束して立ち去った。オリヴァーは名乗ってから質問をはじめた。

「昨夜なにがあったのですか? 記憶にないなどという嘘はいわないでください。いずれわかることです」

マルクスは、刑事の再訪に辟易《へきえき》したのか、だんまりを決め込んだ。オリヴァーは椅子にすわり、ピアは窓に寄りかかって手帳をひらいた。傷だらけのマルクスの顔を見て、ピアは口元が美しいと思った。さっきは気づかなかったことだ。形のいい唇に整った白い歯、そして上品な顔立ち。オリヴァーの義母がいったとおり、ひどい怪我をしていなければ、かなりの美男子だ。

「ノヴァクさん」オリヴァーは身を乗りだした。「わたしたちが遊びでここへ来ていると思っているのですか？　あなたは右腕を失うかもしれないのですよ。そんなひどい目にあったというのに、泣き寝入りするのですか？」

マルクスは目を閉じて黙っていた。

「カルテンゼー夫人があなたの不注意から怪我をしたと訴えていますね。あれはどういうことですか？」ピアがたずねた。「この数日だけでも、三十回近くカルテンゼー家に電話をしていますね。どうしてですか？」

沈黙。

「あなたを襲った犯人は、カルテンゼー家と関係があるのではないですか？」

ピアは、マルクスが手をにぎりしめたことに気づいた。大当たりだ！　もうひとつの椅子をベッドの反対側に置いて腰をおろした。半日前に恐ろしい思いをしたばかりの人間を問い詰めることに、一抹の後ろめたさがあった。ピア自身、自分の家で襲われることがどれほど恐ろしいことか、身をもって体験していたからだ。それでも五件の殺人事件を解明しなければならない。マルクスだって六人目の死者になりかねなかったのだ。

「ノヴァクさん」ピアは声を和らげて話しかけた。「あなたを助けたいのです。事件はあなただけの問題にとどまらないのです。わたしを見てください」

マルクスはいうことをきいた。傷つきやすそうな黒い瞳に、ピアは胸がしめつけられた。マルクスをまだよく知らないのに好感を覚えた。ピアは捜査の最中に人の人生を垣間見て、刑事としての判断に支障をきたすほど親しみを感じてしまうことがときどきあった。頑なに証言を拒むこの男になぜ好意を感じるのだろうと自問するうち、ふとシュナイダー殺人事件のときに目撃された会社のロゴ入りの車のことが脳裏をよぎった。

「四月三十日から五月一日にかけての夜どこにいましたか？」ピアはいきなりたずねてみた。

マルクスもオリヴァーも、その質問にびっくりした。

「ダンスパーティに出てました。フィッシュバッハのスポーツクラブです」

下唇が腫れ、内出血しているせいか、彼の声は消え入りそうなほどか細かった。だがはじめて口をひらいた。

「エッペンハインに立ち寄りませんでしたか？」

「いいえ。なぜですか？」

「パーティには何時までいましたか？　そのあとは、どこへ行きましたか？」

「よく覚えてません。パーティ会場をあとにしたのは一時か一時半です。そのあと家に帰りました」

「五月一日の晩は？　水車屋敷《ミューレンホーフ》にカルテンゼー夫人を訪ねませんでしたか？」

「いいえ。なぜ訪ねる必要があるんです？」

「カルテンゼー夫人と話すためです。あなたは訴えられているわけですから。あるいはカルテンゼー夫人を怖がらせようとしたとか」

マルクスはかっとなった。

「冗談じゃない！　水車屋敷《ミューレンホーフ》へなど行くものか！　どうしてあの人を怖がらせないといけないんです？」

「あなたは水車小屋を修復したそうですね。そのときに事故があって、カルテンゼー夫人はあなたの責任だと訴えた。あなたと夫人のあいだになにがあったのですか？　当時、なにが起こったのですか？　どうして裁判沙汰にまでなったのですか？」

マルクスが答えるまでしばらくかかった。

「あの人は工事現場に来て、まだ固まっていない土間に入って腕の骨を折ったんです。俺は、危険だと注意したのに、事故を俺のせいにして、工事費を払わなかったんです」

「夫人はいまだに工事費を支払っていないのですか？」ピアは聞き返した。マルクスは肩をすくめて、怪我をしていない左手を見つめた。

「未払い金はいくらにのぼるのですか？」ピアは質問した。

「さあ、知りません」

「ノヴァクさん、ふざけないでください！　一桁まで正確に覚えているはずですよ。白々しいことをいわないでください！　夫人が支払わなければならない金額はいくらなのですか？」

マルクスはまた自分の殻に閉じこもり、だんまりを決め込んだ。

「ケルクハイム署の同僚に電話すれば、どうせわかることですよ」ピアはいった。「どうなんですか？」

マルクスは少し考えてからため息をつき、しぶしぶいった。

「十六万ユーロ。利子は別にして」

「それは大金ですね。あきらめるつもりは？」

「もちろんありません。絶対に支払わせてみせます」

「なにか方法があるということですか？」

「告訴して、請求するつもりです」

しばらくのあいだ病室は静寂に包まれた。

「その金のために、あなたはどこまで踏み込むつもりですか」ピアがたずねた。

沈黙。オリヴァーが、質問をつづけるようにと目配せした。

「昨夜の男たちですけど、なにが目的だったのですか？　事務所と倉庫が荒らされていましたが、それはどういうことなのですか？　犯人たちはなにか探していたのでしょうか？」

マルクスは口をへの字にして、そっぽを向いた。

「あなたのおばあさんが廊下の照明をつけたので、犯人たちはあわてて逃げましたね。そのときコンクリートブロックに車をこすっていきました。鑑識チームが塗装を採取しまして、今、科学捜査研究所で分析中です。いずれ持ち主は判明するでしょう。でも、あなたが協力してくれれば、捜査はもっとスムーズに進むのですが」

「だれなのかわかりませんでした。あいつら、マスクをつけていて、すぐに俺に目隠しをしましたから」

「犯人の目的は？」

「金です」少しためらってから、マルクスは答えた。「連中は金庫を探していました。でもうちには金庫なんてありませんから」

真っ赤な嘘だ。そしてマルクスも、ピアが嘘に気づいているとわかっていた。

「まあ、いいでしょう」ピアは立ち上がった。「話したくないのであれば、仕方ありません。奥さんなら、なにか話してくれるかもしれませんね。これから刑事警察署の方へ来てもらうことになっているんです」

「妻は関係ない」マルクスは苦しそうに体を起こした。妻が事情聴取されると困ることでもあるかのようだった。

「関係ないかどうかは話を聞いて判断します」ピアは微笑んだ。「お大事に。なにか思いだしたときは連絡をください。名刺を置いていきます」


「なにも知らないか、なにかに怯えているかのどちらかだな」オリヴァーは病院の一階に下りる途中、つぶやいた。

「どちらでもないですね」ピアはきっぱりといった。「なにか隠しているような気がします。もうちょっとで……」

いきなり口をつぐむと、ピアはボスの腕をつかんで柱の陰に隠れた。

「どうしたんだ?」オリヴァーがたずねた。

「あの花束を持った人。カルテンゼー教授じゃありません?」

オリヴァーはホールに視線を向けた。

「本当だ。どうしてここに?」

「ノヴァクのところへ行くところではないでしょうか? でも、なぜかしら?」

「ノヴァクがこの病院にいるってどうしてわかったんだ?」

「暴行事件がカルテンゼー家の指図だったのなら、知っていても不思議はないですね。教授は昨夜、ノヴァクと電話で話しています。殺し屋が到着するまで、ノヴァクを足止めしようとしたんじゃないでしょうか」

「訊いてみよう」オリヴァーは教授の方へまっすぐ歩いていった。教授は館内表示を見ていてまったくオリヴァーに気づかなかった。いきなり声をかけられて、飛び上がらんばかりに驚き、いつにも増して顔から血の気が引いた。

「お母さんに花を持っていかれるところですか?」オリヴァーは親しげに微笑んだ。「それは喜ばれるでしょう。お母さんの具合はいかがですか?」

「わたしの母ですか?」教授は面食らった。

「あなたの弟さんから、お母さんはここに入院していると聞きましたが。お母さんを見舞いにいかれるところではなかったのですか?」

「あ……いや、いいえ……ちょっと……知り合いの見舞いに」

「ノヴァクさんのところですか?」ピアがたずねた。教授は一瞬面食らってからうなずいた。

「彼がここに入院中だとどうしてご存じなのですか?」ピアは疑り深そうにたずねた。オリヴァーがいっしょだったので、このあいだほど教授を怖いとは思わなかった。

「彼の経理係から聞きまして。今朝、電話をもらって、大けがをしたことを知ったのです。じつはノヴァクさんにフランクフルトでの大きなプロジェクトに関わってもらっているのです。フランクフルト旧市街の修復事業でして。三日後に重要な会合があるのです。それまでにノヴァクさんが退院できないのではないか、と社員の人たちが気をもんでいるんです」

本当らしい。教授は落ち着きを取りもどし、顔の血色も少しよくなった。だが土曜日から一睡もしていないかのようにげっそりやつれている。

「ノヴァクさんとはもう話をされたのですか?」教授がたずねた。

オリヴァーはうなずいた。「ええ」

「それで? 具合はどうなんですか」

ピアは意外に思って教授をじっと見た。ただの知り合いの容体をそんなに心配するものだろうか?

「拷問を受けたようです」ピアはいった。「右手をつぶされていて、もしかしたら切断せざるをえないという話です」

「拷問?」教授はまた顔面蒼白になった。「なんてことだ!」

「ええ、彼は深刻な問題を抱えていますね。ご存じと思いますが、あなたのお母さまは水車小屋の六桁に達する工事費をまだ払っていないそうですね」

「なんですって？」教授の驚きは本物のようだった。「そんなはずはありません！」

「ノヴァクさんから直接聞きました」オリヴァーがいった。

「しかし……しかしそんなはずは」教授は呆然としてかぶりを振った。「どうして話してくれなかったのでしょう？　なんてことだ！」

「ノヴァクさんとは、どういうお知り合いなのですか？」ピアはたずねた。教授はすぐには答えなかった。

「ええと、ただの顔見知りです。彼が水車屋敷《ミューレンホーフ》で働いていたとき、ときどき話をしました」

ピアは待ったが、教授はそれっきりなにもいわなかった。

「あなたは昨夜、ノヴァクさんと電話で三十二分も話していますね。しかも真夜中の一時頃。ただの顔見知りがおしゃべりをする時間帯とは思えませんが、いかがでしょう？」

ほんの一瞬、エラルドが動揺した。なにか隠していることは確実だ。そのことで神経が張り詰めているようだ。本格的に尋問すれば、すぐ白状するだろう、とピアは思った。

「修復事業の相談をしていたのです」教授は声をこわばらせて答えた。「大きな仕事なので」

「夜中の一時にですか？　信じられませんね！」ピアは首を横に振った。

「それにあなたのお母さんは、ノヴァクさんの不注意で事故にあったと訴えているのですよ」オリヴァーが口をはさんだ。「彼に対して、なんやかや三つも訴訟を起こしているというではないですか」

教授は、わけがわからないというようにオリヴァーを見つめた。

「それがどうしたのですか？」教授は露骨に不快感を示したが、オリヴァーたちがなにを突き止めようとしているかがわからないようだった。「わたしには関係ないでしょう」

「ノヴァクさんはあなたの家族を心底憎んでいるのではないですか？」

教授が押し黙った。額に汗が浮きでている。教授は本当に困っているようだった。

「わたしたちとしてはですね」オリヴァーはつづけた。「ノヴァクさんが金を支払わせるため、行動に出たのではないかと考えているのです」

「どういう……意味でしょう？」駆け引きが苦手そうな教授は明らかに追いつめられていた。

「ノヴァクさんはゴルトベルク氏やシュナイダー氏と知り合いだったのではありませんか？おそらくフリングスさんとも。ノヴァクさんの会社の車とそっくりの社名ロゴ入りの車が、シュナイダー氏が殺害された夜、家の前で目撃されているのです。ノヴァクさんは、その時間帯にひとりで自宅にいたと主張しています。これではアリバイになりませんからね」

「それは何時頃ですか？」教授がたずねた。

「ノヴァクさんは長いあいだ水車屋敷《ミューレンホーフ》で働いていましたね」ピアは質問を無視して続けた。「そこであなたのお母さんの友だち三人と知り合ったのではないかと見ています。十六万ユーロはあなたにとっては大金ではないでしょうが、ノヴァクさんにとってはひと財産なのです。三人を殺すことで、あなたのお母さんに圧力をかけようとしたのではないでしょうか。そのためにひとりずつ殺していったとか」

教授は絶句してピアを見つめ、それから激しく首を横に振った。

「むちゃくちゃだ！　あなたたちに、彼のなにがわかるのです？　ノヴァクは人殺しじゃありません！　そんなことで人を殺すものですか！」

「破滅への不安と復讐心、これは充分殺人の動機になります」オリヴァーはいった。「殺し屋による殺人というのはごく希《まれ》なものです。たいていの殺人は、切羽詰まった普通の人によって行われるのです」

「マルクスが人を撃つはずがありません！」教授は異常なほど語気荒くいった。「どうしてそんなくだらないことを考えるのですか！」

マルクス？　ふたりの関係はやはりただの顔見知りではないようだ。ピアは、シュナイダーが殺されたことを知ったときに教授が無頓着だったことを思いだした。あれはやはり事前に知っていたからだろうか。裕福で影響力のある教授がマルクスを百万ユーロの餌で釣り、三人の老人を殺させたという筋書きもありえそうな気がしてきた。

「シュナイダー氏が殺害された夜のノヴァクさんのアリバイについては調査する予定です」ピアはいった。「ゴルトベルク氏とフリングス夫人が殺された夜についても同様に」

「あなたたちはとんでもない間違いをしていますよ」教授の声は震えていた。ピアは教授をじっと観察した。教授は気を取りなおしたはずなのに、なぜか焦っている。自分が疑われていることに気づいたのだろうか。

病院の外に出るなり、ピアの携帯電話が鳴った。

「一時間前からずっと電話をかけていたんだぞ」カイ・オスターマンが腹立たしげにいった。

「わたしたち、病院の中にいたのよ」ピアは立ち止まったが、ボスはそのまま歩きつづけた。

「病院では携帯がつながらないのは知っているでしょう。なにかあったの？」

「よく聞いてくれ。マルクス・ノヴァクは四月三十日午後十一時四十五分にフィッシュバッハで警察の検問に引っかかっていたんだ。無免許で車検証も所持していなかったので、翌日、ケルクハイム署に出頭するように命令されたけど、今日にいたるまで出頭していない」

「それは興味深いわね。検問は正確にはどこで行われたの？」電話の向こうでカイがキーボードを打つ音がした。

「グリューナー通りとケルクハイム通りの角だ。会社所有のVWパサートに乗っていた」

「シュナイダーが殺されたのは午前一時頃だったわね」ピアは声にだして考えた。「フィッシュバッハからエッペンハインまでは、車なら十五分で行ける。ありがとう、カイ」

ピアは携帯電話をしまうと、ボスのところへ行った。車のそばでなにか考えている様子のオリヴァーに、ピアはカイからの情報を伝えた。

「犯行時間のアリバイは嘘です。しかしどうして嘘なんてついたんでしょう？」

「ノヴァクにシュナイダーを殺す必要があったのか？」オリヴァーが聞き返した。

「カルテンゼー教授に頼まれたというのはどうですか。ノヴァクに大きなプロジェクトの話を持ちかけて、交換条件にしたとか。ノヴァクがヴェーラに圧力をかけるために友人たちを殺した可能性もありますね。それに例の数字もヴェーラが支払っていない工事費に近いじゃないですか。ノヴァクは十六万ユーロといっていましたよ！」

「ゼロがひとつ合わないな」

「まあ、そうですけど」ピアは肩をすくめた。「ちょっとした思いつきです」

「エラルド・カルテンゼー犯人説、あるいは教唆説はあきらめろ」

オリヴァーが教授に甘いことが癇に障ったピアは、むっとしていいかえした。

「どうしてですか！　今まで事情聴取をしてきた人物の中で一番強い動機があるんです！　自宅で話を聞いたときの彼をボスに見せたかったです！　自分の出自を教えようとしない者たちへの憎悪は、それはすさまじいものでした！　殺したいくらいあいつらが憎いといっていました。さらに問い詰めると、みんな死んでしまった、といいました」

オリヴァーは車のルーフをじっと見つめた。

「彼は六十歳を超えています」ピアは少し気持ちを静めて話をつづけた。「実の父がだれか突き止めるには、もうあまり時間が残されていないのです！　母親が本当のことをいわなかったので、三人の友人を射殺したのではないでしょうか。彼は母親を憎んでいますから！　あるいはノヴァクを焚きつけて殺させたのかも！　次はきっと母親を殺すでしょう」

「きみの推理にはひとつも証拠がない」オリヴァーはいった。

「なんでわかってくれないんですか！」ピアは拳骨でルーフを叩いた。納得してくれないボスの肩をつかんで揺り動かしたいくらいだった。「彼が事件になにか絡んでいるのは間違いないです。どうして病院にもどって、犯行時間のアリバイを訊かないんですか？　ひとりで自宅にいたというはずです。賭けてもいいです」

答える代わりに、オリヴァーは車のキーをピアの方に投げた。

「三十分後にパトカーを迎えによこしてくれ」そういうと、オリヴァーは病院にもどった。

ピアが署にもどると、クリスティーナ・ノヴァクが待合いコーナーで待っていた。ピアの姿を認めると、ぱっと立ち上がった。顔が青白く、そわそわしている。

「こんにちは、ノヴァクさん」ピアは手を差しだした。「どうぞ、こちらへ」

ピアはガラス窓の向こうにいる守衛に、ドアを解錠するよう合図した。解錠の音がしたそのとき、ピアの携帯電話が鳴った。ミリアムだった。

「今どこ？」ミリアムは興奮していた。

「ちょうど署にもどったところ」

「それじゃ電子メールを確かめて。資料をスキャンして、添付して送ったわ。それから司書がいくつかアドバイスをくれて、数人の人に会えることになったの。また連絡するわね」

「オッケー。すぐに見てみるわ。ありがとう」

二階に上がって、自分の部屋の前まで来ると、ピアは立ち止まった。

「ここで少し待っていただけますか？　すぐに呼びます」

クリスティーナは黙ってうなずいて、廊下に並べてあるプラスチックの椅子に腰かけた。課の同僚で署内にいたのはカイ・オスターマンだけだった。アンドレアス・ハッセは〈タウヌスブリック〉へ事情聴取に行っていて、カトリーン・ファヒンガーはニーダーヘーヒシュタットで聞き込みをしていた。フランク・ベーンケもケーニヒシュタインの事件現場周辺で聞き込みをしているという。ピアは自分のデスクに向かうと、電子メールをひらいた。刑事警察署のファイヤウォールでさえ通り抜ける膨大な迷惑メールにまじって、ポーランドからの電子メールが届いていた。さっそく添付資料をひらいた。

「うわっ」そうつぶやいて、ピアはニヤリとした。ミリアムはいい仕事をしてくれた。それは一九三三年に撮られたアンガーブルク高等中学校《ギムナジウム》の卒業写真と、当時、水上スポーツのメッカだったアンガーブルク・アム・マウアーゼーの湖で行われたボートレースについての写真入り新聞記事だった。どちらの写真にもダーヴィト・ゴルトベルクが写っていて、新聞記事の方では、優勝者で、レースの賞金を寄付したアンガーブルクの商人ザムエル・ゴルトベルクの息子であると紹介されている。一九四五年一月アウシュヴィッツで死んだとされる本物の「ダーヴィト・ゴルトベルク」だ。カールのかかった黒髪、彫りの深い目元、小柄でやせている。身長は一メートル七十センチないだろう。ケルクハイムの自宅で射殺された偽のゴルトベルクの身長は若い頃、一メートル八十五センチはあったはずだ。ピアは一九三三年七月二十二日付けのアンガーブルク新聞の記事を読んだ。〝プロイセンの名誉〟と名付けられた、四人の若い優勝者たちが、カメラに向かってにこやかに笑っている。ダーヴィト・ゴルトベルク、ヴァルター・エンドリカート、エラルド・フォン・ツァイドリッツ＝ラウエンブルク、テオドール・フォン・マンシュタイン。

「エラルド・フォン・ツァイドリッツ＝ラウエンブルク」ピアはつぶやいて、マウスをクリックして画像を拡大した。一九四五年一月に行方不明になったヴェーラの兄に違いない。写真の青年は十八歳ほどだが、名前をもらった六十歳を過ぎる甥と顔立ちがそっくりだ。ピアはデータをプリントアウトしてからクリスティーナを部屋に呼んだ。

「お待たせしてすみません」ピアはドアを閉めた。「コーヒーはいかがですか？」

「いいえ、けっこうです」クリスティーナは椅子に浅くすわると、ハンドバッグを膝に置いた。

「御主人はあまり話してくださいませんでした。あなたから御主人の交友関係などを少し伺いたいのですが」

クリスティーナはうなずいた。

「御主人には敵がいますか？」

青白い顔のクリスティーナは首を横に振った。「わかりません」

「家族の中ではどうですか？　御主人とお父さんとはあまりうまくいっていないようですが」

「たしかにうまくいっていません」クリスティーナは顔にかかった髪をさっと払った。「でも、主人やあたしや子どもが困るようなことは絶対にしません」

「しかし建築会社を継がなかったことを、お父さんは面白く思っていないのでしょう？」

「あの会社は義父《ちち》の命でしたから。家族みんながその会社で働いていました。ですから義父も義兄《あに》たちも、当然主人が手伝ってくれるものと期待したのです」

「あなたはどうなのですか？　御主人が独立したことをどう思っているのですか？」

クリスティーナは腰をもぞもぞさせた。

「正直にいうと、主人には義父の会社を継いでほしいと思っていました。主人が拒否したときは本当に驚きました。あたしを含め、家族のみんなで彼を説得しました。あたしは気が小さい方なので、主人が失敗して、なにもかも失うのではないかと心配だったんです」

「今はどうなのですか？　あなたの義理のお父さんは、御主人が暴行されたことにそれほどショックを受けていないようですが」

「それは違います」クリスティーナはすかさずいった。「義父は今ではマルクスを誇りに思ってます」

それはないだろう、とピアは思った。父親は評判を落とし、顔が利かなくなることにひどく傷つくタイプの人間だ。もちろん義理の娘として、いっしょに暮らす夫の両親のことを悪くいいたくない気持ちはよくわかる。ピアはクリスティーナのような、現実を見る目を持たず、変化を忌み嫌い、世間体ばかり気にする女性をよく知っている。

「御主人が襲われ、拷問された理由について思い当たる節はありませんか？」ピアはたずねた。

「拷問？」クリスティーナは蒼い顔をしてピアを見つめた。

「御主人は右手をつぶされています。医者は治るかどうかわからないといっています。ご存じなかったのですか？」

「いいえ……知りませんでした」クリスティーナは少しためらってから認めた。「夫が拷問を受けるなんて。理由がさっぱりわかりません。夫は職人です。……スパイなどではないのですから」

「ではなぜわたしたちに嘘をついたのでしょう？」

「嘘をついたですって？　どういうことでしょうか？」

ピアは、マルクスが四月三十日から五月一日にかけての夜、警察の検問に引っかかったことを教えた。クリスティーナは目をそらした。

「隠してもだめです」ピアはいった。「夫が妻に隠しごとをするのはよくあることですから」

クリスティーナは顔を紅潮させたが、必死に平静を装った。

「主人は隠しごとなどしません。警察の検問に引っかかったことは聞いています」

ピアはメモを取るふりをした。そうすれば、相手が不安がるとわかっていたからだ。

「四月三十日から五月一日にかけての夜、あなたはどこにいました？」

「スポーツクラブのパーティにいました。主人は夜、まだ仕事があるといって、パーティには遅れてやってきました」

「御主人が来たのは何時ですか？　警察の検問に引っかかる前ですか、あとですか？」

ピアは微笑んだ。わざと検問にかかった時間をいわなかった。

「あの……あたし、パーティでは主人に会っていないんです。でも義父と主人の友人たちが、会ったといっていました」

「パーティに来たのに、あなたと話もしていないのですか？　なにか変ですね」

ピアは痛いところを突いたことに気づいた。一瞬、沈黙があった。ピアは待った。

「あなたが考えていらっしゃることは違います」クリスティーナは少し前かがみになった。

「主人はスポーツクラブの人たちとあまり馬が合わなくなっているんです。ですから、あたしは主人に無理強いしなかったんです。主人はほんのちょっと顔をだして、義父と話をして帰ったのです」

「御主人が検問に引っかかったのはその夜の午後十一時四十五分です。そのあとどこへ行かれたのでしょう？」

「自宅にもどったはずですが。あたしはパーティがお開きになってから、朝六時頃帰宅しました。主人はすでにジョギングに出ていました。毎朝欠かさず走っているんです」

「なるほど、そうですか」ピアはデスクに載っていた書類を引っかきまわしながら、なにもいわなかった。クリスティーナは焦りだした。あたりをキョロキョロ見ている。上唇のあたりに大粒の汗が光っている。とうとう耐えられなくなって、ピアにたずねた。

「どうしてあの夜のことばかり訊くのですか？　主人が暴行されたことと、どういう関係があるのでしょうか？」

「カルテンゼーという名前はご存じですか？」ピアは答える代わりにたずねた。

「はい。もちろんです」クリスティーナはおずおずとうなずいた。「どういうことでしょう？」

「カルテンゼー夫人が御主人に高額の支払いを拒んでいることはご存じですか？　それにカルテンゼー夫人は御主人の不注意で怪我をしたと訴えています。御主人の事務所で警察からの召喚状が見つかっています」

クリスティーナは下唇を噛みしめた。どうやら初耳の話が含まれていたようだ。クリスティーナはなにも答えなかった。「ノヴァク夫人、答えてください。わたしは暴行事件の理由を探しているのです」

クリスティーナは顔を上げてピアを見つめた。ハンドバッグの握りをつかんだ指の関節が白くなっていた。しばらく静寂がつづいた。

「ええ、主人はあたしに隠しごとをしています！」クリスティーナがいきなりいった。「あたしにもどうしてかわからないのですが、一昨年ポーランドへ旅行して、カルテンゼー教授と知り合ってから、すっかり人が変わってしまったんです！」

「ポーランド？　なんでまたそんなところへ？」

クリスティーナは口をつぐんだが、やがて火山から噴出する熔岩のように言葉があふれだした。

「あたしや子どもたちはもう長いこと旅行に連れていってもらってないんです。主人はいつも時間がないといって！　それなのに、祖母といっしょに十日間もポーランドのマズーリィ地方へ旅行をしたんです！　そのためなら時間を惜しまなかったんですよ！　おかしく聞こえるかもしれませんけど、ときどき主人は祖母と結婚してるんじゃないかと思えることがあります！それからあのカルテンゼーがあらわれたんです！　寝ても覚めてもカルテンゼー教授のことばっかり！　年がら年じゅうふたりは電話をして、内緒でなにやら計画を立ててるんです。義父が癇癲を起こしたのは、主人がよりによってカルテンゼー家のために働いてると知ったからなんです！」

「どういうことですか？」

「義父が破産したのはカルテンゼー家のせいだからです」クリスティーナの言葉にピアはびっくりした。「義父はカルテンゼーの会社のために、ホーフハイムに新しいビルを建てたんです。ところが義父は手抜き工事をしたと非難されたのです。何回も実地検査を行い、裁判もしました。義父は何年もそのことに振りまわされ、会社は倒産しました。なにせ七百万ユーロが宙に浮きましたから。和解が成立したのは六年後でしたが、もう手遅れでした」

「興味深いですね。それならなぜ御主人は、またカルテンゼー家の仕事を受けたのでしょう？」ピアが訊くと、クリスティーナは肩をすくめた。

「家族の者はだれひとり理解できませんでした。義父は何度も主人に注意しました。そしてまた繰り返されたんです。支払い拒否、訴訟。そして検証に次ぐ検証……」

クリスティーナはがっくり肩を落として、大きなため息をついた。

「主人はカルテンゼー教授のいいなりで、あたしのいうことなんてまったく聞いてくれないんです！　あたしが家を出ていっても気づかないでしょう！」

ピアにも似た経験があるので、クリスティーナの気持ちがよくわかった。だが夫婦の問題にはあまり踏み込みたくなかった。

「今日、病院でカルテンゼー教授に会いました。御主人を見舞いに行くところでしたよ。ずいぶん心配そうにしていました」ピアはわざとクリスティーナの神経を逆なですることをいった。「彼の母親が御主人に工事費を支払っていないことを、どうやら知らなかったようです。友人なら、なぜ御主人はそのことを相談しなかったのでしょう？」

「友人？　そんな関係じゃありません！　カルテンゼー教授はマルクスを利用してるんです。主人はそのことがまったくわからないんです！」クリスティーナは激しい口調で答えた。「主人の頭の中はフランクフルトのプロジェクトでいっぱいなんです！　狂気の沙汰です！　手に余る仕事なのに、まるごと請け負うつもりでいるんですから！　数人の職人しか抱えてないのに、こなせるわけがないでしょう。フランクフルト旧市街の修復、呆れてものがいえません！　カルテンゼー教授の話なんて眉唾です！　失敗すれば破産です！」

言葉の端々に皮肉と欲求不満が充ち満ちていた。クリスティーナは夫とカルテンゼー教授の友情に嫉妬しているのだろうか。破産を心配しているようだが、自分の自由になる、見かけだけ健全な小さな世界が崩壊し、制御が利かなくなることを女の直感で感じ取り、怯えているのかもしれない。ピアは頬杖をついて、じっとクリスティーナを観察した。

「あなたに訊いても仕方ないようですね」ピアはいった。「あなたは御主人のことをなにもご存じないようですから。それとも、御主人がどうなろうとかまわないのですか？」

クリスティーナは激しく首を横に振った。

「そんな、とんでもないです！」クリスティーナの声は震えていた。「でも、どうしろというんですか？　主人はもう何ヶ月もまともに話をしてくれないんですよ！　暴行したのがだれで、理由がなんなのか、あたしにはまったくわかりません。主人がそもそもどういう人と仕事をしてるのかも知らないほどなんですから！　でもひとつだけ確かなことがあります。カルテンゼー家との争いは、主人がミスをしたからじゃありません。作業中に消えたというトランクのせいなんです。主人はあのときカルテンゼー教授とヴェーラ・カルテンゼー夫人の秘書リッターさんの訪問を受けました。三人は何時間も主人の事務所に籠もってなにかしてました。でも、それ以上のことは、本当に知らないんです！」

クリスティーナの目に涙が浮かんでいた。「主人のことが本当に心配なんです」クリスティーナの途方に暮れた叫びに、ピアは同情を覚えた。「マルクスがなにに巻き込まれたのか見当もつかないし、どうしてあたしに話してくれないのかもわかりません。だから彼と子どもたちのことが心配なんです！」

クリスティーナは顔をそむけてすすり泣いた。

「それに主人は……浮気をしてるんです！　夜遅く出かけて翌朝もどってくることが多いんです」

クリスティーナはハンドバッグの中を引っかきまわして、ピアを見ようとしなかった。涙で顔がびしょびしょだ。ピアはティッシュを渡し、クリスティーナが洟をかみ終わるのを待った。

「四月三十日から五月一日にかけての夜ですが、御主人は家にいなかったのですね？」ピアは小声でたずねた。

クリスティーナは肩をすくめてうなずいた。ピアがもう興味深い情報は出尽くしただろうと思ったとき、クリスティーナが爆弾発言をした。

「あたし……じつは最近、相手の女を見かけました。ケーニヒシュタインでした。あたし……歩行者天国にいたんです。幼稚園で注文した本を本屋に受け取りにいったんです。そのとき主人の車がアイスクリーム屋の前に止まっているのを見かけたんです。声をかけようとしたら、宝くじ屋の隣の廃屋みたいな家から女が出てきて、主人が車から降りたんです。あたしはふたりが話しているのを観察していました」

「それはいつですか？　どんな女性でしたか？」

「背が高くて、黒髪で、エレガントでした」クリスティーナはしょんぼり答えた。「主人は女をじっと見て、……女が主人の腕に手をかけました……」

クリスティーナはまたむせび泣いた。

「いつのことですか？」

「先週です」クリスティーナはささやいた。「金曜日の午後十二時十五分頃です。あたし……最初は仕事の打ち合わせかなと思ったんです。でも、そのあと女が主人の車に乗り込んで、ふたりでどこかへ走り去りました」

会議室に移ったとき、ピアはついに手がかりをつかんだという気持ちでいっぱいだった。人を泣かしてまで追いつめるのは趣味ではなかった。だが目的を達成するためには致し方ない。オリヴァーは四時半に捜査会議をするといっていた。しかしピアが彼に新事実を報告する前にニコラ・エンゲルが会議室に入ってきた。アンドレアス・ハッセとカトリーン・ファヒンガーはすでに会議机につき、少し遅れてカイ・オスターマンもファイルをふたつ抱えて入ってきた。つづいてフランク・ベーンケも姿をあらわした。オリヴァーは四時半きっかりにあらわれた。

「全員集合したようね」ニコラは、いつもはオリヴァーがすわる会議机の上座についた。オリヴァーはなにもいわず、ピアとカイのあいだにすわった。「自己紹介します。わたしはニコラ・エンゲル、六月一日からニーアホフ警視長の後任としてここの署長職につきます」

会議室がしんと静まりかえった。もちろん署の者はみな、彼女が何者かとっくに知っていた。

「わたし自身、長年捜査官として働いてきました」ニコラはまわりが白けていてもかまわず話しつづけた。「十一課が抱えるこのたびの事件には、大きな関心を寄せています。非公式ですが、捜査に関わっていきたいと思っています。猫の手も借りたいくらいでしょうから」

ピアはボスをちらっと横目で見た。オリヴァーは顔色ひとつ変えていなかった。なにか他のことを考えているようだ。ニコラは長々と自分の経歴を語り、この刑事警察署をこれからどうしていきたいか話した。ピアはそっとオリヴァーに顔を近づけてささやいた。

「どうでした?」

「きみのいうとおりだった。カルテンゼーにはアリバイがない」

「さて」ニコラはニコニコしながら一同を見回した。「ボーデンシュタイン首席警部とキルヒホフ警部はすでに知っています。他の方にも順に自己紹介してもらいましょう。あなたからはじめてもらいましょうか」

ニコラはフランクを見た。フランクは椅子にだらしなくすわり、話を聞いていないようだった。

「ベーンケ上級警部」ニコラはこの状況を楽しんでいるようだ。「はじめてもらいましょう」

会議室に緊張が走った。嵐の前のようだった。ピアは、フランクが真っ青になってオリヴァーの部屋から飛びだしてきたときのことを思いだした。あれはニコラと関係があるのだろうか？　フランクはかつて、フランクフルト刑事警察署捜査十一課でボーデンシュタインの部下だった。ということは、ニコラとも面識がある。それならなぜニコラはフランクを知らないふりをするのだろう。ピアがそんなことを考えていると、オリヴァーが口を開いた。

「茶番はやめましょう。やることが山ほどあるんですから」

そして手短に捜査官の紹介をすませ、すぐ会議をはじめた。ピアは、ここはじっと我慢して、最後に報告することにした。ヴァトコヴィアクのリュックサックの中にあった拳銃は、科学捜査研究所の分析で凶器でないことが判明した。アンドレアスが担当した老人ホームの聞き込みはなかなか進展がなかった。話が聞けた入居者たちは、事件に関係することをなにひとつ見ていなかったのだ。それに対してカトリーンはニーダーヘーヒシュタットでモニカ・クレーマーの隣人から、犯行時間に見知らぬ黒装束の男が階段の踊り場にいるのを見かけ、その後、その男が中庭のゴミ置き場にいたという目撃証言を得てきた。フランクはケーニヒシュタインで興味深いことを突き止めてきた。例の空き家の斜め向かいにあるアイスクリーム屋の主人が、ヴァトコヴィアクの写真を見て、よく空き家で寝泊まりしていたと証言したのだ。それから先週の金曜日、「N」という目立つ書体の会社ロゴが入った車が四十五分近く自分の店の前に止まっていたという。そして数週間前にはヴァトコヴィアクが、フランクフルト・ナンバーのBMWのオープンカーを店の前に止めた男と店の奥で二時間近く話し込んでいたという。

マルクスの車がケーニヒシュタインのあの空き家の前に止まっていた理由と、アイスクリーム屋にいた男について、みんなが話し合っているあいだ、ピアは薄っぺらなままで終わったゴルトベルク殺人事件のファイルをめくっていた。

「ちょっといいですか」ピアが発言した。「ゴルトベルクは殺される前日の木曜日、フランクフルト・ナンバーのスポーツカーで来た男の訪問を受けていますが、偶然じゃなさそうですね」

オリヴァーはうなずいた。ピアは三十分前にクリスティーナ・ノヴァクから聞きだしたことを報告した。

「そのトランクにはなにが入っていたんだろう？」カイがたずねた。

「それは彼女もわからないといっていました。しかし彼女の夫は、本人がいっている以上にカルテンゼー教授と親しいことは間違いないです。カルテンゼー教授と、リッターというヴェーラ・カルテンゼーの元秘書が、水車小屋での事故のあと何時間もノヴァクの事務所に籠もっていたようです」

ピアは大きく息を吸った。

「それからもうひとつ非常に重要な証言があります！　ノヴァクは金曜日、ヴァトコヴィアクの死亡時刻に近い時間、つまり午後十二時十五分に彼の遺体が見つかったケーニヒシュタインの空き家のそばにいたのです。ノヴァクはそこで黒髪の女と会い、その後、女といっしょに自分の車で走り去ったということです。ノヴァクの妻が偶然、目撃しました」

会議室が沈黙に包まれた。マルクス・ノヴァクはこうして容疑者リストのトップに躍りでた。だがその黒髪の女はだれだろう。マルクスは空き家と関係があるのだろうか。ヴァトコヴィアクを殺した犯人はマルクスなのだろうか。新事実からまた新たな謎や臆測が生まれた。

「そのトランクのことをカルテンゼー夫人にたずねてみよう」オリヴァーはいった。「だがまずはそのリッターという人物と話してみたほうがいいかもしれない。いろいろ知っているようだからな。カイ、リッターの現住所を調べてくれ。アンドレアスとカトリーン、きみたちにはフリングス殺人事件を調べてもらおう。明日も老人ホームの入居者に聞き込みだ。それでもだめなら従業員、周辺の住人、施設の取引業者にもあたるんだ。フリングスが施設から出ていくところをだれか見ているはずだ」

「ふたりだけでは何週間もかかりますよ」アンドレアスが不平を漏らした。「聞き込みの名簿は三百人にのぼっているんです。まだそのうちの五十六人としか話せていません」

「応援を要請しておく」オリヴァーはメモを取ると、みんなを見た。「ベーンケ、きみは明日、もう一度ゴルトベルクとシュナイダーの隣人に聞き込みをしてくれ。ノヴァクの会社のロゴを見せてみるんだ。ロゴはインターネットのサイトからダウンロードすればいい。それからフィッシュバッハのスポーツクラブに寄って、四月三十日の夜マルクスを見かけた者がいないか捜せ」

フランクはうなずいた。

「これで明日の分担は決まった。今日と同じ時刻にここに集合してくれ。そうだ、キルヒホフ、これからもう一度ノヴァクを訪ねよう」

ピアはうなずいた。リノリウムの床に椅子のこすれる音がし、解散した。

「それで、わたしはなにをしようかしら？」ピアが出ていくとき、ニコラのたずねる声が聞こえた。親しげな言い方に、ピアは唖然とし、開けっ放しのドアの後ろに立って聞き耳を立てた。

「さっきのあれはなんだ？」オリヴァーは小さな声で腹立たしげにいった。「なにが狙いなんだ？　捜査中は邪魔をするなといったはずだぞ」

「この事件に興味があるだけよ」

「笑わせるな！　わたしが失態を演じないか目を光らせようという魂胆だろう。わかっているんだからな！」

ピアは息をのんだ。今の会話はなんだろう？「何様のつもり？」ニコラが棘のある言い方をした。「わたしをのけ者にしたいなら、そうはっきりいったらどうなの？」

ピアは手に汗を握ってオリヴァーの返事を待った。運悪く、そのとき数人の同僚が大きな声でしゃべりながら廊下をやってきたせいで、会議室のドアは内側から閉められてしまった。

「残念」話の先を聞きそびれたピアはそうつぶやき、今度機会を見つけて、どういう知り合いなのかオリヴァーに訊いてみることにした。

二〇〇七年五月八日（火曜日）

オリヴァーとピアが午前中の早い時間に水車屋敷《ミューレンホーフ》に着いたとき、警備員の姿はなく、大きな門が大きく開け放たれていた。

「どうやらもう怖くなくなったようですね」ピアはいった。「ヴァトコヴィアクが死んで、ノヴァクが入院したからでしょうかね」

オリヴァーはぼんやりとうなずいた。ここまで来るあいだもずっと無口だった。髪をショートカットにした女が玄関を開け、カルテンゼー家の人はみな留守だと告げた。オリヴァーは突然、人が変わったように笑顔を浮かべ、少し質問させてもらいたい、とその女にいった。女は、数分ならいいといった。ピアはボスのことならよくわかっていたので、ここは任せることにした。オリヴァーの笑顔には、アーニャ・モーアマンも抵抗できなかった。カルテンゼー夫人の運転手の妻で、十五年以上にわたって「奥方」に仕えていた。その古くさい呼び方に、ピアはふっと笑みを漏らした。モーアマン夫妻は広大な敷地の中に建つ小さな家に住み、成人したふたりの息子がときどき家族を連れて訪ねてくるという。

「ノヴァク氏のことはご存じですか？」オリヴァーはたずねた。

「はい、もちろんです」アーニャは大きくうなずいた。彼女はがりがりにやせていて、体にぴったりの白いTシャツから小さな乳房が浮きでていて、骨張った鎖骨のあたりに無数のそばかすがあった。年齢は四十代半ばだろう、とピアは思った。

「ここで作業していたとき、あの方と作業員の方たちのために料理をこしらえましたから。ノヴァクさんはとても優しい方でした。それにとてもハンサムでした！」アーニャはクスクスと、あまり似合わない笑い声をあげた。上唇が少し短いのか、前歯が大きすぎるのか、ピアは息を切らしたウサギを連想してしまった。「奥方があの方になぜあんなひどい仕打ちをしたのか、わたしにはいまだにわかりません」

アーニャは奥方に忠誠を誓っているわけではなさそうだ。とにかく好奇心があり、おしゃべりだ。水車屋敷《ミューレンホーフ》で起こったことでアーニャの知らないことはほとんどないようだ、とピアは思った。

「事故が起きた日のことは覚えていらっしゃいますか？」ピアはそうたずねながら、アーニャの訛りはどこの方言だろうと考えた。シュヴァーベン？　ザクセン？　ザールラント？

「はい。教授とノヴァクさんが水車小屋で図面を見ていました。わたしがコーヒーをいれて持っていったとき、奥方とリッター氏がやってきました。夫がおふたりを空港に迎えにいって帰ってきたところだったのです」アーニャは正確に思いだしながらいった。いつもは端役である自分が急に脚光を浴びたので、すっかり有頂天になっているようだ。「奥方は、水車小屋の中に人がいるのを見つけると、血相を変えて車から飛びおりたのです。そして止めようとしたノヴァクさんを振り払って水車小屋に入っていきました。二階部分の新しい土間はまだ固まっていなかったので、奥方は床を踏み抜いてしまい、悲鳴をあげたのです」

「水車小屋でなにをしようとしたのでしょう？」ピアはたずねた。

「屋根裏部屋になにかしまっておられたようなのです。とにかく大騒ぎになってしまい、ノヴァクさんは立ち尽くしたまま、なにもいえずにいました。腕の骨を折っていたのに、奥方は近くにある作業小屋に入っていかれました」

「作業小屋に？」ピアがたずねた。「屋根裏部屋にはなにがあったのでしょう？」

「あったのはがらくたばかりです。奥方はなにひとつ捨てずに取っておきますので。そこにあったのは主にトランクが六つほどで、埃だらけで、蜘蛛《くも》の巣が張っていました。ノヴァクさんの職人が床を作り直す前に、それを全部、作業小屋に移していたのです」

アーニャは胸元で腕組みし、親指で妙に筋肉質な上腕を押さえた。

「たしかトランクがひとつ足りなかったのです」アーニャはいった。「ノヴァクさんたちに奥方の雷が落ちました。リッター氏が仲裁に入ると、奥方は青筋を立てて怒りだし、とても口ではいえない言葉でののしったのです」

アーニャはそのときのことを思いだしてかぶりを振った。

「救急医が来たとき、奥方は、二十四時間以内にトランクを見つけだせなかったら新しい職場を見つけるがいい、とリッター氏にいったのです」

「しかしリッター氏になんの落ち度があったのでしょう？」オリヴァーはたずねた。「奥……いや、カルテンゼー夫人のお供で外国に行っていたのでしょう？」

「そのとおりです」アーニャは肩をすくめた。「でも見せしめが必要だったのです。教授を追いだすわけにはいきません。その代わりにノヴァクさんとリッター氏に雷を落としたのです。リッター氏は十八年も奥方に仕えてきたというのに！　そのまま罵声を浴びせられて屋敷から追放されました！　リッター氏は今、ワンルームの安アパートに暮らしていて、車一台持てない身の上です。なにもかも、たったひとつの埃だらけのトランクのせいなんですからねえ！」

最後の言葉にピアはなにか引っかかりを覚えたが、それがなにか思いだせなかった。

「トランクは今、どこにあるのですか？」ピアはたずねた。

「今でも作業小屋にありますけど」

「見せてもらえますか？」

アーニャは少し考えてから、見せても問題はないという結論に達した。オリヴァーとピアはアーニャについて、平屋の作業小屋へ向かった。内部はすっかり片付いていた。壁際に木製の作業台があり、さまざまな道具が壁にかけてあった。かける場所を間違えないようにするためか、フェルトペンで道具の輪郭が壁に描かれている。アーニャは奥のドアを開けた。

「あれです」アーニャはいった。オリヴァーとピアはかつて冷蔵室だったらしい隣の部屋に入った。壁にはタイルが張られ、天井にパイプが張りめぐらしてあった。全部で五つ、埃だらけになった外洋旅行用のトランクが置いてあった。そのとき、六つ目がどこにあるのか、ピアは思いだした。アーニャは陽気に話しつづけ、マルクスと最後に会ったときのことを語った。クリスマスの直前、贈り物を渡したいといってマルクスは水車屋敷《ミューレンホーフ》にあらわれた。彼は屋敷にうまく入ると、そのまままっすぐサロンに向かった。奥方がちょうど月に一度の故郷の夕べを友だちと楽しんでいたときだという。

「故郷の夕べ？」オリヴァーが聞き返した。

「はい」アーニャは大きくうなずいた。「ゴルトベルクさま、シュナイダーさま、フリングスさま、奥方の四人で月に一度そういう会を催しておられたのです。そのときはちょうど教授が旅行中だったので、ここで行われたのです。いつもはシュナイダーさまのお宅で開かれていました」

ピアがオリヴァーの顔を見た。いろいろ見えてきた！　だが今はマルクス・ノヴァクが問題だ。

「ははあ。それからなにがあったのですか？」

「ああ、そうでした」アーニャは部屋の真ん中で立ち止まると、頭をかいて考えた。「ノヴァクさんは、金を払うよう奥方に迫ったのです。言い方はとてもていねいでした。わたしがこの耳で聞きました。ところが奥方は鼻で笑って一蹴しました。それはもうまるで……」

アーニャが途中で口をつぐんだ。黒塗りのマイバッハが母屋をまわり込んできた。どっしりした車がオリヴァーたちのそばを通りすぎ、数メートル先で止まったとき、きれいに掃き清めた砂利にこすれてタイヤがきしんだ。ピアは、スモークガラスの奥に人影が見えた気がした。そのとき運転手らしい制服を着た馬面のモーアマンが車から降りて、リモコンでロックすると、オリヴァーたちの方へ歩いてきた。

「奥方はまだお話しできる状態ではありません」とモーアマンはいった。ピアは、嘘をついているとにらんだ。そしてモーアマンと妻のアーニャがちらっと目を合わせたことに気づいた。金持ちに仕え、彼らのためにあるときは嘘をつき、またあるときは口をつぐむというのはどんな気分だろう。モーアマン夫妻は女主人を密かに憎んではいないだろうか。少なくともアーニャは忠誠心があるように見えない。

「ではよろしくお伝えください」オリヴァーはいった。「明日またご連絡いたします」

モーアマンはうなずいた。夫妻は作業小屋の前にとどまり、オリヴァーとピアを見送った。

「彼、嘘をついていますね」ピアは小声でボスにいった。

「ああ、わたしもそう思う」オリヴァーは答えた。「彼女は車の中にいた」

「車のドアを開けて、ヴェーラに恥をかかせるというのはどうですか？」

オリヴァーは首を横に振った。

「やめておこう。どうせ逃げられはしない。お手上げのふりをしておいたほうがいい」

トーマス・リッターはパルメンガルテン植物園のカフェ〈ジースマイヤー〉で会いたいと提案した。オリヴァーは、自宅を見せたくないのだなと思った。オリヴァーとピアがカフェに着くと、ヴェーラ・カルテンゼーの元秘書は喫煙席にいた。オリヴァーがまっすぐそこへ向かうと、トーマスはタバコを灰皿に押しつけて、さっと腰を上げた。年齢は四十代半ばだな、とピアは思った。少しばかり左右非対称で、角張った顔立ちだ。鼻が高く、目元の彫りが深く、半白の髪はふさふさだ。醜くはないが、美しいともいえない。それでも女性をふと振りかえらせるだけの魅力がある。トーマスはピアの頭の天辺からつま先までさっと見て、興味を引かれなかったのか、すぐオリヴァーの方に顔を向けた。

「禁煙席の方がよろしいですか?」トーマスはたずねた。

「いいえ、大丈夫です」オリヴァーは革を張ったベンチに腰かけ、さっそく本題に入った。「あなたの以前の雇い主の周辺で、五人、人が殺されていまして。捜査中にあなたの名前が浮かんだのです。カルテンゼー家についてご存じのことを伺いたいのですが」

「だれのことを知りたいのですか?」トーマスは眉をひそめ、あらためてタバコに火をつけた。灰皿にはすでに吸い殻が三本入っていた。「わたしは十八年間、カルテンゼー夫人の個人秘書でした。ですから夫人とその家族については当然たくさんのことを知っています」

ウェイトレスがメニューを持ってきて、トーマスばかり見た。オリヴァーはコーヒー、ピアはコーラ・ライトを注文した。

「ラテ・マキアートをもう一杯持ってきますか?」ウェイトレスはたずねた。

トーマスは無造作にうなずいて、ピアにちらっと視線を向けた。自分が女性にもてることにピアが気づいたかどうか気にしているようだ。

浅はかな奴、と思いながら、ピアは微笑んだ。

「あなたとカルテンゼー夫人のあいだには確執があったようですが、いったいなにがあったのでしょうか?」オリヴァーがたずねた。

「確執などありません。面白い仕事でしたが、十八年働いて刺激がなくなりましてね。他のことをやってみたくなったのです」

「なるほど」オリヴァーはその言葉を信じたふりをした。「今はどのような仕事につかれているのか、よかったらお聞かせねがえますか？」

「いいですとも」トーマスは腕組みして微笑んだ。『ライフスタイル』という週刊誌の編集者です。副業で本も書いています」

「あら、そうなんですか？　作家の方に会うのははじめてです」ピアは目を輝かせてみせた。トーマスは明らかに満足そうな表情をした。「どういうものを書いていらっしゃるのですか？」

「もっぱら小説です」トーマスはあいまいに答えた。そして足を組んで落ち着き払ってみせた。だが、それがふりであることは見え見えだった。トーマスは灰皿の横に置いてある携帯電話をしきりに見ていた。

「わたしたちが聞いたところでは、カルテンゼー夫人との決別は、あなたがおっしゃるほど円満なものではなかったようですが」オリヴァーがいった。「水車小屋での事故のあと解雇された本当の理由はなんだったのでしょうか？」

　トーマスは答えなかった。眼球がせわしなく動いた。警察がなにも知らないと本当に思っていたのだろうか。

「あなたが解雇される原因となったのは、トランクが消えたせいだそうですね。その中身について伺いたいのですが」

「それはデマです」トーマスは手を振って払い捨てるような仕草をした。「家族のみんなが、わたしとヴェーラの仲に嫉妬していたのです。ヴェーラに影響力を持っていたので、わたしは彼らにとって目の上のたんこぶだったのでしょう。わたしは円満に退職しました」

トーマスは自信満々にいった。アーニャ・モーアマンから話を聞いていなかったら、ピアはそれを本気にしたかもしれない。

「ところでその呪われたトランクですが、どういう類のものだったのでしょうか?」オリヴァーはコーヒーをひと口飲んだ。ピアは、トーマスの目が一瞬きらっと光ったのを見逃さなかった。トーマスはしきりにタバコの箱をいじっている。いらいらが伝染しそうで、ピアはできることならタバコの箱を取り上げたいくらいだった。

「わかりませんね」トーマスは答えた。「水車小屋に保管していたトランクがひとつ消えたことは確かです。しかしわたしはそれを見ていませんし、その後どうなったかも知りません」

カウンターの裏で若いウェイトレスが、重ねて持っていた皿を落とした。皿が大理石の床で砕けてものすごい音をたてた。トーマスは、撃たれでもしたかのようにびくっとして、顔から血の気が引いた。神経が過敏になっているようだ。

「そのトランクになにが入っていたか想像はできますか?」オリヴァーがたずねた。トーマスは大きく息を吸ってから、かぶりを振った。嘘をついている。だがなぜだろう。なにかを恥じているのか、それとも容疑をかけられないよう用心しているのだろうか。カルテンゼー夫人には相当痛い目を見させられたはずだ。解雇を公に触れまわられれば、自尊心が傷つくだろう。

「どんな車に乗っていらっしゃるんですか？」ピアがいきなり話題を変えた。

「なぜですか？」トーマスは面食らってピアを見つめた。もう一本タバコを吸おうとして、箱が空っぽなのに気づいた。

「ただの好奇心です」ピアはハンドバッグから封を切ったマールボロをだし、テーブルの上に置いた。「どうぞ」

トーマスは少しためらってから、手を伸ばした。

「妻がZ３に乗っています。ときどきそれを使います」

「先週の木曜日も使いましたか？」

「使ったかもしれません」トーマスはライターでタバコに火をつけ、煙を胸一杯に吸った。

「どうしてそんなことを訊くのですか？」

ピアはオリヴァーとちらっと顔を見合わせ、当てずっぽうにいってみることにした。もしかしたらスポーツカーの男はトーマスかもしれない。

「あなたがローベルト・ヴァトコヴィアクといるところを見たという証言があるのです」ピアは、はずれていませんようにと祈った。「なにを話していらしたんですか？」

トーマスがかすかに体をこわばらせた。ピアは勘が当たったと直感した。

「なぜそのような質問をするのですか？」トーマスが不快感を示した。

「あなたがヴァトコヴィアクと話をした最後の方かもしれないからです」ピアはいった。「わたしたちは、彼がゴルトベルク氏、シュナイダー氏、フリングス夫人を殺した犯人ではないかとにらんでいます。彼が先週末、薬の過剰摂取で亡くなったことは、もうご存じですよね」

ピアは、トーマスが一瞬、安堵の表情を浮かべたことに気づいた。

「耳にしています」トーマスは鼻から紫煙を吐いた。「しかしわたしは関係ありません。ローベルトから電話をもらったんです。彼はまた問題を抱えていました。以前、ヴェーラに頼まれて、何度も彼を泥沼から救いだしていましたから、今度も助けてくれると思ったのでしょう。しかし今のわたしに、その力はありません」

「それをいうために、アイスクリーム屋で彼と二時間も話し込んだのですか？　ちょっと信じられないのですが」

「でもそうだったのです」

「ゴルトベルク氏が射殺された前日に、あなたは彼を訪ねていますね。なぜですか？」

「彼のところにはちょくちょく顔をだしていました」ピアはまっすぐ彼の目を見たが、トーマスはまつ毛ひとつ動かさずに嘘をついた。「あの晩どんな話をしたかもう忘れました」

「あなたは十五分前から嘘ばかりついていますね」ピアがいった。「なぜですか？　なにか隠さなければならないことでもあるのですか？」

「嘘などついていません」トーマスは答えた。「隠しごともありません」

「なんの用でゴルトベルク氏をたずねたか、そしてヴァトコヴィアクとどんな話をしたか、なぜ答えられないのですか？」

「記憶にないからです。とくに大切なことではありませんでしたから」

「マルクス・ノヴァク氏はご存じですね？」オリヴァーが口をはさんだ。

「ノヴァク？　建築修復士の？　一、二度会っただけのただの顔見知りです。なぜそのようなことを知りたいのですか？」

「じつに奇妙ですね」ピアはハンドバッグから手帳をだした。「みんな、ただの顔見知りだというんですよね」

ピアは手帳をめくった。

「ああ、ここです。ノヴァクの妻がこういっています。『主人はあのときカルテンゼー教授とヴェーラ・カルテンゼー夫人の秘書リッターさんの訪問を受けました。三人は何時間も主人の事務所に籠もってなにかしてました』」ピアは、顔をしかめたトーマスをじっと見つめた。自分は頭が切れる、警察よりも頭がいいと高をくくって、ピアを完全に見下していたのだ。そしてトーマスは今それが間違いだと気づき、腕時計をちらっと見て撤退を決意した。

「残念ですが話はここまでです」トーマスは笑みを浮かべてみせた。「編集部で重要な打ち合わせがありますので」

「どうぞ」ピアはうなずいた。「引き止めはいたしません。わたしたちはカルテンゼー夫人に、あなたを解雇した本当の理由を訊くつもりです。あなたがヴァトコヴィアクやゴルトベルクとなにを話したか、カルテンゼー夫人なら知っているかもしれませんし」

笑顔が凍りついたが、トーマスはなにもいわなかった。ピアは名刺を差しだした。

「真実を語る気になったら連絡をください」

「アイスクリーム屋にいた男がリッターだと、よくわかったな？」パルメンガルテン植物園を通って駐車場に向かう途中、オリヴァーにそういわれてピアは肩をすくめた。

「直感です。リッターがスポーツカーの男だと思ったもので」

ふたりはしばらく並んで歩いた。

「どうして嘘をついたんでしょうね？　十八年も仕えていた秘書を、トランクがひとつ消えたくらいでクビにするなんて、どうしても信じられません。なにか裏があるような気がします」

「知っているとしたら、だれかな？」オリヴァーは考えた。

「エラルド・カルテンゼー教授です。どちらにせよ、もう一度会っておくべきですね。ベッドルームにトランクがありましたから」

「どうして教授のベッドルームのことを知っているんだ？」オリヴァーは立ち止まって、眉をひそめた。「それに、どうしてそのことをもっと早くいってくれなかった？」

「水車屋敷《ミューレンホーフ》の作業小屋を見るまで思いつかなかったんです。でも、ちゃんと話したでしょう」

ふたりは植物園を出ると、ジースマイヤー通りを横切った。オリヴァーはリモコンで車を解錠した。助手席のドアノブに手をかけたとき、ピアの目が通りの向かいの家にとまった。十九世紀に建てられた邸宅だ。十九世紀末の正面壁がきれいに修復されている。不動産業界では高値で取引される古建築だ。

「あそこを見てください。あれ、我らがほら吹き男爵じゃないですか？」

オリヴァーが振り返った。

「本当だ。あいつだ」

トーマス・リッターは携帯電話を耳と肩ではさみ、家の郵便受けに鍵を差して開けている。それから電話で話しながら玄関のドアを開け、中に入っていった。オリヴァーは車のドアをまた閉めると、ピアといっしょに通りを横切り、その家の郵便受けを調べた。

「編集部はここにはないですね」ピアは真鍮《しんちゅう》の名札入れのひとつを指で叩いた。「でもM・カルテンゼーという人物が住んでいますよ。どういうことでしょう？」

オリヴァーは住宅を見上げた。「あとで調べよう。まずはきみの容疑者のところへ行くとしよう」

フリードリヒ・ミュラー＝マンスフェルトは背の高い、やせた男だった。まわりに白髪が残った禿頭《はげあたま》には老人特有のしみが出ていた。面長の顔はしわだらけで、古くさいメガネの分厚いレンズで拡大されて見える目のまわりが赤かった。彼は先週の金曜日の朝、ボーデン湖のほとりに住む娘を訪ね、昨日の晩もどってきたところだった。彼の名前は老人ホームで質問する予定者の名簿の中でも末尾の方にあった。カトリーン・ファヒンガーはすでに三百十二人に話を聞いていて、今さら新しい情報が聞けるとは思っていなかった。そこでいつもどおりの質問をした。老人は七年間、アニタ・フリングスの部屋の真向かいに住んでいた。そしてフリングスが惨殺されたと知って、ひどいショックを受けていた。

「娘のところへ行く前の晩、顔を合わせました」老人の声はかすれて、震えていた。「そのときは上機嫌でしたのに」

老人は左手で右の手首をつかんでいた。手に震えがきたのだ。

「パーキンソン症候群です。普段はなんともないのですが、旅行の疲れがでたのでしょう」

「長くはお邪魔しません」カトリーンは優しく答えた。

「いや、大いに邪魔をしてください」老人は目を輝かせた。「若くて美しい女性とお話しできるなんて、こんなにいい気分転換はありません。ここにはおいさらばえたばあさんしかおりませんからな」

カトリーンは微笑んだ。

「わかりました。それで五月三日の晩、フリングス夫人に会ったのですね。ひとりでしたか、それともだれかいっしょにいましたか?」

「あの人はひとりではほとんど動けない状態でした。あの晩は人でごったがえしていました。庭園で野外劇が上演されたのです。あの人は男性といっしょにいました。彼女をよく訪ねてくる人です。おわかりかな」

カトリーンは耳をそばだてた。

「それは何時頃だったか覚えていますか?」

「もちろん。わしはパーキンソン症候群ですがね、アルツハイマーではありません」

冗談のつもりだったようだが、顔の表情が変わらなかったので、カトリーンはすぐには気づかなかった。

「じつはですね、わしは東ベルリンに住んでいたのです」老人はいった。「わしはフンボルト大学応用物理学科教授でした。共産党のシンパでしたので、第三帝国時代、職につくことができませんでした。ですから長年、外国にいました。しかし戦後は東ドイツで、家族ともどもいい暮らしをしました」

「そうですか」カトリーンはていねいにいった。だが老人がなにをいおうとしているのか、さっぱりわからなかった。

「ドイツ社会主義統一党の上層部とも個人的に付き合いがありました。党にはあまり共感を覚えませんでしたが、研究に打ち込むことができたので、それ以外のことはどうでもよかったのです。アニタの夫アレクサンダーは国家保安省の職員でした。特務機関の将校で、外貨を調達するための擬装企業に関わっていました」

カトリーンは急に体を起こして、老人を見つめた。

「フリングス夫人とは昔からの知り合いだったのですか？」

「ええ、そういいませんでしたかな？」老人は少し考えてから肩をすくめた。「もともと知り合いだったのは夫の方です。アレクサンダーは戦時中、国防軍の東方外国軍課の防諜将校でした。ラインハルト・ゲーレン将軍直属の部下だったのです。ゲーレンの名はご存じですかな？」

カトリーンは首を横に振った。必死にメモをし、ボイスレコーダーを署に置きっぱなしにしてきたことを後悔していた。

「防諜将校という性格上、彼はロシアに通暁していました。おわかりかな。ゲーレンの組織は一九四五年五月にまるまるアメリカ軍に投降しまして、その後CIAの前身となる情報機関に組み込まれたのです。ゲーレンはのちにアメリカの了承のもとゲーレン機関を組織しました。また ドイツ連邦情報局はそこから生まれました」老人はかすれた笑い声をたて、咳き込んだ。また話ができるようになるまでしばらくかかった。「こうしてナチの信奉者が、あっという間に民主主義の信奉者に早変わりしたのです。ただアレクサンダーはいっしょにアメリカへは渡らず、ソ連占領地域に残ったのです。これまたアメリカの了承、というか希望で、彼は国家保安省にもぐり込み、東ドイツの外貨調達を担当したのです。しかしCIG、のちのCIAやゲーレンと連絡を取り合っていたのです」

「どうしてそんなことをご存じなのですか?」カトリーンはびっくりして訊いた。

「わしは八十九歳になります。長生きをすると、いろいろ見たり聞いたりするものです。それと同時にたくさんのことを忘れますがね。しかしアレクサンダーのことは忘れられません。おわかりかな。彼は六、七カ国語を自在に操っていました。頭が切れ、教養がありました。彼は二重スパイだったのです。東側ブロックでは、たくさんのスパイを束ねる上級将校で、西側ブロックを自由に旅行することもできました。西側の政財界に太いパイプがあり、軍需産業のロビイストにも友だちがいたほどです。おわかりかな」

老人はそこで一拍おいて、なにか考えながら骨張った手首をもんだ。

「アレクサンダーがどうしてアニタと結婚したのか、そこだけは今でもよくわかりません」

「どうしてですか？」

「彼女は冷たい女だったからです」老人は答えた。おわかりかな。「ラーフェンスブリュック強制収容所の女看守だったという話を聞いたことがあります。元囚人に身元を突き止められる危険があったので、西に行かなかったのです。一九四五年、彼女はドレスデンでアレクサンダーと知り合いました。彼は当時すでにアメリカともソ連ともつながりがあったので、結婚することで彼女を追及の手から守ったのです。彼女は新しい名前でナチだった過去を脱ぎ捨て、国家保安省でキャリアを積みました。もっとも……」老人はそこで悪意のこもった笑い声をたてた。「彼女は住んでいたヴァントリッツで、西側の商品を偏愛していたことを揶揄されて、ミス・アメリカと陰口をたたかれていました。彼女自身、そのことでは相当腹を立てていましたな」

「あのう、事件のあった晩のことですが、そのときフリングス夫人といっしょにいた人のことをもう少し詳しく教えていただけませんか？」カトリーンは頼んだ。

「アニタのところには頻繁に客が来ていました。若い頃の友だちのヴェーラ、それに教授もたまに来ていましたな」

カトリーンは忍耐力を試された。というのも、老人は記憶をたどりながら震える手でゆっくり水を飲んだからだ。

「彼らは四銃士と名乗っていましたな」老人はかすれた声であざ笑った。「年に二度、チューリヒに集まっていました。アニタとヴェーラがそれぞれ夫を亡くしたあともね」

「四銃士というのはだれなのですか？」カトリーンは混乱して聞き返した。

「四人の旧友たちですよ。幼い頃からの知り合いでした。おわかりかな。アニタ、ヴェーラ、オスカー、ハンスの四人です」

「オスカーとハンス？」

「武器商人と財政局員ですよ」

「ゴルトベルクとシュナイダーですか？」カトリーンは興奮して身を乗りだした。「あのふたりのこともご存じなのですか？」

老人の目がうれしそうにきらっと光った。

「ここのように贅沢三昧で、快適なところでも、老人ホームの一日というのは退屈極まりないのです。おわかりかな。アニタは話し好きでした。家族がなかったので、わしを話し相手にしたのでしょう。わしも東の人間でしたからな。彼女は抜け目がなかったですが、友だちのヴェーラとは違って、老けてからはそれほどずる賢くなくなっていたのです。ヴェーラはじつにこすからい女です。だからこそ東プロイセンの平民の出なのに、あそこまで立身出世したのですよ、おわかりかな」

老人はまたなにか考えながら指関節をもんだ。

「アニタはひどく怒っていました。先週のことです。わけを話してはくれませんでした。しかし頻繁に人が訪ねてきました。ヴェーラの息子が何度も来ましたよ。禿頭の方です。それから政治屋の妹の方も。ふたりはアニタとカフェテリアにすわって何時間も話し込んでいました。それから子猫ちゃん《カーテルヒェン》も定期的に顔を見せていました。車椅子を押して、このあたりをいっしょに散歩していましたっけ……」

「子猫ちゃん《カーテルヒェン》ですか？」

「アニタは彼のことをそう呼んでいました。若い男です」

カトリーンは、八十九歳の老人から見たら何歳くらいが「若い」のだろうと考えた。

「どんな人物ですか？」カトリーンはたずねた。

「そうですねえ。目が褐色で、やせていて、中ぐらいの背丈で、平均的な顔立ちですな。理想的なスパイ。おわかりかな」老人は顔を綻《ほころ》ばせた。「あるいはスイスの銀行マンでしょうか」

「その人は木曜日の晩にもいましたか？」カトリーンは興奮して体が震えていたが、じっと我慢して質問をつづけた。オリヴァーの喜ぶ顔が見えるようだ。

「ええ」老人はうなずいた。カトリーンはバッグから携帯電話をだすと、カイが三十分前に送信してくれたマルクス・ノヴァクの顔写真を画面にだした。

「この人ですか？」カトリーンは携帯電話を老人に差しだした。老人はメガネを額に上げて、画面を目の前に近づけて見た。

「いいえ、違いますな。しかし顔には見覚えがあります。あの晩に見かけたと思います」

老人は眉をひそめた。

「ああ、思いだしましたよ。あれは木曜日の、たしか十時半頃です。劇がちょうど幕を下ろしたあとでした。エレベーターのところまで来たとき、ロビーで人待ち顔のこの人を見ました。そわそわしていたので、目についたのです。しきりに時計を見ていましたな」

「この写真の人物に間違いないですね？」カトリーンは携帯電話を掲げて確かめた。

「百パーセント間違いないです。わしは一度見た顔は忘れません」


カルテンゼー教授がクンストハウス美術館にいなかったので、オリヴァーとピアは署にもどった。マルクス・ノヴァクの車の科学捜査の申請は根拠が弱いという理由で却下されたと、カイ・オスターマンから報告を受けた。

「ノヴァクは犯行時間に遺体発見現場にいたのに！」ピアは腹を立てた。「それに彼の会社の車がシュナイダー邸の前で目撃されているんですよ！」

オリヴァーはコーヒーを注ぎながらたずねた。

「病院の方は？　なにかあったか？」今朝からマルクスの病室の前に巡査を常駐させ、来客と来訪時間をチェックさせていた。

「朝、ノヴァク夫人が来たそうです」カイは答えた。「昼には祖母と作業員のひとりが来ました」

「それだけ？」ピアはがっかりした。なにひとつ進展がない。

「その代わり、KMF社についていろいろわかりましたよ」カイは書類の山に埋もれたファイルを探した。オイゲン・カルテンゼーは一九三〇年代、当時としては珍しくないが、あまりほめられない方法で、当時、家族連れで国外退去したユダヤ人の会社を奪取したのだ。カルテンゼーは、前の経営者の発明を軍需産業に転用し、東部地域で事業を拡大させ、巨万の富を得た。ドイツ国防軍御用達だった彼はナチ党にも入党し、戦争で甘い汁を吸ったひとりだった。

「どうしてわかったの？」ピアは驚いてたずねた。

「訴訟があったんです」カイは答えた。「前の経営者だったユダヤ人ヨーゼフ・シュタインが戦後、会社の返還を求めたんです。シュタインがもどった際にはカルテンゼーは会社を返すという契約に署名したと主張したんですよ。しかしもちろん契約書は見つからず、調停が図られました。当時は新聞紙面を賑わせたようです。というのも、東部地域の工場で強制収容所の囚人に強制労働をさせていた証拠があがっていたのに、なぜかカルテンゼーは無罪放免され、裁かれなかったからなんです」

カイは満足そうに微笑んだ。

「KMF社の元代理人を見つけました。五年前に年金生活に入っていて、ヴェーラとジークベルト・カルテンゼーのことをあまりよくいいませんでした。あのふたりに無理矢理追いだされたというんです。会社のことを隅から隅まで知っていて洗いざらい話してくれました」

一九八〇年代半ば、社内でのちに禍根を残すほどのいざこざが生じた。ヴェーラとジークベルトが影響力を高めようと陰謀を企み、これに対抗して、オイゲンが会社の構造を変えたのだ。新たな共同経営体制を組み、経営議決権を家族構成員全員と友人たちに分配した。そのせいで、今日にいたるまで家族の軋轢《あつれき》がつづくことになった。ジークベルトとヴェーラの持分は二十パーセントずつ、エラルド、ユッタ、シュナイダー、アニタ・フリングスはそれぞれ十パーセントずつ、ゴルトベルクは十一パーセント、ヴァトコヴィアクは五パーセント、そしてカタリーナ・シュムンクという女性が四パーセント。オイゲンはその後、地下室への階段を踏みはずし、首の骨を折って死んだ。

カイがそこまで説明したとき、オリヴァーの携帯電話が鳴った。カトリーンだった。「ボス、大当たりです！」と彼女が叫んだ。オリヴァーはカイに、説明を少し待つように合図して、うわずった声でしゃべるカトリーンの話を聞いた。

「よくやってくれた、ファヒンガー」そういって電話を切ると、オリヴァーは顔を上げ、ニヤリとした。

「これでノヴァクの逮捕状が取れる。それから彼の会社と自宅の家宅捜索令状もな」

一九四二年八月二十三日。この日を生涯忘れないだろう。わたしはおばさんになった！すぐ天にも昇る心地！夜の十時十五分、ヴィッキーが元気な男の赤ちゃんを産んだ！すぐに生まれてくるものとばかり思ったのに、時間がかかることといったらなかった！戦争はずっと遠くのことなのに、身近に感じる！エラルド兄さんは休暇をもらって前線から帰還することができなかった。今はロシアの地。ママは一日じゅう兄さんの無事を祈っていた。今日だけはなにごともありませんように、と！午後、ヴィッキーに陣痛の発作が起きた。パパはシュヴィンデルケに頼んでドーベンに住むヴェルミンおばさんを呼びにやった。だけど今は手が離せないといわれた。ローゼンガルテンの農夫クルプスキーの奥さんが、二日前から陣痛で苦しんでいるという。しかも奥さんの年齢は四十歳近い！　ヴィッキーの勇気には感心する。本当にすごい！　出産って恐ろしいけれど、素晴らしいことね！　ヴェルミンおばさんが来なかったので、ママ、エッダ、わたし、エンドリカートおばさんの四人で出産を手伝った。パパはシャンパンを開けて、エンドリカートおじさんと乾杯した。ふたりはそろっておじいさんになったんだ！　ママが赤ちゃんを見せにいったとき、ふたりはすっかりほろ酔い気分だった。わたしも赤ちゃんを抱かせてもらった。こんなちいちゃな手足の赤ちゃんが、いつかたくましい大きな男になるなんて信じられない！　ヴィッキーはわたしのパパと彼女のパパの名前を取って、赤ちゃんをハインリヒ・アルノー・エラルドと名付けた。ふたりのおじいさんは感動して目に涙を浮かべ、またシャンパンの栓を抜いた。ヴェルミンおばさんが駆けつけたとき、ヴィッキーはもう赤ちゃんにお乳をあげて、エンドリカートおばさんが赤ちゃんを産湯につからせて、産着にくるんでいた。そしてわたしが代母になるんですって!!　生きていて、こんなうれしいことはないわ。おちびのハインリヒ・アルノー・エラルドは、パパからツァイドリッツ農場の後継者だと告げられても、なんの反応もせず、そのあとパパの肩にお乳を吐いた。みんな、お腹を抱えて笑った！　すてきな一日だったな。昔にもどったみたい！　兄さんが休暇をもらってもどってきたら、洗礼式をすることになった。そして結婚式も！　そうしたらヴィッキーは本当にわたしのお姉さん。今までも最高の友だちだけど……。

トーマス・リッターは日記のその箇所に黄色い付箋《ふせん》を貼って、疲れた目をこすった。信じられないことだ！　読んでいるあいだ、長らく埋もれていた世界、マズールィ地方の広大な領地で何不自由なく育った若い娘の世界の虜《とりこ》になっていた。この日記だけで、素晴らしい小説が一冊書ける。消え去った東プロイセンへの鎮魂歌。アルノー・ズルミンスキーやジークフリート・レンツの作品にもひけをとらないだろう。若いヴェーラは土地とそこに住む人々のことをじつに事細かく、細心の注意を払って書き記していた。しかも当時の政治情勢についても、第一次世界大戦でふたりの息子を亡くし、以来東プロイセンの領地に引き籠もった領主夫妻を両親に持つ娘という立場から、いろいろ書き残している。両親はヒトラーとナチ党に批判的だったが、ヴェーラが友だちのエッダやヴィッキーといっしょにドイツ女子同盟に入ることに目をつむった。ドイツ女子同盟の仲間でオリンピック大会を見にベルリンへ行ったときのことが若い娘らしい感動の言葉でつづられ、スイスの寄宿学校に入りヴィッキーと会えない寂しさも語られている。大戦勃発とともに、ヴェーラの兄エラルドは空軍に入隊し、活躍が認められてみるみる昇進していった。そして農場管理人エンドリカートの娘ヴィッキーとエラルドの愛が育まれていく様子にも胸を打たれる。

東プロイセンでの少女時代を伝記の第一章にすえることを、ヴェーラはどうしてあんなにいやがったのだろう。恥じることなど一切ない。せいぜいドイツ女子同盟に入ったことくらいだ。だが顔見知りばかりの田舎で、みんなのやることを拒むのはかなり難しいことだ。トーマスは何度も読み直すうちに、ヴェーラがなぜこの日記を人手に渡すくらいなら火にくべてしまいたいと考えていたか、朧気《おぼろげ》にわかってきた。先週の金曜日に知ったことと重ね合わせると、この日記は大変な起爆剤になる。トーマスは読みながら絶えずメモを書きとめ、自分の原稿の第一章を頭の中で再構成した。そして一九四二年の日記に証拠を発見した。一九四二年八月二十三日、ヒトラーがスターリングラードをはじめて空襲させた日のページを読んだとき、トーマスはすぐインターネットに接続して、エラルド・カルテンゼーの略歴を検索した。

「そんな馬鹿な」トーマスはつぶやき、ノートパソコンの画面に見入った。エラルドは一九四三年八月二十三日生まれとあったのだ。ヴェーラは甥が生まれた一年後の同月同日に息子を産んだことになる。そんなことがありうるだろうか。トーマスは一九四三年の日記の八月のページをめくった。

「ハイニが一歳になった！　かわいい子、食べてしまいたいくらい！　早くも歩けるようになった……」トーマスは少しページをもどった。七月にヴェーラはスイスから両親の領地にもどって、夏を過ごした。このときヴィッキー・エンドリカートの兄ヴァルターがスターリングラードで戦死するという悲報が届いている。だがヴェーラの人生に男の影はない。妊娠についても一切触れていない！　トーマスの知るエラルド・カルテンゼーが、一九四二年八月二十三日にに生まれたハインリヒ・アルノー・エラルドであることは間違いなかった。だがそれならどうしてエラルドの生年は一九四三年となっているのだろう。エラルドは若く見られたくて、一年さばを読んだということか。そのとき携帯電話が鳴って、トーマスは心臓が飛びでるほど驚いた。マルレーンだった。今どこにいるのかたずねられた。すでに夜の十時を少しまわっていた。トーマスの頭の中にはさまざまな考えが渦巻いていた。今はとてもではないが中断できない！

「帰りはだいぶ遅くなりそうだ、すまない」トーマスは残念そうにいった。「知っているだろう。明日が締め切りなんだ。できるだけ早く帰る。でも待たなくていい。おやすみ」

通話を終了すると、またノートパソコンにかじりつき、日記を読みながら頭の中で考えていた文章を打ちはじめた。トーマスは文章をつづりながら微笑んだ。これだけの証拠があれば、カタリーナと出版社の人間が腰を抜かすのは間違いない。


「ノヴァクが木曜日の夜〈タウヌスブリック〉にいた」カトリーン・ファヒンガーから報告を受けたことをカイ・オスターマンとピアに伝えてから、オリヴァーはいった。

「劇を観にいっていたとは考えられないですね」ピアがいった。

「KMF社の話のつづきを聞こう」オリヴァーはカイをうながした。

ヴェーラ・カルテンゼーは夫の死後、遺書を開いてこの新しい会社の体制を知り、ものすごい剣幕で怒った。契約の無効を訴えたが、認められず、ゴルトベルク、シュナイダー、フリングスの三人から持分を買い取ろうとしたが、これも契約上できなかった。

「当時は、義理の息子にあたるエラルド・カルテンゼーに、オイゲンを階段から突き落としたのではないかという嫌疑がかけられました」カイはいった。「その後、事故として認定され、既決されました」カイはメモに目を落とした。「ヴェーラ・カルテンゼーは、会社を経営するのに旧友や義理の息子ローベルトや娘の友だちに了解を求めなくてはならなくなったわけで、腹の虫が治まらなかったでしょうね。でもゴルトベルクの推薦でスリナムの名誉大使になって、そこのボーキサイトの採掘権を手に入れ、直接アルミの取引に手を染めました。もっともいつまでも原料供給者にとどまるつもりはなかったようで、数年後、アメリカのALCOA社を企業買収しました。KMF社はアルミの押出成形用プレスで世界のトップ企業になりましたが、資産管理会社はスイス、リヒテンシュタイン、バージン諸島、ジブラルタル、モナコなどにあります。法人税はろくに払っていないということです」

「ヘルマン・シュナイダーもそれに関係しているんですか?」ピアはたずねた。パズルのピースがそろって、全貌が見えてきた!

「ええ」カイはうなずいた。「シュナイダーはKMF社スイス支社の顧問でした」

「会社の持分はどうなるんだ?」オリヴァーがたずねた。

「そこですよ、問題は」カイが背筋を伸ばした。「経営議決権の契約書によると、持分はすべて遺贈できず、売買もできないことになっていて、所有者が死んだ場合は実際の経営責任者である持分所有者のところへ移ることになっています。われわれが扱っている殺人事件のうち四件までは、殺しの動機に充分なるでしょう」

「というと?」オリヴァーはたずねた。

「公認会計士の試算によるとKMF社はおよそ四十億ユーロの価値があります」カイはいった。「じつはイギリスの資産運用会社が時価の倍の値段で買収に乗りだしているんです。ひとりの持分だけでもどれだけの額になることか」

オリヴァーとピアはちらっと視線を交わし合った。

「KMF社の経営責任者はジークベルト・カルテンゼーだ」オリヴァーはいった。「ゴルトベルク、シュナイダー、ヴァトコヴィアク、フリングスの持分は彼の懐に入るのか」

「そういうことです」カイはメモ帳をデスクに置いて、勝ち誇ったようにみんなを見回した。

「十四億ユーロが殺しの動機にならなかったら、他にはなにも思いつきません」

一瞬、部屋は沈黙に包まれた。「それは認める」オリヴァーの声はかれていた。

「ジークベルト・カルテンゼーは今のところ、ひとりでは会社を売ることも、株式会社にすることもできません。持分の過半数を持っていないからです。しかし今は状況が違います。わたしの計算が正しければ、彼は自分の持分二十パーセントを加えれば、議決権の五十六パーセントを得たことになります」

「十四億ユーロの十パーセントだけでもとんでもない額ね」ピアはいった。「そしてジークベルトが持分の過半数を得て、会社を売れば、彼の持分はとんでもない額の金に早変わりするというわけね。持分を持っている人は、だれも人ごとではいられないはずですよ」

「それが殺人の動機になるとは思えないな」オリヴァーは飲み残していたコーヒーを口に入れると、首を横に振った。「どちらかというと、殺人犯はそのことを知らずに、カルテンゼー家を喜ばせたような気がする」

ピアはカイのファイルを手に取って、彼のメモに目を通した。

「このカタリーナ・シュムンクというのはだれですか？　カルテンゼー家とどういう関係があるのかしら？」

「カタリーナ・シュムンクは今、カタリーナ・エーアマンと名乗っています」カイはいった。「ユッタ・カルテンゼーの親友ですよ」

オリヴァーは眉を曇らせてなにか考え、急に顔を輝かせた。水車屋敷《ミューレンホーフ》で見た写真を思いだしたのだ。だがオリヴァーが口を開く前に、ピアが飛び上がってハンドバッグをかきまわし、不動産屋が名刺の裏に書いた空き家の所有者の名前を見た。

「信じられない！　ヴァトコヴィアクの遺体が発見された空き家の持ち主はカタリーナ・エーアマンですよ！　これってつながらない？」

「当然だね」金の亡者説にこだわるカイがいった。「彼らがヴァトコヴィアクを殺して、カタリーナ・エーアマンに罪を着せようとしたんですよ。これで一石二鳥ですからね」


トーマス・リッターは目が痛く、頭が割れそうだった。画面上の文字がかすんでよく見えない。二時間で二十五ページ書いた。死ぬほど疲れていたが、上機嫌だった。マウスをクリックして、データを保存すると、メールソフトを起動した。カタリーナは、手に入れた資料からどんな原稿ができあがったか、早朝に読めるだろう。欠伸《あくび》をしながら立ち上がると、トーマスは窓辺に立った。家に帰る前にまず日記を銀行の金庫に保管しなくては。マルレーンはお人好しだが、この日記を見つけたら、さすがになにかあると気づくだろう。最悪の場合、家族の側についてしまうかもしれない。トーマスは視線を駐車場の方に向けた。自分のオープンカーの横に黒塗りのワンボックスカーが一台止まっているだけだ。トーマスが視線をそらそうとしたその瞬間、ワンボックスカーの運転席に明かりが灯って、男の顔がふたつ浮かびあがった。トーマスは胸騒ぎがした。カタリーナは、この資料が議論を呼ぶもので、危険なものかもしれないといっていた。話半分に聞いていたが、夜中にフェッヒェンハイム工業団地の人気《ひとけ》のないところにいると危険を感じる。トーマスは携帯電話を取って、カタリーナに電話をかけた。呼び出し音が十回鳴ってから彼女が出た。

「カティ」トーマスはのんびりしているふりをした。「なんだか見張られているみたいなんだ。事務所で原稿を書いているところさ。駐車場にワンボックスカーが一台止まっていてね、中に男がふたりいる。どうしたらいいかな？　だれだと思う？」

「落ち着いて」カタリーナは声をひそめて答えた。背後で話し声とピアノの音が聞こえた。

「ただの妄想じゃないの？　あたしは……」

「妄想なものか！　奴ら、下でわたしが出てくるのを待っているんだ！　例の資料は危険なものだと、きみもいっていたじゃないか！」

「そういう意味じゃなかったんだけど」カタリーナはなだめた。「あんたの身に危険が及ぶはずないわ。あの資料についてはだれも知らないんだから。家に帰って、ゆっくりお休みなさい」

トーマスはドアのところへ行って、部屋の明かりを消し、それからまた窓辺に立った。ワンボックスカーはまだ止まっていた。

「オッケー」トーマスはいった。「だけど日記をまず銀行に持っていかないと。わたしの身になにか起こると思うかい？」

「まさか、ありえないわ」

「よし、いいだろう」トーマスの気持ちは少し落ち着いた。本当に危険なら、カタリーナはもっと違った反応をするだろう。トーマスは彼女にとって金のなる木だ。トーマスの命を粗末にすることはないだろう。急に自分が間抜けに思えてきた。これではカタリーナに腰抜けだと思われてしまう！

「それより、原稿をメールで送ったよ」トーマスはいった。

「それは素晴らしいわ。明日の朝一番に読むわね。そろそろ切らないと」

「わかった。おやすみ」トーマスは携帯電話を閉じ、日記をスーパーマーケットの買い物袋に入れ、ノートパソコンをリュックサックにしまった。膝をガクガクさせながら、廊下を歩いた。

「ただの妄想さ」トーマスはつぶやいた。

二〇〇七年五月九日（水曜日）

「ねえ、昨日だれから電話があったと思う？」コージマがバスルームから声をかけてきた。

「驚いてしまったわ!」

オリヴァーはベッドで赤ん坊をあやしていた。赤ん坊は彼の指をびっくりするほど強い力でつかんだ。そろそろ事件を解決しないとまずい。娘と会う機会がほとんどない状態だ。

「だれからだい?」オリヴァーはゾフィアの腹をくすぐりながらたずねた。ゾフィアが笑いながら足をバタバタさせた。

コージマがバスルームから出てきた。バスタオルを体に巻いて、歯ブラシを手にしている。

「ユッタ・カルテンゼーよ」

オリヴァーはぎょっとした。ユッタ・カルテンゼーはこの数日、少なくとも十回はオリヴァーに電話をかけてきている。そのことをコージマには話していなかった。はじめはちょっといい気分だったが、そうやってすぐなれなれしくされるのは彼の趣味ではなかった。だが昨日、いきなり夕食に誘われて、オリヴァーはユッタが電話をしてきた理由をようやく理解した。ユッタは本気で言い寄っているのだ。オリヴァーは、対応に困っていた。

「へえー? なんの用で?」オリヴァーは赤ん坊をあやしながらさりげなくたずねた。

「新しいイメージキャンペーンのスタッフを探しているんですって」コージマはまたバスルームにもどり、ガウンを羽織って出てきた。「お母さんのところであなたに会って、わたしのことを思いだしたといっていたわ」

「本当に?」オリヴァーは、ユッタが知らないところで自分の家族の情報を集めていることに、あまりいい気がしなかった。それにコージマはドキュメンタリーのプロデューサーだ。コマーシャルとは縁遠い。イメージキャンペーンというのは嘘だ。なぜそんな話を持ちかけたのだろう？

「今日、いっしょに昼食をとって、どんなことを考えているか聞いてみるつもりよ」コージマはベッドの角に腰かけて足にクリームをぬった。

「いい話みたいだね」オリヴァーはコージマの方を向いて、ほほえんだ。「ギャラはしっかり取るんだぞ。カルテンゼー家は大金持ちなんだから」

「反対じゃないの？」

オリヴァーは、コージマがなぜそんな質問をするのかわからなかった。

「どうしてだい？」オリヴァーは、ユッタから電話がかかってきても、これからは出るのをやめようと心に決めた。そして今さらながら、ユッタに対し無防備だったことに気づいた。彼女を近づけすぎた。頭の切れる、魅力的な女性との付き合い。既婚男性にはふさわしくない妄想を抱いてしまったのだ。

「だって、彼女の家族は捜査対象なんでしょう」コージマはいった。

「彼女の提案がなにか聞くだけなら問題はないさ」オリヴァーは意に反してそういった。なにか胸騒ぎがした。ユッタとの電話でのおしゃべりは、予測のつかない危険なものになりうる。それだけはごめんだ。彼女の誘いをていねいに、だがきっぱり断る潮時だ。少し胸が痛むが。

寝不足だったが、ピアは朝六時四十五分にデスクについた。ジークベルト・カルテンゼーと早急に話をする必要がある。それだけは確かだ。コーヒーを飲みながら、モニターを見つめ、カイ・オスターマンの昨日の報告とそこから導きだされる推論について考えた。カルテンゼー兄弟が殺人を依頼した可能性は高い。だがそれですべてが解明するわけではない。犯人が殺人現場に残していったあの数字はなんだろう。それに凶器が大昔の拳銃と銃弾というのも解せない。依頼殺人なら武器はサイレンサー付きの拳銃と相場が決まっているし、そうすればアニタ・フリングスを森まで連れだす手間も省けたはずだ。ゴルトベルク、シュナイダー、フリングス殺害の背景には、なにか個人的な理由があるはずだ。だがそれなら、ヴァトコヴィアクの件はどうなる？　彼の愛人はなぜ死ななければならなかったのだろう。答は偽の手がかりと、推測される犯行の動機の背後に隠れているはずだ。復讐は強い動機だ。トーマス・リッターはカルテンゼー家の歴史を熟知している。そしてヴェーラからひどい仕打ちを受けて傷ついている。

エラルド・カルテンゼー教授はどうだろう。自分の出自について語ろうとしなかった三人の老人を殺した、あるいは殺させた可能性はあるだろうか？　教授は彼らを憎み、殺意があったと自分で漏らした。それからマルクス・ノヴァクもあやしい。彼の会社の車が犯行時間にシュナイダー邸で目撃されている上に、ヴァトコヴィアクが殺された時刻にケーニヒシュタインの空き家のそばにいた。アニタ・フリングス殺しの夜〈タウヌスブリック〉にいたこともわかっている。これほど偶然が重なるはずがない。マルクスは金銭問題を抱えていた。マルクスと教授は、思ったよりもはるかに親しい間柄だ。三人の老人を殺したのはこのふたりで、ヴァトコヴィアクがそれを目撃したというのはどうだろう……それともそのすべてが的外れで、背後にいるのがカルテンゼー家だという可能性は？　それとも犯人はまったく別のだれかだろうか。ピアは堂々巡りしていることに気づいた。

ドアが開いて、カイとフランクが部屋に入ってきた。その瞬間、カイのデスクのわきにあったファックスが受信音をだして、カタカタ動きだした。カイはバッグを置くと、最初のページを取って読みだした。

「ようやく来たぞ。科学捜査研究所の分析結果だ」

三人はいっしょに六ページからなる検査結果を読んだ。アニタ・フリングスを殺した凶器はゴルトベルクとシュナイダーの殺害に使われたものと同一だった。銃弾も同じ製品だった。シュナイダーのホームシアターで見つかったグラスとタバコの吸い殻から検出したDNAは、連邦刑事局のコンピュータにデータのある男のものだった。ヘルマン・シュナイダーの遺体のそばで見つかった毛髪はDNA鑑定で女のものだとわかったが、身元は突き止められなかった。ゴルトベルク邸の鏡に付着していた指紋も本人を特定できなかった。カイはデータベースにアクセスして、シュナイダー邸の地下室にいた男が、傷害事件やひき逃げでいくつも前科のあるクルト・フレンツェルだということを突き止めた。

「ヴァトコヴィアクのリュックサックの中から見つかったナイフは、モニカ・クレーマーを殺した凶器ね」ピアはいった。「彼の指紋がナイフのグリップから検出されたのね。だけどクレーマーの口腔内にあった体液はヴァトコヴィアクのではないのか。犯人は右利きね。クレーマーの住まいで発見された手がかりのほとんどがクレーマーとヴァトコヴィアクのもので、クレーマーの爪に付着していた繊維は特定することができなくて、毛髪が一本まだ検査中か。それからヴァトコヴィアクのシャツに付着していた血痕はクレーマーのものね」

「わかりきってるじゃないか」フランクがいった。「ヴァトコヴィアクが三人の老人を殺したのさ。あの女も癇に障る奴だったし」

ピアはフランクをジロッとにらんだ。

「彼のはずがないだろう」オスターマンがいった。「タウヌス貯蓄銀行とナッサウ貯蓄銀行の支店から取り寄せた防犯カメラの映像にヴァトコヴィアクが映っていた。時間はたしか午前十一時半から十二時のあいだだ。司法解剖所見によれば、モニカ・クレーマーの死亡時刻は午前十一時から十二時のあいだだ」

「まさかボスが考えだしたプロの殺し屋説を信じているんじゃないよな？」フランクがふくれっ面をした。「どこの殺し屋があんなアホな女を殺すっていうんだ？」

「ヴァトコヴィアクに罪を着せるためよ」ピアは答えた。「ヴァトコヴィアクを殺して、凶器をリュックサックに入れ、血に染まったシャツを着せたのも同じ犯人よ」

その瞬間、ピアは自分のノヴァク・カルテンゼー共犯説を捨てた。あのふたりは、口腔内性交をさせた上であんな残酷な殺しをするような人物とはとうてい思えない。犯人は二人組。確かなのはそれだけだ。

「そのようだな」カイがシャツの分析結果を読み上げた。ボタンを掛け違えていて、サイズもヴァトコヴィアクのものではなく、袖にまち針が刺してあったことから新品であると判明した。

「シャツがどこで買ったものか突き止めないと」ピアはいった。

「俺がやるよ」カイがうなずいた。

「ああ、そうだ、忘れていた」フランクが自分のデスクに積み上がった書類の山から一枚の紙をカイに差しだした。カイはその紙をちらっと見て、眉根を寄せた。

「いつ届いたんだ？」

「たしか昨日だったな」フランクはコンピュータを起動した。「うっかりしていたよ」

「なんなの？」ピアはたずねた。

「ヴァトコヴィアクのリュックサックにあった携帯電話の移動記録だよ」カイはむっとして、だらしのないフランクの方をにらんだ。カイは本気で腹を立てていた。

「おい、フランク。これは重要なものなんだぞ、わかっているのか！　俺は何日も届くのを待っていたんだ！」

「大げさなことをいうなよ！」フランクも声を荒らげた。「おまえは忘れ物をしたことがないのか？」

「こういうことに関しては絶対にないね！　おまえ、どうしたんだよ？」

フランクは返事もせず、立ち上がって、部屋から出ていった。

「それで？」ピアはフランクのことを無視してたずねた。フランクの様子がおかしいとカイが気づいたのだから、任せておいたほうがいいと判断したのだ。

「携帯電話が使われたのは、モニカ・クレーマーにショートメッセージを送った一度だけだ」

カイはその書類を吟味してから答えた。「電話番号はひとつも保存されていない」

「基地局は？」ピアは興味津々にたずねた。

「エッシュボルン」カイはいった。「基地局の周囲三キロ。これじゃ役に立たないな」


オリヴァーはデスクの前に立ち、ひろげた日刊新聞を見ていた。ついさっきニーアホフ署長と会ったばかりだ。結果をださなければ、検証委員会を設置すると脅しをかけられた。報道担当者のところでは電話が鳴りっぱなしだった。マスコミからだけではない。内務省からも捜査の進展について照会が来た。捜査チームは切羽詰まっていた。五件の殺人のどれひとつとして解決の見込みがない。ゴルトベルク、シュナイダー、フリングス、カルテンゼー夫人の四人が幼なじみだとわかったところで、なんの突破口にもならない。三つの犯行現場には犯人の人物像を絞り込めるような手がかりがなにひとつ残されていなかった。もっとも明確な動機を持っているのはカルテンゼー家の者たちだが、オリヴァーはカイ・オスターマンの推理に同調することに抵抗を感じていた。

新聞をたたむと、オリヴァーは椅子にすわり、肘をついて額を手で支えた。答は目の前にぶらさがっているはずなのに、それが見えない。殺人事件とカルテンゼー家とのつながりがどうしても腑に落ちないのだ。そもそも関連があるかどうかもあやしい。正しい問いを立てる能力を失ってしまったのだろうか。そのときノックの音がして、ピアが部屋に入ってきた。

「どうした？」オリヴァーは自信喪失しているところをピアに悟られまいとした。

「ベーンケがヴァトコヴィアクの相棒フレンツェルに会ってきました。シュナイダーの家でDNAが検出された男です」ピアはいった。「フレンツェルの携帯電話を押収しました。ヴァトコヴィアクは水曜日、彼の電話にメッセージを残していました」

「それで？」

「これからみんなで聞きたいと思っています。それからリッターが入ったジースマイヤー通りの家ですが、マルレーン・カルテンゼーという女性が住んでいました」ピアがけげんな顔をした。「どうしたんですか、ボス？」

オリヴァーはピアに、脳内をのぞかれているような気がした。

「八方ふさがりだ。謎だらけで、裏を取るべき関係者も多すぎる。あるのは役に立たない糸口ばかり」

「いつだってそんなものじゃないですか」ピアはデスクの前の椅子にすわった。「わたしたちが多くの人に多くの質問をした結果、不安がひろがったんでしょう。事態はもう一人歩きしています。今のところ、わたしたちは指をくわえて見ているしかないですが、流れはこっちに向いているじゃないですか。もうすぐ決定的な手がかりが見つかると思いますよ」

「きみは楽観主義者でいいな。その流れの中で、次の殺人事件が起きたらどうするんだ？ニーアホフと内務省がものすごいプレッシャーをかけてきているんだ！」

「わたしにどうしろというんですか？」ピアは首を振った。「わたしたちはテレビドラマの刑事とは違うんですよ！　あきらめないでください！　フランクフルトへ行って、トーマス・リッターとカルテンゼー教授に会ってみましょう。消えたトランクのことを訊いてみるんです」ピアは立ち上がって、もどかしそうにオリヴァーを見た。ピアのエネルギーが伝染した。オリヴァーは、この二年間ピアがどんなにかけがえのない相棒だったかあらためて実感した。ふたりはじつにうまく補い合っていた。彼女は突拍子もない推理をして、猪突猛進し、彼の方は規則を重んじ、ピアが感情的に突っ走ると、ブレーキをかける役だ。

「ほら、急いでください、ボス」ピアはいった。「ぐずぐずしている暇はないですよ！　新しい上司に、わたしたちができるところを見せなくては！」

オリヴァーは口元を綻《ほころ》ばせると、「そうだな」といって立ち上がった。

「『……おい、電話に出てくれよ！』」ローベルト・ヴァトコヴィアクの声がスピーカーから聞こえた。焦っている。「『尻に火がついちまった。警察は、俺が殺しをやったと思ってるし、義母《ばばあ》のところのゴリラどもがモニカのアパートの前で俺を見張ってるんだ。しばらく姿をくらまそうと思ってる。あとでまた電話をする』」

カチッと音がして電話が切れた。カイ・オスターマンはテープを巻きもどした。

「ヴァトコヴィアクはいつ音声メッセージに吹き込んだんだ？」オリヴァーはスランプを乗り越えていた。

「先週の水曜日二時三十五分です」カイはいった。「ケルクハイムの公衆電話からです。その後、拉致されたのではないでしょうか」

「『……義母《ばばあ》のところのゴリラどもがモニカのアパートの前で俺を見張ってるんだ……』」ヴァトコヴィアクの声がまた聞こえた。カイはジョグシャトルを使って、もう一度ヴァトコヴィアクの声を流した。

「もういいだろう」オリヴァーはいった。「ノヴァクの方は？」

「ベッドですやすや寝ています」カイは答えた。「今朝八時から十時少し過ぎまで祖母と父親が見舞いにきていました」

「ノヴァクの父親が？」ピアは驚いてたずねた。「二時間も？」

「ああ」カイはうなずいた。「警護についた巡査の話ではそうだ」

「オッケー」オリヴァーは咳払いして、みんなの顔を見回した。ニコラ・エンゲルは同席していない。「もう一度カルテンゼー夫人と息子のジークベルトに事情聴取しよう。それからマルクス・ノヴァク、エラルド・カルテンゼー、トーマス・リッターの唾液サンプルが欲しい。リッターは今日のうちにもう一度訪ねよう。それからカタリーナ・エーアマンの話を聞いてみたい。フランク、どこで会えるか調べてくれ」

フランクはなにもいわず、うなずいた。

「ハッセ、ノヴァクの会社の前のコンクリートに犯人の車が残した塗料の分析を早くするよう科学捜査研究所をせっついてくれ。オスターマン、トーマス・リッターについてもっと情報が欲しい」

「全部、今日のうちにするんですか？」カイはたずねた。

「できれば今日の午後までに頼む」オリヴァーは立ち上がった。「五時にまたここに集まってくれ。結果を聞きたい」

三十分後、ピアはジースマイヤー通りのマルレーン・カルテンゼーを訪ね、チャイムを鳴らした。インターホンのカメラに身分証を掲げると、表玄関のドアで解錠音がした。住まいのドアを開けたのは、三十代半ばの女性だった。少しむくみのある、地味な顔立ちで、目のまわりに隈《くま》ができていた。体は寸胴で、足が短く、尻が大きいため、実際よりも太って見える。

「もっと早く来られるかと思っていました」マルレーンがそう口火を切った。

「どうしてですか？」ピアは驚いてたずねた。

「まあ、なんといいますか」マルレーンは肩をすくめた。「家族の知人が殺され、ローベルトまで……」

「今日お訪ねしたのはそのためではないのです」ピアは趣味のいい住まいをざっと見回した。「昨日リッターさんと話をしたのです。彼をご存じですよね？」

驚いたことに、マルレーンは女学生のように照れ笑いして、顔を赤くした。

「彼がこのアパートに入るのを見ました。なんの用であなたを訪ねたのか伺いたいと思いまして」ピアは少し面食らっていた。

「彼はここに住んでいるんです」マルレーンはドア枠に寄りかかりながらいった。「わたししたち、結婚したんです。わたしの姓はカルテンゼーではなく、リッターです」

オリヴァーとピアは絶句して顔を見合わせた。リッターは昨日たしかに、妻から車を借りたといっていた。だが、それが元雇い主の孫娘とはひと言もいわなかった。

「結婚したばかりなんです」マルレーンはいった。「うちの家族は、まだわたしたちが結婚したことを知りません。夫は今回の騒ぎが落ち着いてからの方がいいといっていまして」

「騒ぎというのは殺人事件のことですか？　ええと、あなたのおばあさんのお友だちの？」

「ええ、ヴェーラ・カルテンゼーはわたしの祖母です」

「あなたはどなたのお嬢さんなのですか？」ピアはたずねた。

「父はジークベルト・カルテンゼーです」その瞬間、ピアはマルレーンのTシャツがきつそうにつっぱっていることに気づき、そこから推理した。「ご両親は、あなたの妊娠のことをご存じなのですか？」

マルレーンは顔を赤らめてから、誇らしげに輝かせ、腹を突きだすと、そこに両手を置いた。ピアはしぶしぶ笑みを浮かべてみせた。幸せそうな妊婦を見ると、胸がずきんと痛む。

「いいえ」マルレーンはいった。「父は今、他の心配事を抱えているものですから」

そのときマルレーンは、礼を失していることに気づいたようだ。

「なにかお飲みになりますか？」

「いいえ、けっこうです」オリヴァーはていねいに辞退した。「本当は、あなたの御主人と話がしたかったのです。今どこにいらっしゃるかご存じですか？」

「携帯電話の番号と出版社の住所ならわかります」

「それはありがたいです」ピアは手帳をだした。

「昨日、御主人から伺いましたが、あなたのおばあさんは、なにか事情があって御主人を解雇したそうですね」オリヴァーはいった。「十八年もつとめていたのに」

「ええ、それは本当です。なにがあったのかは、わたしもよく知らないんです。でもトーマスは祖母のことを悪くいったことがありません。わたしたちが結婚して、赤ちゃんまでできたと知れば、祖母はきっとなにもかも水に流してくれるはずです」

ピアは、マルレーンがあまりに純情なのでびっくりしてしまった。ヴェーラ・カルテンゼーが、罵声を浴びせて追いだした男を、孫娘と結婚したというだけで諸手をあげて歓迎するとはとうてい思えない。むしろ正反対の反応をするだろう。


エラルド・カルテンゼーは体をわななかせながら、フランクフルトへ向かってひたすら車を走らせた。ついさっき聞いた話は本当だろうか。そうなら、自分はなにを期待されているのだろう？　これからどうする？　掌《てのひら》が汗ばみ、ハンドルがすべったので、何度もズボンで手をふいた。ほんの一瞬、このままアクセルを思いっきり踏んで、コンクリートの円柱に車を激突させたい衝動に駆られた。そうすればすべてが終わる。しかし生き延びて、障害を負うかもしれないと考え直し、思いとどまった。エラルドは車のセンターコンソールに置いたはずの薬の小瓶を手で探った。だがしばらくして、二日前に未来がバラ色に思えて、その小瓶を窓から投げ捨てたことを思いだした。もう催眠鎮静剤タボールの世話にならずにすむなどと、どうして思うことができたのだろう。彼の心のバランスは、この数ヶ月ただでも大きく失われていたのに、今は足下をすくわれた気がしている。父親がだれかわかったらどんな気持ちがするか自分でもよくわかっていなかったが、まさかこんな思いをすることになるとは。

「まったくなんてことだ」エラルドは吐き捨てるようにいった。薬の助けがなくては、この興奮はどうにも抑えられない。なにもかもいやになるほど辻褄が合う。真相がわかっても、それを受けとめることができるかどうか。いや、その気になるかどうかもあやしい。体も脳も鎮静作用のあるベンゾジアゼピンを求めていた。もう薬の世話にはならないと決心したとき、こんな事実を知らされることになるとは予想だにしていなかった。エラルドの人生はなにもかも嘘で塗り固められていたのだ！　どういうことなんだ。ハンマーで叩かれたかのような激痛が頭に走った。エラルドは、この問いを当人に投げかける勇気が欲しいと思った。だがそう考えただけで、どこか遠くへ逃げだしたくなった。今ならまだ、なにも知らないふりができる。

突然、目の前に赤いブレーキライトが灯った。エラルドは思いっきりブレーキを踏んだ。アンチブロックシステムが作動して、重いベンツがガタガタ揺れた。後ろを走っていたドライバーがクラクションを鳴らし、あやうくエラルドの車のトランクに突っ込むところだった。エラルドは我に返った。だめだ、こんな人生はもうごめんだ。世故に長けた教授という仮面の下にお粗末な臆病者が隠れていることを世間に知られることになろうとも、もうかまうものか。処《しよ》方箋《ほうせん》はまだカバンに入っている。錠剤一粒か二粒にワインを数杯、これでなにもかも忘れられる。どうせもう余生を送る身だ。このまま荷物をまとめて、空港へ行き、アメリカに逃げてしまおうか。数日、いや数週間。いっそのこと永久に帰ってこない方がいいかもしれない。

「『ライフスタイル』編集部」ピアは、フェッヒェンハイム工業団地の家具倉庫の裏手にひっそり建つみすぼらしい社屋を見ながら馬鹿にしたようにいった。オリヴァーとピアは二階に通じる薄汚い外階段を上った。そこにトーマス・リッターの部屋があるという。マルレーン・リッターはここを訪ねたことがないに違いない。さもなければ、その玄関口を見て、「編集部」という呼び名に疑問を感じたはずだ。安っぽいガラス扉には手の跡がべたべたついていて、「ウィークエンド社」という派手な色合いのロゴが書かれていた。受付にあるのはデスクがひとつだけで、電話と古い大きなモニターで埋まっていた。

「いらっしゃいませ」受付嬢は、かつて雑誌の表紙を飾っていたのではないかと思えるような女性だった。化粧の濃さからして、引退して間もないようだ。年齢は三十歳くらい。

「刑事警察の者です」ピアはいった。「トーマス・リッターさんに会いたいのですが？」

「廊下の一番奥の左側の部屋です。連絡しておきましょうか？」

「その必要はありません」オリヴァーは受付嬢に微笑みかけた。廊下の壁には、雑誌の表紙が何枚も額に入れて飾ってあった。モデルは違うが、Ｄカップはありそうなあふれんばかりの乳房は共通している。一番奥のドアは閉まっていた。ピアはノックをしてドアを開けた。オリヴァーとピアに自分の部屋を見られて、トーマスは明らかにばつが悪そうだった。ヴェストエントの豪華な住宅と壁じゅうにポルノ写真を貼りつけたタバコくさく狭苦しい部屋とはあまりに世界が違っていた。もちろん子を宿した地味な妻と、今トーマスの横に立って、真っ赤な口紅をトーマスの口に残した女性も住む世界が違っていた。女性の外見は、服から装身具、靴、ヘアスタイルに至るまでシックで高級そうだ。

「電話をちょうだいね」女はそういってハンドバッグをつかむと、オリヴァーとピアを興味なさそうにちらっと見て、部屋の外に出ていった。

「今のは編集長ですか?」ピアがたずねた。トーマスはデスクに肘をついて、十本の指で髪をかきあげた。疲れているようだ。何歳も年を取ったように見える。うらぶれたこの部屋の雰囲気によく合っている。

「いいえ。なんの用ですか? それより、どうしてここがわかったんですか?」トーマスはタバコを一本抜いて火をつけた。

「奥さんがごていねいに編集部の住所を教えてくれました」ピアは嫌味たっぷりにいったが、トーマスは反応しなかった。

「口紅がついてますよ」ピアはさらにいった。「奥さんが見たら誤解するかもしれませんね」トーマスは手の甲で唇をぬぐった。しばらくは無言だったが、結局まいったという仕草をして口を開いた。

「彼女は知り合いでしてね。借金しているんです」

「奥さんはご存じなのですか?」ピアはたずねた。

トーマスはピアをにらんだ。「いいえ。知らせる必要もありません」そういうとタバコを吸い、鼻から煙をだした。「忙しいのですが。なんの用です？　すべてお答えしたはずですよ」

「それはないでしょう」ピアは答えた。「あなたは隠しごとばかりしているじゃありませんか」

オリヴァーは黙って後ろに控えていた。トーマスはオリヴァーとピアを交互に見た。昨日はピアを甘く見てしまった。同じ過ちを繰り返すつもりはなかった。

「そうですか？」トーマスは落ち着いたふりをしたが、目が泳いでしまい、本心を明かしてしまった。「たとえば、どんなことでしょうか？」

「四月二十六日の夕方、ゴルトベルク氏が殺される前日に訪問したのはなぜですか？」ピアはたずねた。「アイスクリーム屋でローベルト・ヴァトコヴィアクとどのような話をしたのですか？　それからヴェーラ・カルテンゼーに解雇された本当の理由はなんですか？」

トーマスは落ち着かなげにタバコをもみ消した。キーボードの横に置いていた携帯電話からベートーヴェンの交響曲九番の最初の和音が聞こえた。だがトーマスは、液晶画面に視線を向けようともしなかった。

「それがなんだというのです」トーマスは突然いった。「たしかにゴルトベルク、シュナイダー、フリングスの三人を訪ねています。おしゃべりがしたかったからです。二年前、ヴェーラの伝記を書こうと思いつきましてね。彼女ははじめ大喜びして、何時間も口述筆記させてくれました。彼女は自分の書いてほしいことを話したのです。そして何章か書いて、ひどくつまらないものになることがわかったのです。東プロイセン時代の過去は二十行ほどで終わりでした。

読者が知りたいのは、彼女が貴族出身であったことや、幼い子どもを連れてドラマチックな逃避行をしたこと、家族と館を失ったことといった過去の方です。仕事でどんな契約を交わし、どんな裕福な暮らしをしているかではないでしょう」

いったん呼び出し音が消えた携帯電話から、たった一回ピーという音がした。

「しかしそのことは、どうしても語ろうとしませんでした。まったく呆れるほど頑固でしたよ。そこでわたしは彼女をモデルにして小説を書きたいと提案しました。すべてを失った女性が心機一転、勝利を収める。身をもって世界の歴史を体験した女性のどん底と絶頂の一代記。それで喧嘩になったのです。彼女は過去を洗うことも、小説を書くことも禁じ、わたしを邪険にするようになったのです。そこへあのトランク紛失事件が起こりました。わたしは、ノヴァクをかばうというミスを犯しました。それでクビになったのです」トーマスはため息をついた。

「かなり惨めな思いをさせられました。まともな仕事につける見込みもなく、美しい住まいも未来も失ったのです」

「でもマルレーンさんと結婚して、あなたはすべてを取りもどしたというわけですね」

「なにをいいたいのですか？」トーマスは気色ばんだ。しかしそれはただのふりだった。

「マルレーンさんに近づいたのは、元の雇い主に復讐をするためだったのでしょう？」

「まさか！　わたしたちは偶然再会しましてね。お互いに愛し合うようになったのです」

「ではジークベルト・カルテンゼーの娘さんと結婚したことを、なぜわたしたちに黙っていたんですか？」ピアはトーマスの言い分を信じなかった。さっきのエレガントな黒髪の女性と較べたら、マルレーンは明らかに見劣りがする。

「関係ないと思ったからです」トーマスは挑みかかるように答えた。

「あなたの私生活には興味ありません」オリヴァーが口をはさんだ。「ゴルトベルクとヴァトコヴィアクのことを伺いましょう」

「情報が欲しかったのです」トーマスは、話題が変わったことにほっとして、ピアをにらみつけながらいった。「しばらく前にヴェーラの伝記を書かないかと声をかけられたんです。もちろんヴェーラの汚点を含む本当の人生についてです。高額の報酬が約束され、一級品の情報も手に入りました。それで復讐は叶います」

「だれが声をかけてきたのですか?」オリヴァーはたずねた。

「それはいえません」トーマスは答えた。「しかし入手した資料は本当に一級品でした」

「どのようなものなのですか?」

「一九三四年から一九四三年までのヴェーラの日記です」トーマスは微笑んだ。「ヴェーラが隠しているすべてのことを解き明かしてくれるものでした。通読すると、いろいろ矛盾に突きあたったんです。でもエラルドがヴェーラの息子でないことだけははっきりしました。日記の著者は一九四三年十二月まで婚約もしていなければ、恋人もいなかったのです。つまり性交渉をする相手はひとりもいなかったのです。ですから子どもを産めるはずがありません。しかし……」トーマスはそこで間を置いて、オリヴァーを見た。「ヴェーラの兄エラルド・フォン・ツァイドリッツ=ラウエンブルクは農場管理人エンドリカートの娘ヴィッキーと恋仲でした。

彼女は一九四二年八月男の子を産み、ハインリヒ・アルノー・エラルドと名付けました」

オリヴァーはこの新事実に反応しなかった。

「それで？」

トーマスは肩すかしを食った形になった。

「日記は左手で書かれていました。ところがヴェーラは右利きです。それが証拠です」

「証拠？」

「ヴェーラが別人だという証拠ですよ！」トーマスは椅子にじっとすわっていられなくなった。「ゴルトベルク、シュナイダー、フリングスと同じように！　四人はなにか人にいえない秘密を共有していたんです。それがなにか、わたしは突き止めたかったんです！」

「だからゴルトベルクを訪ねたのですか？」ピアは懐疑的だった。「六十年間口をつぐんでいたことを彼がすすんで話すと本気で思ったのですか？」

トーマスは気にせず話をつづけた。

「わたしはポーランドへ行って調査したんです。残念ながら当時を知る者には出会えませんでした。それでシュナイダーを訪ね、アニタのところにも行ってみたわけです。結果は同じでしたけどね！」

トーマスは顔をしかめた。

「三人とも知らぬ存ぜぬの一点張り。同志の夕べなんかをやって、昔語りに花を咲かせている傲慢なナチの連中でした！　以前から虫が好かなかったんです」

「協力しなかったので、三人を撃ち殺したということですか？」ピアはいった。

「その通り。いつも肌身離さず持っているカラシニコフでね。逮捕してくれ」トーマスはピアにがなりたてると、オリヴァーの方を向いた。「どうしてわたしが三人を殺さなくてはならないんです？　三人ともおいぼれでした。わたしが手を下さなくても時間が解決してくれたでしょう」

「ローベルト・ヴァトコヴィアクは？　彼と会ったのはなぜですか？」

「情報が欲しかったんですよ。ヴェーラについて話してくれたら金をやるって持ちかけたんです。ついでにあいつの本当の父親がだれか教えてやりました」

「どうして知っているんです？」ピアはたずねた。

「地獄耳でしてね。ローベルトがオイゲン・カルテンゼーの隠し子だというのは作り話です。ローベルトの母は水車屋敷《ミューレンホーフ》で小間使いをしていた十七歳のポーランド娘でした。ジークベルトと仲良くなって、かわいそうに妊娠してしまったんです。ジークベルトはすぐアメリカの大学にやられ、娘は屋敷の地下で出産させられたんです。それから娘の消息はぷっつり途絶えました。殺されて、敷地のどこかに埋められたんじゃないでしょうかね」

トーマスは早口になり、両目を爛々と輝かせた。オリヴァーとピアは黙って聞いた。

「ヴェーラは、ローベルトが赤ん坊のときに養子にしましたが、終始嫌っていたようですね。なにせ過ちから生まれた子ですから。でも同時に、その子から崇拝されることを楽しんでいたんです！　ヴェーラは昔から傲慢で、傍若無人でした。だから、自分の首をしめるような内容の日記まで捨てずにトランクにしまっていたんです。まさかエラルドが建築修復士と友だちになり、水車小屋の改築を依頼するとは思ってもいなかったんです」

トーマスの声には憎しみが籠もっていた。ピアは、彼の憎悪の激しさをこのときはじめて実感した。

トーマスはあざけり笑った。「そうそう、ヴェーラはローベルトに罪をなすりつけたことがあるんですよ。マルレーンが腹違いの兄ローベルトに恋をしたことがありましてね。もちろん大騒ぎになりました！　マルレーンは十四歳になったばかりで、ローベルトは二十代半ばでした。マルレーンが事故で片足を失ったのを機に、ローベルトは水車屋敷《ミューレンホーフ》から追いだされたのです。彼が犯罪に走ったのはその直後です」

「奥さんは片足がないのですか？」ピアは、マルレーンが歩くとき左足を引きずっていたことを思いだした。

「ええ、そうです」

狭い部屋の中はしばらく沈黙に包まれた。聞こえるのはコンピュータのファンがまわる音だけだった。ピアはオリヴァーとちらっと視線を交わした。いつものようになにを考えているのかわからなかった。トーマスの情報が本当に真実なら、とんでもない起爆剤だ。ヴァトコヴィアクは、自分の出生の秘密を知り、ヴェーラを責めたために殺されたということだろうか。

「そのことも、本に書くつもりですか？」ピアはたずねた。「かなり危険に思われますけど」

トーマスはいいしぶって肩をすくめた。

「危険ではありますね」トーマスはピアを見ずにいった。「しかし金が必要なんですよ」

「あなたがそういう暴露本を書いていると知ったら、奥さんはなんというでしょうね。喜びはしないと思いますけど」

トーマスは唇をへの字に結んだ。

「カルテンゼー家とわたしは戦争中なのです」トーマスは大げさにいった。「戦争には犠牲がつきものです」

「カルテンゼー家は黙っていないでしょう」

「すでに反撃されています」トーマスはわざと微笑んだ。「わたしは仮処分を受けています。わたしと出版社に対する出版差し止め請求が裁判所に提出されているんです。それにジークベルトは脅迫もしてきました。もし嘘で塗り固めた主張を公にしたら、印税をもらう喜びは味わえないと思えとね」

「その日記をこちらに渡してください」オリヴァーが要求した。

「ここにはありません。それにあの日記はわたしの保険です。唯一のね」

「それが勘違いでないことを祈ります」ピアはバッグからDNA採取セットをだした。「唾液のサンプルを採取することに異存はないですね？」

「ええ、かまわないですよ」トーマスはジーンズの後ろのポケットに両手を入れて、ピアを蔑むように見た。「なんのためかよくわかりませんが」

「あなたの遺体をすぐに特定するためです」ピアは冷たく言い放った。「あなたは事態を甘く見すぎていると思いますよ」

トーマスが敵意に満ちた目つきをした。ピアから綿棒を受け取ると、口に入れて、棒の先に粘膜をつけた。

「ありがとうございます」ピアは綿棒を受け取り、マニュアルどおりに片付けた。「明日、日記を受け取りに人を差し向けます。なにか危険を感じたら電話をください。わたしの名刺はお持ちですね」


「リッターがいったことを鵜呑みにしていいか確信がもてません」駐車場を横切りながら、ピアはいった。「彼は復讐の鬼と化していますよ。復讐心から結婚するなんて」

そのときピアは、あることを思いだして、いきなり足を止めた。

「どうした？」オリヴァーはたずねた。

「さっき彼の部屋にいた女性」ピアはそういって、クリスティーナ・ノヴァクの言葉を思い返した。「背が高くて、黒髪で、エレガント。あれ、ノヴァクがケーニヒシュタインの問題の空き家の前で会った女性と同じですよ！」

「たしかにそうだ」オリヴァーはうなずいた。「なんだか知っているような気がしたんだ」

オリヴァーはピアに車のキーを差しだした。

「ちょっと待っていてくれ」

出版社の社屋にもどり、二階に上がると、オリヴァーは息を整えて、チャイムを鳴らした。

受付嬢は彼を見て、つけまつ毛をした目をぱちくりさせた。

「さっきリッターさんのところにいた女性ですが、ご存じですか？」オリヴァーはたずねた。受付嬢はオリヴァーの頭の先からつま先まで見つめて小首をかしげ、右手の人差し指と親指をこすり合わせた。

「知っているかもしれないけど」

オリヴァーは意図を察して、財布から二十ユーロ紙幣をだした。受付嬢は馬鹿にした顔をしたが、五十ユーロ紙幣を見ると笑みを浮かべた。

「カタリーナ……」受付嬢は紙幣をつかむと、また手を差しだした。オリヴァーはため息をついて、二十ユーロ紙幣も渡した。受付嬢は二枚の紙幣をブーツの中に押し込んだ。

「エーアマン」受付嬢は身を乗りだして、ひそひそ声で話しだした。「スイスの人よ。タウヌスのどこかに家を持っていて、ドイツに来たときはそこに住んでるそうよ。それからチューリヒ・ナンバーの黒塗りのBMW5シリーズモデルに乗ってるわ。そうそう、もし有能な秘書が必要になったら、あたしを思いだしてね。もうここにはうんざりしてるの」

「覚えておきましょう」冗談じゃないと思いながら、オリヴァーは目配せをして、名刺をコンピュータのキーボードに差した。「メールをください。履歴書と取得している資格のリストも忘れずに」

オリヴァーは止めてある車のあいだを縫うようにして小走りにBMWを目指した。携帯電話に届いたメールの確認をしながらだったので、あやうく黒塗りのワンボックスカーにぶつかるところだった。オリヴァーがＢＭＷにもどったとき、ピアはちょうどショートメッセージを送ったところだった。

「リッターがいったことが本当かどうか調べるよう、ミリアムに頼みました」そういって、ピアはシートベルトをしめた。「一九四二年の教会記録簿が残っているかもしれませんからね」

オリヴァーはエンジンをかけた。

「リッターのところにいた女性はカタリーナ・エーアマンだった」オリヴァーはいった。

「えっ？　会社の持分四パーセントを持っている？　リッターとどういう関係かしら？」

「質問するなら、もっと簡単なことにしてくれ」ＢＭＷを駐車スペースからだすと、オリヴァーは多機能ハンドルについている自動車電話のリダイアルボタンを押した。すぐにスピーカーからカイ・オスターマンの声がした。

「ボス、こっちは大変なことになっていますよ。署長と新人さんが、老人殺人事件とモニカ殺人事件それぞれに特別捜査班を立ち上げるつもりらしいです」

そうなるだろうと予想していたオリヴァーは慌てなかった。時計に視線を向けた。午後一時半。ハーナウ街道からリーダーヴァルト、環状線を通ればおよそ三十分で着く。

「三十分後、リーダーバッハのインドレストラン〈ザイカ〉で捜査会議をする。捜査十一課を全員集合させてくれ」オリヴァーはカイにいった。「先に着いたら、カルパッチョとチキンカレーを注文しておいてくれ」

「わたしにはピザをお願い！」ピアは助手席から叫んだ。

「ツナとアンチョビを載せるんだよな」カイが付け加えた。「わかった。では」

しばらくふたりは黙って物思いに耽《ふけ》った。オリヴァーはフランクフルト時代に上司からしょっちゅう叱られていたことを思いだしていた。メンツェル上級警部から、融通が利かず、チームプレイができないと小言をいわれていたのだ。たしかにそれは当たっている。オリヴァーは、不必要にだらだら捜査会議をすることや、所轄同士の縄張り争いや、くだらない親分風を吹かすのが嫌いだったのだ。だからこそ、捜査課がわずか五人で編成され、見通しの利くホーフハイム刑事警察署に異動したのだ。たくさんの料理人がよってたかると料理はかえってまずくなる、というのがあいかわらずの彼の持論だった。

「特別捜査班を受けいれるんですか？」ピアがたずねた。オリヴァーはピアをちらっと見た。

「だれが指揮を執るかによるな」オリヴァーは答えた。「しかし捜査が行き詰まっているのは確かだ。そもそもなにが起こっているのかまるでわかっていない」

「老人が三人と、若い男女が殺された」ピアは声にだして考えた。

オリヴァーはベルガー通りでブレーキを踏み、若者の集団が横断歩道を渡るのを待った。

「問題の立て方を間違えているのかもしれない」オリヴァーはそういって、カタリーナ・エーアマンとトーマス・リッターの関係について考えた。ふたりのあいだになにかあることは確実だ。リッターがカルテンゼー夫人のところで働いていたときからの知り合いかもしれない。

「彼女は今でもユッタ・カルテンゼーと仲がいいのかな？」オリヴァーはたずねた。ピアは、だれのことを話題にしているのかすぐにわかった。

「それは重要なことなんですか？」

「リッターがヴァトコヴィアクの本当の父についてどこから情報を得たのか気になってね。あれは家族の秘密だ。知っている者はごくわずかなはずだ」

「それなら、カタリーナ・エーアマンはどうして知っているんでしょう？」

「オイゲン・カルテンゼーは彼女に会社の持分を渡している。一族と相当親密だったはずだ」

「ヴェーラをもう一度訪ねましょう」ピアは提案した。「トランクの中身と、ヴァトコヴィアクについてなぜ嘘をついたのか問いただすんです。わたしたちに失うものはないんですから」

オリヴァーはしばらく黙ってから、かぶりを振った。

「いや慎重にやったほうがいい」オリヴァーはいった。「きみはリッターのことが気に入らないようだが、不用意な質問をして六人目の死者をだしたくない。リッターが薄氷を渡っているのは間違いないからな」

「ヴェーラに負けず劣らず傲慢な奴ですからね。復讐心で目が曇っているんですよ。カルテンゼー家を叩くためなら手段を選ばないような輩《やから》ですし。まったく鼻持ちならないったらないです。あいつは妊娠している妻をカタリーナ・エーアマンといっしょになってだましています。百パーセント間違いないです」

「わたしもそう思う。それでも死体になってしまっては役に立たない」

ピアとオリヴァーが〈ザイカ〉に着いたときは、もう昼食の客がだいぶ減っていた。数人のサラリーマンを除けば、レストランはがらんとしていた。捜査十一課の面々は地中海風の内装が施された奥の部屋の大きなテーブルを囲み、すでに食事をはじめていた。ただフランク・ベーンケだけはふてくされた顔をして、水を飲んでいる。

「いいニュースがあります、ボス」ピアとオリヴァーが席につくと、カイ・オスターマンがいった。「モニカ・クレーマーの遺体から見つかった髪の毛のDNA型ですが、コンピュータで手がかりが見つかりました。連邦刑事局が古い事件の遺留品をデータベース化していたんです。同一人物が一九九〇年十月十七日にデッサウで未解決の殺人事件を、一九九一年三月二十四日にハレで重大な傷害事件を起こしています」

ピアはフランクの物欲しそうな眼差しに気づいた。どうしてなにも注文しないのだろう。

「他には？」オリヴァーはコショウのミルを取って、カルパッチョにコショウをかけた。

「はい。ヴァトコヴィアクのシャツについて手がかりをつかみました」カイはつづけた。「このシャツは手縫いのもので、フランクフルトのシラー通りにある紳士服店用に作られたものでした。女性店主はとても協力的で、勘定書をコピーさせてくれました。Lサイズの白シャツは三月一日から五月五日までに二十四着売れていました。その中に……」カイはもったいをつけた。「……四月二十六日、アーニャ・モーアマンがヴェーラ・カルテンゼーの付けで同サイズの白シャツを五着買っています」

オリヴァーは食べるのをやめて、顔を上げた。

「それを見せてもらおうじゃありませんか」ピアはフランクの方に皿を押しやった。「食べて。わたしはもうお腹いっぱいだから」

「悪いな」フランクはそうつぶやいて、半分残っていたピザを一分もかからずに平らげた。

「ゴルトベルクとシュナイダーの近所を聞き込みしてどうだった？」オリヴァーは、口いっぱいにピザを頰張ったフランクを見た。

「車を見たというシュナイダーの隣人に三つの異なる会社のロゴを見せました」フランクは答えた。「迷わずノヴァクの会社のロゴを指しました。それから正確な時間も思いだしてくれましたよ。犬を連れて家を出たのが午前一時十分前。アルテ・テレビで映画を観た後だそうです。そして一時十分にもどってくると、車はなく、門が閉まっていたそうです」

「ノヴァクは午後十一時四十五分、フィッシュバッハの検問にひっかかっています」ピアはいった。「そのあとエッペンハインへまわる時間は充分にありますね」

携帯電話が鳴った。オリヴァーは画面に視線を向け、席を離れた。

「明日もこの状態だと、捜査員が二十人押しかけてくることになる」カイは椅子の背にもたれかかった。「俺はもうお手上げだ」

「仕方ないさ」フランクは答えた。「ホシを魔法で呼びだせる奴がいるといいんだがな」

「でも手がかりは増えたじゃない。具体的な事情聴取ができるわ」ピアは大きな窓越しにボスを見た。オリヴァーは携帯電話を耳に当てて、駐車場を行ったり来たりしている。だれと話しているのだろう。普段は電話がかかってきても中座することなどない。「そういえば、モニカ・クレーマー殺しで使われた凶器についてもわかったことがあるんでしょう？」

「ああ、そうだった」カイは皿をわきにどかすと、持ってきた書類をめくり、彼のファイルシステムの一部である、ロック機能つきプラスチック製ファイルを抜き取った。髪をひとつに束ね、ニッケル製のメガネをかけた、だらしない身なりの男だが、じつはものすごくシステマチックなのだ。

「凶器はエマーソン社製カランビットだった。グリップが骨製の固定刃で、インドネシアのオリジナルデザインを真似た、護身用ファイティングナイフだ。エマーソン社はアメリカのメーカーだが、インターネットショップでも注文できる。二〇〇三年から市場に出回っていて、シリアルナンバーが刻印されている」

「それじゃヴァトコヴィアクの容疑は晴れたわね」ピアはいった。「ボスのいうとおりプロの殺し屋説が有力になったわ」

「なにがわたしのいうとおりだって？」オリヴァーがもどってきて、冷めてしまったチキンカレーの残りを食べた。カイはナイフについてもう一度報告した。

「オッケー」オリヴァーはナプキンで口をふくと、部下の顔を見回した。「よく聞いてくれ。これまでの倍働いてもらわなければならない！　ニーアホフから一日だけ猶予をもらった。これまでは暗中模索だったが、いくつか具体的な手がかりがつかめた」

そのとき携帯電話が鳴った。オリヴァーはその場で話をはじめ、一瞬黙って顔を曇らせた。

「ノヴァクが病院から消えた」オリヴァーがみんなに告げた。

「今日の午後、再手術されることになっていたはずです」アンドレアス・ハッセはいった。

「怖くなって逃げたんでしょうかね」

「どうして知っているんだ？」オリヴァーはたずねた。

「今朝、彼の唾液サンプルを採りにいったとき聞いたんです」

「そのとき、だれか見舞いにきていた？」ピアはたずねた。

「はい」カトリーン・ファヒンガーがうなずいた。「祖母と父親がいました」

ピアは、マルクスの父が見舞いにきていたと聞いてびっくりしたのを思い出した。

「体が大きくて、がっしりしていて、口髭を生やしていた？」ピアは確かめた。

「いいえ」カトリーンは不安そうにかぶりを振った。「無精髭は生やしていましたけど、口髭はありませんでした。白髪で背が高くて……」

「やられた」オリヴァーは椅子を後ろに引いて、さっと立ち上がった。「カルテンゼー教授だ！　どうしてそのことを報告しなかったんだ？」

「知りようがなかったものですから！」カトリーンは弁解した。「身分証を呈示させるべきでしたか？」

オリヴァーはなにもいわなかったが、その目つきが気持ちを雄弁に物語っていた。カイに五十ユーロ紙幣を渡すと、上着をつかんだ。

「払っておいてくれ。だれか水車屋敷《ミューレンホーフ》へ行って、家政婦からシャツを五着見せてもらってきてくれないか？　それから凶器のナイフがいつどこでだれによって買われたか突き止めてほしい。

それとマルクスの父が八年前に倒産したときの事情と、そこに本当にカルテンゼー家が絡んでいたかどうか知りたい。あとヴェーラを捜してくれ。どこかに入院していたら、病室の前に巡査をふたり見張りにつけて、訪問者リストを作ること。それから水車屋敷《ミューレンホーフ》を昼夜問わず見張らせろ。そうだ、カタリーナ・エーアマン、旧姓シュムンクがタウヌスのどこかに家を持っていて、スイス国籍を取得しているらしい。これも確かめてくれ」

「はいはい、わかりました」めったに不平をこぼさないカイが、山のように積まれた課題に啞然としていった。「いつまでにやれというんです？」

「二時間でやってくれ」オリヴァーはこともなげにいった。「ただし一時間でやるのが無理だった場合だ」

　オリヴァーは部屋の外に出たところで、ふと思いだしたようにいった。

「ノヴァクの会社の捜索令状はどうなった？」

「今日だされます」カイは答えた。「逮捕令状といっしょです」

「よし。ノヴァクの写真をマスコミに流して、テレビで報道されるようにしろ。だがなんのために彼を捜索しているかは知られないようにしろよ。理由は適当に考えろ。それと、ノヴァクが緊急に薬を必要とするかもしれないことを忘れるな」

「さっきの電話はだれからだったんですか？」オリヴァーと車に乗ると、ピアはたずねた。オリヴァーは、いうべきかどうか少し迷ってから口を開いた。

「ユッタ・カルテンゼーだ。なにか大事な話があるらしく、今晩会いたいといってきた」

「どういう話かいっていました？」ピアはたずねた。

オリヴァーはまっすぐ前を見て、ホーフハイムの標識を過ぎるとアクセルを踏んだ。コージマはユッタ・カルテンゼーと昼食をとることになっていたが、どんな話になったのか、まだわかっていない。ユッタはいったいなにを企んでいるのだろう。ふたりだけで会うことに、オリヴァーはあまり気乗りしなかった。だがいくつか質問もしてみたい。カタリーナ・エーアマンについて。トーマス・リッターについて。オリヴァーは、ピアに付き合ってくれるように頼むのをやめた。ユッタ相手なら、ひとりで充分だと思ったのだ。

「もしもし！」ピアが叫んだ。オリヴァーははっとした。

「なんだ？」オリヴァーは目をしばたたかせて、ピアの目を見た。だがなにを訊かれたのか、聞きのがしてしまった。

「すまない。考えごとをしていた。ユッタとジークベルト・カルテンゼーは、このあいだの晩、水車屋敷《ミューレンホーフ》でわたし相手に芝居を打ったんだ」

「どうしてですか？」ピアは驚いた。

「その前にエラルドがいったことから、わたしの気をそらそうとしたのだと思う」

「というと？」

「ああ、うるさいな！　それがよく覚えていないんだ！」オリヴァーは珍しく荒々しい言葉遣いをして、自分に腹を立てた。どうも調子が上がらない。この数日、何度もユッタから電話があった。それがなければ、あのときエラルドと話したことも思いだせたような気がする。「たしかアニタ・フリングスに関する話題だった。エラルドがいったんだ。ヴェーラはアニタが行方不明になったことを七時半には知らされていて、数時間後には死んだことを聞いていたという」

「それ、初耳ですね」ピアは非難めいた口調でいった。

「そんなはずはない！　話したはずだ！」

「いいえ、聞いていません！　ヴェーラには、部下を〈タウヌスブリック〉にやって、アニタ・フリングスの部屋を片付けさせる時間が充分あったことになるじゃないですか！」

「話したはずだ」オリヴァーは引き下がらなかった。「絶対に話した」

　ピアは納得できない様子でおし黙った。

　病院でオリヴァーは車を方向転換スペースに止めた。受付の若い警備員が抗議したが気にもとめなかった。マルクス・ノヴァクの警備に当たっていた巡査は、二度にわたってだまされたことを気まずそうに告白した。一時間ほど前、医師があらわれ、検査のためにマルクスを連れていったというのだ。ベッドをエレベーターに入れるとき、ナースセンターの看護婦が来て手伝ったし、レントゲン写真を撮るだけで、二十分もすればもどるという話だったので、巡査は病室の横の椅子にまたすわったという。

「目を離すなという指示だったはずだぞ」オリヴァーは冷たくいった。「責任は取ってもらうからな！」

「今朝のことはどうなの？」ピアは質問した。「そのときの男をどうしてノヴァクの父だと思ったわけ？」

「祖母が息子だといったものですから」巡査はぶすっとして答えた。「それで父親だと思ったんです」

ピアが最初にここを訪ねたときに応対した女医が廊下を走ってきて、マルクスは命の危険があると、オリヴァーとピアに伝えた。腕の骨折に加えて、ナイフの刺し傷で肝臓を損傷していて、予断を許さないというのだ。

残念ながら、警備に当たっていた巡査の証言はたいして役に立たなかった。

「その医師はキャップをかぶり、緑色の診察衣を着ていました」巡査は力なくいった。

「おいおい！　人相はどうだったんだ？　年配か若者か、太っていたか、やせていたか、はげだったか、髭面だったか、なにか覚えていないのか！」オリヴァーは爆発寸前だった。こんな失態を演じられるとは。しかもニコラ・エンゲルが隙をうかがっているときに。

「四十歳か五十歳くらいだったと思います」巡査は思いだしながらいった。「それから、たしかメガネをかけていました」

「四十歳か五十歳？　六十歳だったかもしれないんだな？　もしかしたら女だったかもしれない」オリヴァーは皮肉を込めていった。オリヴァーたちは病院のエントランスホールに降りた。すでに警官隊が到着していた。エレベーターの前に指揮官がいて、部下に指示をだしていた。トランシーバーから声がして、患者たちは興味津々で、整列した警官隊の中に割って入った。

警官隊はすべての階を虱潰《しらみつぶ》しに捜索した。ピアがマルクスの自宅に急行させたパトカーから、マルクス・ノヴァクの姿はない、という報告が入った。

「会社の門の前に待機して、勤務時間終了が近くなったら連絡をちょうだい。交替要員を向かわせるから」ピアはパトカーの巡査にそう指示した。

オリヴァーの携帯電話が鳴った。もぬけの殻になったストレッチャーが一階の非常出口のすぐわきの診察室で発見された。マルクスがまだ病院内にいるかもしれないという希望はこれで潰えた。その診察室から戸外へ血痕がつづいていたのだ。

「万事休すだ」オリヴァーは肩を落として、ピアの方を向いた。「それじゃ、ジークベルト・カルテンゼーを訪ねよう」

エラルド・カルテンゼーは優れた理論家だが、行動力のある人間ではなかった。いつも決断を先送りにし、しかも人に任せっきりにしてきた。だが今回ばかりはすぐ行動に移る必要があった。計画を実行に移すのは大変だが、もはや自分だけの問題ではない。決着がつけられるのは自分だけだ。六十三年。いや六十四年だ、と頭の中で訂正した。そんなにかかって、ついに自分で行動する勇気を持ったのだ。問題のトランクを住まいから持ちだし、クンストハウス美術館を当面閉館にし、職員を自宅に帰し、飛行機をオンライン予約して、荷物をまとめた。不思議なことに、薬を飲まなくてもいつもより体の調子がいい。何歳も若返り、気力がわきあがるのを感じた。エラルドは微笑んだ。みんなから臆病者と思われてきてかえってよかったのかもしれない。彼がこんな行動に出るとは、だれも想像だにしないだろう。ただあの女性刑事だけは別だ。だが、彼女の目もうまくくらました。水車屋敷《ミューレンホーフ》の門の前にパトカーが一台止まっていた。しかしこの予想外の事態にも、エラルドはたじろがなかった。ロールスバッハからフィッシュバッハ谷を抜ける道は見張られていないかもしれない。それなら、見とがめられずに屋敷に入ることができる。警官と顔を合わすのは一日一回で充分だ。助手席には血痕がついている。見つかれば、職務質問されるだろう。エラルドは耳をそばだて、ラジオの音量を上げた。

『……警察が捜査協力を求めています。本日午後、三十四歳のマルクス・ノヴァクさんがホーフハイム病院から姿を消しました。至急投薬の必要があるため……』エラルドはラジオを消し、満面の微笑を浮かべた。せいぜいがんばって捜すがいい。マルクスの居場所は自分だけが知っている。ちゃんと手を打ったから、そう簡単には見つからないはずだ。

KMF本社はホーフハイムの税務署に近いノルトリンク通りにあった。オリヴァーはジークベルト・カルテンゼー社長に事前に来訪は告げず、守衛に身分証を呈示した。黒い制服の男が眉ひとつ動かさずに車の中をのぞき込み、ゲートバーを上げた。

「ノヴァクを襲った犯人はあそこにいるはずです。月給をひと月分賭けてもいいです」ピアはそういって、ひっそりたたずむ建物を指差した。その建物には〝K警備会社〟というプレートが貼られ、その隣の柵に囲まれた駐車場に、黒塗りでスモークガラスのワーゲンバスとメルセデス・ベンツ・トランスポーターが何台も止まっていた。オリヴァーは車の速度を落とした。

ピアは数台の車に書き込まれた宣伝文句を読んだ。〝K警備会社―住宅・工場警備、身辺警護、現金・貴重品輸送〟ノヴァクの家でつけた傷はとっくに修理してあるだろう。だが鑑識課は、塗装がベンツ社のものであることを突き止めている。

ドイツの次期トップモデル間違いなしと思えるような社長秘書が、少し待ってほしいといった。社長は海外から来た客と重要な商談中だという。ピアは自分を見下ろす秘書の視線に微笑みながら応え、よくまあ一日じゅうあんなハイヒールをはいていられるものだ、と呆れかえった。

ジークベルトは海外からの客をほったらかしにして、三分もしないうちに姿をあらわした。

「この会社をいろいろ変える計画をなさっているそうですね」秘書からコーヒーと水をもらうと、オリヴァーは切りだした。「会社の持分を持つ人たちの反対でこれまで実施できなかった会社の売買にいよいよ踏み切るとか」

「よくご存じですね」ジークベルトは落ち着き払って答えた。「といっても、事情はもっと複雑ですが」

「しかしあなたがこれまで議決権の過半数を持っていなかったことは事実ですね？」

ジークベルトは笑みを浮かべて、デスクに肘をついた。「なにをおっしゃりたいのですか？まさかわたしがわが社の持分をさらに手に入れるために、あの三人を殺させたとでもいうのですか？」

オリヴァーも口元を綻ばせた。「今度はあなたの方が物事を少々簡単に表現なさいましたね。

しかしわたしが伺いたいことはだいたいその方向です」

「数ヶ月前に会社の価値を公認会計士事務所に試算させたのは事実です」ジークベルトはいった。「健全な経営をしている将来有望な会社に食指を動かす投資家はいつでもいるものでしてね。しかもうちは世界トップシェアを誇り、数百に及ぶ特許を保有しています。もっとも会社の価値を試算させたのは、売るためではなく、近い将来、株式上場を計画しているからです。わが社は市場の要求に従って、経営体制を刷新する予定なのです」

ジークベルトは椅子の背にふんぞりかえった。

「わたしはこの秋、六十歳になります。一族の者はだれも会社の経営に興味がありません。ですから、いずれ家族以外のだれかに舵取りを任せるしかなくなるのです。わたしは一族の者が会社の経営から手を引くことを望んでいます。父の遺言については当然ご存じのことと思います。しかし年々、その効力は失われ、ようやく経営の構造改革に着手できるようになったのです。わたしたちは有限会社から株式会社に変わるのです。向こう二年のうちに計画しています。わたしたちのだれひとり、自分の持分で大金持ちになることはありません。もちろん会社の持分がある方々には、わたしからそのことを詳しく説明してあります。ゴルトベルク、シュナイダー、フリングスの御三方にも話しました」

ジークベルトはまた微笑んだ。

「あなたがローベルトのことでわたしどもを訪ねてこられた先週のあの日も、母の家でそのことが話し合われることになっていました」

なるほど辻褄は合う。ジークベルトと妹ユッタの動機はこうして消えた。オリヴァーもピアも、最初からそれほど重視していなかったが。

「カタリーナ・エーアマンはご存じですか？」ピアがたずねた。

「もちろんです」ジークベルトはうなずいた。「妹の親友です」

「エーアマンさんは、どうしてあなたのお父さんから会社の持分をもらったのですか？」

「さあ、どうしてでしょう。カタリーナは水車屋敷《ミューレンホーフ》で育ちました。父は母に嫌がらせをしたかったのではないでしょうか」

「エーアマンさんが、リッター氏と関係があることはご存じですか？」

ジークベルトが眉根にしわを寄せた。

「いいえ、初耳です。しかし彼がなにをしようが、わたしには関係のないことです。彼には底意地の悪いところがあるのです。母とわれわれ子どもたちの仲をいつも裂こうとしていたのに、母はなかなか気づいてくれませんでした」

「彼はあなたのお母さんの伝記を書いていますね」

「書いていたといったほうが的確でしょう。うちの弁護士がそれを差し止めました。彼は退職するときに、我が家の内情について口外しないという契約書に署名までしています」

「契約に反することをした場合はどうなるのでしょう？」ピアがたずねた。

「彼は困った立場に立たされるでしょうね」

「伝記を書かれては困ることがなにかあるのですか？」オリヴァーはたずねた。「あの方は素晴らしい実績のある女性ではないですか」

「反対する理由などありません。わたしの母は、伝記の書き手は自分で選びたいといっているのです。リッターは母を逆恨みし、いかがわしい情報をかき集め、復讐することしか考えていない人物なのです」

「たとえばゴルトベルクとシュナイダーが元ナチ党員で、身元を偽っていたというようなことですか?」ピアはたずねた。

ジークベルトはまた屈託なく微笑んだ。「戦後成功した実業家の中でナチ政権と関係のあった者は少なくありません。わたしの父も、戦争で利潤を上げました。父の会社は軍と取引していましたから。しかしそんなことは問題ではありません」

「ではなにが問題だったのでしょうか?」オリヴァーはたずねた。

「リッターは誹謗中傷に当たるむちゃくちゃな話をでっちあげたのです」

「どうしてわかったのですか?」ピアがたずねた。

ジークベルトは肩をすくめて黙った。

「あなたのお父さんが階段から落ちて亡くなったとき、お兄さんに嫌疑がかけられた、と小耳にはさみました。リッター氏は、そのことも本に書いているのですか?」

「リッターは本など書いていません。それはともかく、わたしは今でも、兄が犯人だと思っています。兄は父を毛嫌いしていました。彼に会社の持分が与えられたこと自体、信じられないことです」

ジークベルトの自信満々の、のっぺらした仮面に亀裂が走った。父親の違う兄に対する憎悪はどこからくるのだろう。エラルドの外見と女性に人気があることへの嫉妬心だろうか。それともなにかもっと根深いものだろうか。

「厳密にいうと、兄は一族の一員ではないのです。それなのに、彼の目からすれば唾棄すべき金の亡者であるわたしの仕事から、何十年間も当然のように分け前を取っていきました」ジークベルトは毒々しく笑った。「あの高尚で上品な兄が一文も金を持たず、ひとりぼっちになったらどうするか、ぜひ見てみたいものです！　美術史家さまはあまり生活力がありませんからな」

「ヴァトコヴィアクと同じようにということですか？」ピアはたずねた。「彼が死んでも、なにも感じないのですか？」

ジークベルトは眉をひそめて、また落ち着き払った。

「正直いってなにも感じません。異母兄弟である彼のことをずっと恥じていました。わたしの母はあいつに甘すぎたのです」

「孫だったからではありませんか？」オリヴァーはさりげなくいった。

「なんですって？」ジークベルトが背筋を伸ばした。

「最近いろいろ耳にしましてね。そこに、あなたがヴァトコヴィアクの父親だという情報もあったのです。彼の母は水車屋敷《ミューレンホーフ》の小間使いだったそうです。おふたりの身分違いの関係を知ったご両親は、あなたをアメリカへやり、あなたのお父さんが泥をかぶったというわけです」

ジークベルトは文字どおり言葉を失った。片手で神経質に禿頭《はげあたま》をなでた。

「なんてことだ」ジークベルトはつぶやいて立ち上がった。「たしかに小間使いと男女の仲になったことがあります。名前はダヌータ、わたしより少し年上で、かわいらしい娘でした」

ジークベルトは社長室の中を歩きまわった。

「わたしは十六歳で、本気で愛していました。そして両親の不興を買って、アメリカにやられ、他の女性に夢中になりました」

ジークベルトはいきなり立ち止まった。

「九年後、大学を卒業し、妻と娘を連れて帰国しましたが、そのときにはもうすっかりダヌータのことは忘れていました」

ジークベルトは窓辺に立って、外を見つめた。彼の腹違いの弟とされた我が子を見放し、犯罪者にし、ついには死に追いやったのが自分だという事実を嚙みしめているのだろうか。

「お母さんの具合はいかがですか？」オリヴァーが話題を変えた。「今どこにいらっしゃるのですか？　大至急お話を伺いたいのですが」

ジークベルトは向き直り、青い顔をしてまたデスクについた。メモ用の紙片にボールペンでなにかいたずら描きをしながら小声でいった。

「今は話ができません。この数日の出来事だけでも心労が溜まっていたのに、ローベルトが人を殺し、自殺したと聞いて、すっかりまいってしまったのです」

「ヴァトコヴィアクは人殺しをしてはいません」オリヴァーは答えた。「彼の死も自殺ではありません。司法解剖で、他殺であることが判明しました」

「他殺？」ジークベルトは信じられないというように聞き返した。ボールペンをつかんでいた手がかすかに震えた。「しかしだれが……なぜ？　どこのどいつがあいつの死を望んだというのですか？」

「わたしたちもそのことを知りたいのです。彼の持ち物の中から、彼の愛人を殺害するのに使われた凶器が見つかっています。しかし彼は犯人ではありませんでした」

社長室が沈黙に包まれた。突然、デスクの電話が鳴った。ジークベルトは受話器を取ると、邪魔をするなとひと言いって、電話を切った。

「お母さんの三人の友人を殺した犯人に、心当たりはありませんか。それから現場に残された16145という数字の意味はわかりませんか？」

「さあ、わかりませんね」ジークベルトはそう答えてから少し考えた。「むやみに嫌疑をかけたくはありませんが、ゴルトベルクに関していうと、エラルドがこの数週間、ずいぶんしつこくまとわりついていました。兄は、ゴルトベルクが自分の過去について、というか自分の実の父親についてなにも知らないということが信じられなかったのです。リッターも、ゴルトベルクを繰り返し訪ねていました。彼が三人を殺した可能性もあるでしょう」

ピアは、こんなにはっきり他人に殺人の嫌疑をかける人間にめったに会ったことがなかった。ジークベルトは、何年にもわたって母の愛を争い、心の底から毛嫌いしてきたふたりを一度に排除する絶好のチャンスだと見ているようだ。リッターが義理の息子であり、しかも孫の父親になろうとしていると知ったら、ジークベルトはどういう反応をするだろう。

「ゴルトベルク、シュナイダー、フリングスの三人は、第二次世界大戦当時の銃で射殺されました。リッターがどこでそんなものを手に入れられたというのですか？」ピアが問いただすと、ジークベルトがじっとピアを見つめていった。

「消えたトランクの話も知っているのでしょう？　それがわたしの父が遺したものだったとしたらどうですか？　父はナチ党員で、軍にも協力していました。リッターはそのトランクからその銃を手に入れたのかもしれませんよ」

「どうやってですか？　トランクの一件以来、彼は屋敷に一度も立ち入っていないはずでしょう」ピアが反論した。だがジークベルトは動じなかった。

「リッターが、入るなといわれておとなしくいうことをきくものですか」

「お母さんはトランクの中身をご存じだったんですか？」

「それはそうでしょう。しかしなにも教えてくれませんでした。母はいう気がなければ、絶対に話してくれません」ジークベルトは苦笑した。「わたしの兄をご覧ください。物心ついてからずっと父親を捜しつづけていますが、手がかりすらつかめずにいます」

「わかりました」オリヴァーは微笑んで立ち上がった。「すっかり時間を取らせてしまいました。ああ、そうだ、もうひとつ伺いたいことがありました。警備員はだれの指示でマルクス・ノヴァク氏を拷問にかけたのですか？」

「なんですって？」ジークベルトが目を皿にした。「だれをですって？」

「マルクス・ノヴァク氏です。水車小屋の改造を担当した建築修復士ですよ」

ジークベルトは眉根を寄せて考えた。そして思いだしたようだ。

「ああ、彼ですか。彼の父親ともトラブルになりました。施工がずさんで無駄に経費がかさんでしまいました。しかしうちの警備会社が、その息子になにをしたというのです？」

「そのことに少し興味がありまして」オリヴァーはいった。「鑑識に警備会社の車両を調べさせたいのですが、かまいませんか？」

「かまいませんとも」ジークベルトは即座に、どこか愉快そうに答えた。「K警備会社の支配人アメリを呼びましょう。必要なことは彼にいってください」

アンリ・アメリは三十代半ばの、ラテン系のハンサムな男だった。細身で褐色に日焼けしていて、短い黒髪をオールバックにしている。白シャツに黒い背広を着て、イタリア製の靴をはいているところは、証券マンか弁護士か銀行マンだ。彼は愛想よく笑いながらオリヴァーに自分を含む三十四人のスタッフの名簿を渡し、どんな質問にも答えた。アメリは一年半前から支配人をつとめていた。ノヴァクの名は一度も聞いたことがないといい、警備会社のスタッフが事件に関わっているかもしれないと聞いてひどく驚いた。車両の見分についても異を唱えることなく、すべての車両のナンバー、型式、登録年月日、走行距離が記載された車両リストをすぐに呈示した。オリヴァーがアメリと話をしていたとき、ピアの携帯電話にミリアムから連絡が入った。ミリアムは、ラウエンブルク村とツァイドリッツ＝ラウエンブルク家の領地があった、かつてのドーベンにあたるドバへ向かっているところだという。

「明日の朝、一九四五年までツァイドリッツ＝ラウエンブルク家で強制労働をさせられていたというポーランド人に会うわ。文書館の司書が知っていたの。その人はヴェンゴジェヴォの老人ホームにいるんですって」

「なにかわかりそうね」ピアはK警備会社の事務所からボスが出てきたことに気づいた。「エンドリカートとオスカーの名前を忘れずに訊いてね！」

「わかっているわ。任せて」ミリアムは答えた。「じゃあ、またね」

「それで？」ピアが携帯電話を閉じると、オリヴァーがたずねた。「ジークベルトとアメリをどう思う？」

「ジークベルトは教授とリッターを憎んでいます」ピアは分析した。「ふたりは彼にとって母の愛を奪い合うライバルだったんですね。ボスのお義母《かあ》さんがいっていたじゃないですか。ヴェーラは秘書に御執心だったって。それに教授は水車屋敷《ミューレンホーフ》に住んでいますからね。外見もジークベルトよりもいいし、以前はずいぶん女性と浮き名を流したようですし」

「ふうむ」オリヴァーは考え込んだ。「それでアメリは？」

「いい男ですね。わたしの好みからすると、少し調子がよすぎる気がしますけど。それに少し協力的すぎますね。ノヴァクを襲うときに使った車はたぶんリストに入っていないでしょう。検査するのは税金の無駄使いになりそうですね」

署にもどると、カイが大量の新情報を持って待っていた。ヴェーラ・カルテンゼーはホーフハイム病院にもバート・ゾーデン病院にもいなかった。マルクス・ノヴァクは依然、行方不明で、捜索令状がだされた。水車屋敷《ミューレンホーフ》とノヴァクの会社にパトカーの見張りがついた。フランクによると、モーアマンが買ったというシャツはエラルド・カルテンゼーのものだったという。フランクはその足で教授を捜しにフランクフルトへ向かったが、クンストハウス美術館は閉館中だった。カイは税務署、市の住民登録課、警察照会《POLAS》システムを使って、カタリーナ・エーアマンについての情報を入手した。旧姓はシュムンク。一九六四年七月十九日ケーニヒシュタイン生まれ。ドイツ国籍で、現住所はスイスのチューリヒ。別宅がケーニヒシュタインに登録されている。エーアマンは出版社経営者、納税義務国はスイス。前科なし。

オリヴァーは黙ってカイの報告を聞いてから時計に視線を向けた。もうすぐ午後六時十五分。七時半にケルクハイム近くのレストラン〈赤い水車〉でユッタ・カルテンゼーと待ち合わせている。

「出版社経営者か。リッターに伝記の執筆を依頼したのはエーアマンかもしれないな」

「調べてみます」カイはメモをした。

「それからエラルド・カルテンゼーと彼の車を公開捜索してくれ」

ピアがにんまりした。推理が的中したと思っているのだ。

「明日朝六時ノヴァクの会社と住まいを家宅捜索する。キルヒホフ、手配を頼む。いつもどおり捜査官が二十人は欲しい」

ピアはうなずいた。電話が鳴って、オリヴァーが受話器を取った。フランクからだった。クンストハウス美術館の管理人から話を聞くことができたのだ。管理人によると、カルテンゼー教授に頼まれて、昼にトランクをひとつと、旅行カバンをふたつ、彼の車に積み込んだという。「それから今でも大学に教授の研究室があるそうです」フランクはいった。「ヴェストエント・キャンパスです。これからそっちへ向かいます」

「彼の乗っている車種は？」オリヴァーは、カイがいっしょに聴けるようにスピーカーのボタンを押した。

「待ってください」だれかと話をしてから、またフランクの声がした。「黒のベンツSクラス、マイン＝タウヌス郡ナンバーMTKのEK222」

「よくやってくれた。このあとはオスターマンとキルヒホフに状況を報告してくれ。カルテンゼー教授に会えたら、身柄を拘束して、こっちへ連れてくるんだ。今日のうちに話がしたい」

「それでも公開捜索するんですか？」オリヴァーが受話器をもどすと、カイがたずねた。

「もちろんだ」そういって、オリヴァーは歩きだした。「今日は帰宅するとき全員、わたしに電話をするように」

トーマス・リッターはヘトヘトになりながら、できたてほやほやの原稿を見ていた。十四時間にマールボロ二箱。中断したのは警察とカタリーナがやってきたときだけ。あとは原稿を書き詰めだった。カルテンゼー家の隠された犯罪を暴いた三百九十ページ！　この本は大変な起爆剤だ。これでヴェーラの息の根を止められるだろう。牢屋に放り込むことができるかもしれない。コカインでもやったときのように、トーマスはすっかり脱力し、同時に神経が研ぎ澄まされていた。データをメールでカタリーナに送ってから、念のためCD-ROMに焼いた。書類カバンに入れてあった小型のボイスレコーダーを取りだし、その中のカセットテープをCD-ROMといっしょにクッション封筒に入れ、サインペンで宛先を記入した。また脅しをかけられたときの用心のためだ。トーマスはノートパソコンを終了させ、腕に抱えて立ち上がった。

「おさらばだ、薄汚い部屋よ」そうつぶやくと、部屋に一瞥《いちべつ》もくれず、廊下に出た。このまま家に帰って、シャワーを浴びるぞ! カタリーナは今夜待っているといったが、会うのは今度にしよう。この上、原稿のことや売り上げのことやマーケティングのことや借金のことを話す気になどとうていなれない。それに彼女と寝るのもごめんだ。驚いたことに、マルレーンの顔が見たかった。トーマスは数週間前に、いつかふたりですてきな夜を過ごそうと約束していた。しゃれたレストランでゆっくり食事を楽しみ、それからバーでゆったり酒を飲み、じっくり愛を確かめ合う。

「なに、ニヤニヤしているの?」受付嬢のジーナが、通りかかったトーマスに声をかけた。

「なにかいいことがあったの?」

「帰宅できるのがうれしいのさ」トーマスは答えた。そのときふと思いついて、クッション封筒をジーナに差しだした。「これを預かっていてくれないかな」

「いいわよ」ジーナはその封筒を偽物のルイヴィトンにしまって目配せをした。「それじゃ楽しい夜を過ごしてね……」

玄関のチャイムが鳴った。

「やっと来てくれたわ」ジーナはドアを解錠した。「メッセンジャーが校正刷りを持ってくることになっていたのよ。なかなか来ないからやきもきしちゃったわ」

トーマスは目配せを返すと、メッセンジャーを通すため、わきにどいた。ところがそこにあらわれたのは黒ずくめの服を着た髭面の男だった。トーマスの前に立ち止まると、男がちらっと見てたずねた。

「トーマス・リッターさん？」

「どなたですか？」トーマスはけげんに思ってたずねた。

「リッターさんなら、届け物があります。エーアマンさんからです。直接渡すようにいわれていまして」

「そうですか」カタリーナはよく奇抜なことをする。夜の気分を高めるために大人のおもちゃを送ってよこすことまであるほどだ。「それで、それはどこに？」

「少し待っていてください。取ってきますので。まだ車に置いてありまして」

「ちょうどいい。どうせ帰るところでした」トーマスはジーナに手を振ると、男につづいて階段の踊り場に出た。まだ日のあるうちに会社を出られることがうれしかった。駐車場のワンボックスカーと、いけすかない金髪の婦警のくだらないコメントに不安を覚えたが、原稿をカタリーナに渡したからもう安心だ。出版されれば、連中がどんな脅しをかけようが後の祭りだ。

配達人が玄関のドアを開けたので、トーマスはうなずいた。そのとき首に痛みが走った。「うっ！」トーマスはうめいて、ノートパソコンを入れたバッグを落とした。足がゴムになったかのように急に足下がぐらついた。黒塗りのワンボックスカーが目の前で急停車し、スライドドアが開いてふたりの男が飛びだし、トーマスの腕をつかんだ。彼はメルセデス・ベンツ・トランスポーターの車内に手荒に押し込まれ、スライドドアが閉まったかと思うと真っ暗になった。車内灯が灯ったが、トーマスは頭を起こすことができなかった。口元からよだれがこぼれ、目がかすむ。不安が体じゅうを駆け巡った。そして意識を失った。

二〇〇七年五月十日（木曜日）

ピアは鑑識課の車の横でブルブル震えながら、顎関節がはずれそうな大欠伸《おおあくび》をした。底冷えがする。五月の朝だというのに十一月のようだ。彼女が昨夜、署を出たのは午後十一時半だった。フランク・ベーンケ、カトリーン・ファヒンガー、アンドレアス・ハッセが次々到着し、鑑識課の班長がマグカップに注いだブラックコーヒーを飲んだ。六時十五分、オリヴァーが姿をあらわした。無精髭を生やし、疲れた目をしている。私服警官たちは最後の打ち合わせをするため、彼のまわりに集まった。みんな、家宅捜索のベテランだ。タバコを踏み消し、残ったコーヒーを待ち合わせ場所にしたガソリンスタンドのそばのやぶに捨てた。ピアはそこに車を残して、オリヴァーの車に乗った。オリヴァーは顔が青白く、緊張していた。警察の車列はオリヴァーのBMWに先導されてノヴァクの会社へ向かった。

「リッターのところの受付嬢が昨晩、電話にメッセージを残していた」オリヴァーはいった。「ついさっき聞いたところだが、リッターは昨日の午後六時半頃会社を出たが、そのとき、エーアマンからの荷物を届けにきたという男と一階に下りたそうだ。ところが、受付嬢が七時半頃、会社を出ると、リッターの車が駐車場にぽつんと止まっていたというんだ」

「そこよ」ピアは右を指差した。「それは妙ですね」

「そうだろう」

「ところでユッタ・カルテンゼーはどうでした？　なにか面白い話が聞けました？」いきなりオリヴァーの顎の筋肉がこわばったので、ピアはびっくりした。

「いや、たいした話ではなかった。時間の無駄だったよ」オリヴァーはぼそっと答えた。

「なにか隠しているでしょう」

オリヴァーはため息をついて、ノヴァクの会社の手前数百メートルの道路脇に車を止めた。

「やられたよ」オリヴァーが落ち込んでいた。「馬鹿なことをしてしまった。どうしてあんなことになったのか。車にもどる途中、いきなり彼女に、その……なんというか……変なところを触られて」

「なんですって？」ピアは唖然としてボスを見て、それから笑った。「わたしを担いでいるんじゃないですよね？」

「違う。本当のことなんだ。振り払おうとしたさ」

「それで、なにごともなかったのでしょう？」

オリヴァーはピアを見ようとしなかった。

「それがうまくいかなかった」オリヴァーは白状した。ピアは、質問が不躾に聞こえないようにするにはどうしたらいいか必死に考えた。

「もしかしてDNAを彼女のところに残してきたんですか？」ピアは小声でたずねた。オリヴァーは笑わず、すぐに答えようともしなかった。

「その恐れがあるんだ」そう答えると、オリヴァーは車から降りた。


オリヴァーが捜索令状を呈示したとき、クリスティーナ・ノヴァクはすでにというか、いまだにちゃんとよそ行きの服を着ていた。赤く泣きはらした目で、鑑識官が二階に上がって捜索をはじめたのを呆然と見ていた。ふたりの息子は寝間着のままキッチンにすわり、ぎょっとしていた。下の子がすぐに泣きだした。

「夫の消息はわかったんですか？」クリスティーナが小声でたずねた。ピアは上の空だった。オリヴァーの告白に度肝を抜かれていたのだ。クリスティーナにもう一度質問されて、ピアははっと我に返った。

「残念ながらわかっていません。公開捜索に踏み切りましたが、まだ通報がありません」

クリスティーナはすすり泣いた。階段の踊り場で大きな声がした。マルクスの父が抗議しているのだ。マルクスの兄も寝ぼけながら、ドタドタと階段を下りてきた。

「落ち着いてください。かならず御主人を見つけますから」ピアはなんの確信もないのに、そういって慰めた。だが内心、カルテンゼー教授に口封じされたに違いないと思っていた。マルクスは教授を信用していた。それにあの体では抵抗できるはずがない。すでに殺されている可能性が高い。

住まいの捜索からは成果が上がらなかった。クリスティーナが事務所の鍵を開けた。このあいだはひどく荒らされていたが、もうずいぶん片付いていた。ファイルは棚にもどされ、書類も種類ごとに分けてボックスに収めてあった。鑑識官がコンピュータのコンセントを抜き、もうひとりが棚のファイルを運びだした。鑑識官たちにまじってマルクスの祖母の姿が見えた。泣き濡れている孫の妻に慰めの言葉をかけるでもなく、事務所に入ろうとしてふたりの警官ともみあっていた。

「キルヒホフさん！」祖母がピアに声をかけた。「お話ししたいことがあるんです！」

「あとにしてください、ノヴァクさん。終わるまで外で待っていてくれませんか」

「おい、これはなんだ？」フランクの声に、ピアは振り返った。ファイルの棚の後ろに、壁に埋め込んだ金庫が見つかったのだ。

「やっぱり嘘をついていたのね」残念だ。マルクスには共感を覚えていたのに。「会社に金庫はないといっていたのに」

「13ｰ24ｰ08です」クリスティーナは訊かれもしないのに、テンキーロックの番号を告げた。フランクが数字を打ち込んだ。ピーと音がして、金庫の扉が開いた。ちょうどそのときオリヴァーが事務所に入ってきた。

「どうだ？」

フランクはかがんで、金庫に手を突っ込み、勝ち誇った笑みを浮かべて振り返った。手袋をはめた彼の右手には拳銃があった。左手には銃弾の箱。クリスティーナは息をのんだ。

「凶器発見」フランクは銃口に鼻を近づけた。「最近撃ってますね」

オリヴァーとピアは顔を見合わせた。

「ノヴァクの公開捜索の範囲をひろげろ」オリヴァーはいった。「ラジオやテレビで流せ」

「あの、これ……どういうことですか？」クリスティーナがささやいた。顔から血の気が引いていた。「夫はどうして金庫に拳銃なんかしまってたんですか？　あたしには……わけがわかりません！」

「少しすわってください」オリヴァーはデスクチェアを引っ張ってきた。クリスティーナはおずおずといわれたとおりにした。ピアは、必死でなにかいおうとしている祖母を無視して、事務所のドアを閉めた。

「理解しがたいのはよくわかります」オリヴァーはいった。「じつは御主人に殺人の容疑がかかっているのです。この拳銃は、三人の人間を殺すために使われた可能性が高いのです」

「嘘っ……」クリスティーナは絶句した。

「あなたは妻なので、黙秘権があります」オリヴァーは説明した。「しかし発言をするなら、真実をいってください。さもないと偽証罪に問われることになります」

ドアの向こうから、警官と口論するマルクスの父の罵声が聞こえた。

クリスティーナはそっちを気にもとめず、オリヴァーをまっすぐ見つめた。「なにを知りたいのですか？」

「四月二十七日から二十八日にかけての夜、四月三十日から五月一日にかけての夜、そして五月三日から四日にかけての夜、御主人はどこにいましたか？」

クリスティーナは目から涙をあふれさせ、うなだれて、消え入りそうな声でいった。

「家にはいませんでした。でも、夫が人を殺したなんて絶対に信じられません。どうしてそんなことをする必要があったのですか？」

「御主人はその夜どこにいたのでしょう？」

クリスティーナは一瞬ためらった。唇が震えた。手の甲で涙をぬぐうと、声を絞りだすようにいった。

「たぶん、愛人のところに……。わかってたんです。夫はあたしを……だましてたんです」

「たいして飲んだわけじゃないんだ」オリヴァーは車の中でいった。ピアを見ようとしなかった。「ワイン一杯だけだった。それなのにボトルで二本空けたくらい酩酊して、彼女がなにを話したか、ろくすっぽ覚えていない。昨夜のことは今でもほとんど思いだせないくらいだ」

オリヴァーは言葉をとぎらせて、両目をこすった。

「気づいたら、最後の客になっていた。新鮮な空気を吸って少し具合がよくなったが、まっすぐ歩くのがやっとだった。二人でわたしの車の方に歩いていた。レストランは閉まって、従業員はみんな帰ってしまった。最後の記憶は、彼女がわたしにキスをして、ズボ……」

「もういいです！」ピアはあわててさえぎった。つい八時間前に、今すわっているシートでなにがあったか考えると、とてもではないがいたたまれない。

「まずいことになった」オリヴァーの押し殺した声がした。

「なにもなかったかもしれないでしょう」ボスも人間だ。だがそんなことをするとは思えなかった。オリヴァーがいつになくなにもかも包み隠さず話すので、ピアは面食らっていた。毎日顔を合わせていても、プライベートな話題はずっとタブーだった。

「そんなことを主張したら、ビル・クリントンと同じになってしまう」オリヴァーは不満そうにいった。「わからないのは、なんで彼女があんなことをしたかだ」

「そうですね。ボスはけっして醜男《ぶおとこ》ではないですから。ちょっとした出来心かもしれませんね」

「それはないな。ユッタ・カルテンゼーは理由もなく行動するタイプじゃない。あれは計画されたものだった。この数日、少なくとも二十回はわたしに電話をかけてきた。しかも昨日は昼にコージマを食事に誘ったりしている」

オリヴァーがはじめてピアを見た。

「わたしが停職処分になったら、きみに捜査の指揮を引き継いでもらいたい」

「まだそこまで深刻な話ではないでしょう」

「すぐにそうなるさ」オリヴァーは両手の指で髪をかきあげた。「エンゲルがこのことを知ったらおしまいだ。あいつは、そういうスキャンダルを待ち構えているんだ」

「でもどうしてあの人に伝わるというんですか？」

「ユッタ・カルテンゼーが自分で話すに違いない」

ピアにも、オリヴァーがなにを考えているかわかった。ボスは殺人事件捜査の渦中にある一族のひとり、ユッタ・カルテンゼーと男女の仲になった。ユッタが計算ずくでやったのだとしたら、今回の情事を自分の都合のいいように使う恐れは大いにある。

「聞いてください、ボス」ピアはいった。「血液検査をしたほうがいいです。ワインか食事になにか薬がまぜてあったんじゃないですか？　ボスをうまく誘惑するために」

「そんなことができるわけないだろう」オリヴァーはかぶりを振った。「わたしは彼女とずっといっしょにすわっていたんだから」

「彼女はウェイターと知り合いだったかもしれませんよ」

オリヴァーは一瞬考えた。

「たしかにそうだ。ふたりは知り合いだった。彼女は店の常連らしく振る舞っていた」

「ウェイターならワインに薬をまぜられますね」ピアは実際よりも確信を込めていった。「今すぐヘニングのところへ行きましょう。血液検査をしてもらうんです。なにか見つかれば、彼女があなたを罠にかけたことを立証できるじゃないですか。彼女が仕掛けたスキャンダルは空振りに終わります」

希望の光が見えたのか、オリヴァーの疲れた顔に少し生気がもどった。さっそくエンジンをかけていった。

「オッケー、きみのいうとおりだ」

「どういうことですか?」

「物事はひとりでに動くということさ」


午前九時半、署で捜査会議が開かれた。ノヴァクの事務所から押収した拳銃、状態のいいルガーP08 S/42、一九三八年製、シリアルナンバーと検査印付きの銃弾は弾道検査にまわされた。アンドレアスとカトリーンは、ラジオでの公開捜索に応えてかかってきた大量の通報の対応にまわった。オリヴァーはフランクをマルレーン・リッターのところへ送った。トーマス・リッターのBMWがいまだにウィークエンド社編集部前の駐車場に止まっている、とパトカーから連絡があったからだ。

「ピア!」カトリーンが叫んだ。「電話よ! あなたの部屋にまわすわね!」

ピアはうなずいて立ち上がった。

「今朝、例の老人に会ってきたわ」ミリアムはあいさつもせず話しだした。「わたしが話すことを書き取って。すごいことになったわ」

ピアはメモ帳とボールペンを取った。リシャルト・ヴィーリンスキーは二十一歳のとき強制労働者となり、ツァイドリッツ農場に送られた。最近の記憶はあいまいだったが、六十五年前の出来事については鮮明に記憶していた。ヴェーラ・フォン・ツァイドリッツ＝ラウエンブルクはスイスの寄宿学校に入っていた。兄のエラルドは空軍パイロットだった。ふたりは戦時中、両親の領地にもどることはほとんどなかった。だがエラルドは農場管理人の美しい娘ヴィッキーと恋愛し、一九四二年八月男の子が生まれた。エラルドはヴィッキーと結婚しようとしたが、そのたびに秘密国家警察《ゲシュタポ》に逮捕された。最後に逮捕されたのは一九四四年のことだった。おそらくツァイドリッツ家の農場出納係の息子オスカー・シュヴィンデルケ親衛隊少佐が結婚の邪魔をするため密告したものらしい。というのも、妹のエッダが若き男爵エラルドに片思いして、ヴィッキーに嫉妬し、ヴィッキーがエラルドの妹のヴェーラと仲がいいことに腹を立てていたからだという。シュヴィンデルケ親衛隊少佐は第一SS装甲師団ライプシュタンダルテ・SS・アドルフ・ヒトラーの隊員で、近くにあった総統大本営「狼の砦《ヴォルフスシャンツェ》」に配属されていたため、頻繁に農場に顔をだしていた。一九四四年十一月、エラルドは搭乗機を撃墜され、重傷を負って帰還した。一九四五年一月十五日、ドーベン村の住民全員に避難命令がだされ、翌朝、住民はバルテンシュタイン方面に向けて移動を開始した。だが高齢のフォン・ツァイドリッツ＝ラウエンブルク卿とその夫人、負傷していたエラルド、その妹ヴェーラ、ヴィッキー・エンドリカートと二歳のハインリヒ、ヴィッキーの病身の両親、そしてまだ幼い妹イーダは城館に残ったという。彼らはできるだけ早く避難民の隊列を追いかけるつもりだった。マウアーヴァルトの近くで、避難民は軍用自動車とすれ違った。ハンドルをにぎっていたのはオスカー・

シュヴィンデルケで、助手席にもうひとり親衛隊員がすわっていた。ツァイドリッツ農場で何度も見かけた男だった。後部座席にはエッダと友だちのマリアが乗っていた。ふたりは一九四四年初頭からラステンブルク女性捕虜収容所で働いていた。ひとりは所長の秘書、もうひとりは看守として。彼らは農場出納係だったシュヴィンデルケと少し話してから走り去った。ヴィーリンスキーはそれ以来、この四人の姿を一度も見ていないという。翌日の晩ドーベンからの避難民の隊列にソ連軍が追いつき、男はみな射殺され、女は強姦され、その一部は連れ去られた。ヴィーリンスキー自身は、ポーランド人強制労働者であることがわかり命拾いした。戦争が終わって数年後、ヴィーリンスキーはこのあたりにもどってきた。ツァイドリッツ＝ラウエンブルク家とエンドリカート家の人々がどうなったか、気になって仕方がなかったという。というのも、彼らは強制労働者の彼を人並みに扱い、ヴィッキー・エンドリカートはよくドイツ語を教えてくれたからだ。

ピアはミリアムに礼をいって、考えを整理しようとした。ヴェーラ・カルテンゼーの略歴によると、家族は一九四五年、避難中に命を落としたか、行方不明になったとされている。元強制労働者の証言が本当なら、彼らは一九四五年一月十六日に館を離れなかったことになる！ゴルトベルクを騙《かた》っていたオスカー・シュヴィンデルケとその仲間たちは、ソ連軍が迫る中、なにをしたのだろう。あの日に起こったことが今回の殺人事件の鍵であるのは間違いない。ヴェーラは本当に農場管理人エンドリカートの娘ヴィッキーなのだろうか。だとすれば、エラルド・カルテンゼーは空軍パイロットだったエラルドの息子になる。ピアはメモを持って会議室へ行った。オリヴァーはカトリーンとアンドレアスも呼んだ。みんな、黙ってピアの報告を聞いた。

「ヴェーラ・カルテンゼーはヴィッキー・エンドリカートだと思います」カトリーンが発言した。「〈ヘタウヌスブリック〉で話してくれた老人は、東プロイセンの平民の出なのに、あそこまで立身出世したといっていました」

「どういうつながりでそういっていたの？」ピアはたずねた。カトリーンはメモ帳をだしてめくった。

「〝彼らは〟」カトリーンは読み上げた。「〝四銃士と名乗っていましたな。年に二度、チューリヒに集まっていました。アニタとヴェーラがそれぞれ夫を亡くしたあともね〟」

その場が静寂に包まれた。オリヴァーとピアは視線を交わした。パズルのピースが自然とあるべき場所に落ち着いた。

「東プロイセンの平民の出」オリヴァーはゆっくりいった。「ヴェーラ・カルテンゼーはヴィッキー・エンドリカートだ」

「彼女は子どもを作っても結婚していなかった。でも一夜にして貴族になれる機会が到来したと思ったんじゃないかしら」ピアが補足した。「そしてその嘘をつき通したんですよ。今日まで」

「だけどそうすると、三人の老人を殺したのはだれだろう？」カイが疑問を呈した。オリヴァーが飛び上がって、上着をひっつかんだ。

「キルヒホフのいうとおりだ。エラルド・カルテンゼーは、当時なにがあったか突き止めたんだ。彼の復讐劇はまだ終わっていない。彼を止めなくては」

危険が差し迫っていると判明し、捜査判事は三十分で逮捕状と家宅捜索令状をだした。フランク・ベーンケはそのあいだに、気が動転しているマルレーン・リッターと話してきた。マルレーンは昨日の午後五時四十五分頃、トーマスと電話で話し、いっしょに食事に行く約束をしたという。ところが午後七時半に帰宅すると、家が荒らされていて、トーマスとも連絡が取れなくなった。いくら携帯に電話をしても応答せず、真夜中頃、電源も切られた。マルレーン・リッターは警察に通報したが、成人男性がわずか六時間連絡できなくなっただけで捜索願をだすのは早急すぎるといわれたという。それからフランクは、フランクフルト国際空港の出発ロビーの前でエラルド・カルテンゼーのベンツが発見されたことを報告した。助手席とドアの内側におびただしい血痕が付着していた。マルクス・ノヴァクのものと思われ、現在、科学捜査研究所で分析中だという。

オリヴァーとピアは水車屋敷《ミューレンホーフ》へ向かった。今回は家宅捜索班に地中レーダー探査機と死体捜索犬を加えた陣容だった。驚いたことに、屋敷にはジークベルトとユッタ・カルテンゼーが弁護士のローゼンブラットを伴って待ち構えていた。彼らはサロンの大きなテーブルに書類の山を築いてすわり、いれたての紅茶の香りがあたりに漂っていた。

「お母さんはどちらですか？」オリヴァーはあいさつもせずにたずねた。

ピアはちらっとユッタを見た。ユッタもオリヴァーと同じように昨日のことをまったく顔にださなかった。夜中の駐車場で妻を持つ男といかがわしいことをするようには見えない。だが人間は見かけによらない。

「いったはずですよ、母は……」ジークベルトがいおうとすると、すかさずオリヴァーが口をはさんだ。

「あなたのお母さんは危険にさらされているのですよ。あなたのお兄さんエラルドはお母さんの友人たちを射殺し、お母さん自身も殺そうとしているとみられるのです」

ジークベルトが体をこわばらせた。

「それに家屋と敷地の捜索令状があります」ピアは、捜査判事が機械的に発行した書類をジークベルトに見せた。

「なぜ家宅捜索するのですか？」弁護士が話に割って入った。

「マルクス・ノヴァクの捜索です」ピアが答えた。「病院から姿を消したのです」

オリヴァーとピアは、母親の逮捕令状をひとまず息子たちには見せないことにしていた。

「ノヴァクがここにいるという根拠は？」ユッタは弁護士の手から令状を取った。

「あなたのお兄さんのベンツが空港で発見されました」ピアは説明した。「内部が血まみれでした。マルクス・ノヴァクとあなたのお母さんの行方がわからない以上、その血がふたりのうちどちらかのものであると考えざるをえないのです」

「お母さんとお兄さんはどちらですか？」オリヴァーはあらためてたずねた。返事がないのを確かめると、ジークベルトの方を向いた。

「昨日の晩、あなたの義理の息子さんも行方不明になっているのですけどね」

「義理の息子なんて、わたしにはいませんが」ジークベルトは当惑して答えた。「なにかの間違いでしょう。これはいったいどういうことですか?」

ジークベルトは窓の向こうにいる警察犬や、地中レーダー探査機を持ち一列になって芝生を進む警官たちを見た。

「あなたのお嬢さんは、トーマス・リッター氏の子を宿し、ふたりは十日前に結婚しました。ご存じのはずですが」

「なんですって?」ジークベルトの顔から血の気が引いた。雷に打たれたかのように棒立ちになり、なにもいえなかった。そして妹の方にちらっと視線を向けた。

「電話をかけさせてもらいます」いきなりそういうと、ジークベルトは携帯電話をだした。

「あとにしていただきます」オリヴァーは携帯電話を取り上げた。「お母さんとお兄さんの居場所を聞いてからです」

「わたしの依頼人には電話をかける権利があります!」弁護士が抗議した。「あなたのやっていることはむちゃくちゃだ!」

「口をださないでください」オリヴァーは語気荒くいった。「さあ、いってもらいましょう」

ジークベルトは全身を震わせ、青白い丸顔が汗びっしょりになった。

「電話をさせてください」彼の声はかすれていた。「お願いだ」

水車屋敷《ミューレンホーフ》にマルクス・ノヴァクの痕跡はなかった。エラルドとヴェーラ・カルテンゼーの消息もわからなかった。オリヴァーはあいかわらず、エラルドがマルクスを殺して、どこかに隠したと推理していた。それがここでなければ、どこか別の場所だ。トーマス・リッターも依然、行方知れずだった。オリヴァーは義母《はは》に電話をして、カルテンゼー家が所有している家について情報をもらった。

「一番可能性があるのはチューリヒの別宅とテッシンの別荘だな」オリヴァーは署にもどる途中、ピアにいった。「スイスの警察に捜査協力を求めなければ。まったくうかつだった！」

ピアは黙っていた。傷口に塩を塗るような真似はしたくなかったのだ。ピアの意見を聞いていれば、エラルドを勾留し、マルクスも場合によっては死なずにすんだかもしれない。ピアの推理では、エラルドは日記と拳銃の入ったトランクを自分の住まいに持ち帰ったものの、優柔不断だったせいか、あるいは日記の意味するところに気づくまでそれだけの時間を要したためか、数ヶ月も経過してから犯行に及んだのだ。彼はトランクの中から見つけた拳銃でゴルトベルク、シュナイダー、フリングスの三人を射殺した。彼らが彼の過去について一切口をつぐんだためだ。一九四五年一月十六日は避難の日にあたる。決定的な事件が起こった日であり、実際には一歳ではなく二歳だったエラルドが、かすかに記憶にとどめていた日でもある。マルクスは三人の殺害について知っていたか、犯行に協力したのだろう。だからエラルドにとって危険な存在になったのだ。

カイ・オスターマンが電話をかけてきた。マルクスとエラルドの指紋が凶器の拳銃から検出された。だれも驚きはしなかった。それにマルクスの顔写真を新聞で見たケーニヒシュタイン在住の女性から通報があり、五月四日の昼過ぎルクセンブルク城の駐車場でマルクスがＢＭＷのオープンカーに乗った半白髪の男と話をしているところを目撃したという。

「ノヴァクは直前にカタリーナ・エーアマンに会ってから、リッターと話をしたことになるぞ。これはどういうことだ？」オリヴァーは声にだして考えた。

「おかしいですね」ピアは答えた。「でも女性の証言は、クリスティーナ・ノヴァクが偽証していないという裏付けになります。ノヴァクは、ヴァトコヴィアクが殺されたと思われる時刻に、やはりケーニヒシュタインにいたことになります」

「つまりノヴァクとエラルド・カルテンゼーは三人の老人だけでなく、ヴァトコヴィアクとモニカ・クレーマーの死にも関わっているということか？」

「まだ結論をだすのは早いでしょう」そういって、ピアは欠伸をした。この数日ろくに睡眠を取っていない。早くぐっすり安眠したいと思っていた。しかし状況は反対方向に向かっていた。カイがまた電話をかけてきた。署の守衛所にアウグステ・ノヴァクがやってきて、大至急ピアと話したいといっているというのだ。

「こんにちは、ノヴァク夫人」ピアは、待合いコーナーの椅子にすわっていた老婦人に手を差しだした。「お孫さんの居場所をご存じなのですか？」

「いいえ、そのことではないのです。でも、どうしてもお話ししたいことがありまして」

「わたしたちは今忙しいんです」ピアはいった。その瞬間、彼女の携帯電話が鳴った。オリヴァーもまた電話をしている。ピアはマルクス・ノヴァクの祖母に、申し訳ないと目で合図して電話に応じた。カイの興奮した声が聞こえた。マルクスの携帯電話の現在地が数分間モニタリングできたというのだ。ピアは、アドレナリンが体じゅうを駆け巡るのを感じた。マルクスが生きているかもしれない！

「フランクフルトだ。ハンザアレー通りとフュルステンベルガー通りのあいだ」カイはいった。「電話がすぐに切れたので、正確な位置は特定できなかった」

ピアは、フランクフルト警察に連絡してその周辺をすぐに封鎖するよう要請してくれ、とカイに頼んだ。

「ボス」ピアはオリヴァーにいった。「ノヴァクの携帯電話がフランクフルトのハンザアレー通りで確認されました。わたしの考えていることがわかります？」

「もちろんだ」オリヴァーはうなずいた。「大学のカルテンゼー研究室だな」

「あの、すみません」アウグステがピアの腕に手をかけた。「本当に大事な話が……」

「今は時間がないんです、ノヴァク夫人」ピアは答えた。「お孫さんが生きて見つかるかもしれないんです。あとでお話ししましょう。わたしから電話をします。だれかにお宅まで送らせましょうか？」

「いいえ、けっこうです」アウグステは首を横に振った。

「少し時間がかかるかもしれません。すみません！」ピアはすまないというように手を上げ、一足先に車へ向かったオリヴァーのあとを追った。ふたりは焦っていた。そのためアウグステが刑事警察署の門から出たとき、黒塗りのマイバッハのエンジンがかかったことに気づかなかった。

　オリヴァーとピアがフランクフルト大学ヴェストエント・キャンパスとなっているIGファルベン社跡地に到着すると、すでに警官が入口を封鎖していた。立ち入り禁止テープの向こうはいつものように野次馬でいっぱいだ。校舎の中では学生や教授や職員が、警官に不平を漏らしている。だが指示は明快だ。マルクスの携帯電話、あわよくばその持ち主が発見されるまで校舎の出入りは禁止。

「ベーンケはあそこです」九階建てで、横幅が二百五十メートル近くある校舎を見て、げっそりしたピアがいった。電源の切られた携帯電話をこんなに広いところでどうやって捜したらいいのだろう。敷地は十四ヘクタールあり、公園や駐車中の車の中に置いてあるかもしれない。

フランク・ベーンケはフランクフルト刑事警察機動特殊部隊《MEK》の指揮官といっしょにIGファルベン・ハウスの大きな表玄関に立つ四本の角柱のあいだにいた。オリヴァーとピアに気づくと、フランクがやってきていった。

「カルテンゼーの研究室から捜索をはじめます」

　オリヴァーたちは豪華なエントランスに足を踏み入れた。だがだれも、ブロンズ板や赤銅の帯装飾をあしらった壁面やエレベーターのドアに目をとめなかった。フランクはオリヴァーやピアに加えて、戦闘服に身を固めた機動特殊部隊員を連れて五階へ向かった。それから右に曲がり、ゆるやかにカーブした長い廊下をずんずん進んだ。携帯電話が鳴ってピアが出た。

「携帯電話の電源がまた入った！」カイは興奮して叫んだ。

「それで？　この校舎の中なの？」ピアは立ち止まって、カイの声がよく聞こえるように電話を耳に押し当てた。

「ああ、間違いない」

カルテンゼー教授の研究室は鍵がかかっていた。管理人がマスターキーを持ってくるあいだ、またしても無駄に時間が経過した。真っ白な口髭を生やした管理人は、鍵の束からマスターキーを見つけるのにもたついた。ようやくドアが開くと、フランクとオリヴァーがわきをすり抜けて中に飛び込んだ。

「くそっ」フランクが罵声を吐いた。「だれもいないぞ」

管理人は研究室の端に立って、目を白黒させながら警察が捜索する様子を見ていた。

「なにがあったんです？」管理人はしばらくしてからたずねた。「カルテンゼー教授がなにかしたんですか？」

「なにもしなくて、機動隊の百人隊や機動特殊部隊まで動員してやってくると思う？　もちろん教授は大変なことをしでかしたのよ！」ピアはデスクの上に載っている、いろいろ書き殴ったメモを調べた。そこに名前や電話番号などノヴァクの居場所を知る手がかりがないかと思ったのだ。しかしカルテンゼーは、電話中にいたずら書きをする癖があるだけらしい。機動特殊部隊は外に待たせて、オリヴァーはゴミ箱をかきまわし、フランクはデスクの引き出しを漁った。

「教授には昨日会いましたが、様子が変でした」管理人がいった。「なんとなく……そわそわしていました」

オリヴァー、フランク、ピアの三人が同時に動きを止め、管理人を見た。

「昨日カルテンゼー教授を見たのか？　なんでそれを早くいわないんだ？」フランクがなじった。

「訊かなかったじゃないですか」管理人は堂々と答えた。機動特殊部隊指揮官のトランシーバーから雑音が聞こえ、それから人の声がした。分厚いコンクリート壁のせいか聞き取りづらい。

管理人は口髭の先端をひねりながらいった。

「なんだかうきうきしているようでもありましたね。あんな教授は見たことがないです。西棟の地下から出てきましてね。変だなと思ったんです。だって教授の研究室は……」

「そこへ案内して」ピアがじれったくなっていった。

「いいですよ」管理人はうなずいた。「だけど、教授はなにをしたんですか？」

「たいしたことではない」フランクが皮肉っぽくいった。「人を殺したかもしれないだけさ」

管理人が口をあんぐり開けた。

「部下が校舎に侵入しようとした複数の人物を拘束しました」指揮官が報告した。

「どこでだ?」オリヴァーはいらいらしてたずねた。

「西棟の地下です」

「よし、それじゃそこへ行こう」オリヴァーはいった。


K警備会社の黒い制服を着た男が六人、警官に背を向けて立っていた。足を大きく左右にひろげ、両手を壁につけている。

「こっちを向け!」オリヴァーの命令に、男たちは素直に従った。背広姿にエナメル靴ではなかったが、ピアはすぐ支配人のアンリ・アメリに気づいた。

「あんたたち、ここでなにをしているの?」ピアはたずねた。

アメリは黙って微笑んだ。

「あなたたちを拘束します」といってから、ピアは機動特殊部隊員にいった。「連行してちょうだい。そしてわたしたちがここに来ていることをどうして知ったのか聞きだして」

隊員はうなずくと、手錠をかけて、六人を連行した。オリヴァー、ピア、フランクの三人は管理人にいって、地下室を順に開けさせた。ファイル保管庫、物置部屋、電気室、暖房室、空き部屋。最後の部屋でやっと捜しものが見つかった。床に敷いたマットレスに人が横たわり、そのわきに水のボトルや食べ物や薬があり、トランクも置いてあった。ピアはドキドキしながら照明のスイッチを押した。ジージーと音を立てながら、天井の蛍光灯が灯った。

「ハロー、ノヴァクさん」ピアはマットレスのそばにしゃがんだ。男は明るい光がまぶしいのか、目をしばたたかせた。無精髭を生やし、げっそりやつれて、ひどい顔だ。怪我をしていない方の手に携帯電話をにぎっていた。具合は悪そうだが、生きている。ピアは熱を持った額に手を当てて、血のにじんだTシャツを見てから、オリヴァーとフランクの方を向いた。

「急いで救急車を」

それからまた男の方を見た。その男がなにをしたかはどうでもいい。哀れでならなかった。マルクスはひどい苦痛を味わっているはずだ。

「病院に連れていきます」ピアはいった。「どうしてここに？」

「エラルドは……」マルクスがつぶやいた。「お願いだ……エラルドは……」

「カルテンゼー教授がどうしました？」ピアはたずねた。「教授はどこです？」

マルクスは必死の様子でピアに視線を向けたが、すぐに目を閉じた。

「ノヴァクさん、協力してください！」ピアは声をかけた。「教授の車が空港で発見されています。彼とその母親が行方知れずなんです。あなたの事務所の金庫で拳銃を発見しました。教授がトランクにその拳銃が入っているのを見つけ、殺人事件を三度起こした、とわたしたちは考えています……」

マルクスは目を開けた。鼻腔が震え、なにかいおうとして大きく息を吸った。しかし開いた口からはうめき声しかでなかった。

「ノヴァクさん、あなたを逮捕しなければなりません」ピアはやさしく告げた。「事件のあった三夜とも、あなたにはアリバイがありません。あなたの奥さんが、問題の夜、自宅にいなかったことを証言しました。なにかいうことはありますか？」

マルクスは答えず、携帯電話を放し、ピアの手をつかんだ。必死でなにかいおうとしている。顔を汗が伝い、悪寒に震えている。ピアは、マルクスは肝臓に傷を負っている、とホーフハイム病院の女医がいっていたことを思いだした。移動中にまた内出血したに違いない。

「動かないで」ピアはそういって、彼の手をなでた。「病院へ運びます。話は容体がよくなってからにしましょう」

マルクスは目をむいて、わらをもつかむような勢いでピアを見つめた。救急隊が早く来ないと、マルクスは助からない。それがエラルドの計画だったのだろうか。だからだれにも見つからないような場所にマルクスを隠した。しかしそれならどうして携帯電話を取り上げなかったのだろう。

「救急車が来た」だれかの声で、ピアの思考が途切れた。救急隊員がふたり、ストレッチャーを地下室に入れた。オレンジ色のジャケットを着て、赤十字のマークが入った医療カバンを手にした医師がつづいて入ってきた。ピアは医師に場所をあけるために立ち上がろうとしたが、マルクスがピアの手をしっかりつかんで放さなかった。

「頼む……」マルクスは必死でささやいた。「頼む……エラルドじゃない……祖母が……」

マルクスはそれしかいえなかった。

「同僚があなたの世話をします」ピアは小声でいった。「心配は無用です。カルテンゼー教授にはなにもさせません。わたしが約束します」

ピアはマルクスの手をそっと離して立ち上がった。

「肝臓を損傷しています」ピアは救急医に告げると、トランクの中身を調べていたオリヴァーとフランクの方を向いた。「なにか見つかりました？」

「親衛隊の制服があった。オスカー・シュヴィンデルケのものだろう」オリヴァーは答えた。

「あとは署に持ち帰って改める」


「わたしはずっとエラルド・カルテンゼーがホシだとにらんでいました」ピアはオリヴァーにいった。「自分の手を汚したくなかったから、ノヴァクを地下室に放置したんだと思います」

ふたりは署にもどるところだった。署ではカタリーナ・エーアマンが待っていた。留置所には、K警備会社の人間が六人入っている。

「ノヴァクはだれに電話をかけたのかな？」オリヴァーはたずねた。

「さあ、携帯電話のバッテリーが切れていましたから。通話記録を取り寄せる必要があります」

「カルテンゼーはどうして携帯電話を取り上げなかったんだ？　ノヴァクがだれかに電話することくらいわかったはずだ」

「ええ、わたしもそのことが気になりました。たぶん携帯電話で位置が割りだせることを知らなかったのではないでしょうか」そのとき自動車電話が鳴ったので、ピアはびくっとした。

「あるいは携帯電話にまったく気づかなかったのかもしれません」

「もしもし」スピーカーから女性の声がした。「ボーデンシュタイン刑事？」

「そうですが」オリヴァーはピアをちらっと見て肩をすくめた。「どなたですか？」

「ジーナ。ウィークエンド社で受付をしている者です」

「ああ、あなたでしたか。なんのご用ですか？」

「昨日の晩、リッターさんから封筒を預かっていたんです。持っていてくれといわれたんですけど、彼がいなくなったので、もしかしたら刑事さんにとって大事なものかなと思いまして。封筒の宛名に刑事さんの名前が書いてあるんです」

「本当ですか？　あなたは今どこにいるんですか？」

「まだ会社にいます」

オリヴァーはためらった。

「部下をそちらにやります。待っていていただけますか？」

ピアはフランクに電話をかけ、フェッヒェンハイムの出版社へ向かうよう指示を伝えた。フランクはこの時間に町を横断しろというのかと文句をいったが、ピアは意に介さなかった。

「ええ、そのとおりです」カタリーナ・エーアマンはうなずいた。「ヴェーラ・カルテンゼーの伝記を出版する予定です。トーマスのアイデアが素晴らしかったので協力していました」

「昨晩から彼が行方不明なのはご存じですね？」ピアは正面にすわっているエーアマンを観察した。エーアマンは不自然に美しい。顔の表情が乏しい。共感能力が薄いのか、ボトックス治療のやりすぎかのどちらかだ。

「昨日の晩、会う約束をしていました」カタリーナは答えた。「あらわれなかったので電話をしたのですが、一度も出ず、そのあと携帯電話の電源が切られました」

マルレーン・リッターの証言と同じだ。

「先週の金曜日、ケーニヒシュタインでマルクス・ノヴァクと待ち合わせしましたね。なぜですか？」オリヴァーがたずねた。「ノヴァクの奥さんが、夫の車に乗るところを目撃しているんです。ノヴァクさんとお付き合いがあるのですか？」

「いくらあたしでも、そんなに尻軽ではないわ」カタリーナは愉快そうだった。「彼とはあの日はじめて会ったのよ。エラルドに頼んでいた日記やなにやかやを受け取る予定だったの。それで親切にも、それをトーマスに渡す前に、あたしを車に乗せてくれたというわけ」

ピアとオリヴァーは驚いて顔を見合わせた。興味深い新情報だ！　リッターはそうやって日記を手に入れたのだ。エラルドが母親に牙をむくとは。

「あなたがノヴァクさんと待ち合わせをした家、あとでヴァトコヴィアクの遺体が発見された家ですけど、所有者はあなたですね」ピアはいった。「なにかいうことはありませんか？」

「なにをいえというんです？」カタリーナはたじろがなかった。「あれは両親の家です。もう何年も前から売りにだしていました。このあいだの土曜日、不動産屋から電話があって文句をいわれました。ローベルトがあそこで自殺したのは、あたしの責任ではないのに！」

「ヴァトコヴィアクはどうやってあの家に入ったのですか？」

「鍵を開けたんだと思いますけど」カタリーナはさらりといった。「彼が住むところに困っていたとき、あそこをねぐらにしていいといったんです。ローベルトとユッタとあたし、昔は仲良しだったんですよ。だから彼が気の毒で」

ピアは、この発言は眉唾だと思った。カタリーナには同情心の欠片《かけら》も感じられない。

「あれが自殺と思われているのなら、それは間違いです。あれは他殺でした」

「あら？」それでもカタリーナは少しも動揺しなかった。

「彼と最後に話をしたのはいつですか？」

「そんな前ではないです。先週でした。あたしに電話をかけてきて、ゴルトベルクとシュナイダーを殺した容疑で警察に目をつけられてるといっていました。でも犯人は自分じゃないともいっていました。あたしは、自首を勧めたんですけど」

「しかし自首はしませんでした。そうしていれば、まだ生きていられたでしょうに」ピアは答えた。「リッター氏の失踪は、彼が書いている伝記と関係があると思われますか？」

「あるでしょうね。あたしたちが突き止めたヴェーラの過去が明らかになれば、彼女は牢屋行きになる可能性があります。それも残りの人生ずっと」

「オイゲン・カルテンゼーの死は事故ではなく、他殺だったというのですか？」ピアは当てずっぽうにいってみた。

「それもありますけど、ヴェーラが東プロイセンで兄たちとやった大量殺戮《さつりく》の方が問題は大きいですね」

一九四五年一月十六日。軍用車両に乗ってツァイドリッツ＝ラウエンブルク家の領地に向かった四銃士。それ以来、行方不明になったツァイドリッツ＝ラウエンブルク家の人々。

「そのことをリッター氏はどうやって知ったのでしょう？」ピアはたずねた。

「目撃者がいたんです」

四人の秘密を知る目撃者。だれだろう。そしてその目撃者はだれにそのことを話したのだろう。ピアはびくっとした。連続殺人事件の真相まであと一歩だ！

「カルテンゼー家のだれかが、本の出版を邪魔するためにリッター氏を誘拐した可能性はあると思いますか？」

「あの人たちならなんでもやるでしょうね。ヴェーラは死体を踏み越えてのし上がった人ですから。ユッタだって似たり寄ったりです」

ピアはボスに視線を向けた。だがオリヴァーは知らん顔をしていた。

「しかし、エラルドがリッター氏に情報を流したことを、カルテンゼー家はどうやってつかんだんでしょう？　他にそのことを知っている者はいませんか？」

「エラルドとトーマスとエラルドの友人のノヴァクとあたし、それだけです」カタリーナは少し考えてからいった。

「あなた、そのことを電話で話しました？」オリヴァーが訊いた。

「ええ。はっきりとはいいませんでしたが、エラルドがトランクの中身を渡してくれるとはいいました」

「いつのことですか？」

「金曜日です」

マルクス・ノヴァクが襲われたのは日曜日の晩だった。時期が符合する。

「そういえば、一昨日の晩トーマスが会社から電話をかけてきました。駐車場にあやしいワンボックスカーが止まっていて、男がふたり乗っていると。あたし、本気にはしませんでしたけど、ひょっとして……」カタリーナは口をつぐんだ。「なんてこと！　電話が盗聴されていたというんですか？」

「その可能性があると思います」オリヴァーはうなずいた。K警備会社はそれなりの装備を調えている。警察の無線も傍受していた。だからマルクスの携帯電話の位置が判明したことを知ることができたのだ。だとすれば、電話の盗聴くらい簡単なことだ。ノックの音がした。フランク・ベーンケがクッション封筒を持って部屋に入ってきた。ピアがすぐに封を切った。

「CD-ROM。それにカセットテープ」

ピアはさっそくボイスレコーダーにそのテープをセットして、再生ボタンを押した。すぐにリッターの声が聞こえた。

「二〇〇七年五月四日金曜日。わたしはトーマス・リッター、今アウグステ・ノヴァク夫人の前にすわっている。ノヴァク夫人、話をしてくださるそうですね。よろしくお願いします」

「待った！」オリヴァーがいった。「ご苦労さまでした、エーアマンさん。お帰りいただいてけっこうです。リッター氏のことでなにかわかったら、ぜひお知らせください」

「残念だわ。面白そうなのに」エーアマンは立ち上がった。

「あなたはリッター氏のことが心配ではないんですか？」オリヴァーはたずねた。「彼はあなたのところの作家なのでしょう。しかもベストセラー間違いなしの本を書いた」

「そして、あなたの愛人」ピアが付け加えた。

カタリーナは冷ややかに微笑んだ。

「いいですか。彼は危険を承知でした。ヴェーラのことを彼以上に知る人はいなかったのですから。それに、あたしは気をつけるようにいっていました」

「もうひとつ伺いたいことがありました」オリヴァーは、出ていこうとしたカタリーナを呼び止めた。「オイゲン・カルテンゼーから会社の持分をもらっていますね。どうしてもらえたのですか？」

カタリーナの顔から笑みが消えた。「伝記を読んでください。そうすればわかります」

「わたしの父は大変な皇帝礼賛者でした」アウグステ・ノヴァクの声がテーブルの中央に置いたカセットレコーダーから聞こえた。「そこでわたしは、皇妃アウグステ・ヴィクトリアにちなんで名付けられました。以前はヴィッキーという愛称で呼ばれていました。でももうずっと昔の話です」

オリヴァーとピアはちらっと顔を見合わせた。捜査十一課の面々が会議室のテーブルを囲んでいた。オリヴァーの横にはニコラ・エンゲルが表情を硬くしてすわっていた。時計は午後八時四十五分を指していた。しかしフランクまでが、帰宅したいといいださなかった。

「わたしは一九二二年三月十七日ラウエンブルクで生まれました。父のアルノはツァイドリッツ＝ラウエンブルク家の農場管理人でした。お館のお嬢様ヴェーラ、農場出納係の娘エッダ・シュヴィンデルケ、そしてわたしの三人は同い年で姉妹のようにして育ちました。エッダとわたしは若い頃からヴェーラの兄エラルドに熱をあげていました。でもエラルドはエッダを毛嫌いしていました。彼女は女の子にしてはひどく野心家で、密かにラウエンブルク家の女主人になる夢を思い描いていたのです。ですからエラルドがわたしを愛したとき、エッダはものすごく腹を立てました。彼女は十六歳でナチのドイツ女子同盟で指導者になり、これでエラルドが関心を寄せるだろうと思ったのですが、それは逆効果でした。彼は口にこそだしませんでしたが、ナチを軽蔑していたのです。エッダはそのことに気づかず、兄のオスカーが第一SS装甲師団の隊員であることをいつも鼻にかけていました」

アウグステはそこで間を開けた。ピアたちはだれも、口を開かなかった。

「一九三六年、わたしたちはドイツ女子同盟の一行とともにベルリン・オリンピックを見にいきました。エラルドは当時、ベルリン大学で学んでいて、ヴェーラとわたしを夕食に誘ってくれたのです。それがまたエッダの怒りを買いました。わたしたちが許可なく別行動をしたと彼女が密告したため、わたしたちはえらい目にあいました。その日から彼女はことあるごとにわたしに嫌がらせをするようになったのです。ドイツ女子同盟で毎週行われる故郷の夕べで、わたしはみんなの面前で笑いものにされたこともありましたし、わたしの父はボルシェヴィキだとののしられたこともありました。十九歳のとき、わたしは妊娠しました。だれも結婚に反対する者はいませんでした。エラルドの両親も首を横に振りはしませんでした。しかし戦時下でしたし、エラルドは前線にいました。結婚式の日取りが決まったとき、彼は空軍の将校だったのに、秘密国家警察《ゲシユタポ》に逮捕されました。再度結婚式の日取りを決めたときも、エラルドは逮捕されました。彼を密告したのはオスカーでした」

ピアはうなずいた。強制労働者だったポーランド人がミリアムに語った話と一致する。

「一九四二年八月二十三日、息子が生まれました。エッダはその頃、ラウエンブルクを離れていました。彼女とナチ党ドーベン地区指導者の娘マリア・ヴィルマートはラステンブルク女性捕虜収容所の勤務を志願したんです。エッダがいなくなって、あたりをかぎまわらなくなってから、エラルドとヴェーラは密かに金品を国内の安全な場所やスイスに移しました。エラルドは、戦争は負けだと確信し、せめてヴェーラとハイニとわたしを西へ逃がそうとしたのです。エラルド彼の母の一族はフランクフルトの近くに領地を持っていたので、そこへ連れていこうと計画したのです」

「水車屋敷《ミューレンホーフ》ね」ピアが小声でいった。

「しかしそうはなりませんでした。エラルドが一九四四年十一月に撃墜され、重傷を負って帰還したのです。ヴェーラは密かにスイスの寄宿学校を抜けだして、クリスマスを家で過ごしました。わたしたちはエラルドを手伝って、逃げる準備を進めました。しかし避難の許可が下りたのは一月十五日。すでに手遅れでした。ソ連軍はわずか二十キロの地点まで迫っていたのです。一月十六日の早朝、避難民の隊列は出発しました。わたしはエラルドとわたしの両親を残して立ち去るつもりはありませんでした。わたしがとどまったので、ヴェーラも残りました。あとで西へ逃げる機会が見つかるかもしれないと思ったんです」

アウグステは深いため息をついた。

「エラルドの両親は、領地を捨てるくらいなら死ぬといっていました。ふたりともすでに六十歳を超し、第一次世界大戦で年長の息子たちを亡くしていました。わたしの両親はひどい病気にかかっていました。結核だったのです。妹のイーダも四十度の熱をだしてベッドに伏せっていました。わたしたちはラウエンブルク城の地下に隠れることにして、食料や寝具を運び込み、ソ連軍が気づかずに通りすぎることを期待しました。敷地に車がやってきたのは昼頃でした。軍用車両でした。ヴェーラの父は、シュヴィンデルケが病人を運ぶためによこしてくれたのだと思いましたが、それは違いました」

「だれが来たのですか?」リッターがたずねた。

「エッダ、マリア、オスカーと戦友のハンスでした」

アウグステの話はまたもや元強制労働者の証言と一致した。ピアは息を詰めて、身を乗りだした。

「四人は館に入ってきて、地下室にいたわたしたちを見つけました。オスカーは拳銃でわたしたちを脅し、ヴェーラとわたしに穴を掘るようにいいました。地下の地面は砂質でしたが、固くてわたしたちには掘れませんでした。そこでエッダとハンスがシャベルを持ちました。だれもなにもいいませんでした。エラルドの両親はひざまずいて……」

それまで落ち着いていたアウグステの声が震えだした。

「……祈りを唱えはじめました。ハイニは泣きどおしでした。妹のイーダは立ったまま、頬を涙で濡らしていました。今でもあのときの妹の表情が目に浮かびます。わたしたちは壁に向かって一列に並ばされました。マリアはわたしの腕からハイニを奪いました。ハイニは大声で泣きました……」

会議室は、まち針が落ちても聞こえそうなほど静まりかえっていた。

「オスカーはまずエラルドの両親の後頭部を撃ち、その次は妹のイーダでした。妹は九歳になったばかりでした。それからオスカーは拳銃をマリアに渡しました。マリアはわたしの母の両膝、頭の順に撃ちました。それからわたしの父を射殺しました。エラルドとわたしは両手をにぎりあっていました。エッダはマリアから拳銃を取りました。彼女の目は憎しみに燃えていました。エラルド、ヴェーラの順に後頭部を撃ち抜くと、彼女は高笑いしました。そして最後にわたしを撃ったのです。今でもあの笑い声が耳に残っています……」

ピアはいたたまれなかった。家族の虐殺について淡々と語る老婦人。どれだけつらい思いでいるか手に取るようにわかった。こんな記憶を抱えながら、どうして気がふれずに生きてこられたのだろう。ピアは、戦後の東部地域で女性たちを襲った運命についてミリアムから聞いていたことを思いだした。彼女たちは信じがたい体験をして、生涯ずっと自分の胸にしまってきたのだ。アウグステもそのひとりだった。

「わたしは奇跡的に生き残りました。銃弾が口から外に出たのです。どのくらい意識を失っていたかはわかりませんが、なんとか自力で穴からはいだしたのです。エッダたちは穴を埋めもどしましたが、わたしは息をすることができました。エラルドの亡骸《なきがら》がわたしの上に半ばおおいかぶさっていたからです。わたしは、はうようにして地上に出て、ハイニを捜しました。城館は赤々と燃えていました。わたしは四人のロシア兵に見つかりました。彼らは怪我をしているわたしを犯したあと、多少元気を取りもどすと、他の女性たちといっしょに家畜輸送車両に詰め込まれました。病院へ送りました。すわることもできないほどのぎゅうぎゅう詰めで、監視の機嫌がいいときだけ水をもらうことができました。ただし四十人にバケツ一杯でしたが。わたしたちはカレリア地方に移送され、零下四十度の中、オネガ湖の近くで線路を敷設したり、木を伐ったり、濠を作る労働に駆りだされました。まわりで人が虫けらのようにばたばたと死んでいきました。その多くが十四、五歳の少女でした。わたしは五年間の労働キャンプを生き延びました。所長がわたしを気に入って、みんなより多く食事をくれたからです。一九五〇年になって、わたしはロシアからもどりました。腕には赤ん坊がいました。所長からの別れの贈り物でした」

「マルクスの父」ピアはいった。「マンフレート・ノヴァクね」

「帰還者キャンプのフリートラント収容所でわたしは夫と知り合いました。わたしたちはザウアーラント地方の農家で仕事を見つけました。その頃には長男を見つけだそうという気も失せていました。そのことを人に話したこともありません。まさかあの有名なヴェーラ・カルテンゼーがエッダだなんて思いつきもしませんでした。気づいたのは二年前の夏、孫のマルクスといっしょに東プロイセンを旅したときです。かつてレッツェンと呼ばれたギジツコで、エラルド・カルテンゼーと出会ったとき、彼が何者かわかったのです。そして、わたしが移り住んだフィッシュバッハのすぐ近くに住んでいることを知りました」

　アウグステはまた間を置いた。

「わたしはそのことを自分の胸の中だけにしまっていました。でも一年後、マルクスは水車屋敷《ミューレンホーフ》の仕事を受け、ある日、エラルドといっしょに古いトランクを家に持ち帰ったのです。中身を見て、わたしはショックでした。親衛隊の制服、当時の本や新聞。そしてあの拳銃。それがわたしの家族を皆殺しにしたあの拳銃であることにすぐ気づきました。六十年のあいだ、ヴェーラはずっとトランクにしまって、捨てなかったのです。リッターさん、あなたとマルクスとエラルドがヴェーラと三人の仲間の話をしたとき、わたしにはその四人の正体がすぐにわかりました。エラルドはトランクを自宅へ持ち帰りましたが、マルクスは拳銃と銃弾を金庫にしまいましたね。わたしは仇《かたき》の住所を突き止めて、マルクスが留守にしたある晩、拳銃を持ってオスカーの元へ行きました。よりによってあの男がユダヤ人を騙っていたとは！　あいつはすぐわたしに気づいて命乞いをしました。しかしわたしは、あいつがかつてエラルドの両親にしたように、あいつの後頭部を撃ち抜いたのです。そのときふと思いついて、エッダにメッセージを残しました。五桁の数字、あれがなにを意味するか、エッダならすぐに気づいて、死の恐怖に戦《おのの》くことがわかっていました。三日後、わたしはハンスを射殺しました」

「ゴルトベルクとシュナイダーのところへはどうやって行ったのですか?」リッターがたずねた。

「孫のワンボックスカーを使いました。マリアのときは、それが難題でした。わたしは老人ホームで野外劇と花火のイベントがあることを聞きつけたのですが、その夜は車が使えませんでした。そこでバスで老人ホームへ向かい、あとで迎えにきてくれるよう、マルクスに頼みました。マルクスはなにか問題を抱えていたらしく、そのときわたしが高級老人ホーム〈タウヌスブリック〉に入居しようか考えているといっても、気にもとめませんでした。わたしは住まいの中でマリアの口をストッキングでふさぎ、車椅子に乗せて公園を抜け、森に入っていきました。花火に合わせて引き金を三回引きましたが、だれも気づきませんでした」

アウグステは口をつぐんだ。会議室は死んだように静まりかえっていた。

老婦人による悲劇の人生の告白に、修羅場をくぐり抜けてきたはずの刑事たちでさえ衝撃を隠せずにいた。

「聖書に『汝殺すなかれ』と書いてあることは知っています」アウグステがまた口を開いた。彼女の声は今にも消え入りそうだった。「でもその聖書には『目には目を、歯には歯を』とも書かれています。彼らがエッダとその一味であることに気づいたとき、わたしはこの不正を償わせずにおけなくなったのです。妹のイーダは生きていれば七十一歳です。まだ寿命があったかもしれません。そのことがわたしの脳裏を離れなくなったのです」

「エラルド・カルテンゼーはあなたの息子なのですか?」トーマス・リッターがたずねた。

「ええ。わたしと愛するエラルドの息子です。彼はフォン・ツァイドリッツ＝ラウエンブルク男爵です。というのも、エラルドとわたしは一九四四年のクリスマス、ラウエンブルク城の図書室でクーニッシュ牧師によって結ばれたからです」

テープが終わっても、捜査十一課の面々はしばらく言葉を失い、じっとしていた。

「アウグステは今日ここへ来て、わたしと話がしたいとしきりにいっていました」ピアは沈黙を破った。「きっとこのことを打ち明けて、孫の嫌疑を晴らそうとしたのでしょう」

「そして息子、カルテンゼー教授の嫌疑もな」オリヴァーが付け加えた。

「あなた、帰してしまったの？」ニコラがしょうがないという様子でたずねた。

「犯人だなんて思ってもみませんでしたから！」ピアは答えた。「ノヴァクの携帯電話の所在地がちょうどわかったところで、わたしたちはフランクフルトへ向かわなければならなかったんです」

「彼女は帰宅したはずだ」オリヴァーはいった。「迎えにいこう。教授の居場所を知っているかもしれない」

「それより、彼女がヴェーラを殺す危険がありますね」カイ・オスターマンが発言した。「まだ殺していなければの話ですが」

オリヴァーとフランクはアウグステ・ノヴァクを逮捕するためにフィッシュバッハへ向かった。ピアはヴェーラ・カルテンゼーの伝記をコンピュータのモニターで読み、カタリーナ・エーアマンとオイゲン・カルテンゼーの関係を示唆する情報を探した。アウグステの物語には大きく心を揺さぶられた。刑事であり、監察医の元妻であるピアは、人間の暗部を熟知しているつもりだったが、この冷酷非情な四人の殺人犯には愕然とさせられた。生きるか死ぬかの瀬戸際だったとしても、弁解の余地はない。それどころか、彼らは自分たちの命を危険にさらしてまでこの凶行に及んでいる。どうしてこれほどの残虐行為をして平然と生きてこられたのだろう。そしてアウグステが体験させられたことといったら！　目の前で夫、両親、親友、幼い妹を撃ち殺され、子どもを奪われ、ひとり生き残って地面をはいつくばったなんて！　さらには労働キャンプ、強姦、飢餓と病気。あの老婦人はそれでも生きつづけた。その力をどこから得ていたのだろう。息子に再会したいという一念だったのか、それとも復讐心？　アウグステは八十五歳で三件の殺人事件の責任を問われることになる。刑法ではそうなっている。別れ別れになっていた息子とやっと再会できたというのに、監獄に入らなければならないのか。彼女の行為を正当化する証拠がなにかないだろうか。ピアは伝記を読むのをやめた。あるかもしれない！　ちょっとした思いつきだったが、考えているうちに可能に思えてきた。

ちょうどピアがヘニングの自宅に電話をかけたとき、オリヴァーが暗い面持ちで部屋に入ってきた。

「アウグステ・ノヴァクを指名手配しなければならなくなった」

ピアは人差し指を唇に当てた。ヘニングが電話に出た。

「どうしたんだ？」ヘニングは不機嫌だった。ピアはかまわずアウグステの物語をかいつまんで話した。オリヴァーはけげんな顔でピアを見た。ピアは固定電話のスピーカーをオンにして、ボスがいっしょに聞いていることをヘニングに伝えた。

「六十年以上前の人骨からDNAを検出できる？」ピアはたずねた。

「どういう環境かによるけど可能だ」ヘニングの声が一転して、興味津々な響きに変わった。

「なにをするつもりだ？」

「まだボスに相談していないことなんだけど」そう答えて、ピアはオリヴァーを見た。「あなたとわたしで、ポーランドへ行こうと思っているのよ。できれば飛行機で移動したいわね。親友のミリアムが向こうにいるの。迎えにきてくれると思うわ」

「えっ？　今すぐにかい？」

「そうできるとうれしいわ。時間がないのよ」

「今晩はなにも予定がない」ヘニングは声を低くして答えた。「むしろこれから出かけられるほうがありがたい」

ピアは、ヘニングがなにを考えているのか察してニヤリとした。ファレリーにまだ追いかけまわされているようだ。

「車だとマズールィ地方まで十八時間はかかるな」

「わたし、ベルントのことを考えていたんだけど。彼、まだセスナを持っているはずよね」

オリヴァーは首を横に振ったが、ピアは無視した。

「訊いてみよう」ヘニングはいった。「こっちから電話をかけなおす。そうだ、ボーデンシュタイン」

ピアはボスに受話器を差しだした。

「きみの血液サンプルを急ぎ分析したところ、ヒドロキシ酪酸、つまりGHBの痕跡が検出されたよ。液体エクスタシーともいうやつだ。わたしの計算では前日の午後九時頃、約二グラム摂取したようだ」

オリヴァーはピアを見た。

「この摂取量では運動性の制御が利かなくなる。ちょうど酔っぱらったときみたいにね。さらに媚薬と同じ効果が加わる」

ピアは、ボスがそのとき顔を赤らめたことに気づいた。

「そこからなにがいえる？」オリヴァーはピアに背を向けてたずねた。

「きみが自分で摂取したのでなければ、何者かによって飲まされたとしか考えられない。おそらく飲み物に混入させたのだろう。液体エクスタシーは無色透明の液体だからね」

「よくわかった」オリヴァーはぽつりといった。「ありがとう、キルヒホフ」

「どういたしまして。また連絡する」

「やっぱりですね」ピアは満足だった。「ユッタが罠をかけたんですよ」

「ポーランドに出張させるわけにはいかないぞ」オリヴァーはいった。「城館がまだあるのかどうかもわかっていないんだからな。それにこんな夜更けに捜査協力を頼んだら、ポーランド警察にいい顔をされるわけがない」

「それなら頼まなければいいでしょう。ヘニングとわたしは観光旅行ということにします」

「そういうわけにはいかない」

「いいじゃないですか。ヘニングの友人に時間があれば、早朝ポーランドへ飛びます。彼はよく仕事で東の国に飛んでいるんです。手続きの仕方も心得ています」

オリヴァーは額に手を当てた。そのときノックの音がして、ニコラ・エンゲルが入ってきた。

「おめでとう」ニコラはいった。「三件の殺人事件は解決したわね」

「ありがとう」オリヴァーは答えた。

「それで？　どうして犯人は逮捕されていないのかしら？」

「自宅にいなかったからさ。これから公開捜索に踏み切るところだ」

ニコラは眉をひそめ、オリヴァーとピアを交互に見つめた。

「なにか企んでいるんじゃないでしょうね」ニコラは様子がおかしいことに気づいた。

「よくわかったね」オリヴァーは大きく息を吸った。「キルヒホフと法医人類学者をポーランドの問題の城館に派遣する話をしていたんだ。可能なら遺骨を回収して、こちらで分析しようと考えている。アウグステ・ノヴァクの証言は本当だと思っているけど、それが立証されれば、ヴェーラ・カルテンゼーを殺人罪で起訴できる」

「犯人の語った恐怖の昔話は、わたしたちとなんの関係もないわ」ニコラは激しく首を横に振った。「キルヒホフをポーランドへ派遣させる必要はありません」

「しかし……」ピアがいいかけると、ニコラがさえぎった。

「まだ未解決の殺人事件が二件も残っているのよ。おまけにカルテンゼー教授はいまだに行方知れず、殺人犯だと自白したノヴァク夫人も捕まっていないのでしょう。それに、リッターがマルクスから渡されたという日記はどこにあるの？　リッターの行方は？　留置場に六人の男がいるのはなぜ？　ポーランドへ行く暇があるなら、あの男たちの尋問をしなさい！」

「勾留期限までまだ一日あります」ピアは言い返したが、未来の署長は問答無用だった。

「ニーアホフ署長は決断を下しました。わたしもそれに賛成です。ポーランド行きは認めません。これは命令です」ニコラはていねいにマニキュアをぬった手に綴じ込みファイルを持っていた。「それに新しい問題が起きましたからね」

「そうですか」オリヴァーは関心なさそうにいった。

「カルテンゼー家の弁護士から、あなたたちの尋問方法に対して公式に抗議が来たのです。あなたたちふたりに対する告訴を準備しているということです」

「なんですか、それは？」オリヴァーは軽蔑するようにいった。「尻に火がついたから、是が非でも捜査妨害しようという腹だな」

「フォン・ボーデンシュタイン、あなたはもっと深刻な問題を抱えてしまったのよ。弁護士は今のところ暗ににおわせているだけだけど、いざとなったら強姦罪で訴えるつもりのようよ」

そういうと、ニコラは綴じ込みファイルをオリヴァーに差しだした。オリヴァーは顔を真っ赤にした。

「ユッタ・カルテンゼーの罠にはまったんだ……」

「ふざけないでちょうだい、首席警部」ニコラが厳しく言い放った。「あなたは州議会議員カルテンゼーとふたりだけで会い、性的関係を強要したというではないの」

オリヴァーのこめかみの血管がふくれあがった。爆発寸前だ、とピアは思った。

「そのことが公になれば、あなたを停職処分にするほかないわね」ニコラはいった。

オリヴァーはまなじりを吊り上げた。ニコラはその視線を平然と受けとめた。

「きみはどっちの側なんだ?」オリヴァーはたずねた。ピアがいることを忘れてしまったようだ。ニコラもピアにかまわず素っ気なく答えた。

「大事なのは自分の身。そろそろわかってもいい頃じゃないの」


午後十一時十五分、ヘニングがスーツケースと仕事道具一式を持って白樺農場《ビルケンホーフ》にやってきた。オリヴァーとピアはキッチンテーブルで、ピアが冷凍保存していたツナのピザを食べているところだった。

「朝四時半に飛べる」そういうと、ヘニングはテーブルをのぞき込んだ。「おまえはまだそんなものを食べているのか?」

そのとき、ピアとオリヴァーがひどく落ち込んでいることに気づいた。「どうかしたのか?」

「証拠を残さずに人を殺す方法はないかい?」オリヴァーが暗い面持ちでたずねた。「きみならいい方法を知っていると思うんだが」

ヘニングはけげんな顔でピアを見た。

「そりゃあ、ないわけではない。わたしが司法解剖しないように手をまわすことが前提だがね」ヘニングは軽い調子でいった。「だれを殺したいんだい？」

「わたしたちの未来のボス、ニコラ・エンゲルよ」ピアは、他言しないことを条件に、オリヴァーがどうしてニコラと馬が合わないか本人から理由を聞いていた。「彼女にポーランド行きを禁じられたの」

「それなら、平気さ。われわれはポーランドへ行くんじゃない、飛ぶんだからね」

オリヴァーが見上げ、「そうだ、それでいこう」といってニヤリとした。

「問題が解決したなら」ヘニングは食器戸棚から取ったグラスで水をぐいっと飲んだ。「最新の状況を教えてもらおうか」

オリヴァーとピアは、この二十四時間に起こったことを交互に話した。

「一九四五年一月十六日に起こったとされる事件の裏付け証拠が欲しいのよ」ピアがそうしめくくった。「さもないと、ヴェーラ・カルテンゼーを起訴するどころか、こっちが訴えられてしまいそうなの。アウグステの証言だけでは、ヴェーラを裁くことはだれにもできないわ。銃を撃っていないとヴェーラにいわれれば、それまででしょう。日記の所在はいまだに不明だし、リッターの消息も途絶えたままなのよ」

「それにヴェーラとエラルド・カルテンゼー、アウグステ・ノヴァクも姿を消した」オリヴァーが付け加えると、欠伸をこらえながら時計を見た。

「ポーランドへ飛ぶとき、拳銃は置いていったほうがいい」オリヴァーはピアにいった。「見つかると面倒だからな」

「わかってます」ピアはうなずいた。ボスと違って頭は冴えていた。オリヴァーの携帯電話が鳴った。オリヴァーが出ているあいだに、ピアは汚れた食器を食器洗い機に入れた。

「水車屋敷《ミューレンホーフ》の敷地で女性の人骨が発見された」オリヴァーは疲れた声でいった。「それからスイス当局からも連絡が入った。ヴェーラ・カルテンゼーはチューリヒの別宅にもテッシンの別荘にもいなかった」

「手遅れでなければいいんですけど」ピアはいった。「ヴェーラを法廷に突きだすために全力を尽くします」

オリヴァーは椅子から立ち上がった。

「家に帰る。明日が勝負の分かれ目だな」

「待ってください。ボスが出たあと、門を閉めますから」ピアは玄関で夜の散歩に出るのを待っていた四頭の犬に伴われて外に出た。オリヴァーは車のそばで立ち止まった。

「明日、わたしのことをエンゲル警視に訊かれたらどういうつもりですか？」ピアは質問した。オリヴァーが停職処分一歩手前にいるので心配だったのだ。

「なんとかごまかすさ」オリヴァーは肩をすくめた。「心配しなくていい」

「勝手に飛んでいってしまったといってください」

オリヴァーはピアをじっと見てから、かぶりを振った。

「気を使ってくれるのはうれしいが、それはできない。きみがなにかするときは、わたしが援護射撃をする。わたしはボスだからね」

ふたりは庭の照明に照らされながら、互いの顔を見つめ合った。

「気をつけろよ」オリヴァーはいった。「ピア、きみがいなくなったら、わたしはどうしていいかわからなくなる」

オリヴァーが彼女をピアと呼ぶのははじめてのことだ。ピアはそれをどう受けとめたらいいかよくわからなかった。この数週間で、ふたりの関係が変わった。オリヴァーはピアと距離を置くのをやめたのだ。

「なにも起こりはしませんよ」ピアはいった。オリヴァーは運転席のドアを開けたが、乗り込まなかった。

「エンゲルとぎくしゃくしているのは、さっき話した当時の捜査だけが原因じゃないんだ」オリヴァーがついに打ち明けた。「ハンブルク大学で法学を学んでいた頃に知り合って、二年間いっしょに暮らしていた。わたしがコージマと出会うまでね」

ピアは息をのんだ。どうして急にそんなことを打ち明けたんだろう。

「わたしはニコラを捨てて、三ヶ月後にコージマと結婚した」オリヴァーは顔をしかめた。「ニコラは今でもそのことを根に持っている。その彼女にあんなアシストパスをするなんて、まったく愚かにもほどがあるよな！」

ピアは、ボスがなにを怖れているのかはじめて理解した。

「警視が奥さんに話すかもしれないっていうんですか……あの……例のことを？」

オリヴァーはため息をついてうなずいた。

「なにがあったか先に打ち明けておいたほうがいいですよ」ピアはいった。「ユッタにはめられたことは、血液検査でわかっているんですから。奥さんはわかってくれると思います」

「わたしにはその確信が持てない」そう答えると、オリヴァーは車に乗り込んだ。「とにかく気をつけるんだ。むやみに危険を冒さないように。それから定期的に連絡すること」

「了解です」ピアが手を上げると、オリヴァーは走り去った。

オリヴァーはノートパソコンの画面にだした、ヴェーラ・カルテンゼーの伝記に意識を集中させせようとしていた。アスピリンをひと箱の半分服用しても頭痛がおさまらない。伝記の文面がかすんでよく見えず、気持ちがすぐそれてしまう。さっきは寝る前に捜査に重要な書類を読まなければならないとコージマに嘘をついた。コージマはなんの疑いもなく信じた。それから二時間、オリヴァーはユッタとのことを打ち明けるべきか悩んでいた。打ち明けるとしても、どう切りだしたらいいかもわからない。コージマにはこれまで隠しごとをしたことがない。オリヴァーは自分が情けなかった。時間が経てば経つほど、勇気が萎えていく。コージマが信じてくれなかったらどうしよう。これからずっと帰りが遅くなるたび疑われるかもしれない。

「くそっ」オリヴァーはつぶやいてノートパソコンを閉じた。デスクライトを消し、重い足取りで階段を上がった。コージマはベッドの中で本を読んでいた。オリヴァーが入っていくと、彼女は本をわきに置いて彼を見た。なんて美しいのだろう。そしてなにひとつ疑っていない眼差し！　やはり隠しごとはできない！　オリヴァーは黙って彼女を見つめ、言葉を探した。

「コージマ」口が渇いて震えた。「あの……じつは……話すことがあるんだ……」

「やっと話す気になったのね」コージマは答えた。

オリヴァーは雷に打たれたように妻を見つめた。驚いたことに、コージマは少し微笑んでいる。

「あなたってすぐ顔に出るのよね。ニコラへの思いが再燃したのでなければいいんだけど。話してちょうだい」

二〇〇七年五月十一日（金曜日）

ジークベルト・カルテンゼーは書斎のデスクに向かって、固定電話を見つめていた。娘がキッチンで目を泣きはらしている。トーマス・リッターの消息がわからなくなって三十六時間が経過した。マルレーンは絶望して、父親を頼ったのだ。ジークベルトは、事情を知っていることをおくびにもださなかった。マルレーンは助けを求めたが、彼には為す術《すべ》がなかった。ジークベルトは自分が糸を引いているつもりだったが、はじめから糸など引いていなかったと思い知らされていたのだ。警察が地中レーダー探査機で人骨を発見した。ローベルトの父が自分であると刑事にいわれたことも、彼の頭を離れなかった。母は、ダヌータを赤ん坊を産ませた直後に殺害していた。こんなことがあっていいのだろうか。そもそも母はどこにいるのだろう。昨日の昼に電話があったときは、モーアマンの運転でテッシンへ向かうといっていたが、それっきり連絡がない。ジークベルトは受話器をつかんで、妹に電話をかけた。ユッタは母のことも、エラルドのことも、まったく気にかけていなかった。今回の事件で自分のキャリアが傷つかないか、そればかり気にしていた。

「何時だと思っているの？」ユッタは不機嫌そうにいった。

「リッターはどこだ？」ジークベルトは妹にたずねた。「あいつになにをしたんだ？」

「わたしが？　ちょっとなにをいいだすのよ？」ユッタは怒りだした。「母さんのいうことをなんでも聞いていたのは、兄さんでしょう！」

「わたしはしばらくあいつの邪魔をしろと指示しただけだ。母さんはなにかいってきたか？」

ジークベルトは母を崇拝していた。子どもの頃から母に愛され、認められることだけを生き甲斐にしてきた。そして自分で判断がつかないときは、いつも母の指示や要望に従ってきた。母は偉大なヴェーラ・カルテンゼー。いわれたとおりにしていれば、いつかきっと母がユッタ、あるいは水車屋敷《ミューレンホーフ》に居すわっているエラルドを愛するように、自分にも心を向けてくれると信じていた。

「連絡はないわ」ユッタはいった。「あったら、兄さんに伝えるわよ」

「別荘にはもう着いているはずなんだ。モーアマンの携帯電話にかけても応答がない。なにかあったような気がして」

「ねえ、いい、ベルティ」ユッタは声を潜めた。「母さんなら元気に決まっているわ。エラルドが母さんの命を狙っているなんて、警察の作り話を信じてるの？　エラルドのことならよく知っているでしょう！　どうせお友だちと逃げだしただけよ。腰抜けなんだから」

「お友だち？」ジークベルトはびっくりしてたずねた。

「まさか知らなかったの？」ユッタはあざけり笑った。「エラルドは最近、若い男性に御執心なのよ」

「まさか！」ジークベルトはエラルドを心の底から蔑んだ。だが、ユッタは大げさにいっているだけに違いない。

「まったくいやんなっちゃうわ」ユッタの冷たい声が聞こえた。「みんなしてわざとわたしの邪魔をするんだから。母さんはナチの連中と付き合い、一番上の兄は男漁り、その上、水車屋敷《ミューレンホーフ》で人骨発見！　メディアに知られたら、わたしはおしまいよ」

ジークベルトは困惑して黙り込んだ。この数日、これまで知らなかった妹の一面を見せられた。妹の行動がすべて綿密に計算されていることがだんだんわかってきた。自分の名前が結びつけられなければ、ヴェーラがどこにいようがかまわないし、エラルドが三人の老人を撃ち殺そうが、警察が発見した人骨がだれだろうとどうでもいいのだ。

「とにかくここで音を上げちゃだめよ、ベルティ」ユッタはジークベルトを励ました。「警察になにを訊かれても、知らぬ存ぜぬでやりとおすの。実際そうなんだし。母さんは痛恨のミスをしたけど、その尻ぬぐいをさせられるのはごめんだわ」

「母さんがどうなってもいいのか」ジークベルトは押し殺した声でいった。「わたしたちの母親なんだぞ……」

「おセンチなことといわないでくれる！　母さんはもう充分に人生を生きた老人よ！　わたしにはまだやりたいことがあるの。母さんといっしょに地に墜ちるのは願い下げ。エラルドやトーマスに付き合う気もないわ……」

ジークベルトは受話器を元にもどした。遠くで娘のすすり泣く声と、妻のなだめる声がする。ジークベルトは前を見つめた。ふたりの刑事と話をしてから、なぜか心の中に疑惑が浮かんでいた。家族を守るために身を粉にして働いてきたというのに！　家族はなにより大切なもの。それは母の信条だ。その母に見捨てられたような気がしてならない。どうしてだろう。母はなぜ連絡をくれないのだろう。


ミリアムは約束したとおり八時半、シュチトノ＝シマニ空港で待っていた。ヴァルミア＝マズールィ県唯一の空港で、いつ閉鎖されても不思議でない状況にあった。セスナ社のサイテーションⅡ双発ジェット機での快適な空の旅はちょうど四時間。入国手続は三分ですんだ。

ミリアムはピアを抱きしめてから、ヘニング・キルヒホフに手を差しだした。「はじめまして。ポーランドへようこそ！」

「はじめまして」ヘニングはニヤリとした。

サングラスを取ったミリアムは、ヘニングをじろじろ見て、同じようにニヤリとした。

「さあ、行きましょう。ドバまでおよそ百キロよ」ミリアムはピアたちが持ってきたバッグのひとつを手に取った。

レンタカーのフォード・フォーカスは東北へ向かう街道をひた走り、マズールィ地方の奥深くへと入っていった。ミリアムとヘニングは城跡のことを話題にし、六十年も人の手が入っていなければ、地下に下りるのは難しいのではないかと懸念した。ピアは後部座席でふたりの話を聞きながら、黙って窓の外を眺めた。ピアはこの土地の山あり谷ありの悲惨な歴史とまったく縁がない。東プロイセンはこれまで、テレビのドキュメンタリーや映画で目にするただの地名でしかなかった。ピアの家族には避難と追放の経験がなかった。朝靄《あさもや》に煙《けぶ》る丘や森や畑が車窓をよぎる。彼方に見える大小さまざまの湖沼には霧が漂っているが、五月の暖かい日射しに当たって今にも消え去ろうとしている。

ピアの思いはオリヴァーのところへ飛んでいた。彼に信頼されたことがうれしかった。洗いざらい語る必要などなかったのに、オリヴァーは心を開いて正直に話してくれた。ニコラは個人的な理由からオリヴァーに手厳しいのだ。あんまりな話だが、変えようがない。彼を救うには、今日ここでミスをしないことだ。ムロンゴヴォで、ミリアムはでこぼこの細い街道に曲がった。人気《ひとけ》のない農家や僻村を走りすぎる。昔ながらの並木道、なんて牧歌的なんだろう！黒々とした森のあいだからキラキラ光る青い湖が顔をのぞかせる。マズールィ地方はヨーロッパ最大の湖沼地帯だ、とミリアムが教えてくれた。しばらくしてキサイノ湖のそばを通り、鄙《ひな》びたカミオンキ村とドバを抜けた。ピアはオリヴァーに電話をかけた。

「もうすぐ着きます。そっちはどうですか？」

「今のところ大丈夫だ」オリヴァーは答えた。「エンゲルとはまだ顔を合わせていない。アウグステ・ノヴァクはあれっきり姿をあらわしていない。他の連中も……んな……消え……今朝……アメリ……尋問……なにも……明かさ……たよ……」

「よく聞こえないんですけど！」ピアがそう叫んだとき、電話回線が切れた。ミリアムがいっていたとおり、旧東プロイセンの僻地には携帯電話の基地局があまりないようだ。「まいったわ」

ミリアムは十字路で一時停止し、舗装された森の道を右に折れた。二、三百メートルほど明るい広葉樹林の中を走る。道路に開いた穴にタイヤがはまってガタガタ揺れた。ピアは窓にかなり激しく頭をぶつけた。

「よく見てて」ミリアムはいった。「もうすぐ息をのむから！」

ピアは身を乗りだして、前の座席のあいだから前方を見た。森が開けた。右の方に、黒々としたドーベンゼー湖が日の光を浴びて輝いている。左の方には、ゆるやかな丘がひろがっていて、木立や森が点在している。

「左の廃墟、あれがかつてのラウエンブルク村よ」ミリアムはいった。「住民のほとんどは男爵家の領地で働いていたみたいね。学校も商店も教会もあったわ。酒場もね」

ラウエンブルク村を偲《しの》べるものは教会だけだった。崩れかけた塔の天辺には、コウノトリが巣をこしらえている。

「村は石切場代わりにされたのよ」ミリアムがいった。「農場の建物や塀が壊されたの。それで跡形もなく消えてしまったそうよ。でも城館はまだ昔の面影を残しているわ」

男爵家の建物群が左右対称に建てられていたことが遠目にも見てとれた。中央の城館は湖岸に立ち、崩れ去った、緑に光る他の建物がコの字形に囲んでいる。かつては手入れの行き届いた並木道が城館の正門へとつづいていたに違いない。しかし今は荒れ果てた林と化している。

ミリアムが運転する車は、それほど壊れていないアーチ門をくぐり、廃墟となった城館の前で止まった。ピアはあたりを見回した。巨木の枝の中で鳥がさえずっている。間近に見ると、その廃墟はあまりに情けない姿をさらしていた。緑に光っていたのは雑草や灌木で、イラクサが一メートルくらいの高さまで生い茂り、空き地はほとんどどこも蔦がからまっている。六十年ぶりにこの地を訪れ、幸せと悲しみに満ちたこの地の現状を目の当たりにしたとき、アウグステ・ノヴァクの心にはなにが去来しただろう。彼女が復讐を心に決めたのは、きっとここに違いない。

「この塀に語る力があったらよかったのに」そうつぶやいて、ピアは数十年の歳月を経て自然に征服された敷地を大股で歩きだした。焼け焦げた跡の残る城館の影が湖面に映って銀色に輝いている。紺色の空高く、コウノトリが数羽飛んでいる。城館の壊れた階段で、まるまると太った猫が日向ぼっこをしている。ツァイドリッツ＝ラウエンブルク家の後継者を自任しているかのようだ。ピアの心の目に、かつての屋敷の光景が浮かんだ。中央の城館、管理人の家、鍛治場、厩舎。この素晴らしい土地から追放された人々が、いまだに故郷を忘れずにいる気持ちが痛いほどよくわかった。

「ピア！」ヘニングが叫んだ。「こっちへ来てくれ」

「今、行くわ」身を翻《ひるがえ》した瞬間、なにかきらっと光るものが視界に入った。金属に反射する日の光。イラクサのしげみをまわり込んだピアは、ショックで指の先まで身をこわばらせた。目の前に黒塗りのマイバッハが止まっていた。ヴェーラ・カルテンゼーの車だ。長い距離を走ってきたのだろう、埃をかぶり、フロントガラスには無数の虫が張りついていた。ピアはボンネットに手を当てた。まだ温かかった。

「カタリーナ・エーアマンはユッタ・カルテンゼーのたったひとりの親友でした。休みのあいだ、いつもオイゲン・カルテンゼーの事務所で働いていました。気に入られていたようです」カイ・オスターマンは寝不足な顔をしていた。無理もない。ヴェーラ・カルテンゼーの伝記を徹夜で読み通したのだ。「ユッタの父が死んだ晩、エーアマンは水車屋敷《ミューレンホーフ》にいて、偶然、殺人の目撃者になったんです」

「本当に殺人だったのか？」オリヴァーが聞き返した。カイが部屋に入ってきたのは、オリヴァーがデスクにつき、カトリーンが〈タウヌスブリック〉で聞いてきた話をまとめた報告書を探しているときだった。昨夜、コージマがオリヴァーの話を聞いても騒がず、罠にはめられたことを信じてくれたので、オリヴァーはほっと胸をなでおろしていた。コージマはユッタ・カルテンゼーと昼食をとったとき、イメージキャンペーンの話がただの口実だったことに気づいていた。これであとはなんとかなる。ピアをポーランドへやったのは明らかに自殺行為だ。だがこの二週間で五人の命を奪った事件の鍵は、かならず館の地下にあるはずだ。オリヴァーは、ピアがうまくやってくれることを祈った。これが失敗に終われば、もうお手上げだ。

「はい、間違いなく殺人です」カイは答えた。「ちょっと待ってください。問題の箇所を朗読しますから。〝ヴェーラは地下に通じる急な階段から彼を突き落とし、助けようとするかのように駆けよった。すぐそばに膝をつき、彼の口元に耳を当てて、まだ息があることに気づくと、ヴェーラは自分のセーターで彼の顔をおおって窒息死させた。それから何食わぬ顔で階段を上がり、自分のデスクにもどった。二時間後、死体が見つかる。すぐに容疑者が浮かびあがった。エラルドがその日の午後、父親と激しい口論になり、その晩、夜行列車でパリに向かったからだ〟」

オリヴァーは考え込みながらうなずいた。こんな本を書くとは、トーマス・リッターはただ甘いか、復讐心に目がくらんでいたかのどちらかだ！　自分の知っていることをこういう形で他人に発表させるとは、カタリーナ・エーアマンのしたたかさに舌を巻く。それにしても、彼女はなぜカルテンゼー家を憎んでいるのだろう。憎しみを抱いていることだけは確かだ。この伝記が出版されれば、カルテンゼー家の何人かがこのスキャンダルで地に墜ちることになる。

電話の着信音が鳴った。期待に反して、ピアではなく、フランクだった。一昨日リッターとともに編集部を出た男の人相は、K警備会社のスタッフと合致するが、支配人のアメリと五人の部下はシチリアのマフィアのように固く口を閉ざしているという。

「ジークベルト・カルテンゼーと話がしたい」オリヴァーはまた訴えられることを覚悟でそう指示をだした。「彼を連れてきてくれ。それからウィークエンド社の受付嬢もだ。K警備会社の連中の顔を確認させよう。もしかしたらその中に荷物の配達にきた男がいるかもしれない」

それにしても、ヴェーラはどこへ行ったのだろう。エラルドは？　ふたりはまだ生きているのだろうか。エラルドがマルクスを大学の地下に閉じ込めた理由もいまだに謎のままだ。マルクスは昨日の晩に手術を受け、今はベタニア病院の集中治療室にいる。助かるかどうか、予断を許さない。オリヴァーは目を閉じて頬杖をついた。エラルドはトランクと日記を入手していた。そしてカタリーナ・エーアマンに頼まれて日記をリッターに渡した。そのことをカルテンゼー家はなんらかの方法でかぎつけたはずなのだ。オリヴァーは調書をパラパラめくった。そして突然、手を止めた。

〝子猫《カーテルヒエン》ちゃんも定期的に顔を見せていました。車椅子を押して、このあたりをいっしょに散歩していましたっけ……子猫《カーテルヒエン》ちゃん？……アニタは彼のことをそう呼んでいました。若い男です……どんな人物ですか？……そうですねえ。目が褐色で、やせていて、中ぐらいの背丈で、平均的な顔立ちですな。理想的なスパイ。おわかりかな。あるいはスイスの銀行マンでしょうか〟

なにかがオリヴァーの記憶の中から呼び覚まされた。スパイ、スパイ……そして思いだした！　〝まったく、あのモーアマンには虫酸が走るわ！〟ユッタ・カルテンゼーは、母親の運転手がいつのまにか後ろに立っているのに驚き、蒼い顔になっていった。〝音もなくこっそりやってくるものだから、いつも死ぬほどびっくりさせられるわ。まったくスパイみたいな奴！〟

それは水車屋敷《ミューレンホーフ》でユッタにはじめて会った日のことだ。オリヴァーはヴァトコヴィアクが着ていたシャツのことを考えた。モーアマンなら、エラルドのシャツをなんなく着られるはずだ。それでエラルドが疑われるように細工したに違いない！

「なんてことだ」オリヴァーはつぶやいた。どうしてもっと早く気づかなかったのだろう。モーアマン、つねにだれにも気づかれずに屋敷の中をうごきまわる伝令。彼ならカルテンゼー家の内情を熟知している。日記がリッターの手に渡ることを知っていたということは、おそらくエラルドの電話を盗聴していたのだろう。あの男はヴェーラに忠誠を誓っている。少なくともヴェーラのためなら平気で嘘をつく男だ。殺しもするだろうか。オリヴァーは書類を閉じると、デスクの引き出しから拳銃をだした。すぐに水車屋敷《ミューレンホーフ》へ行かなければ。だが部屋を出ようとしてドアを開けると、そこに目を吊り上げたニーアホフ署長と満足そうな顔をしたニコラ・エンゲルが立っていた。オリヴァーは上着の袖に腕を通した。

「エンゲル警視」オリヴァーは、ふたりのうちどちらかが口を開く前にいった。「あなたの助けがいります」

「キルヒホフは？」署長がすごい剣幕でたずねた。

「ポーランドです」オリヴァーはニコラを見つめた。「命令に背いたことはわかっています。

見つめた。

「わたしの助けがいるというのはどういうこと？」ニコラはオリヴァーの目を食い入るように見つめた。

「ずっと見落としていた容疑者に気づいたのです。ヴェーラ・カルテンゼーの運転手モーアマンがモニカ・クレーマーとローベルト・ヴァトコヴィアク殺しのホシだと思われるのです」オリヴァーは急いで根拠を説明した。「未解決だった古い事件の遺留品データベースにヒントがあったんです。モーアマンのＤＮＡが必要です。水車屋敷《ミューレンホーフ》にいっしょに行ってくれませんか。それからリッターのところの受付嬢に勾留しているＫ警備会社の連中を面通しさせたいのです。勾留期限は今晩までしかありません」

「しかしそんな急にいわれても……」署長は文句をいったが、ニコラはうなずいた。

「わかった。いっしょに行くわ」

ピアは、アザミと瓦礫《がれき》の中に無造作に止めてある黒塗りの車をゆっくりひとまわりした。ドアにはロックがかかっていない。車に乗ってきた者は急いでいたようだ。静かにそこから離れると、ヘニングとミリアムに状況を説明した。携帯電話があいかわらずつながらない。だがどうせオリヴァーには、ピアたちを助けることはできない。

「ポーランド警察に連絡したほうがよさそうね」ピアがいった。

「なにをいってるんだ」ヘニングは首を振った。「どういう話をするんだ？　車が一台止まっているので、ちょっと見にきてくださいとでもいうのか？　笑い飛ばされるのがおちだぞ」

「地下室でなにが起こっているか、わかったものじゃないわ」ピアは心配になっていった。

「見てのお楽しみだ」そういうと、ヘニングはずんずん歩きだした。ピアはいやな予感がしたが、ここまで来て引き返すわけにはいかないと思った。マイバッハをドイツから飛ばしてきたのはだれだろう。そして目的は？　少し迷ってからミリアムとヘニングのあとを追った。

かつて豪華だった城館は廃墟と化していた。外壁はまだ立っていたが、一階は瓦礫でおおわれ、地下への入口が見つからなかった。

「こっちよ！」ミリアムが声をひそめていった。「こっちに足跡があるわ！」

三人は湖に通じる小径《こみち》をたどった。最近だれかが歩いたらしく、イラクサと雑草が踏みしだかれている。そよ風にさらさら鳴る、人の背丈ほどある葦をかきわけた。泥土が靴にへばりつき、ぐちゃぐちゃと音がした。すぐ近くから二羽の野ガモがいきなり飛び立ったので、ヘニングはびっくりして声をあげた。ピアは神経が張り詰めて、今にも切れてしまいそうだった。暑くて汗が目にしみる。城館の地下ではなにが待ち受けているのだろう。ヴェーラか教授がいたら、どうしたらいいだろう。ピアは、危険なことはしない、とオリヴァーに約束した。ポーランド警察に連絡を取ったほうがよかったのではないだろうか。

「見て」ミリアムはいった。「階段があるわ」

城館の裏手は完全に崩れてしまっているので、壊れかけた階段も途中でふさがっているように見えた。湖を展望できるテラスの跡があるが、床に張られていたはずの大理石はすっかりなくなっていた。ピアは立ち止まると、腕で顔の汗をぬぐって、足下にぽっかり口を開けている穴をのぞいた。ごくんとつばをのみ、気を取り直して最初に階段を下りた。拳銃を構えようとして、オリヴァーの指示で家に置いてきたことを思いだした。心の内でしまったと思った。それから瓦礫の山を手探りしながら地下へ下りていった。

驚いたことに、ラウエンブルク城の地下は火事にも戦争にも時の流れにも耐え抜いていた。ほとんどの地下室が昔のままだった。ピアは頭の中に地下室の平面図を思い浮かべてみたが、広すぎて、どのあたりにいるのかまったく見当がつかなかった。

「わたしが先に行く」懐中電灯を持っていたヘニングがいった。突然、ドブネズミが瓦礫のあいだを駆けぬけ、懐中電灯の光の中で一瞬立ち止まった。ピアは顔をしかめた。数メートル進んだところで、ヘニングがいきなり足をとめ、懐中電灯を消した。ピアはヘニングにぶつかってよろめいた。

「どうしたの？」ピアがささやいた。

「話し声がする」ヘニングが小声で答えた。三人はそこで聞き耳を立てたが、自分たちの息づかいしか聞こえなかった。そのとき、すぐ近くで女の声がしたので、ピアはびくっとした。

「すぐに縄をほどきなさい。わたしにこんな真似をするなんて、どういう了見？」

「わたしが聞きたいことを話せば、ほどいてやるさ」男が答えた。

「話すものかい。そんなものを振りまわすのはやめなさい！」

「一九四五年一月十六日、ここでなにがあったか話してもらう！　あんたとあんたの仲間がここでなにをしたかいえ。そうすれば、縄をほどいてやる」

ピアは心臓が飛びだしそうになりながらも、ヘニングのわきをすり抜けて通路の角から奥をのぞいた。ヘッドライトのまばゆい光が天井を照らし、天井の低い地下室全体がうっすら浮かびあがっていた。母親だとずっと思い込んでいた女の背後に教授が立ち、拳銃の銃口をうなじに当てていた。女は後ろ手に縛られ、地面にひざまずいている。上品な貴婦人の面影など微塵もなかった。銀髪が乱れて顔にかかり、顔の化粧も取れ、服は薄汚れ、よれよれになっている。ピアはエラルドの顔が緊張で引きつっていることに気づいた。しきりにまばたきし、唇を舌で神経質になめていた。ひとつ間違えれば、引き金を引くだろう。

水車屋敷《ミューレンホーフ》がもぬけの殻だったため、オリヴァーとニコラは為す術もなく署にもどった。するとジークベルト・カルテンゼーがそこで待っていた。

「彼をどうするつもり？」ふたりして階段を上っていたとき、ニコラがたずねた。

「モーアマンとリッターの居場所を聞きだす」オリヴァーは険しい表情で答えた。答を手にしながら、ずっと見逃してしまった。エラルドの影に苦しめられてきたジークベルトは、他の者たちと同じように自分の母親に利用されてきたのだ。

「どうして居場所を知っていると思うの？」

「彼は母親の手先だ。すべての命令は母親がだしていた」

ニコラは立ち止まって、オリヴァーを引き止めた。

「どうしてユッタの罠なんかに引っかかったの？」ニコラが真顔でたずねた。オリヴァーはニコラを見た。彼女の目には好奇心が宿っていた。

「ユッタ・カルテンゼーは野心家だ。家族の周囲で起こった今回の殺人事件が自分のキャリアに傷をつけると思ったのさ。それに家族を貶めるヴェーラの伝記。黙っていられなかったんだろう。ヴァトコヴィアクとその愛人を殺せと命じたのがだれかはわからないが、あのふたりはわれわれの目をくらますために殺されたんだ。だがエラルドがおかしな行動を取ったため、われわれは彼に嫌疑をかけた。そして追及の手をゆるめなかったため、彼女はわたしの足をすくうという最後の手に打ってでたんだ。捜査主任がカルテンゼー家の人間を暴行した。これほど好都合なことはないじゃないか」

ニコラはじっとオリヴァーを見つめた。

「彼女は話したいことがあるといってきた」オリヴァーはつづけた。「ワインを一杯飲んだだけなのに、すっかり朦朧《もうろう》としてしまって、その夜の記憶がほとんどなかった。だから血液検査をしてもらったんだ。キルヒホフ監察医は、わたしが液体エクスタシーを飲まされたことを突き止めた。わかるかい？　彼女が計画したことなんだ！」

「あなたを陥れるために？」

「他に説明がつかない」オリヴァーはうなずいた。「彼女は州政府首相の座を狙っている。だが母親が殺人犯として裁かれ、敷地から人骨が見つかったのでは、その夢は叶えられない。彼女は生き延びるために、家族から距離を置いたんだ。そして必要とあれば、わたしに仕掛けたことをネタにして、わたしを脅迫するつもりだったんだろう」

「彼女には証拠がないんじゃないの？」

「証拠を持っているに決まっている。あれだけずる賢いんだ。わたしのDNAであると証明できるものを手に入れているはずさ」

「あなたのいうとおりみたいね」ニコラは少し考えてからいった。

「当たり前さ」オリヴァーは歩きながらいった。「今にわかる」


地下室がしばらく静かになった。ピアは大きく息を吸って、足を一歩前にだした。

「話すのね、エッダ・シュヴィンデルケ」大きな声でそういうと、ピアは両手を上げて光の中に進みでた。「ちなみにここでなにがあったかは、もうわかっているわ」

エラルド・カルテンゼーが振り返って、亡霊でも見るような眼差しでピアを見た。ヴェーラを騙《かた》ってきたエッダも驚いてびくっとしたが、すぐに気を取り直した。

「キルヒホフさん！」エッダは、ピアが以前耳にした、あの甘い声で叫んだ。「天の助けだわ！　お願い、助けてちょうだい！」

ピアはエッダに目もくれず、エラルドに歩み寄った。

「つまらないことはやめなさい。銃をこっちに渡して」ピアは手を伸ばした。「わたしたちは真実をつかんでいるわ。彼女がなにをしたか知っているのよ」

エラルドはあらためて、目の前にひざまずいているエッダに視線を向けた。

「もうどうなったっていい」エラルドはかぶりを振った。「千キロ近く走ってきたのは、ここであきらめるためじゃない。この殺人鬼の魔女に白状させるためなんだ。今ここで」

「わたしは専門家を連れて、ここで射殺された人たちの遺骨を回収しにきたのよ」ピアはいった。「六十年の歳月が経っても、DNAサンプルで人物を特定できるのよ。ヴェーラ・カルテンゼーは複数の殺人罪で裁きを受けるでしょう。いずれにせよ真実は明るみに出るんです」

エラルドはヴェーラから目を離さなかった。

「出ていってくれ、キルヒホフさん。あなたには関係のないことだ」

そのとき突然、壁の暗がりから小柄な人影があらわれた。ピアはびくっとした。他にも人がいることに気づいていなかったのだ。アウグステ・ノヴァクだった。

「ノヴァク夫人！　ここでなにをしているんですか？」

「エラルドのいうとおりです」アウグステは返事の代わりにいった。「あなたには関係のないことよ。この女はわたしの息子に、六十年経っても癒えない深い疵《きず》を負わせたのです。この子から人生を奪った。当然ここでなにがあったか、この女から聞く権利があります」

「あなたがトーマス・リッターに語った話を聞きました」ピアは声をひそめた。「わたしたちはあなたのいうことを信じます。でも、今はあなたを逮捕しなければなりません。あなたは三人の人間を射殺しました。動機が証明されないかぎり、牢獄で一生を終えることになるでしょう。あなたにとってはどうでもいいことかもしれませんが、せめて息子さんには、人殺しをするような馬鹿な真似をさせないでください！　この人物にそんな価値はありません！」

アウグステはエラルドの手の中にある拳銃をじっと見つめた。

「それから、あなたのお孫さんを発見しました」ピアはいった。「危ないところでした。あと二、三時間遅ければ、内出血で命を落としていたでしょう」

エラルドは顔を上げて、まばたきしながらピアを見た。

「内出血って、どういうことです？」

「襲われたときに内臓を傷つけていたんです。あなたが彼をあの地下室に運んだせいで、彼は命の危険にさらされたんです。どうしてあんなことをしたんですか？　彼が死んでもよかったんですか？」

エラルドは拳銃を下ろし、アウグステをちらっと見てから、ピアに視線をもどした。エラルドは激しく首を横に振った。

「そんなはずがないでしょう！」エラルドは叫んだ。「わたしがもどるまで、マルクスをかくまうつもりだったんです。ひどいことをするつもりなんてまったくなかった！」

愕然としているエラルドを見て、ピアはびっくりした。だが病院で出会ったときのエラルドの反応を思いだし、理由がわかったような気がした。

「あなたとマルクスはただの知り合いではないのですね」ピアはいった。

エラルド・カルテンゼーはうなずいた。

「違います。わたしたちはもっと深い、なんというか、その……友だち以上の仲でして……」

「そのとおりでしたね」ピアは相槌を打った。「あなたたちには血のつながりがある。勘違いでなければ、マルクスはあなたの甥にあたるわけですから」

エラルドは拳銃をピアの手に預けて、両手で髪をかきあげた。彼が真っ青な顔をしているのが、ヘッドライトの光でわかった。

「彼のところにすぐもどらないと」エラルドはつぶやいた。「本当にそんなつもりじゃなかったんです。まさか彼がそんな危険な状態だったなんて……知らなかったんです。なんてことだ！　また元気になりますよね？」

エラルドは目を上げた。復讐はもうどうでもよくなったようだ。彼の両目はむきだしの不安に染まっていた。そのときピアは、ふたりの関係がどういうものなのかようやく合点がいった。クンストハウス美術館にあるエラルドの住まいにかかっていた写真が脳裏をよぎった。裸の男の背中、大写しになった黒い瞳。バスルームの床に脱ぎ散らかしてあったジーンズ。マルクスはたしかに妻を裏切っていたのだ。ただし別の女とではなく、エラルドと。

ジークベルト・カルテンゼーはがっくり肩を落として、取調室の椅子にすわっていた。たったひと晩で何歳も老けてしまったように見える。血色が悪く、いつもの磊落《らいらく》さも影をひそめ、顔がすっかりやつれて灰色になっていた。

「あなたのお母さんから、あれからなにか連絡がありましたか？」オリヴァーはそう話を切りだした。

ジークベルトは黙ってかぶりを振った。

「こちらはあれからいろいろと興味深いことがわかりました。たとえばあなたのお兄さんが実際には血のつながりもないこととか」

「なんですって?」ジークベルトは顔を上げて、オリヴァーを見つめた。

「ゴルトベルク、シュナイダー、フリングスの三人を殺した犯人も判明しました。犯人が自白したのです。といっても三人の本名はオスカー・シュヴィンデルケ、ハンス・カルヴァイト、マリア・ヴィルマートですが。オスカーはあなたのお母さんの兄でした。ちなみにあなたの母の本名はエッダ・シュヴィンデルケ。ラウエンブルク家の出納係の娘でした」

ジークベルトはかぶりを振った。アウグステ・ノヴァクが告白した内容についてオリヴァーから詳しく聞くと、唖然とした表情になった。

「まさか、そんな、ありえない」

「残念ながら本当のことです。あなたはずっとだまされてきたのです。水車屋敷《ミューレンホーフ》の正当な遺産相続人はエラルド・フォン・ツァイドリッツ゠ラウエンブルク男爵です。彼の父親はあなたのお母さんによって一九四五年一月十六日に射殺されていますので。犯行現場につねに残されていたあの謎の数字は、この日付だったのです」

ジークベルトは両手で顔をおおった。

「モーアマンが東ドイツの国家保安省の職員だったことは知っていたのですか?」

「ええ」ジークベルトは小声でいった。「知っていました」

「あなたの息子ローベルトとその愛人モニカ・クレーマーを殺したのはモーアマンだとにらん

でいます」

ジークベルトが目を上げた。「わたしはなんて馬鹿だったんだ」吐き捨てるようにいった。

「どういうことでしょうか？」オリヴァーはたずねた。

「わたしはなにもわかっていなかった」ジークベルトのくしゃくしゃになった顔を見れば、彼が信じてきた世界が粉々に崩れ去ったことがわかる。「なにが起こっているのか、なにもわからずにいたんだ。なんてことだ。わたしはなんてことをしたんだ！」

オリヴァーは緊張した。思いがけず獲物を間近に見つけた猟師のように。息が詰まりそうだった。だが期待は空振りに終わった。

「弁護士と話したい」ジークベルトは肩に力を入れていった。

「モーアマンはどこにいるんですか？」

返事はなかった。

「あなたの娘婿はどうなったのですか？　トーマス・リッターがあなたの経営する警備会社の人間によって誘拐されたことはわかっているんです。どこにいるんですか？」

「弁護士と話したい」ジークベルトはかすれた声で繰り返した。両目が飛びだしそうな顔付きをしている。「すぐに会わせてくれ」

「カルテンゼーさん」オリヴァーはなにも聞こえなかったふりをした。「あなたはK警備会社の人間に、マルクス・ノヴァクを襲って、日記を取りもどすように依頼しましたね。そしてリッターに伝記を書かせないために誘拐したのでしょう。あなたはいつもお母さんのために汚れ

「それともあなたの娘さんが彼のことを心配しておかしくなりそうになっていても、まったく気にならないのですか？」オリヴァーも引かなかった。「殺人の教唆は罪になるのですよ。刑務所に入ることになります。娘さんと奥さんは、あなたを一生許さないでしょう。今、答えなければ、すべて失うのですよ、カルテンゼーさん！」

「弁護士と話したい」

「弁護士」ジークベルトはつぶやいた。「弁護士と話したい」

「リッターはまだ生きているのですか？」オリヴァーも引かなかった。

「弁護士に……」ジークベルトはまたいった。

「手を貸すよう、母親に頼まれたのですね？」オリヴァーは手をゆるめなかった。「母親のためにやったんでしょう？　そうなら、そうだと今いってくれませんか。母親はどのみち刑務所行きです。こっちにはあの人がしたことを証明する証拠があるのです。あなたのお父さんの死も事故死に見せかけた殺人であったという目撃証言もあります。今なにが問題になっているか、わからないのですか？　トーマス・リッターの居場所を今すぐ吐けば、あなたにはまだ情状酌量の余地があるのです！」

ジークベルトは荒い息づかいをし、追いつめられた表情になっていた。

「あなたをずっとだましつづけ、利用してきた母親の身代わりになって刑務所に入るつもりですか？」

オリヴァーは自分の言葉が効いてくるまで少し待ち、それから立ち上がった。

「ここにいてもらいます。もう一度ゆっくり考えてください。あとでまた来ます」

遺骨探しはヘニングとミリアムに任せ、ピアはエラルド、ヴェーラ、アウグステの三人を伴って地下室を出た。

「さっきの話は本当なのですか？」四人が日の光の中に出て、かつてテラスだったところを横切ったとき、エラルドがいった。アウグステはたいして息が上がってはいなかったが、ヴェーラは休ませてくれといって、手首を縛られたまま瓦礫の上にがっくりしゃがみ込んだ。

「ええ、本当よ」ピアは拳銃に安全装置をかけて、腰のベルトに差した。「当時ここでなにがあったかわかっているわ。遺骨が見つかって、DNAの解析ができれば、証拠になるのよ」

「わたしが知りたいのはマルクスのことです」エラルドは心配そうにいった。「本当にそんなに具合が悪いんですか？」

「昨日の晩は生死の境を彷徨《さまよ》っていたわ。でもきっと大丈夫よ」

「なにもかもわたしの責任だ」エラルドは両手を口に当て、何度か首を横に振った。「わたしがトランクに手を触れさえしなければ！　そうすればこんなことにはならなかったのに！」

それはたしかにそのとおりだ。数人の人間がまだ生きていられただろう。カルテンゼー家の人々も無事に暮らしていけたはずだ。ピアは、眉ひとつ動かさずにすわっているヴェーラを見た。これほどの罪を背負いながら、どうしてこうも冷静でいられるのだろう。

「どうしてあなたは当時、子どもを撃ち殺さなかったの？」ピアはたずねた。ヴェーラは顔を上げてピアを見つめた。六十年の歳月を経ても、彼女の目には憎しみの炎が燃えていた。

「子どもは戦利品だったのよ」そういうと、ヴェーラはアウグステの方を向いてうなずいた。

「あんたさえいなければ、わたしは彼と結婚できたのに！」

「それは絶対になかったわね」アウグステはいった。「エラルドはあなたのことを嫌っていたもの。でも育ちがよかったから、そういうそぶりを見せなかったのよ」

「育ちがよかった！」ヴェーラが吐き捨てるようにいった。「笑わせるじゃないの！　あんな男、もう欲しくもなかったわ。ユダヤ・ボルシェヴィキの娘なんかに子を産ませるなんてね。どうせ命はなかったわ。ユダヤ人と通じれば死刑だったんだから」

エラルドは、ずっと「母」と呼んできた女性を啞然として見つめた。アウグステはなにをいわれても動じなかった。

「それより親衛隊少佐だったあなたの兄が六十年間もユダヤ人に化けていたなんてね。エラルドが生きていたら大笑いしたでしょうね、エッダ」アウグステはあざけった。「しかもあの根っからのナチがユダヤ人の女と結婚して、イディッシュ語を話していたのだから！」

ヴェーラが怖い目をしてアウグステをにらみつけた。

「彼がどんなに惨めに命乞いをしたか、あなたに聞かせてあげられないのが残念だわ」アウグステは話をつづけた。「生きていたときと同じように、みすぼらしい卑怯な虫けらとして死んでいったわ！　わたしの家族は泣き言もいわずまっすぐ死と向き合った。あなたたちは臆病者よね、名前を偽って隠れ潜んでいたんだから」

「あんたの家族？　笑わせないで！」ヴェーラが毒々しくいった。

「ええ、わたしの家族よ。クーニッシュ牧師が一九四四年のクリスマスに館の図書室でエラルドとわたしの結婚式をあげてくれたのよ。オスカーはそのとき邪魔できなかったというわけ」

「嘘よ！」ヴェーラは手枷をねじった。

「本当よ」アウグステはうなずいて、エラルドの手をつかんだ。「あなたが息子として育てたわたしのハインリヒは、フォン・ツァイドリッツ＝ラウエンブルク男爵なのよ」

「つまり水車屋敷《ミューレンホーフ》も息子さんのものということですね」ピアはいった。「そして法的にKMF社はあなたのものじゃないことになるわ。あなたは人生を嘘で塗り固めていたのね、エッダ。邪魔者は始末する。夫のオイゲンを階段から突き落としたのもあなたでしょう？　そしてローベルト・ヴァトコヴィアクの母、かわいそうに、あの小間使いも死ななければならなかった。彼女の遺骨が、水車屋敷《ミューレンホーフ》の敷地で発見されたわ」

「仕方なかったのよ」ヴェーラは怒り心頭に発して、自分の言葉が自白に当たることに思いいたらぬまま叫んだ。「ジークベルトがあんな身分の低い女と結婚しようとするから！」

「その方が幸せになれたのではないですか？　でもあなたはその邪魔をして、どんなに人を殺してもばれないと高をくくったのね」ピアはいった。「ただひとつ手抜かりだったのは、ヴィッキー・エンドリカートが生き延びたこと。あなたの兄、ハンス・カルヴァイト、マリア・ヴィルマートの遺体のそばに残された数字を知って肝を冷やしたんじゃないの？」

ヴェーラは怒りで体をわなわな震わせた。ピアが同情心をかきたてられた、あの上品で優しい婦人の面影はどこにもなかった。

「エンドリカート家とツァイドリッツ＝ラウエンブルク家を皆殺しにしようと計画したのはだれだったの？」

「わたしよ」ヴェーラはほくそ笑んだ。

「絶好の機会だと思ったのね？」ピアはつづけた。「あなたは貴族に化けることができる。でもその代償に、身元を明かされるのではないかという不安に生涯さいなまれた。六十年間はうまくいった。それでも過去が追いついたというわけね。あなたは怯えた。自分の命ではなく、なによりも大事な名声を失うのではないかとね。だから孫のローベルトとその愛人を殺させて、エラルドのせいにしようとしたのでしょう。あなたと、同じように名誉欲に取り憑かれたユッタの仕組んだことね。でももうおしまいよ。伝記は出版されるわ。その第一章で読者は震撼するでしょう。孫娘マルレーンの夫だけは、それでもひるまなかったけれどね」

「マルレーンは離婚しているわ」ヴェーラは蔑むように答えた。

「たしかにそうね。でも二週間ほど前にトーマス・リッターと再婚したのよ。密かにね。お腹には彼の子もいるわ」ピアは、ヴェーラが白目をむいたので、胸のすく思いがした。「あなたが好きだった二人目の男もあなたのものにはならなかったことになるわね。ひとり目のエラルドはヴィッキー・エンドリカートと結婚し、トーマス・リッターまで……」

ヴェーラがなにかいう前に、ミリアムが地下から顔をだし、息せき切って叫んだ。

「見つかったわ！　遺骨がいっぱい！」

ピアはエラルドと顔を見合わせて微笑み、それからヴェーラに視線を向けた。

「七人の殺人を教唆した容疑で逮捕します」

受付嬢ジーナはアンリ・アメリを見て、水曜日の晩、編集部にあらわれた配達人だと証言した。ニコラ・エンゲルは口を割るか、誘拐罪、公務執行妨害罪および殺人罪の容疑で起訴されるか、どちらかの選択を迫った。アメリは愚かではなかった。十秒後、前者を選択した。アメリはモーアマンと部下を連れてマルクス・ノヴァクを襲い、ジークベルト・カルテンゼーの指示でリッターを数日見張ったことを白状した。このときアメリは、リッターがジークベルトの娘マルレーンと結婚したことを突き止めたが、ジークベルトには伝えるな、とユッタに口止めされたという。その後、アメリはリッターを「話し合いのために連れてこい」とジークベルトからいわれた。

「依頼内容を正確に教えてもらおう」オリヴァーはいった。

「リッターをこっそりある場所へ連れてくるようにいわれました」

「どこだね?」

「クンストハウス美術館です。レーマーベルクの。いわれたとおりにしました」

「それから?」

「地下の一室に閉じ込めました。そのあとのことは知りません」

クンストハウス美術館。うまく考えたものだ。美術館の地下で死体が見つかれば、エラルドがすぐに疑われる。

「ジークベルト・カルテンゼーはリッターをどうするつもりだった?」

「さあ。仕事を受けるとき、目的まで訊きませんので」

「マルクス・ノヴァクのときは?　拷問をしたな。なにか訊きだそうとしたんだろう?　それはなんだったんだ?」

「尋問したのはモーアマンです。トランクのことを訊いていました」

「モーアマンはK警備会社とどういう関係なんだ?」

「関係はありません。しかし夫のほうは、自白の引きだし方を心得ていますので」

「国家保安省時代に取った杵柄か」オリヴァーはうなずいた。「しかしノヴァクは白状しなかったんだな?」

「ええ。ひと言もいいませんでした」

「ヴァトコヴィアクのときは?」オリヴァーはたずねた。

「社長の指示で水車屋敷《ミューレンホーフ》に連れていきました。先週の水曜日です。部下に行方を捜させていたんですが、たまたまフィッシュバッハへつづく道を歩いている彼とすれ違ったんです」

ヴァトコヴィアクが残したクルト・フレンツェルの携帯の音声メッセージがオリヴァーの脳裏をかすめた。「……義母《ばばあ》のところのゴリラどもが……俺を見張っているんだ……」

「あなたはこれまでもユッタ・カルテンゼーから仕事を頼まれていたの?」ニコラが口をはさんだ。アメリは少し迷ってからうなずいた。

「どんな仕事?」

ウナギのようにのらりくらりとしていたK警備会社支配人が弱ったという顔をして、もぞもぞした。

「返事は?」ニコラが指で机を叩いた。

「写真の撮影を頼まれました」そういうと、アメリはオリヴァーを見た。「あなたとユッタ・カルテンゼーの写真です」

オリヴァーはかっと顔に血が上るのを感じた。そして同時にほっと胸をなでおろした。ニコラと目が合った。顔にはだしていないが、彼女も同じことを考えているようだった。

「それはどういう仕事だったの?」

「待機していて、呼ばれたらレストラン〈赤い水車〉まで行って、写真を撮ってくれということでした」アメリは居心地悪そうに答えた。「夜の十時半にショートメッセージがあって、二十分後に来るようにということでした」

アメリはオリヴァーをちらっと見て、苦笑いした。

「すみません。悪気はなかったんです」

「写真を撮ったの?」ニコラはたずねた。

「ええ」

「どこにあるの?」

「わたしの携帯電話と事務所のコンピュータに保存してあります」

「それを押収します」

「どうぞ」アメリはまた肩をすくめた。

「ユッタ・カルテンゼーはどういう資格があってあなたに命令していたわけ？」

「別途報酬をもらっていました」アメリは傭兵だ。カルテンゼー家が将来、賃金を払えなくなるとわかれば忠誠心などあっさり捨ててしまう。「ときどきボディガードをしていました。愛人になったこともあります」

ニコラは満足してうなずいた。まさにそれを聞きたかったのだ。


「そもそもヴェーラを連れて、どうやって国境を越えたの？」ピアはたずねた。

「車のトランクに入れました」エラルド・カルテンゼーは笑った。「マイバッハは外交官ナンバーです。国境を素通りできるとにらんだんです。実際そうでした」

エラルドは自分から行動するタイプではない、とオリヴァーの義母がいっていたことをピアは思いだした。これほどのことをやってしまうとはまったく驚きだ。

「タボール剤をのんで、現実から目をそむけていたほうがよかったかもしれない」エラルドはいった。「ヴェーラがマルクスにあんなひどいことをしてさえいなければ。マルクスがヴェーラから工賃をもらっていないとあなたから聞き、彼があのひどい姿でベッドに横たわっているのを見たとき、わたしの中でなにかが起こったのです。人を人とも思わぬヴェーラの所業にいい知れぬ怒りを覚えました！　そしてこれ以上の悪行をやめさせ、すべてをうやむやにするのを阻止しようと思ったんです」

　エラルドはいったん口をつぐんで首を横に振った。

「わたしは、ヴェーラがイタリア経由で密かに南米へ逃れようとしていることを知って、いてもたってもいられなくなったのです。正門にはパトカーが止まっていたので、別の道を通って屋敷に入りました。まる一日、機会を待っていると、ユッタがモーアマンと出かけて、そのすぐあとジークベルトも屋敷を出ていきました。わたしは母、いやこの女を縛りました。あとは子どもの遊びみたいに簡単でした」

「どうしてベンツを空港に置き去りになんかしたんですか？」

「追っ手の目をくらますためです。心配だったのは警察よりも、わたしとマルクスをつけ狙っている弟の警備会社の人間でした。そこの女は、わたしがもどるまで、マイバッハのトランクルームに放り込んでおきました」

「あなた、病院でマルクスの父親のふりをしたでしょう」ピアはエラルドを見た。エラルドはいつになく晴ればれとした表情だった。過去を清算できたからだろう。無知のまま店《たな》ざらしにされた状態から解放された彼は、もう悪夢を見なくてもすむようになったのだ。

「それは違います」アウグステ・ノヴァクが口をはさんだ。「わたしは、息子だといったんです。嘘ではないです」

「たしかに」ピアはうなずいてエラルドを見た。「わたしはずっとあなたが犯人だと思っていました。あなたとマルクス・ノヴァクが」

「仕方ありません」エラルドは答えた。「そのつもりはなかったのですが、わたしたちは疑われるような行動をしていましたから。わたしには殺人事件のことなどどうでもよかったのです。自分自身のことで頭がいっぱいでしたから。マルクスとわたしは、気が動転していたんです。お互いに自分の気持ちを認められずにいました。だって……考えられないことでしたから。彼も、わたしも、これまで男性を好きになったことなど一度もなかったのです」

エラルドは深いため息をついた。

「アリバイのなかった夜、わたしたちはふたりだけでフランクフルトの住まいにいました」

「彼は甥なのでしょう。血縁者なのですよ」ピアはいった。

「まあ、そうですが」エラルドの顔に笑みが浮かんだ。「子どもはできませんから」

ピアも笑みを浮かべた。

「もっと早く打ち明けてくれれば、無駄骨を折らずにすんだのに。家に帰ったらどうしますか？」

「そうですね」エラルドは大きく息を吸った。「かくれんぼの時間は終わりです。わたしたちは、自分たちのことを家族に打ち明けるつもりです。これ以上隠す気はありません。わたしはいいのです。どうせ評判は悪いですから。しかしマルクスは厄介なことになるでしょう」

ピアも、たしかにそうだろうと思った。マルクスのまわりの人間に、こういう愛の形に理解を示す者はほとんどいないはずだ。フィッシュバッハでこのことが知れわたったら、彼の父親をはじめ家族全員が暮らしていけなくなるだろう。

「マルクスといっしょにもう一度ここを訪れようと思います」エラルドは、日の光を反射してきらめく湖面を見渡した。「所有権が認められたら、城館の再建に当たるかもしれません。マルクスなら、可能かどうか判断できます。湖に面した素晴らしいホテルになるでしょう」

ピアは顔を綻《ほころ》ばせ、時計に視線を向けた。そろそろ、オリヴァーに連絡をしないとまずい！

「ヴェーラを車に連れていきましょう。そしていっしょに……」

「いっしょは無理だな」いきなりピアの背後で声がした。ピアははっとして振り向き、自分に向けられている銃口を見た。黒装束の連中が三人、目出し帽をかぶり、拳銃を構えて階段の上に立っていた。

「待ったわよ、モーアマン」ヴェーラがいった。「ずいぶんじらしたわね」


「モーアマンはどこだ？」オリヴァーはK警備会社支配人にたずねた。

「車で移動しているなら、場所を特定できます」アンリ・アメリは前科者になりたくない一心で協力的だった。「カルテンゼー家とK警備会社の車にはすべてチップがつけられていて、コンピュータで場所を割りだせるのです」

「どうやるんだ？」

「コンピュータを貸していただければ、やり方をお教えします」

オリヴァーはすぐ、アメリを二階にあるカイ・オスターマンの部屋へ連れていった。

「どうぞ」カイが席をゆずった。オリヴァー、カイ、フランク、ニコラの四人は、アメリが

Minor Planetというウェブサイトを呼びだすのを見守った。新しいページが開くのを待って、アメリはユーザー名とパスワードを打ち込み、ログインした。ヨーロッパ地図があらわれ、それぞれ番号をふられた車が車両ナンバーとともに一覧表示された。

「部下がどこにいるかいつでも確認できるように、この監視システムを導入したんです」アメリはそう説明した。「車が盗まれたときにも役立ちますし」

「モーアマンはどの車で移動しているんだ?」オリヴァーはたずねた。

「さあ。順に確かめてみます」

ニコラは、いっしょに廊下へ出るようオリヴァーに合図した。

「ジークベルト・カルテンゼーの逮捕状を取るわ」ニコラは声をひそめていった。「ユッタ・カルテンゼーの方はちょっと厄介ね。州議会議員には不可侵権があるから。しかし話しにいってみるわ。そして任意で同行してもらう」

「オッケー」オリヴァーはうなずいた。「わたしはアメリといっしょにクンストハウス美術館へ行く。リッターはそこにいるはずだ」

「ジークベルト・カルテンゼーは、なにが起こっているかわかっている。娘に対して良心の呵《か》責《しゃく》を覚えているはずだわ」

「わたしもそう思う」

「わかりました」アメリが部屋から声をかけた。「屋敷にあったベンツMクラスに乗っていますね。ありえない場所にいますが。ちなみにポーランドです。地名は……ドバ。四十三分前から車は停車しています」

オリヴァーは血の気が引いた。ローベルト・ヴァトコヴィアクとモニカ・クレーマーを殺した犯人モーアマンがポーランドにいる！　二、三時間前の電話で、ピアはもうすぐ目的地に着き、キルヒホフが地下室を調べるといっていた。ピアたちが城館を離れているとは考えづらい。モーアマンはどうしてポーランドにいるのだろう。オリヴァーはその瞬間、エラルド・カルテンゼーがどこにいるか気づき、アメリに顔を向けた。

「マイバッハをチェックしてくれ。どこにいる？」

アメリはマイバッハの番号をクリックした。

「同じ場所にいます」少ししてアメリがいった。「いや、待ってください。マイバッハは一分前から動いています」

オリヴァーがニコラを見た。ニコラはすぐに理解した。

「オスターマン、あなたは二台の車を見張ってちょうだい」ニコラはすかさずいった。「わたしはポーランド警察に連絡を取ってから、ヴィースバーデンへ向かうわ」

突然あらわれた黒装束のひとりが、ヴェーラ・カルテンゼーとともに車で走り去った。ヴェーラの最後の命令は単純明快だった。エラルド、アウグステ、ピアの三人を縛って、地下で射殺しろ。ピアは必死で考えをめぐらした。この絶体絶命の状況からどうしたら抜けだせるだろう。ミリアムとヘニングに危険を知らせなければ。黒装束のふたりが目こぼししてくれるはずがない。命令を遂行して、ドイツへもどるだろう。まるでなにごともなかったかのように。ピアはヘニングとミリアムを守る責任がある。ふたりを事件に巻き込んだのは自分だ！　ピアは急に激しい怒りを覚えた。このまま処刑されてなるものか！　クリストフに再会せずに死ぬなんて絶対にいやだ。クリストフ！　今晩、南アフリカからもどってくる。空港に迎えにいくと約束したのに！　地下に通じる穴の前でピアは立ち止まった。

「わたしたちをどうするつもり？」ピアは時間稼ぎをするためにたずねた。

「さっき聞いたとおりだよ」殺し屋が答えた。マスクをかぶっているため、声がくぐもって聞こえた。

「でもどうして……」ピアがまたいおうとすると、殺し屋がピアの背中を激しく突いた。ピアはバランスを崩して、瓦礫の中に頭から倒れ込んだ。後ろ手に縛られていたため、手をつくことができなかったのだ。なにか固いものがみぞおちにぶつかった。ピアはうめき声をあげ、仰向けになって息を吸った。骨折していなければいいが！　もうひとりの殺し屋がエラルドとアウグステを追い立てた。ふたりとも後ろ手に縛られている。

「立て！」殺し屋がかがんで、ピアの腕を引っ張った。「早くしろ！」

そのときピアは気づいた。さっきあばら骨に当たったのは、ズボンのベルトに差した拳銃だ！　ヘニングとミリアムに危険を知らせなくては！

「痛いっ！」ピアは大声で悲鳴をあげた。「腕が！　腕の骨が折れたみたい！」

殺し屋のひとりは舌打ちすると、仲間の手を借りてピアを立たせ、地下へと追い立てた。ヘニングとミリアムが悲鳴を聞きつけて、身を隠していればいいのだが！　残された唯一の希望はあのふたりだけだ。ヴェーラは、ふたりのことを黒装束の殺し屋たちに伝えていなかった。階段をよろめきながら下りるあいだ、ピアはこっそり手の縄をゆるめようとした。ピアたちは地下に下りた。ヘッドライトはまだ灯っていたが、ヘニングとミリアムの姿はなかった。ピアは口の中が埃で渇き、胸の鼓動が激しくなった。ピアを追い立てた殺し屋が目出し帽をはぎとった。ピアはその顔を見て愕然とした。

「モーアマンさん！　なんであなたが……わたしはてっきり……あなたの夫が……」

「ドイツにいればこんなことにはならなかったのにね」明らかにただの家政婦ではないアーニャ・モーアマンが、サイレンサー付きの拳銃をピアの頭に向けた。「自業自得さ」

「ここでわたしたちを撃ち殺しても無駄よ！　わたしの同僚は、わたしたちがどこにいるかわかっているのだから……」

「うるさい」アーニャは表情を変えず、両目がビー玉のように冷たく光った。「そこにお並び」

アウグステとエラルドは動かなかった。

「ポーランド警察にも情報が行っていて、連絡が途絶えたら、すぐここに来ることになっているわ」ピアは無駄なあがきをした。背中では手の縄をほどこうと苦心していた。指の感覚がなくなってきたが、それでも縄がゆるんだのがわかった。とにかく時間稼ぎをしなくては！

「あなたたちのボスは、どうせ国境で捕まるわよ！」ピアが叫んだ。「どうして命令をきくの？　意味がないでしょう！」

アーニャはピアにかまけず、エラルドに拳銃を向けた。「早くしな、教授。膝をつきな」

「どうしてこんなことをするんだ、アーニャ」エラルドは落ち着いていった。「きみには失望した。本当に」

「膝をつくんだよ！」アーニャがぴしゃりといった。

ピアの体から汗が噴きだした。そのとき縄がはずれた。両手をにぎったり開いたりして、指の感覚がもどるのを待った。不意打ちをくらわすしか助かる道はない。エラルドは観念した様子で、ヘニングとミリアムが掘った穴の方へ一歩進み、おとなしく膝をついた。アーニャとその仲間が気づくよりも早く、ピアは拳銃を抜き、安全装置をはずして発砲した。耳をつんざく銃声がして、アーニャの仲間の太ももを撃ち抜いた。アーニャは一瞬たりともためらわず、エラルドの頭を狙っていた銃の引き金を引いた。同時にアウグステがひざまずいている息子の前に身を投げだした。サイレンサー付きだったので、ボスッと鈍い発射音がしただけで、銃弾はアウグステの胸に命中し、アウグステを後ろにはじき飛ばした。アーニャがもう一度発砲する前に、ピアはアーニャに体当たりした。ふたりは地面に倒れた。ピアは仰向けになり、アーニャが馬乗りになって両手でピアの首をしめた。ピアはありったけの力で抵抗した。護身術の講座で習った技を思いだしたが、訓練を積んだプロの殺し屋と実際に対峙することになるとは思ってもいなかった。電池式のヘッドライトの光が弱くなる中、アーニャの引きつった顔がうっすら見えた。息ができない。目が飛びだしそうだ。脳への酸素の補給が途絶えれば、およそ十秒で意識を失う。さらに五秒から十秒で、脳の機能が停止する。司法解剖にあたった監察医は、結合組織膜に点状内出血が認められ、舌骨が折れ、腟内と内粘膜に鬱血があるというだろう。だがピアは死にたくなかった。こんな地下室で死ぬのはごめんだ！　まだ四十歳にもなっていない！　ピアは片手を上げて、必死の思いでアーニャの顔を引っかいた。アーニャはうめき、歯をむいてピットブルのようにうなった。そして首をしめる手がゆるんだ。そのときこめかみになにか固いものがあたって、ピアは気を失った。

ユッタ・カルテンゼーは州議会場の三列目に党友とともにすわっていた。正面に閣僚の席が並んでいる。おりしも空港拡張問題をめぐる議題六十六号について、州首相と同盟90／緑の党代表のあいだで舌戦が繰りひろげられており、いつもと変わらぬ議論を片方の耳で聞きながら、心は別のところへ飛んでいた。警察はユッタに手出しできないし、すべての容疑はジークベルトと母に向けられている、とローゼンブラット弁護士は確約したが、それでも胸のつかえは下りなかった。ボーデンシュタイン首席警部の件と写真は勇み足だった。今でははっきりとそう自覚していた。事件と無関係の顔をしつづけていればよかったのだ。だが兄のベルティ、あの軟弱者、何年も良心の欠片《かけら》も見せず、ヴェーラのいいなりになってなんでもやってきたくせに、ここに至って弱腰になるとは。殺人捜査や家族の暗い過去が明るみに出れば、ユッタのキャリアにはマイナスだ。次の州党大会で来《きた》る一月の州議会選挙の比例代表第一候補に推挙されることになっている。それまではこっちの有利に事を運ばなければ。

ユッタはマナーモードにした携帯電話の画面をチラチラうかがっていた。そのため、会議場がざわついていることにすぐに気づかなかった。州首相が発言を中断してはじめて、ユッタは顔を上げ、巡査がふたりと赤毛の女性が閣僚席の前に立っているのが目に入った。巡査たちは州首相や州議会議長とヒソヒソ言葉を交わし、会議場を見回した。ユッタはパニックに陥り、うなじに鳥肌が立った。自分に嫌疑がかかるはずがない。ありえないことだ。アンリは、口を割るくらいなら、八つ裂きにされたほうがましだといっていた。赤毛の女性がまっすぐユッタの方へ歩いてきた。ユッタは怖くなって冷や汗をかいたが、気持ちを顔にだすまいとした。自分には不可侵権がある。逮捕できるはずがない。

その地下室は空気が淀んでいて、じめじめしていた。オリヴァーは手探りで照明のスイッチを見つけ、点滅する蛍光灯の光の中、ペンキを塗りたくった金属のテーブルに縛られているトーマス・リッターを見つけてほっとした。美術館の玄関のチャイムを鳴らした警察に応対したのは若い日本人女性だった。オイゲン・カルテンゼー財団から助成を受けているアーティストのひとりで、半年前からこの美術館で暮らしていた。オリヴァー、フランク、アンリ・アメリの三人がフランクフルト警察の巡査を四人引きつれてものもいわずそばをすり抜け、地下室への扉に駆けていったので、女性はすっかり面食らっていた。

「大丈夫ですか、リッターさん」そういって、オリヴァーはテーブルに近づいた。目の前に見えているものを脳が認識するのに数秒かかった。トーマス・リッターは目を大きく見開いたまま死んでいた。頸動脈に注射針が刺されていて、脈を打つたびテーブルの下のバケツに血がしたたり落ちる仕掛けになっていた。オリヴァーは顔をしかめ、目をそむけた。死人と血と殺人には反吐《へど》が出る。一歩違いで手遅れになるのはもううんざりだった。リッターはなぜ忠告を聞かなかったんだ。どうしてカルテンゼー家の脅しを甘く見たりしたんだ。復讐心に駆られて理性をなくしたリッターが、オリヴァーにはどうしても理解できなかった。あの忌まわしい伝記に手をつけず、日記を手に入れたりしなければ、あと数ヶ月で父親になり、ずっと幸せな暮らしができたはずなのに！　携帯電話が鳴って、オリヴァーは我に返った。

「ベンツMクラスもドバを離れました」カイ・オスターマンからの報告だった。「しかしいまだにピアと連絡が取れません」

「くそっ」オリヴァーは最低の気分だった。なにもかもうまくいかない。ピアをポーランドに行かせるべきではなかった！　ニコラのいうとおり、六十年前の出来事に手をだすべきではなかったのだ。オリヴァーたちの仕事は、殺人事件を解明することで、それ以上のものではない。

「リッターの方は？」カイがたずねた。「見つかりましたか？」

「ああ、死んでいた」

「なんてことだ！　奥さんが一階に来ていて、ボスかピアと話すまで帰らないとねばっているんですよ」

オリヴァーは遺体と血の溜まったバケツを見つめた。胃がキリキリと痛んだ。ピアになにかあったらどうしよう。オリヴァーは不吉な考えを払い捨てた。

「ピアに電話をかけつづけてくれ。それからキルヒホフ監察医の携帯電話にもかけてみるんだ」カイにそう指示を飛ばすと、オリヴァーは電話を切った。

「これでもう釈放してくれますか？」アメリがたずねた。

「だめだ」オリヴァーはアメリに一瞥《いちべつ》もくれずにいった。「あんたにも殺人容疑がかけられる」

アメリがいくら抗議しようがかまわず、オリヴァーは地下室を後にした。ポーランドの方はどうなっているのだろう。二台の車はなぜ帰途についたのだろう。ピアはなぜ約束どおりに連絡をよこさないんだ。鉄の輪で絞られたかのように頭がキリキリ痛み、口の中で気持ちの悪い味がする。オリヴァーは、今日一日なにも口にせず、コーヒーばかり飲んでいたことを思いだした。路上に立つと、深呼吸した。もう限界だ。ひとりで長めの散歩をして、頭を冷やしたかった。だがマルレーン・リッターに夫の死を伝える役が残っている。


意識がもどると、ピアは首に痛みを覚えた。つばも飲み込むことができない。目を開けて、朧気《おぼろげ》な光の中、いまだに地下室にいることがわかった。目の端で人の動きを捉えた。だれかがピアの背後にまわった。緊張した息づかいが聞こえる。そのとき記憶が蘇った。アーニャ・モーアマン、拳銃、発砲、胸に銃弾を受けたアウグステ・ノヴァク！　気絶してからどのくらい時間が経っただろう。背後でカチッと拳銃の安全装置のはずされる音がして、ピアの全身の血が凍りついた。ピアは悲鳴をあげようとしたが、喉から出たのは息の抜けるかすれた音だけだった。身をこわばらせて目を閉じた。銃弾が頭蓋骨を貫通するときってどんな感じがするのだろう。そもそも感じるものだろうか。痛いのか、それとも……

「ピア！」だれかが肩をつかんだので、ピアは目を丸くした。元夫の顔を見て、緊張が一気にほぐれた。ピアは咳き込んで、喉に手を当てた。

「どう……なにが……」ピアはまともに話せなかった。ヘニングは真っ青な顔をしている。驚いたことに、泣きべそをかきながら、ピアを思いっきり抱きしめた。

「心配したぞ」ヘニングはピアの髪に顔をうずめてささやいた。「大変だ。頭から血が出ている」

ピアは体が震え、喉が痛かったが、命拾いしたのだとわかって、歓声をあげたいくらいだった。それからエラルドとアウグステのことを思いだした。ヘニングの腕から身を振りほどくと、ふらつきながら体を起こした。エラルドは殺された先祖の骨の中にしゃがみ込み、母親を腕に抱いて慟哭《どうこく》していた。

「母さん」エラルドはささやいた。「母さん、死なないでくれ……お願いだ！」

「モーアマンは？」ピアはかすれた声でささやいた。「わたしが撃った奴は？」

「そこに倒れている」ヘニングは答えた。「懐中電灯で頭を殴った。それからそこの女を殴り倒した」

「ミリアムはどこ？」ピアは向き直って、ミリアムの恐怖に見開いた目を見つけた。

「わたしは大丈夫よ」ミリアムはささやいた。「それより救急車を呼ばなくちゃ」

ピアは四つん這いになってアウグステとエラルドのところへ行った。救急車を呼んでも手遅れだ。アウグステは瀕死の状態だった。口元からつうっと血の筋がこぼれ落ちている。アウグステは目を閉じていたが、まだ息はあった。

「ノヴァク夫人」ピアの声はまだかすれていた。「聞こえますか？」

アウグステは目を開けた。瞳が驚くほど澄んでいた。かつてこの場所で奪い去られた息子に手を伸ばした。エラルドがその手をにぎりしめた。アウグステは深いため息をついた。六十年以上かかってついに輪が閉じたのだ。

「ハイニ？」

「ここだよ、母さん」エラルドは必死で気持ちを抑えながらいった。「母さんのそばにいる。また元気になるさ。すべてうまくいくよ」

「それは無理よ、我が子」アウグステはそうつぶやいて微笑んだ。「わたしは死ぬ……でも……あなたは……泣いてはだめよ、ハイニ。いいわね？　泣かないで。これで……よかったのよ。わたしは……これで……彼のところへ……わたしのエラルドのところへ……行ける」

エラルドは母の顔をなでた。

「よろしくね……マルクスをよろしく……」そうささやいて、アウグステは咳き込んだ。真っ赤な泡が口からこぼれた。もう目がかすんでいるようだ。「愛する我が子……」

アウグステはもう一度深く息を吸ってから、ため息をつき、がくっと横を向いた。

「いやだ！」エラルドは母の顔を持ち上げ、骸《むくろ》をかき抱いた。「いやだ、母さん、いやだ！　死なないでくれ！」

エラルドは幼い子どものように泣きじゃくった。ピアはもらい泣きしそうになりながら、エラルドの肩に手を置いた。エラルドは目を上げたが、母を離そうとしなかった。涙に濡れそぼった顔は苦しみにゆがんでいた。

「お母さんは平和の内に亡くなったわ」ピアは小声でいった。「息子の腕の中で家族に囲まれて」

マルレーン・リッターは取調室の隣の部屋で動物園の虎のように歩きまわっていた。ガラスで仕切られた隣室にじっとすわっている父をときどき見つめた。父は何歳も年取って見える。まるで糸を切られた操り人形のようだ。マルレーンはずっと知らずにきた事実に衝撃を受けていた。祖母は優しい人だと思っていたのに、正反対だったとは。祖母は自分の都合で嘘をつき、人をだましてきたのだ。マルレーンはガラスの前で足をとめ、父親である男を見つめた。父はずっと祖母の顔色ばかりうかがって、祖母を喜ばし、認めてもらうためにありとあらゆることをしてきた。だがそれは無駄に終わった。結局、利用されただけだったのだ。最低の気分だろう。それでも、マルレーンは同情を覚えなかった。

「少しすわったらどう?」カタリーナ・エーアマンが背後から声をかけた。マルレーンは首を横に振った。

「これがすわっていられるものですか」マルレーンは答えた。カタリーナはすべて打ち明けた。トランクのこと、トーマスが伝記を書くという命取りのアイデアを思いついたこと。日記を入手したトーマスが、ヴェーラが他人を騙っていると突き止めたこと。

「トーマスになにかあったら、父を一生許さないわ」マルレーンはくぐもった声でいった。カタリーナは答えなかった。その瞬間、かつての親友ユッタ・カルテンゼーが取調室に案内されて入ってきた。ジークベルトが顔を上げた。

「なにもかも知っていたんだな、そうなんだな？」ジークベルトの声がスピーカーから漏れた。マルレーンは両手に拳を作った。

「なんのこと？」ユッタはガラスの向こうで冷ややかにいった。

「ローベルトが口封じに殺されたことさ。それからあいつの愛人まで。そしておまえは、リッターが消えることも望んだ。おまえと母さんは、あいつに伝記を書かれることを怖れるばかりに」

「ベルティ、なんの話かしら？」ユッタは椅子にすわると、足を組んだ。自信満々で、自分の不可侵権を信じて疑っていない。

「母親とおんなじね」カタリーナはつぶやいた。

「マルレーンがトーマスと結婚したことを知っていたな」ジークベルトは妹を非難した。「マルレーンが妊娠していることも知っていた！」

「だとしたら、どうだというの？」ユッタは肩をすくめた。「兄さんたちがリッターを誘拐するとは思わなかったわ！」

「すべて知っていたら、あんなことはしなかった」

「あら、やめてよ、ベルティ！」ユッタはあざ笑った。「兄さんがトーマスを心底憎んでいることは周知の事実よ。彼は昔から兄さんの目の上のたんこぶだったものね」

マルレーンはガラスの前に立ち尽くした。ノックの音がして、オリヴァーが入ってきた。

「あのふたりがトーマスを誘拐したのよ！」マルレーンが叫んだ。「わたしの父親とおばが！あのふたりが……」

マルレーンはオリヴァーの顔を見て口をつぐんだ。オリヴァーが口を開く前に、マルレーンはすべてを悟った。しゃがみ込み、ひざまずいた。そして泣き叫んだ。


ピアは午後遅く、署の階段を上った。長い人質暮らしから解放されたような気分だった。アウグステ・ノヴァクが亡くなってから二十分ほどして、ポーランド警察が現場に到着した。ヘニング、ミリアム、エラルド、ピアの四人はギジツコ警察署に連行された。ニコラと電話で話して身元が判明すると、ピアとエラルドは釈放され、ヘニングとミリアムはギジツコにとどまり、翌朝ポーランド警察の鑑識課の協力を得て、城館の地下から遺骨を掘り起こすことになった。空港にフランク・ベーンケが迎えにきていた。エラルドはその足でマルクスが入院しているフランクフルトの病院へ向かった。夜の十時、ピアは殺風景な廊下を歩いて、オリヴァーの部屋をノックした。オリヴァーは席を立つと、ピアのところへやってきて、短いが心を込めて抱きしめ、それから肩をつかんで、気恥ずかしくなるくらいピアをじっと見つめた。

「よかった。また会えて本当にうれしい」

「それは大げさじゃないですか？　顔を見なかったのはせいぜい二十四時間ですよ」ピアは困惑しているのを、茶化してごまかした。「離してくれても大丈夫ですよ、ボス。わたしは元気だから」

「二十四時間でも長すぎるくらいだ」オリヴァーはニヤリとしてピアを離した。「これから書類を全部ひとりで書かなくてはいけないかと思って戦々恐々だったよ」

オリヴァーが調子を合わせてくれたので、ピアはほっとした。ニヤリと笑って、顔にかかった髪を払った。

「すべて一件落着なんですか？」

「そのようだ」オリヴァーはうなずいて、椅子を勧めた。「自動車監視システムのおかげでヴェーラ・カルテンゼーはポーランドとドイツの国境で逮捕することができた。アーニャ・モーアマンはすでに自白した。モニカ・クレーマーとヴァトコヴィアクだけでなく、トーマス・リッターを殺したのも彼女だった」

「そんなにあっさり自白したんですか？」ピアは、アーニャに拳銃で殴られたこめかみのたんこぶをなでた。そして彼女の冷酷な眼差しを思いだして背筋が寒くなった。

「彼女は東ドイツ最高の女スパイのひとりで、すねに傷を持つ身だったのさ」オリヴァーはいった。「彼女の証言でジークベルトの容疑が固まった。彼女に殺しを依頼したのはジークベルトだった」

「本当ですか？　てっきりユッタだと思っていました」

「ユッタはその点ずる賢い。ジークベルトも自白したよ。それからアニタ・フリングスの私物が水車屋敷《ミューレンホーフ》で見つかった。ヴァトコヴィアクが疑われるように彼に押しつけた品を除いてな。あと、ヴァトコヴィアクを殺したときの手口も白状した。自宅のキッチンでやったそうだ」

「なんてことかしら。冷酷非情な怪物がいたものね」ピアは、自分もアーニャに止めを刺されたかもしれないことを思いだした。「だけど、彼の遺体をあの家に運んだのは？　あれはアマチュアの仕事だったわね。掃除なんてしないで、二階のマットレスに彼を寝かせておけば、たぶんわたしは疑いを抱かなかったと思います」

「あれはアメリの部下がやったことさ」オリヴァーは答えた。「あまり知恵のまわらない連中のようだ」

ピアは欠伸《あくび》が出そうになるのをこらえた。熱いシャワーを浴びて、二十四時間ぐっすり眠りたかった。「それにしても、モニカ・クレーマーが死ななければならなかった理由がわからないんですけど」

「簡単なことさ。ヴァトコヴィアクの嫌疑がさらに強まるようにするためだったんだ。彼のそばで見つかった現金だが、あれはアニタ・フリングスの金庫に入っていたものだった」

「ヴェーラ・カルテンゼーは？　ジークベルトは彼女の指示で動いていただけでしょう？」

「それは立証できない。仮に立証できても、彼の罪は軽くならないだろう。それより、検察局はオイゲン・カルテンゼーの死についてあらためて調査するそうだ。それからダヌータ殺害の容疑でヴェーラ・カルテンゼーは起訴される。ダヌータは当時ドイツで非合法で働いていた。

そのためだれも彼女が行方不明になったことを訴えでなかったんだ」

「アーニャ・モーアマンがなにをしているか、夫は知っていたのかしら？」ピアはたずねた。

「彼はいったいどこにいたんですか？」

「夫はトランクを保管していた作業小屋の冷蔵室に閉じ込められていた」オリヴァーは答えた。

「だが彼は妻が何者か知っていた。彼自身、国家保安省の職員だったんだ。両親と同じように
な」

「両親？」ピアは混乱して、ズキズキ痛むこめかみをさすった。

「アニタ・フリングスが彼の母だったんだ。ちなみに、アニタを車椅子に乗せてあたりを散歩していたという子猫《カーテルヒエン》ちゃんはモーアマンのことだった」

「なるほどね」

ふたりはしばらく黙ってすわっていた。

「だけど古い事件の遺留品データベースは？」ピアは眉間にしわを寄せた。「例のふたつの未解決事件。どちらも男性のDNAだったでしょう。どうしてアーニャ・モーアマンだったんですか？」

「彼女はプロ中のプロなのさ。犯行に及ぶとき、本物の毛髪のかつらをかぶり、わざと犯行現場に毛髪を残していったのさ。捜査を混乱させるためにね」

「信じられない」ピアは首を横に振った。「そういえば、エンゲルはわたしのことでうまくポーランド警察に話をつけてくれました。向こうはわたしたちの勝手な捜査活動に相当腹を立て

ていましたけど」

「ああ」オリヴァーはいった。「彼女は裏表なく動いてくれた。もしかしたらまともな上司にめぐりあえたのかもな」

ピアは少したメらってからオリヴァーを見た。「それで……えーと……あっちの問題は？」

「片がついた」さりげなくそういうと、オリヴァーは腰を上げ、戸棚からコニャックとグラスを二客だしてきた。

「ノヴァクとエラルド・カルテンゼーがはじめから本当のことをいってくれていたら、こんなにひどいことにはならなかったんですけどね」ピアは、ボスが二客のグラスにきっちりツーフィンガー分コニャックを注ぐのを見た。「でもあのふたりが恋人同士とはさすがに思いつきませんでした。わたしの推理は完全にはずれてしまいました」

「わたしもだ」オリヴァーはピアにグラスを差しだした。

「なにに乾杯するんですか？」ピアは微笑んだ。

「まあ、結果を見れば少なくとも……十五件の殺人事件を解明したことになる。しかもデッサウとハレで起きたお蔵入りになった事件も解決した。わたしたちは、かなりいいコンビじゃないかな」

「じゃあ、それに乾杯ですね！」ピアはグラスを持ち上げた。

「待った。そろそろ、ドイツの同僚がみんなしているように名前で呼び合おうと思うんだが、どうだい？　わたしのことはオリヴァーと呼んでくれ」

ピアは小首をかしげてニヤリとした。

「でも友情の証にキスをさせてくれとまではいいませんよね？」

「冗談はやめてくれ！」オリヴァーもニヤリとしてグラスを打ち合わせ、ひと口飲んだ。「きみの大事な動物園長さんに、首をへし折られるのはごめんだ」

「あっ、しまった！」ピアは愕然としてグラスを下ろした。「クリストフのことをすっかり忘れていたわ！　午後八時半に空港へ迎えにいくことになっていたんです。今、何時ですか？」

「十時四十五分だが」オリヴァーはいった。

「どうしよう！　彼の電話番号を覚えていないんです。わたしの携帯電話はマズールィ地方の湖底に沈んじゃったし！」

「土下座して頼むなら、わたしのを貸してもいい。彼の電話番号はまだ保存してある」

「わたしたち、友だちになったんじゃないんですか？」

「きみはまだ友情の杯に口をつけていない」オリヴァーにそういわれて、ピアはオリヴァーを見た。そしてコニャックを一気に飲み干して顔をしかめた。

「さて、オリヴァー」ピアはいった。「ではどうかお願いです。あなたの携帯電話を貸してくださいませ」

クリストフの娘たちは、夜中の十一時半にピアが玄関のチャイムを鳴らしたのでびっくりした。娘たちは父からなんの連絡も受けておらず、ピアが迎えにいったとばかり思っていたのだ。

次女のアニカがさっそく父の携帯電話にかけたが、電源は切れたままだった。

「飛行機の到着が遅れているんじゃないかしら」アニカは父のことを少しも心配していなかった。「そのうちなにかいってくるわよ」

「ありがとう」ピアはすっかりしょげかえって、愛車のニッサンに乗り込むと、白樺農場《ビルケンホーフ》に帰宅した。オリヴァーは今頃、彼の失態を許してくれたコージマといっしょだろう。ヘニングとミリアムはギジツコのホテルでいっしょだ。今回の冒険でふたりの琴線が触れ合ったのは確実だ。エラルドは病院でマルクスの両手をにぎっていることだろう。ひとりぼっちなのはピアだけだ。クリストフが空港から直接自分のところへタクシーを飛ばしてきているんじゃないか、という儚《はかな》い期待も泡と消えた。白樺農場《ビルケンホーフ》は闇に沈み、玄関には一台も車が止まっていない。ピアを出迎えたのは犬だけ。涙をこぼしそうになりながら玄関を開けた。もしかしたら携帯電話にピアが電話してくるのを待ちくたびれて、ベルリンのあの美人の同業者と酒を飲みにいってしまったのではないだろうか。なんてことだ！　迎えにいく約束をすっぽかしてしまうなんて。ピアは照明をつけ、バッグを床に落とした。そしてはっとした。キッチンテーブルに食事の用意がしてある。ワイングラスと取っておきの皿。シャンパンクーラーに入れた氷はとっくの昔に溶けていたが、シャンパンのボトルが入っている。コンロには鍋とフライパンが蓋《ふた》をして置いてある。ピアは相好を崩した。クリストフは居間のカウチで熟睡していた。ピアはうれしくて全身に震えがきた。

「お帰り」そうささやいて、ピアは赤いカウチの横にひざまずいた。クリストフは眠そうに目をしばたたかせた。

「ただいま」クリストフはつぶやいた。「ごめん、料理が冷めちゃったな」

「こっちこそ、迎えにいくのを忘れてごめんなさい。携帯電話をなくしちゃって、電話ができなかったの。だけど、事件はすべて解決したわ」

「それはよかった」クリストフは手を伸ばして、ピアの頬に触れた。「ずいぶんハードだったみたいだね」

「ええ、この数日けっこうきつかったわ」

「そうだったのか」クリストフはじっとピアを見つめた。「なにがあったんだい？　なんだか声が変だけど」

「たいしたことじゃないの」ピアは肩をすくめた。「カルテンゼー家の家政婦がポーランドの城館の地下でわたしの首をしめただけ」

「なんだそうか」クリストフは本気にせず、ニヤリとした。「他は大丈夫なんだね？」

「ええ」ピアはうなずいた。クリストフが上体を起こして腕をひろげた。「どんなにきみに会いたかったことか」

「本当？　南アフリカに行っているあいだ、わたしが恋しかった？」

「もちろんさ！」クリストフは、ピアをしっかり抱きしめてキスをした。「ものすごく恋しかった」

エピローグ　二〇〇七年九月

マルクス・ノヴァクは煤《すす》で黒ずんだ廃墟を見つめていた。レンガ造りの正面壁、ぱっくり穴の開いている窓、崩れ落ちた屋根。だが心に映じて見えるのは、陰鬱な廃墟ではなく、城館のかつての姿だった。簡素なシンメトリーをなす美しい擬古典主義の正面壁、建物前面の狭いエプロン部とそれをはさむように立つ二階建ての左右の棟。そしてその左右の棟には円蓋風の屋根があり、小さな塔が突きでている。正面玄関には細いドーリア式の円柱が立ち、木漏れ日の落ちる並木道がその城館へとつづいている。そして樹齢百年になるヨーロッパブナとカエデの木立に囲まれた広大な庭園。彼方には湖と森が織りなす東プロイセンの風景。二年前にはじめてここを訪れたとき、マルクスは深く胸を打たれた。ここが彼とエラルドの祖先が営々と暮らしてきた土地なのだ。そして六十二年前にこの城館の地下で起きた出来事に、ふたりの人生は翻弄されつづけた。だがこの四ヶ月のあいだにふたりの人生は大きく変わった。マルクスは家族に本当のことを打ち明け、エラルドが住む水車屋敷《ミューレンホーフ》に移った。彼の手は二度の手術でほぼ元通りになった。エラルドもすっかり人が変わった。過去の亡霊に苦しめられることがなくなり、ずっと母だと思っていた女は刑務所に入れられた。ジークベルトとプロの殺し屋アーニャ・モーアマンも檻の中だ。エラルドはマルレーン・リッターから、おばであるヴェーラの日記を返してもらった。あと数週間で、フランクフルトのブックフェアに合わせて伝記が出版される。作家を死に追いやり、雑誌新聞でカルテンゼー家のことを賑わすことになるあの伝記だ。

なお、ユッタ・カルテンゼーは見事、来る一月の州議会選挙で党の比例代表第一候補に指名されることになり、選挙に勝利したも同然となっている。マルレーンは当面、KMF社経営責任者をつとめ、役員たちの支持を取りつけて会社の株式上場を目指している。水車屋敷《ミューレンホーフ》に隠されていたトランクからは、KMF社の元の所有者であるユダヤ人ヨーゼフ・シュタインと取り交わした契約書が見つかった。そこには、シュタインがドイツにもどったときは会社を返還するとはっきり明記されていた。ヴェーラを騙《かた》ったエッダは傲慢にも、本当になにひとつ処分せずに取ってあったのだ。

しかしすべて終わったことだ。エラルド・フォン・ツァイドリッツ＝ラウエンブルク男爵が近づいてくるのを見て、マルクスは微笑んだ。風はすべていい方向に吹いている。マルクスはフランクフルト旧市街の修復プロジェクトを開始した。そしてこれから、エラルドとふたり、マズールィ地方で夢の生活をすることになる。ギジツコの市長は口頭で、城館をエラルドに売り渡すことをすでに了解している。ふたりの計画にはもうほとんど障害がない。売買契約が取り交わされたら、DNA鑑定によって部分的に人物が特定された地下室の遺骨とともに、アウグステ・ノヴァクの骸《むくろ》を湖岸にある一族の墓地に埋葬することになっている。こうしてアウグステは、愛する夫エラルドや両親や妹とともに故郷で安らかな眠りにつくのだ。

「それで？」エラルドがマルクスの横に立った。「どうだい？」

「なんとか修復できると思う」マルクスは眉根を寄せた。「ただ金を湯水のごとく使い、何年もかけることになりそうだ」

「それがどうした？」エラルドはニヤリとしながらマルクスの肩に腕をまわした。「時間はいくらでもあるじゃないか」

マルクスはエラルドにもたれかかって、もう一度城館を見た。

「湖畔ホテル〈アウグステ・ヴィクトリア〉」マルクスはそういって微笑んだ。「今からその姿が見えるようだね」

謝辞

原稿の試し読みとチェックをしてくれたクラウディアとカロリーネ・コーエン、カミラ・アルトファーター、ズザンネ・ヘッカー、ペーター・ヒレブレヒト、ジモーネ・シュライバー、カトリーン・ルンゲ、アンネ・プフェニンガーに感謝する。フランクフルト監察医務院院長のドクター・ハンスユルゲン・ブラツケ教授は法医学に関する細々とした質問にていねいに答えてくれた。だが専門的な観点からの間違いの責任はすべてわたしにある。

刑事警察の捜査過程などを懇切ていねいに説明し、ドイツの警察ではみんな名前で呼び合うことを教えてくれたホーフハイム刑事警察署捜査十一課のペーター・デッペ首席警部にも礼を述べたい。

また編集者マリオン・ヴァスケスに感謝を捧げたい。『深い疵《きず》』をいっしょに作ることができたのは、わたしにとって大きな喜びだった。

二〇〇九年二月、ネレ・ノイハウス

訳者あとがき

二〇〇九年、本書の著者ネレ・ノイハウスは、ドイツで衝撃的なデビューを果たした。

本書を含むオリヴァー&ピアの警察小説シリーズを矢継ぎ早に三作も出版し、そのどれもが意表を衝く筋立て、ミスリードを誘う巧妙な語り口、彫りの深い人物描写と三拍子そろった上質なミステリだったからだ。ドイツの読者の評判も上々で、三作そろってベストセラーに名を連ねた。四作目が出た二〇一〇年の夏、彼女は「ドイツミステリの女王」とまで呼ばれるようになった。

ドイツでは今、「ご当地もの」と呼べる、警察署担当地域の土地柄を生かした警察小説が花盛りだ。山や海、森や川、その土地ならではの自然環境やそこで培《つちか》われた食や生活習慣が事件と深く絡みあっている作品が多い。

オリヴァー&ピアのシリーズも、広義の「ご当地ものミステリ」といえる。しかしこのシリーズで「ご当地」となる場所が、ただの「ご当地」にとどまらない土地柄であることが、このシリーズをとてつもなく豊穣にしている。

主な舞台となるタウヌス地方はドイツ中西部に位置する。西はライン川に、南はその支流であるマイン川に接し、古代ローマ時代以来、河川交通の要衝だった。古城や温泉も多い風光明媚な土地で、しかも西には連邦刑事局（米国のＦＢＩに相当する組織）が本部を置くヘッセン州の州都ヴィースバーデンがあり、東には国際金融センターのひとつに数えられるドイツの経済金融の中心都市フランクフルトがある。フランクフルトはまたヨーロッパ有数のハブ空港でもある国際空港を擁《よう》し、交通輸送の要でもある。

歴史の澱《おり》が溜まっている上、現在も人や物の出入りがはげしい地域、それがこのシリーズの舞台なのだ。土地に根ざしたしがらみが生む事件から、この地域だけでは収まらない広域犯罪まで、ミステリの素材には事欠かない。そしてノイハウス自身がこの地方に長年住んでいるからこそ知ることができる人間模様や日々の暮らしがじつに生き生きと描かれていて、それがそのまま現代ドイツの縮図となっているおもしろさがある。

ネレ・ノイハウスは一九六七年六月二十日ミュンスターで生まれ、父親がマイン＝タウヌス郡の郡長に就任したため、十一歳で家族とともにタウヌス地方へ引っ越した。作家デビューは四十代なので、遅咲きの作家といえるが、物語は少女時代からよく書いていたという。その一方で熱烈な馬の愛好家でもあり、高校卒業後、大学で法学とドイツ文学を学んでいた彼女は、二十一歳のとき馬術競技で知り合った夫と結婚し、大学を中退する。以来、ソーセージ工場を営む夫を手伝い、店員をしていた。そこで知り合ったさまざまな人々が、彼女のミステリのモデルになっているという。

最初の転機は二〇〇五年、初の長編ミステリ *Unter Haien*（『鮫の群れのなかで』）を自費出版したときに訪れる。ノイハウスは、この作品を多くの出版社に持ち込んだが、どこも出版を引き受けてくれず、結局、五百部を自費出版し、クリスマスに自宅近くの食堂で朗読会を催した。五百部は即日完売した。

つづく二作目として翌年、タウヌス地方の刑事警察署を舞台にした警察小説 *Eine unbeliebte Frau*（『いけすかない女』）を自費出版。これで人気に火がつく。地元を舞台にしたミステリに熱中したタウヌス地方の読者が、続編はないかと本屋に問い合わせるようになった。それまで自分のソーセージ店で作品を売っていた彼女は、販売戦略を立てる。毎日、地域の肉屋に製品を配達するドライバーに頼んで、近隣の本屋に作品を置いてくれるように交渉してもらったのだ。

二〇〇七年のクリスマスには、地元の本屋で販売部数があのハリー・ポッター・シリーズを抜いたという。この本屋をたまたま訪ねたドイツミステリの老舗出版社ウルシュタイン社の営業マンがその話を聞きつけ、それがきっかけでデビューが決まった。

オリヴァー&ピアのシリーズは昨年、第五作が発表され、シリーズ全体での発行部数は現在、二百万部を超えている。翻訳も二十ヶ国に及び、昨年は日本語版に先んじて韓国語版が出て、ベストセラーになったという。

シリーズ五作を刊行順に挙げると次のようになる。

Eine unbeliebte Frau（『いけすかない女』）二〇〇九年四月刊
Mordsfreunde（『殺人サークル』）二〇〇九年四月刊
Tiefe Wunden（『深い疵《きず》』）二〇〇九年九月刊　本書
Schneewittchen muss sterben（『白雪姫には死んでもらう』）二〇一〇年六月刊
Wer Wind sät（『風に種を蒔《ま》く者』）二〇一一年五月刊

それぞれ物語内の時間は『いけすかない女』は二〇〇五年の八月から九月にかけて、『殺人サークル』は二〇〇六年六月、『深い疵』は二〇〇七年四月から五月にかけて、『白雪姫には死んでもらう』は二〇〇八年十一月、『風に種を蒔く者』は二〇〇九年五月。一見してわかるように、シリーズはいまのところ、一作ずつ読み切りで、事件を解明する側のオリヴァーやピアたち刑事の公私にわたる環境が年々変化していく体裁をとっている。

すでにお気づきと思うが、本書はシリーズ三作目にあたる。本来なら第一作から紹介すべきところだが、まずはノイハウスの真価がわかる本書と四作目の『白雪姫には死んでもらう』から紹介し、日本の読者のみなさんの評価を待つことにした。

『深い疵』をはじめて読んだとき、一九七九年にオーストリアのとある古い修道院に九世紀の古写本を見せてもらいに行った日のことを思いだした。バロックの豪華な図書室で目当ての古写本が保管庫から出てくるのを待ちながら、近くの書棚をのぞいていたとき、その奥に立てかけてあった数本の旗に目が止まった。なんとそれは鉤十字だった。一九七九年といえば、旧西ドイツが刑法の殺人罪に関する諸規定の時効を廃止し、ナチの永久追及を決断した年なのだが、そのときのなんともいえない違和感が、本書を読んでいるうちに蘇《よみがえ》った。

本書では、今の社会に溶け込み、名声や富をえ、尊敬もされる人々のナチ時代の暗い過去が次々と暴かれていく。最初に、アメリカで成功した九十二歳のユダヤ人が何者かに後頭部を撃ち抜かれる。ところが司法解剖すると、彼の左上腕に血液型の刺青《いれずみ》が……。それは親衛隊員の証だった。そしてはじまる連続殺人。彼らの隠された過去をつきとめ、犯行に及んだのはいったいだれなのか。オリヴァーとピアのコンビとともに、ぜひ作者が仕掛けたミスリードのわなをかいくぐってみてほしい。

またオリヴァーとピアが解明できずに終わる謎もあり、その答えが本文中にこっそり隠されている。たとえば後頭部を拳銃で撃ち抜かれる犠牲者のなかにひとりだけ、両膝をも併せて撃たれた者がいる。それがなぜなのか。そんな番外編ともいえる未解決の謎に挑戦するのも、本書を読む楽しみになるだろう。

次に翻訳紹介する予定の『白雪姫には死んでもらう』は、小さな村のしがらみをマニアックに掘り下げていくミニマムな物語だ。ふたりの少女を殺した罪で服役していた若者が出所したことから、平和な村に猜疑《さいぎ》と憎悪の嵐が吹き荒れる。じつはこの若者、事件当時、泥酔していて犯行の記憶がまったくない。ふたりの少女も行方不明のまま、遺体は発見されず、若者は状況証拠だけで裁かれることに……とくれば、彼が有罪判決を受けたこと自体が問題含みなのがわかるだろう。

この作品はタイトルも秀逸だ。物語全体が「白雪姫」の話をじつに巧みにトレースしている。白雪姫を殺そうとした「魔女」も、白雪姫を守る小人にあたる人物も登場する。この「小人」の人物造形がじつに秀逸なので、期待してほしい。すでに訳了しているので、読者のみなさんをそれほど待たせずにすむだろう。

この二作でこのシリーズが日本でも市民権を得られたら、ぜひ一作目から紹介していきたいと思っている。

第一作『いけすかない女』では、ピアが刑事警察に復帰し、オリヴァーとともに挑戦した最初の事件が描かれる。フランクフルト検察局の検事正が散弾銃で自殺し、同時期に飛び降り自殺にみせかけた女性死体が発見される。女性は地元の馬専門の獣医の妻で、夫と別居していたが、なぜかポルシェを乗り回すほど羽振りがよかった。仕事らしきものといえば、馬術と医薬品会社での「接待業」。やがてちりばめられたキーワードの点と点が結ばれ、富と夫婦の愛をめぐって事件は意外な展開を見せる。

第二作『殺人サークル』では、動物園でバラバラ殺人事件が起こる。被害者は高等中学校《ギムナジウム》の教師で、環境保護活動家。国道拡張工事をめぐって経済優先派と環境保護派が対立し、そこに親子の軋轢《あつれき》、若者の愛憎が絡みあって物語は進行する。

第五作『風に種を蒔く者』は「彼らは風に種を蒔いて、嵐を刈り取る」という聖書の一節からとったタイトルで、今回はオリヴァーとピアのまわりで嵐が吹き荒れる。事件は風力発電メーカーの警備員の謎の死ではじまり、風力発電をめぐる汚職や地球温暖化の真偽が事件と深く関わっていく。日本ではいま原発のあり方が問われ、風力発電を含む再生可能エネルギーが注目されているが、人の目が注がれるところには、決まってきな臭い裏事情が生まれがちだ。環境対策先進国でもあるドイツの作家らしく、ノイハウスはすでに日本の一周先を走っているといえる。

余談になるが、昨年、ノイハウスが音頭をとって、子どもの読み書き力の向上や障害をもった子どものための乗馬教室や盲導犬の育成を目指す、ネレ・ノイハウス財団が設立された。読者に支えられて成功した作家が、そこから得られたものを社会に還元する。ノイハウスの成熟した生き方には脱帽する。

訳者紹介　ドイツ文学翻訳家。主な訳書にイーザウ〈ネシャン・サーガ〉シリーズ，フォン・シーラッハ「犯罪」「罪悪」「コリーニ事件」「禁忌」，ノイハウス「白雪姫には死んでもらう」「穢れた風」「悪しき狼」「生者と死者に告ぐ」，フェーア「弁護士アイゼンベルク」他多数。

検印
廃止

深い疵《きず》

2012年6月22日　初版
2020年6月12日　7版

著　者　ネレ・ノイハウス

訳　者　酒《さか》　寄《より》　進《しん》　一《いち》

発行所　(株)　東京創元社
代表者　渋谷健太郎

162-0814/東京都新宿区新小川町1-5
電　話　03・3268・8231-営業部
　　　　03・3268・8204-編集部
URL　http://www.tsogen.co.jp
振　替　00160—9—1565
旭印刷・本間製本

ISBN978-4-488-27605-8　C0197

『犯罪』に連なる傑作短編集

SCHULD◆Ferdinand von Schirach

罪悪

フェルディナント・フォン・シーラッハ

酒寄進一 訳 創元推理文庫

◆

ふるさと祭りで突発した、ブラスバンドの男たちによる集団暴行事件。秘密結社にかぶれる男子寄宿学校生らによる、“生け贄”の生徒へのいじめが引き起こした悲劇。猟奇殺人をもくろむ男を襲う突然の不運。麻薬密売容疑で逮捕された老人が隠した真犯人。弁護士の「私」は、さまざまな罪のかたちを静かに語り出す。

本屋大賞「翻訳小説部門」第１位の『犯罪』を凌駕する第二短篇集。

収録作品＝ふるさと祭り，遺伝子，イルミナティ，子どもたち，解剖学，間男，アタッシェケース，欲求，雪，鍵，寂しさ，司法当局，清算，家族，秘密